U0516368

本书为国家社科基金重大项目"中国史诗研究百年学术史"（18ZDA267）的阶段性成果，受到内蒙古大学一流学科建设经费资助

内蒙古大学口头传统
研究协同创新中心丛书

Series of Cooperative Innovational
Center for Studies of Oral Tradition
in Inner Mongolia University

中国史诗研究
学术批评

（1949~2019）

Academic Criticism of Epic Studies in China
（1949-2019）

云 韬　主编

社会科学文献出版社
SOCIAL SCIENCES ACADEMIC PRESS (CHINA)

总　序

　　"口头传统"译自英文 oral tradition，有广义和狭义之分，广义的口头传统指口头交流的一切形式，狭义的口头传统则特指传统社会的沟通模式和口头艺术（verbal art）。活形态的口头传统在中国蕴藏之宏富、形态之多样、传承之悠久，在当今世界上都是不多见的。基于国内当时对于口头传统的学术研究，以及对于相关资料的数字化与信息化的处理较为落后的现状，中国社会科学院民族文学研究所经充分酝酿，于 2003 年 9 月 16 日成立了"口头传统研究中心"。此后，该口头传统研究中心一直致力于口头传统的搜集整理与研究，在形成自身学术集群效应和研究论域的同时，也为从事各民族口头传统研究的学者提供了一个更为广阔的学术空间和一个更有活力的学术平台。总之，这一学术共同体有志于引领国内口头传统研究的发展，推进国内口头传统研究朝向学科化进阶，将中国口头传统研究推向国际学术的舞台。

　　自中国社会科学院民族文学研究所口头传统研究中心成立以来，内蒙古大学文学与新闻传播学院便与该中心在学术研究、项目合作、人才培养等诸多方面有着密切的学术联系。内蒙古大学文学与新闻传播学院拥有中国语言文学一级学科博士学位授权点和一级学科硕士学位授权点，形成了本科、硕士、博士三个层次的学科体系。经过多年的努力，内蒙古大学文学与新闻传播学院在中国民族文学研究、史诗学与口头传统研究方面具备了较好的学术积累，民族文学、史诗学与口头传统成为该学院最具特色和优势的专业方向。

2019 年 8 月 13 日，内蒙古大学文学与新闻传播学院联合中国社会科学院民族文学研究所口头传统研究中心成立了内蒙古大学口头传统研究协同创新中心。这个协同创新中心大体可以说是中国社会科学院民族文学研究所口头传统研究中心和内蒙古大学文学与新闻传播学院在多年合作基础上建立起来的研究机构，立足"服务内蒙、创新机制、汇聚队伍、整合资源、培养人才"的原则，通过跨机构横向合作，助推学术资源共享和思想生产。

经过充分的讨论，本着推精品、推优品的学术宗旨，口头传统研究协同创新中心向内蒙古大学申请"内蒙古大学一流学科建设"经费，以资助出版一批质量较高的学术著作。我们将这批著作命名为"内蒙古大学口头传统研究协同创新中心丛书"，第一期拟推出《中国史诗研究学术批评（1949～2019）》《中国史诗研究学术档案（1840～1949）》《草原文化中的马母题意象研究》三部著作。

我们后续将着手启动第二期的出版规划，期待将该丛书做成一个长线的项目，以提升内蒙古大学口头传统研究协同创新中心的科研实力和影响力。"内蒙古大学口头传统研究协同创新中心丛书"的作者主要是该中心的中青年学者们。

在此，我代表内蒙古大学口头传统研究协同创新中心的各位同仁，感谢内蒙古大学文学与新闻传播学院对这个项目的支持，感谢内蒙古大学一流学科建设经费的资助。

由于能力和条件所限，丛书难免会有种种瑕疵，切望各位读者方家批评指正。我们深知，丛书的出版并不意味着工作的终结。内蒙古大学口头传统研究协同创新中心的工作将在已有的基础上稳步展开，也期待各位读者今后给予持续关注。

朝戈金

2020 年 6 月 8 日

序　言

云　韬

从 20 世纪上半叶民国学者对域外史诗的介绍，到 20 世纪五六十年代中国少数民族史诗的大规模搜集、整理和出版，再到 20 世纪 90 年代中期以来史诗研究的观念和范式的转换，历经百余年的中国史诗研究已结出累累硕果。《中国史诗研究学术批评（1949～2019）》是"内蒙古大学口头传统研究协同创新中心丛书"著作之一种，是冯文开教授主持的国家社科基金重大项目"中国史诗研究百年学术史"的阶段性成果。本书是编者从 1949～2019 年中国学者发表的研讨、书评、综述、序跋、回忆录等各种学术资源中精心遴选出的富有代表性的史诗研究学术批评论文结集，从某个侧面展示了中国史诗研究的学术历程和概貌。这些学者均在各自的领域对史诗研究有着厚重的学术贡献，成就为学界所公认，其论文或代表本人学术旅程中的一个阶段，或为其学术成果的厚积薄发，但均为史诗研究拓宽研究视野、带来学术新见，且对之后的史诗研究具有不同程度的启迪意义。为展示史诗研究学术批评的线性发展脉络，同时为史诗研究者及爱好者提供借鉴，本书遴选的论文按发表时间进行排列。按内容划分，本书收录的论文可归为四类。

第一类是对某一时段国内史诗研究历史的梳理和总结，致力于发现时下研究的阈限所在。拓宽领域，更新方法，与国际接轨，是学者对国内史诗研究的普遍愿景。

仁钦道尔吉的《〈江格尔〉研究概况》在占有大量外文资料的基础上，对蒙古英雄史诗《江格尔》在俄苏、蒙古人民共和国、东西欧国家、美国和我国出版和研究的基本情况进行了最早的全面梳理。作者分十月革命前、20世纪20～40年代、1966年到论文发表时的1986年三个阶段，介绍了俄苏尤其是卡尔梅克共和国学者的《江格尔》搜集、校勘和研究工作；作者梳理了蒙古人民共和国学者20世纪初以来对《江格尔》的记录和比较研究概况，以及欧美学者的《江格尔》结构和母题的类型研究成果，其中，瓦·海希西教授及其主编的《亚细亚研究》和《中央亚细亚研究》两套丛刊贡献巨大；我国的《江格尔》研究可以分为三个阶段，即20世纪五六十年代的初步评介阶段、改革开放以后的恢复与发展阶段、1982年首次《江格尔》学术讨论会和1983年全国少数民族史诗学术讨论会后的新阶段，通过回顾，作者认为截至1986年我国的"江格尔学"已进入多维度、多样化的研究时期。

李连荣的《百年"格萨尔学"的发展历程》用丰富的史料详细地回顾了百年来"格萨尔学"的发展历程。最早，"格萨尔学"兴起于西方学界，18世纪和19世纪中叶，德国和俄国学者较早发现了《格萨尔》的蒙文和藏文口传本和手抄本，20世纪50年代蒙古人民共和国学者的《"格斯尔"的历史源流》和法国学者的《西藏史诗与说唱艺人的研究》两本著作代表着"格萨尔学"的奠基和总结，这些都对中国"格萨尔学"的兴起产生了深远影响。从20世纪初到90年代，西藏、青海、北京地区《格萨尔》的搜集工作为"格萨尔学"做好了资料准备。改革开放以来，中国"格萨尔学"得到长足发展。在文章结尾，作者认为新时期以来"格萨尔学"的中心正由西方逐步转移到中国，并对中国《格萨尔》研究进行了美好展望。

在《玛纳斯》研究领域贡献颇多的阿地里·居玛吐尔地的《"一带一路"与〈玛纳斯〉：史诗的传播路径与研究》介绍了《玛纳斯》史诗及"《玛纳斯》学"在"一带一路"沿线国家传播与发展的历史及现状。在19世纪兴起的世界"《玛纳斯》学"的奠基者拉德洛夫等人进行的研究工作的基础上，20世纪50年代末60年代初，中国"《玛纳斯》学"勃然而兴，并在《玛纳斯》史诗文本出版和研究不断拓展和深入的推动作用下，逐渐在某些方面占据了世界《玛纳斯》研究的学术制高点。此外，吉尔吉斯斯坦的《玛纳斯》研究学者无论在数量上还是在研究成果的发布方面都是世界"《玛纳斯》学"的中坚力量。20世纪初以来，哈萨克斯坦、阿富汗等国在世界"《玛纳斯》学"领域也占据了重要位置。《玛纳斯》史诗自古以来就在"一带一路"沿线国家传播，并在中国与吉尔吉斯斯坦等国之间的文化交流中凸显出越来越重要的桥梁纽带作用和学术文化价值。

王向远的《近百年来我国对印度两大史诗的翻译与研究》介绍了百年来我国对印度两大史诗《摩诃婆罗多》和《罗摩衍那》翻译与研究的历史及现状。早在20世纪初，鲁迅和郑振铎就向国人引介了印度两大史诗的基本情况。1950年糜文开在台湾出版的《印度两大史诗》、1962年孙用在大陆出版的两大史诗合译本《腊玛衍那·玛哈帕腊达》，均可算作印度两大史诗的最早中译本，但都不是全译本。1980~1984年，季羡林翻译的《罗摩衍那》全译本共7卷8册，由人民文学出版社陆续出版，在印度史诗中国传播史上堪称盛举。两大史诗中的另一部《摩诃婆罗多》篇幅更长，需要学者们的合作才能完成翻译。1991年，《摩诃婆罗多》第一卷"初篇"出版后，由于译者之一赵国华的去世，其他各卷的翻译受到影响，至论文发表时尚未完全出版。在两大史诗的研究方面，除了季羡林、金克木、赵国华等译者撰写的文章外，值得注意的还有刘安武教授的研究成果。

意娜的《论当代〈格萨尔〉研究的局限与超越》立足于信息化时代《格萨尔》研究资料的分类与梳理，通过检索《格萨尔》相关科研项目立项情况和论文发表情况，发现当下《格萨尔》研究的种种僵化模式，呼吁打破现有模式的局限，展开富有开拓性的理论探索。意娜统计了1984年以来与《格萨尔》研究相关的科研项目和汉语论文，注意到当下的《格萨尔》研究依然局限于1984年杨恩洪和降边嘉措提出的主要话题。在关键词方面，文学研究仍是主流，且局限于文本研究、作者研究以及社会现实话题。意娜建议突破现有的资料积累范畴，以"问题意识"引领学科未来发展走向，积极追踪口头程式理论等史诗研究的前沿成果，充分总结传统研究和田野作业、资料研究的现有成果，超越书面研究，建立多元立体理论模型，并积极参与到国际史诗研究的阵营中去。

第二类是对中国史诗研究成果的述评。书中所选论文皆紧扣某一概念、著作、论题做到有的放矢，或勉励后学，或赞誉同侪，或仰望前辈，如一颗颗熠熠生辉的文字之星，构成了有着良好学术互动的史诗研究星图。

作为中国民间文学和民俗学的开拓者和倡导者，钟敬文先生在对民俗学做出高屋建瓴的回顾与展望的基础上，为当时极富学术潜力的后学朝戈金的重要著作《口传史诗诗学：冉皮勒〈江格尔〉程式句法研究》撰写了序言，深情地回忆了他了解的朝戈金勤学精进的学术成长过程，并对该书在民俗学发展史上的重要贡献做出了客观评价。本书所选其《口传史诗诗学的几点思考——兼评朝戈金〈口传史诗诗学〉》正是该序言的删节稿。钟敬文认为这本脱胎于朝戈金博士学位论文的书稿达到了两个方面的完美融合：在理论资源方面既吸收融汇了西方口头诗学的有益成果，又能在具体论述中落实到中国蒙古史诗文本细节；在研究对象上准确定位为具体表演中的演唱录音本，即著名江格尔奇冉皮勒演唱的一个史诗诗章，成功地将中国史诗文本纳入口头传统的民俗学视野加以重新审视。另外，钟敬文认为该书在"程式化风格"理论探讨、严谨实证研究、精细诗学分析等方面，均达到了较高水准。值朝戈金著作出版之际，钟敬文认为中国特色史诗学理论的建立指日可待。

斯钦巴图的《从诗歌美学到史诗诗学——巴·布林贝赫对蒙古史诗研究的理论贡献》全面总结了巴·布林贝赫美学视角下的蒙古英雄史诗诗学框架体系在蒙古英雄史诗研究史上的重要地位。巴·布林贝赫在深入体察蒙古民族审美观念与文化心理的基础上，将蒙古英雄史诗美学的二元对立结构命名为黑白形象体系。斯钦巴图认为巴·布林贝赫的两个理论贡献在于，首先，他提出蒙古英雄史诗的本质特征是神圣性、原始性、范式性，并将"范式化"特征视为史诗程式化创编的方法论，对口头程式理论具有借鉴意义；其次，他将作为叙事文学最小单位的"母题"与作为抒情文学最小单位的"意象"结合起来进行蒙古史诗研究，对于史诗研究有普遍的方法论启示意义。

陈岗龙的《仁钦道尔吉的蒙古史诗结构研究之思想渊源》在作者蒙古史诗研究丰厚积淀的基础上，深入而全面地展示了蒙古史诗研究大家仁钦道尔吉深广的理论资源和在此基础上的独到理论创新。为了更好地追根溯源，陈岗龙从蒙古学家尼古拉·鲍培的蒙古史诗结构理论及其影响来源之一的普罗普的结构形态学理论讲起，认为仁钦道尔吉在蒙古各部族史诗资料全面搜集的基础上，广泛吸收借鉴了蒙古英雄史诗结构类型研究的奠基者鲍培开创的蒙古史诗主题与结构分析的模式，日尔蒙斯基、普罗普等学者的史诗起源研究成果，尤其是海西希的蒙古史诗结构类型理论等理论资源，提出了奠基于早期英雄史诗情节框架上的"史诗母题系列"的情节单元概念，对蒙古英雄史诗情节结构发展理论有着不可磨灭的贡献。

乌日古木勒的《主题研究和母题研究的结合——对斯钦巴图〈蒙古史诗：从程式到隐喻〉研究方法的思考》深入阐释了斯钦巴图的重要著作《蒙古史诗：从程式到隐喻》的独创性学术价值，认为斯钦巴图的难能可贵之处在于能在准确理解前人理论成果的基础上做到独立创新。作者认为，斯钦巴图在发现海希西的蒙古史诗母题结构类型研究成果和帕里－洛德的口头程式理论存在互补性的前提下，综合两种理论，创造性地分析了流传于国内外卫拉特蒙古地区的史诗《那仁汗克布恩》的六个文本在结构上的主题和词语程式。该书集中体现了斯钦巴图清晰的研究思路和求新的探索精神。

阿拉德尔吐的《巴·布林贝赫蒙古史诗诗学的宇宙模式论》聚焦于巴·布林贝赫《蒙古英雄史诗的诗学》第二章的内容，分析其蒙古史诗诗学的宇宙模式论在融合本土与西方知识体系的基础上实现的理论创建。阿拉德尔吐通过图表形式详细地比较了维柯、卡西尔、梅列金斯基与巴·布林贝赫四位学者对神话—宗教宇宙体系所持观点的异同，认为《蒙古英雄史诗的诗学》的宇宙论诗学虽然来源于西方学者的理论启发，但其资料学基础牢牢扎根于本土文化观念。作者认为《蒙古英雄史诗的诗学》的宇宙模式论、诗性地理学和方位问题研究，开辟了巴·布林贝赫宇宙诗学模式论的诗性领地和方法论通道。可以说，时间、空间和数之间的相互关系奠定了巴·布林贝赫宇宙诗学的基本框架。

第三类是对中国史诗研究重要概念、问题、方法的集中探讨。无论是困扰 20 世纪中国学人的"史诗问题"探讨、具体研究中"满族说部"概念的界定，还是史诗传承与文本转换过程中的"民间叙事传统格式化"问题和史诗田野工作的重要性，理念解析与方法界定互为因果，两方面同时抓好才能实现良性互动。

郎樱的《田野工作与非物质文化遗产保护——三十年史诗田野工作回顾与思索》主要以柯尔克孜族史诗《玛纳斯》为重点，梳理了三十年来史诗研究田野工作的成就与不足。田野工作是史诗传承与研究的重要内容，在这个过程中，尤其要注意对史诗传承人的保护与关照。另外，由于史诗传承的脆弱性，要及时挖掘和抢救在世歌手的演唱内容。目前，国家非常重视史诗的传承与保护，给予了大量政策支持，并极大地带动了该领域的民族文学研究。作者认为，中国社会科学院少数民族文学研究所中青年史诗学者三十年来的史诗研究成绩突出，贡献巨大。

林岗的《二十世纪汉语"史诗问题"探论》探讨了困扰 20 世纪中国学界的"史诗问题"的由来、经过及其影响。所谓"史诗问题"，指的是中国学人以西方文学来源于古希腊神话和史诗的文学历史为参照系，极力从各个角度为中国并无西方意义上的史诗诗歌体裁记载的文学现象提供合理性和解释理据。一方面，20 世纪初的王国维、鲁迅、胡适倾向于"没有说"，30 年代的茅盾到后来的钟敬文则倾向于"散亡说"，八九十年代之后，饶宗颐、张松如等又赞同"没有说"，即上古史诗不是散亡了，而是从来没有过，得到学界普遍赞同。另一方面，以陆侃如与冯沅君为代表的学者则认为上古时期的中国存在史诗，缓解了"史诗问题"的紧张。林岗逐一批驳了想象力匮乏说、人神淆杂说、文字篇章书写困难说、亚细亚生产方式说和神话历史化说等诸家学说的不足之处之后，从近代以来中国国际地位巨变导致"中国意识的危机"的角度提出，"史诗问题"其实是西学东渐过程中中国学术背景转换的产物。诸家学者用西方文学现象作为普世标准来解释中国，反映了中国学人的"接轨"焦虑与学术不自信，由此，摆脱对西方话语不加反省的盲从，势在必行。

巴莫曲布嫫的《"民间叙事传统格式化"之批评——以彝族史诗〈俄勒特依〉的"文本迻译"为例》延续了她作为彝族学者对于彝族史诗《勒俄特依》一贯的学术关切。这是一篇长文，从缘起、呈现和影响各个方面充分探讨了史诗文本迻译过程中的"民间叙事传统格式化"问题。文章从国内外彝学发展史讲起，细致梳理了《俄勒特依》的搜集、整理、翻译、出版的学术史，回顾了作者向冯元蔚、曲比石美等学者采访《俄勒特依》汉译本的整理制作情况的经历，提醒读者在把两部纸质文本作为重要学术参考资料的同时，还要注意还原"以表演为中心"的史诗观。作者认为，这两个汉译本的出版存在着说唱语境与史诗传统的部分抽取。这类史诗文本可以归类为"以传统为取向的文本",不能算作严格意义上的民俗资料。在这个转换过程中,"以参与者主观价值评判和解析观照为主导倾向的文本制作格式"可以称为"民间叙事传统格式化",由此,作者指出了史诗搜集过程中以下五个不容忽视的问题:传统主体即传承人的消弭、表演过程的流失、表演者艺术个性的被忽视、规范化带来的僵化和模式化、文本接受对象从听众到读者的转换。

高荷红的《"满族说部"概念之反思》详细回顾了围绕"满族说部"概念和文本出现的种种争论和反思。1986 年,富育光正式提出"满族说部"的概念,而这一文类早在金元时期即已产生。之后,富育光发表多篇论文论述满族说部的概念问题,围绕他的观点,其他传承人、学者也曾提出过不同观点。关于满族说部文本的类属,有学者在 20 世纪 80 年代提出满族说部有广义和狭义之分;21 世纪前后,学者提出三分法、四分法、二分法。在已出版的三批满族说部中,第一批文本颇受好评,第二批、第三批问世的某些文本则受到了多方质疑,高荷红敏锐地指出争议的实质在于满族说部概念分类标准的不确定性。文末,高荷红提炼出判断满族说部的七条最低标准,为今后满族说部研究的进一步开展奠定了坚实的概念基础。

第四类是对中国史诗研究范式、理念、谱系等方面的总结性反思。对史诗研究理论资源、研究现状、体系走向进行及时梳理与概括,可以帮助史诗研究者夯实现有基础,更加自觉地立足于中国本土史诗实际,推出更多富有中国特色的史诗研究成果。

朝戈金的《从荷马到冉皮勒:反思国际史诗学术的范式转换》聚焦史诗传播中的核心要素即史诗歌手,从围绕他们产生的问题出发,清晰阐明了史诗研究范式的转移与变迁。文章从贯穿 19 世纪的"荷马问题"讲起,辨析了"分辨派"和"统一派"在荷马史诗作者分散和统一问题方面的分歧;直到帕里-洛德的口头程式理论对荷马史诗是"口述记录本"的推定,以及对史诗歌手阿夫多"演述中的创编"现象的深刻把握,才为古典学、民俗学带来了全新的学理思考;伦洛特对来自民间的芬兰民族史诗《卡勒瓦拉》的汇编,启发了弗里和劳里·杭柯(Lauri Honko)对史诗文本类型的重新划分与界定;印度史诗《摩诃婆罗多》的作者毗耶娑这个名字与"荷马"一词的希腊语含义不谋而合，昭示着文本背后歌手作为群体的存在，由此出发，纳吉对于史诗文本"演进模型"的建构等工作，标志着古典学的某种"新生"；我相是否真实存在的文学批评公案引发了人们对作者身份问题的开放性思考，弗里依据口头诗歌传播"介质"的分类范畴，提出了解读口头诗歌的四种范型；论文最后的落脚点回到中国，认为"中国三大英雄史诗"的发现推动了困扰国人的"史诗问题"的解决，20世纪50年代以来大规模史诗搜集工作的开展和现存能演唱最多《江格尔》诗章的文盲歌手冉皮勒的被发现，极大地促进了中国史诗学术的自我建构过程。"从文本走向田野，从传统走向传承，从集体性走向个人才艺，从传承人走向受众，从'他观'走向'自观'，从目治之学走向耳治之学"，对西方口头诗学前沿成果的及时吸收与本土学者的学术创新亟须同时进行，目前两者间的积极互动昭示了中国史诗学术的良好发展态势。

尹虎彬的《史诗观念与史诗研究范式转移》从观念与范式入手，考察了史诗研究从西方到中国、从一维到多元的发展历程。从古典学到口头诗学，西方学者对荷马问题的思考推动了史诗观念的转变；民俗学关于文本的概念经历了从文本研究到文化文本化再到以表演为中心的三个阶段，标志着史诗研究范式的深入拓展。目光回到中国学界，早期学者的史诗言说受限于民族主义的意识形态色彩；20世纪80年代起步的中国史诗研究以马克思对希腊古典史诗的论述为依据；20世纪90年代中期以后，学者们开始树立"活形态"史诗观，将中国少数民族史诗纳入口头传统的范畴。

冯文开的《史诗研究中国学派构建的现状、理据及路径》从学术传承谱系、学术传统、原创性的核心理论、学术话语体系等诸多方面考察分析了史诗研究中国学派构建的条件、路径与机遇。基于多年深耕史诗研究的学术视野，作者将史诗研究中国学派辨析为三代研究团体。20世纪初，史诗由早期中国学人从西方引入中国，由此引发了贯穿20世纪的"史诗问题"学术公案。随着20世纪50~70年代国内大规模史诗搜集整理工作的开展，新时期以来，史诗研究在各个方面得到了长足发展。第一代学人活跃于20世纪50年代以前；第二代学人大多在20世纪80~90年代崭露头角，巴·布林贝赫、仁钦道尔吉、郎樱、杨恩洪、扎格尔、乌力吉是其中的中坚力量；第三代学人在国际视野和学术积累上占明显优势，他们的丰裕成果使得史诗研究范式实现了从书面到口头的质变，在公认的学术领军人物朝戈金的带领下，这一代学人正在使史诗研究中国学派的构建成为可能。

从本书所选第一篇仁钦道尔吉的《〈江格尔〉研究概况》到最后一篇冯文开的《史诗研究中国学派构建的现状、理据及路径》，通读这部史诗研究学术批评选集，读者可以对中国史诗研究者在与国际史诗研究界保持密切互动的前提下，汲汲于史诗研究中国化的实现的艰难求索过程有深切了解。本书所选学人从世纪初生人到"80 后"，年龄跨越近一个世纪，客观上形成了一支成熟且极具潜力的学术梯队。正是在这些学人兢兢业业的不懈钻研中，中国史诗研究才能持续深化和细化，不断实现范式的新变和转换，迎来史诗研究中国学派的成功构建。

需要说明的是，由于中国史诗研究时间跨度逾百年，研究对象涵盖中国多个民族，学术批评成果较为丰硕，因此，在敲定论文选目之初，编者曾就选篇的范围、标准等诸多问题与中国社会科学院民族文学研究所的朝戈金研究员、北京大学外国语学院的陈岗龙教授以及内蒙古大学文学与新闻传播学院的冯文开教授多次商讨和交换意见，最终选定了 17 篇具有代表性的中国史诗研究学术批评文章。本书所选的 17 篇文章既考虑到了中国多民族史诗研究和域外史诗研究的学术批评成果，也兼顾了不同阶段的中国史诗研究学术批评成果，充分展现了中国史诗研究学术批评的领域、类型、层次的多样性和丰富性。但由于这些文章刊发的时间跨度较大，曾发表于不同的学术期刊和著述，注释体例不一，引用文献涉及多个文种（中文、外文、少数民族文字），且受当时的编校水平所限，难免存在一些错漏。由于大多数文章在中国史诗研究学术史上处于经典地位，故长年被大量引用，这也使得这些错漏在相关研究领域重复出现，对学术思想的进一步传播和发展造成了一定的困扰。因此，从这个意义上说，本书并不是对这些已发表成果的简单结集，而是在选文成书的过程中，在最大限度尊重作者学术思想的前提下，尽可能地对这些问题进行了认真的校勘和局部的修订。在此，我们也对各位作者的大力配合表示衷心的感谢！为利于学术传播，书中凡涉及外文注释尤其是汉译外文小语种文献的注释内容，尽量保留作者原文原貌，不必与书中其他注释格式保持一致。当然，受各种主观条件和客观条件的限制，本书仍不可避免地存在一定的不完善之处，还请众方家不吝指正。

最后，需要特别感谢的是社会科学文献出版社的编辑工作者们！赵娜女士作为责编，在本书的编校出版过程中，贡献了专业的学术智慧和大量的辛勤劳动，她的敬业精神令人敬佩。同时还要感谢内蒙古大学口头传统研究协同创新中心的领导和各位同仁的支持和帮助！

预祝各位读者有愉快的阅读体验！

目　录

《江格尔》研究概况 *

仁钦道尔吉 **

在我国新疆蒙古族人民中产生，并逐渐流传到蒙古人民共和国以及苏联卡尔梅克地区、布里亚特地区的英雄史诗《江格尔》，已成为各国蒙古语族人民共同的文化财富。同时，它在苏联的图瓦和阿尔泰地区突厥语族人民中，也有一定的影响。目前，除中国、苏联和蒙古人民共和国的学者之外，东欧、西欧和北美地区的十多个国家的东方学家和史诗学家也都在研究《江格尔》，因此，对于《江格尔》的研究，已经形成了国际性的学科。

一 俄国、苏联的研究

19 世纪初，主要是俄国和德国学者先后多次搜集出版了卡尔梅克人民中流传的《江格尔》的部分章节，并做了翻译、注释和评介。关于俄国早期的江格尔学，布尔奇诺娃曾做过详细论述①，还有格·米哈洛夫②和保尔曼什诺夫③系统地介绍过俄国、苏联的《江格尔》研究状况。而《江格

* 原文发表于《民族文学研究》1986 年第 3 期。

** 仁钦道尔吉，蒙古族，中国社会科学院民族文学研究所研究员，主要研究领域：蒙古族史诗。

① 勒·布尔奇诺娃：《江格尔学在俄罗斯的起源》，载《俄国民族学史、民间文艺学史与人类学史论文集》第九卷，莫斯科：《科学》出版社，1982。此文有陈洪新翻译的汉文版。

② 格·米哈洛夫为《江格尔》作序，见《江格尔》（25 章原文），莫斯科：《科学》出版社，1975。

③ 阿拉什·保尔曼什诺夫：《〈江格尔〉史诗研究现状》，载瓦·海希西主编《亚细亚研究》第 72 卷，威斯巴登：奥托·哈拉素维茨出版社，1981。此文有何凯歌翻译的汉文版。

尔》的研究正是与它的记录出版结合在一起进行的。贝尔格曼是第一个记录和向欧洲介绍《江格尔》的学者。他于 1802～1803 年到卡尔梅克草原旅行，亲耳听到江格尔奇的演唱，于是搜集《江格尔》的个别章节，把它译成德文发表，并写了有关短文①。他还发表了《有关江格尔奇的传闻》②，简要地介绍了这部史诗的一些流传、演唱和听众的欣赏情况，特别是他报道了一则较为重要的消息，即 1771 年土尔扈特人在返回新疆以前，居住于伏尔加河下游的时候，他们的一位首领策伯克多尔济诺谚曾带着一名江格尔奇到渥巴锡汗的汗宫去，让他演唱过《江格尔》。据阿·科契克夫判断，贝尔格曼发表的部分，不仅属于"哈尔·黑纳斯之部"，而且同时属于"沙尔·古尔古之部"。

俄罗斯地理学会的其他旅行者斯特拉霍夫、涅费季耶夫和涅鲍尔辛等人也记录了许多有关《江格尔》的消息。尤其是俄国著名作家果戈理曾有过这样一段重要的论述："卡尔梅克人有相信神奇之事的特点，人人爱听故事。关于他们热爱的那些故事中的英雄们的丰功伟绩的故事，他们有时可以一连听上三天。而其中最爱听的英雄故事就是《江格尔》。"③

在 19 世纪中叶，喀山大学教授阿·波波夫和科瓦列夫斯基曾有过《江格尔》手抄本。他们的学生阿·鲍勃洛夫尼科夫曾把《江格尔》中的两部译成俄文于 1854 年发表，并在序言中谈到《江格尔》和江格尔奇的一些情况。1857 年，埃尔德曼把这两部由俄文译成德文发表。此后，喀山大学教师卡·郭尔斯顿斯基曾到阿斯特拉罕等地区卡尔梅克人当中专门搜集《江格尔》，寻找江格尔奇。他观看优秀的江格尔奇的演唱，并于 1864 年发表了《江格尔》的"沙尔·古尔古之部"和"哈尔·黑纳斯之部"。这是第一次用托忒文发表的《江格尔》原文。当时他们没有加以说明，而后曾向别人谈到过记录时遇到的困难。后来，阿·波兹德涅夫几次再版这两部作品，并对《江格尔》做了高度评价，说它是卫拉特精神的最好体现，并把它选入教科书以教育卡尔梅克后代。

---

① 维·贝尔格曼：《卡尔梅克游牧记》，1804～1805，第 1～4 卷。
② 勒·布尔奇诺娃：《江格尔学在俄罗斯的起源》，载《俄国民族学史、民间文艺学史与人类学史论文集》第九卷，莫斯科：《科学》出版社，1982。
③ 《卡尔梅克文学史》第一卷，埃利斯塔：卡尔梅克图书出版社，1981，第 167 页。

彼得堡大学教授科特维奇及其学生诺木图·奥奇洛夫在搜集出版《江格尔》方面做出了重大贡献。科特维奇于学生时代的 1894 年就到了卡尔梅克地区，并翻译过"哈尔·黑纳斯之部"，对《江格尔》产生了兴趣。1908 年，他又派学生奥奇洛夫回家乡阿斯特拉罕调查《江格尔》。奥奇洛夫用西里尔文字记录了著名江格尔奇鄂利扬·奥夫拉演唱的《江格尔》十部，后经科特维奇审稿，于 1910 年在彼得堡用托忒文出版。鄂利扬·奥夫拉是在俄国（苏联）发现的最有才华、演唱部数最多的江格尔奇。发现和出版他演唱的十部作品是在江格尔学发展历史上具有划时代意义的事件。从这以后，各国学者才知道并承认《江格尔》是一部伟大的长篇史诗。

十月革命以后，苏联学者继承和发展了俄国江格尔学传统，形成了从 20 世纪 20 年代至 40 年代苏联江格尔学的第一个发展阶段。这一阶段学者们进行了搜集、改写、出版、翻译和研究等诸项工作，尤其是 1940 年在埃利斯塔召开《江格尔》产生 500 周年纪念会前后，出现了江格尔学发展的一个高峰。

在搜集作品方面，为了迎接纪念会的召开组织许多人进行调查，结果在 1940 年发掘了哈尔胡斯地区的土尔扈特江格尔奇巴桑嘎·木克本演唱的六部以及大朝胡尔地区的土尔扈特江格尔奇莎瓦林·达瓦演唱的两部《江格尔》，并第一次发表了伊·波波夫于 1892 年在顿河卡尔梅克人中记录的一部《江格尔》。此后，苏联《江格尔》的演唱几乎再没有什么活动，直到 1967 年才记录了小杜尔伯特地区的巴拉达拉·那顺卡演唱的一部。

在再版、改写和翻译方面，有人把科特维奇于 1910 年用托忒文出版的十部《江格尔》改写成拉丁文拼音文字，1935 年在埃利斯塔出版；纳木林·尼古拉把"沙尔·古尔古之部"和"哈尔·黑纳斯之部"改为韵文于 1936 年出版；巴特尔·巴桑戈夫把鄂利扬·奥夫拉演唱的十部，以对照的方式译成俄文，曾受到称赞；在纳·尼古拉的基础上，巴特尔·巴桑戈夫又把上述十部由散文改写成韵文，于 1940 年在埃利斯塔出版。该书中共有十二部韵文作品；里布金和卡里亚也夫等人把这韵文体十二部译成俄文，同年在埃利斯塔出版。

为配合纪念会，苏联各加盟共和国的学者做了许多工作，如在 1940 年，出版了乌克兰文、白俄罗斯文、格鲁吉亚文、阿塞拜疆文、爱沙尼亚文和哈萨克文的部分译文。据说，日本人把里布金的俄译本的一部分译成日文于 1941 年在东京的《蒙古》杂志上发表①。蒙古人民共和国学者杜格尔苏伦把韵文体《江格尔》，由卡尔梅克文改写成新蒙古文于 1963 年在乌兰巴托出版。在 1940 年出版的还有一项重要成果是科津院士的名著《江格尔传》②，该书包括《江格尔》的四部作品的俄译文，以及引言和注释。

在研究方面，1940 年举行的纪念会宣读了许多论文，在中央和地方报刊上也发表了大量文章。在这一时期的研究著作中，影响最大的是鲍·雅·符拉基米尔佐夫院士、斯·科津院士和尼·波柏通讯院士的著作。开始正式研究《江格尔》的是符拉基米尔佐夫院士，他的重要著作《蒙古－卫拉特英雄史诗》③ 于 1923 年问世，他在该书的长篇序言中谈到了许多重要问题。后来在 1926 年他又发表了自己搜集的《江格尔》的片断④。符拉基米尔佐夫把蒙古史诗分为三大类或三个地区，即布里亚特史诗、卡尔梅克和新疆的卫拉特史诗以及蒙古人民共和国西部地区的卫拉特史诗，并把《江格尔》作为卡尔梅克和新疆的卫拉特史诗与其他史诗做了比较。他指出了《江格尔》的独特性，介绍了史诗过去在卡尔梅克流传，受到人们欢迎的情况以及到后来史诗演唱已趋向于消亡的现象，也提到他见过一位新疆的年轻人在冬不拉伴奏下演唱《江格尔》的情景；他从体裁的角度研究，把这部史诗与俄罗斯的壮士歌、吉尔吉斯（或柯尔克孜）的《玛纳斯》等作品比较，谈了它们的共性与特性；他还把它与布里亚特史诗比较，谈了《江格尔》所反映的思想内容和社会生活，认为它反映的不仅是游牧者的生活，而且反映了整个游牧汗国的问题。他明确指出："《江格尔》是人民的精神、人民的追求和期望的最好体现。《江格尔》描绘了人民的真实的世界，描绘了人民的日常的、真实的、升华为理想的生活，它是真正的民族史诗。"⑤ 同时，他认为波斯的《王书》和藏族、蒙古族的《格斯尔》对《江格尔》有一定的影响，他分析"江格尔"一词来源于波斯语，是波斯语的"世界征服者"的译音，"格斯尔"是恺撒的译音。符

---

① 《民间文学》1963 年第 4 期，第 74 页。
② 斯·科津：《江格尔传》，莫斯科－列宁格勒，1940。
③ 鲍·雅·符拉基米尔佐夫：《蒙古－卫拉特英雄史诗》，彼得堡－莫斯科，1923。
④ 鲍·雅·符拉基米尔佐夫：《蒙古民间文学范例》，列宁格勒，1926。
⑤ 此引文由刘魁立同志译。

拉基米尔佐夫的这本书，迄今还被认为是一部权威性著作，但其中难免有不足之处。科津院士的著作，除《江格尔传》外，还有《蒙古人民的史诗及其书面形式》① 和《蒙古人民的史诗》②。他断定这部史诗产生于 15 世纪，并正确指出《江格尔》最初产生于我国新疆准噶尔的卫拉特人民中，这是有科学根据的。但在他的著作中存在着错误，即科津院士企图说明江格尔、格斯尔和成吉思汗是同一个人，《江格尔》、《格斯尔》和《蒙古秘史》都是歌颂成吉思汗的作品。这种观点受到学术界的批评，后来他本人也承认这一观点的错误。20 世纪 40 年代以后，苏联江格尔学的发展基本停顿了一个时期。

从 1966 年开始，苏联的《江格尔》研究进入了第二个发展阶段。1966 年在卡尔梅克自治共和国成立了研究《江格尔》的专门机构，他们四处寻找《江格尔》原稿，发现了大量的档案材料，并在此基础上进行校勘和研究工作，还召开了几次全苏民间文学专家参加的《江格尔》讨论会。在 1966 年，阿·科契克夫等学者从科特维奇档案材料里找到诺木图·奥奇洛夫的原始记录稿，这是 1908 年用西里尔文字记录的鄂利扬·奥夫拉演唱的十部作品，同时发现的还有科特维奇的注释，又从列宁格勒俄罗斯文学录音馆查找鄂利扬·奥夫拉演唱这十部作品的唱片；从列宁格勒大学图书馆找到卡·郭尔斯顿斯基的两种手稿；从波兰查到科特维奇于 1910 年记录的鄂利扬·奥夫拉演唱的第十一部《江格尔》，还在罗斯托夫发现伊·波波夫搜集的《乌兰·洪古尔之部》原稿。在这些资料的基础上，阿·科契克夫做了校勘工作，并于 1978 年在莫斯科用卡尔梅克文出版了二十五部《江格尔》③。

在卡尔梅克自治共和国首都埃利斯塔，于 1967 年举行了"纪念著名江格尔奇鄂利扬·奥夫拉诞生 110 周年"学术讨论会，于 1972 年召开了纪念科特维奇诞生 100 周年学术讨论会，于 1978 年又举行了"《江格尔》与突厥—蒙古各民族史诗创作问题"讨论会。参加最后一个会议的就有来自莫斯科、列宁格勒以及各加盟共和国和自治共和国的代表 340 多名，在会

---

① 斯·科津：《蒙古人民的史诗及其书面形式》，《列宁格勒大学学报》1946 年第 3 期。

② 斯·科津：《蒙古人民的史诗》，莫斯科－列宁格勒，1948。

③ 阿·科契克夫编《江格尔》（25 章原文），莫斯科：《科学》出版社，1978。

上宣读了七十四篇论文①，论文涉及面极广，被分为综合性问题（如《江格尔》的版本、演唱艺人、史诗与其他体裁的关系等）、《江格尔》与史诗的诗学问题、类型学问题、语言学问题和在卡尔梅克人民的历史和文化中《江格尔》所起的作用等五大类。

在《江格尔》研究方面，苏联已发表了数百种论文和专著，出现了格·米海依洛夫、阿·科契克夫、埃·奥瓦洛夫、恩·桑嘎杰耶娃和恩·比特克耶夫等学者，其中阿·科契克夫的成绩较突出。他除出版校勘本二十五部《江格尔》外，还于1974年和1976年先后用卡尔梅克文和俄文出版了《英雄史诗江格尔》② 和《英雄史诗江格尔研究》③ 两本书。他还编写了《卡尔梅克文学史》④ 一书中的"江格尔的英雄人物"一章。他对"江格尔"一词的来源、《江格尔》的产生时代、各个部之间的联系、主要人物和思想意义等方面提出了自己的看法。阿·科契克夫还先后发表两篇文章⑤，较客观地评价了1980年我国新疆人民出版社用托忒文出版的十五部《江格尔》的重要意义，并做了一些比较。埃·奥瓦洛夫专门研究"哈尔·黑纳斯之部"⑥，他对这一部作品的几种异文进行比较，分析了它的思想内容、人物形象、情节结构、诗歌特征、表现方式等问题。此外，值得提及的著作还有在1981年出版的《卡尔梅克文学史》（第一卷）和1982年出版的《蒙古人民的叙事诗歌》⑦。前者对《江格尔》做了系统的分析，其中有《江格尔》的英雄人物、演唱艺人、情节结构特征和诗歌特点四章。在后一本书中有关于《江格尔》的记录、出版、研究状况，有英雄神奇诞生母题、英雄的助手母题和妇女形象，还有《江格尔》中的赞词、江格尔奇的艺术风格等方面的论文。

据我所知，苏联的江格尔学，目前已经进入一个更高的发展阶段。它

---

① 《〈江格尔〉与突厥—蒙古人民的史诗创作问题》，莫斯科：《科学》出版社，1980。

② 科契克·图勒：《英雄史诗江格尔》，埃利斯塔：卡尔梅克图书出版社，1974。

③ 阿·科契克夫：《英雄史诗江格尔研究》，埃利斯塔，1976。

④ 《卡尔梅克文学史》第一卷，埃利斯塔：卡尔梅克图书出版社，1981。

⑤ 《苏维埃卡尔梅克报》1981年2月14日；《蒙古人民的民族学和民间文学》，埃利斯塔，1981，第41～55页。

⑥ 鄂·奥瓦洛夫：《〈江格尔〉史诗的残暴的哈尔·黑纳斯败北之部》，埃利斯塔：卡尔梅克图书出版社，1977。

⑦ 《蒙古人民的叙事诗歌》，埃利斯塔，1982。

在以下几个方面都有深入的研究。

第一，在过去的基础上，比较研究工作得到一定的进展。近年来苏联学者不但把《江格尔》与其他蒙古史诗进行比较，同蒙古其他民间文学体裁做比较，而且，与各种突厥语族人民的史诗进行了多方面的比较，探讨了它们之间的一些共同性问题。

第二，开始注意对《江格尔》的结构分析和母题研究问题。正如我在《关于蒙古史诗的类型研究》一文中所述，在 1978 年召开的"《江格尔》与突厥—蒙古各民族史诗创作问题"讨论会的前后，苏联学者发表了许多分析《江格尔》的母题的文章。

第三，在《江格尔》的版本分析和艺人研究方面有一定的成绩。奥瓦洛夫、比特克耶夫和桑嘎杰耶娃分别研究"哈尔·黑纳斯之部"以及江格尔奇鄂利扬·奥夫拉和巴桑戈夫的艺术风格，并以此方面的成果获得了副博士学位。当然，并不能说苏联的江格尔学已进入最高发展阶段，有人认为苏联学者还没有完全突破传统的研究方法，目前还缺乏创造性的研究精神①。

二　蒙古人民共和国和其他国家的研究

蒙古人民共和国学者在研究《江格尔》方面，也取得了一定的成绩。他们的研究也与搜集出版有着密切联系。在蒙古搜集这部史诗的工作是从 20 世纪初开始的。最早记录和发表这部史诗的是蒙古学者扎·策旺、芬兰蒙古学家拉姆斯特德和苏联科学院院士鲍·雅·符拉基米尔佐夫等人。当然，大量的篇幅是 1940 年以后蒙古科学工作者记录出版的。迄今为止，在蒙古国记录的《江格尔》共有三十多种，蒙古国学者乌·扎嘎德苏伦从中选了二十五篇，于 1968 年和 1978 年出版了《史诗江格尔》② 和《名扬四海的洪古尔》③ 两本书。这两本书都有长篇序言和较详细的注释。在第一

---

① 阿拉什·保尔曼什诺夫：《〈江格尔〉史诗研究现状》，载瓦·海希西主编《亚细亚研究》第 72 卷，威斯巴登：奥托·哈拉素维茨出版社，1981。
② 乌·扎嘎德苏伦：《史诗江格尔》，乌兰巴托：科学院出版社，1968。
③ 乌·扎嘎德苏伦：《名扬四海的洪古尔》，载《民间文学研究》第十一卷，乌兰巴托：科学院出版社，1978。

本书后面附有在苏联图瓦人中记录的与《江格尔》有密切关系的《博克多·昌格尔汗》。值得注意的是，在 1977 年，乌·扎嘎德苏伦等人记录了和硕特人玛·普尔布扎布演唱的"汗希日之部"①。这是在蒙古国记录的最完整的一部，它与我国新疆发现的作品相似。

　　蒙古国学者策·达木丁苏伦院士、宾·仁亲院士、巴·索德那木、乌·扎嘎德苏伦等先后发表了许多《江格尔》研究著作。巴·索德那木在 1944 年发表的文章中，把在蒙古记录的一些作品与苏联出版的《江格尔》进行了比较，他指出这些作品属于新发现，这种新发现的作品说明《江格尔》原来的规模比现在还大。他在 1946 年出版的《蒙古文学史略》② 中提出了一些见解。当时，苏联的一些权威性的学者断定《江格尔》产生于 15 世纪，但巴·索德那木根据蒙古国发现的材料，大胆地说《江格尔》的产生比 15 世纪还早，只是在流传过程中随着时代的变化，其内容也有所变化。他指出《江格尔》是一部人民的诗篇，它深刻地反映了古代蒙古人民的英雄业绩。策·达木丁苏伦在 1958 年应邀为在我国呼和浩特出版的《江格尔传》③ 作序，这是在我国发表的第一篇较系统地评价《江格尔》的文章。他在这篇文章中扼要地叙述了过去记录出版《江格尔》的情况、思想内容、艺术特色以及它在蒙古族文学史上的地位。策·达木丁苏伦在 1959 年把《江格尔》的一部选入《蒙古文学范例一百篇》④ 一书中，1963 年为在乌兰巴托出版的《江格尔》也写了序言，他谈到了蒙古国境内发掘的《江格尔》的部数及其讲述者和记录者。宾·仁亲先后发表过《江格尔》的一种布里亚特异文和与《江格尔》有联系的史诗《一百五十五岁的劳莫尔根老可汗》⑤，后者长达一万诗行，这是在《江格尔》研究方面具有重要意义的资料。他在《我们人民的史诗》⑥ 一文中，通过对蒙古国发现

---

① 见《蒙古人民的叙事诗歌》，埃利斯塔，1982；又见《蒙古民间英雄史诗》，乌兰巴托：国家出版社，1982。
② 巴·素德那木：《蒙古文学史略》，我国有汉文译本。
③ 《江格尔传》，内蒙古人民出版社，1958。
④ 策·达木丁苏伦编注《蒙古文学范例一百篇》，乌兰巴托：蒙古人民共和国科学高等教育出版社，1959。
⑤ 见瓦·海希西主编《亚细亚研究》第 43 卷，威斯巴登：奥托·哈拉素维茨出版社。
⑥ 宾·仁亲：《我们人民的史诗》，载《论蒙古人民的英雄史诗》，乌兰巴托：科学院出版社，1966。

的异文的分析，指出《江格尔》不仅流传在伏尔加河流域的卡尔梅克人和西蒙古卫拉特人中，而且在其他地区的喀尔喀人中，也同样广泛流传。乌·扎嘎德苏伦在《江格尔》的编辑出版和研究方面都有较突出的成绩。如前所述，他先后出版了《史诗江格尔》和《名扬四海的洪古尔》两本学术著作。第一本书中写有长篇序言，作品最后附有详细注释、介绍古今江格尔奇的消息、疑难词汇解释、英雄及战马和地名索引与参考书目。在第二本书中同样有上述各项。乌·扎嘎德苏伦还撰写了《蒙古文学概况》（第二卷）① 一书里的《江格尔》一节。他的著作涉及面很广，不仅谈到了《江格尔》在蒙古国境内的流传、演唱、调查记录以及蒙古国和其他国家的研究概况，而且分析了史诗的思想内容、人物形象和艺术性等方面的问题。

从 20 世纪五六十年代起，东欧、西欧和美国学者开始注意和重视江格尔学。在西德著名学者瓦·海希西的带动下，在欧美出现了大量的蒙古史诗研究著作，其中包括《江格尔》研究。当然，专门编述《江格尔》的论著并不太多，但是在分析蒙古史诗和世界各国史诗的著作中常常从不同角度提及这部长篇英雄史诗。西方学者注意史诗类型研究，他们分析史诗的结构和母题。我曾在一篇文章② 中指出，瓦·海希西教授把蒙古英雄史诗归纳为十四个大类型和三百多个母题，并专门研究了一批母题。他为了完成一部蒙古史诗研究巨著，系统地查阅了在我国、蒙古国、苏联和欧洲先后出版的《江格尔》史诗，除自己翻译外，还组织尼·波柏、维·菲特等人翻译出版了其中的几十部作品。同时，他在自己主编的《亚细亚研究》和《中央亚细亚研究》两套丛刊上发表了美国、苏联、中国、蒙古国和东欧、西欧学者的《江格尔》研究专著和论文，并刊登了蒙古国学者扎·策旺、宾·仁亲、格·仁钦桑布、普·好尔劳、乌·扎嘎德苏伦、达·策仁索德那木等编选的蒙古史诗及其德译文，其中有不少《江格尔》章节。尼·波柏把蒙古国乌·扎嘎德苏伦的《史诗江格尔》一书译为德文，在序言中他提到了这部作品的产生发展、主题思想、蒙古国境内发现的各种异文的

---

① 《蒙古文学概况》第二卷，乌兰巴托：科学院出版社，1977。
② 仁钦道尔吉：《关于蒙古史诗的类型研究》，《民族文学研究》1985 年第 4 期。

特点及其在蒙古国的流传等问题。在瓦·海希西主编的丛刊上，美国的卡尔梅克学者宝尔曼金·拉西（保尔曼什诺夫）发表了《〈江格尔〉史诗研究现状》①、《鄂利扬·奥夫拉的演唱艺术》② 等重要著作，在前一篇论文中，他系统地评介了俄国、苏联搜集、出版和研究《江格尔》的概况，并提出了自己对这部史诗某些方面的看法和将来各国研究者的合作问题。他建议各国学者的研究应当注意十三个方面的问题，其中谈到除卡尔梅克地区外，还应在蒙古人民共和国西部和中国的新疆、青海等地区的卫拉特人中寻找江格尔奇的问题和制作青海省以西地区的《江格尔》流传地图问题。宝尔曼金·拉西在后一篇文章中，深入分析了鄂利扬·奥夫拉的生平事迹和艺术风格，绘制了他家几代人的家谱。芬兰学者哈里·哈林为纪念芬兰著名的蒙古学家拉姆斯特德诞生一百周年而于1973年在赫尔辛基出版了拉姆斯特德在20世纪初记录的蒙古史诗和故事③，其中有几篇《江格尔》的篇章。捷克斯洛伐克蒙古学家帕·帕兀哈曾发表过一些江格尔学著作，他在1959年乌兰巴托举行的第一次国际蒙古学家会议上，宣读了题为《关于卡尔梅克史诗〈江格尔〉》④ 的论文，提出了自己的见解。他认为《江格尔》产生于中国新疆卫拉特蒙古地区，产生的时间约在13～17世纪的几百年间，其主要部分形成于17世纪。他又说，《江格尔》主要歌颂了江格尔和洪古尔二人的忠实友谊和结义。匈牙利的蒙古学家较多，其中卡哈·乔治、拉·劳仁兹和勒·勃什等人研究蒙古史诗。勃什曾到蒙古人民共和国戈壁阿尔泰省去记录《江格尔》，于1964年发表了《博克多·诺谚江格尔》一部。劳仁兹在1971年发表的一篇论文⑤中，分析了蒙古国出版的《史诗江格尔》一书的特点和意义、史诗的最初产生地区、卡尔梅克版本与蒙古国版本的关系等问题。他说《江格尔》不是在卡尔梅克人居住的伏尔加河流域产生的，而是来源于他们原来的故乡阿尔泰山地区。

---

① 阿拉什·保尔曼什诺夫：《〈江格尔〉史诗研究现状》，载瓦·海希西主编《亚细亚研究》第72卷，威斯巴登：奥托·哈拉素维茨出版社，1981。
② 阿拉什·保尔曼什诺夫：《鄂利扬·奥夫拉的演唱艺术》，载瓦·海希西主编《亚细亚研究》第73卷，威斯巴登：奥托·哈拉素维茨出版社，1982。
③ 哈里·哈林编、格·拉姆斯特德记录《北蒙古民间文学》第1卷，赫尔辛基，1973。
④ 《第一次国际蒙古学家大会》第3册。
⑤ 见《东方论丛》第24卷第2分册，匈牙利科学院，1971。

在国外，专门论述《江格尔》的论文、专著达数百种，至于在其他有关的著作中提及这部史诗的情况就更多了，由于本人掌握的资料有限，在一篇文章中不可能做出全面完整的介绍。

三　我国的研究

在我国，搜集、出版和研究《江格尔》的工作是新中国成立以后才开始的。新中国成立不久的 1950 年，上海商务印书馆即出版了边垣编写的《洪古尔》① 一书，它第一次向我国各民族读者提供了《江格尔》的部分内容。后来，莫尔根巴特尔和铁木耳杜希把苏联出版的十三部《江格尔》，由托忒文改写为回鹘式蒙古文于 1958 年在呼和浩特出版②。1964 年，新疆人民出版社用托忒文出版了这十三部《江格尔》。

从 1978 年起，我国在新疆开展了对《江格尔》的调查工作。在这一年，托·巴达玛、宝音和西格两人用五个月时间，到新疆天山南北十二个县的蒙古族聚居地区记录了《江格尔》的许多部，他们于 1980 年在乌鲁木齐、1982 年在呼和浩特先后用托忒蒙古文③和回鹘式蒙古文④各出版了相同的十五部《江格尔》。同年 7 月至 8 月，我和道尼日布扎木苏到新疆巴州，记录了巴桑、乌尔图那生和仁策演唱的《江格尔》四部。后来在新疆成立了《江格尔》工作领导小组和工作组，由自治区前副主席巴岱任领导小组组长。1980 年 3 月至 1981 年 9 月，在巴岱同志的领导下，《江格尔》工作组的同志们先后赴巴音郭楞、博尔塔拉、伊犁和塔城等地区的二十来个县，采访了六十多名江格尔奇，把他们演唱的《江格尔》共录制成 100 多个小时的录音磁带，计有 48 部（包括残缺的片段）作品的一百多种异文。后从中选了 17 部，于 1982 年至 1983 年铅印了资料本。我和贾木查于 1981 年 8 月至 9 月赴博尔塔拉蒙古自治州和伊犁哈萨克自治州的六个县，采访了十多位著名的江格尔奇，除录制他们演唱的《江格尔》外，还

---

①　边垣编《洪古尔》，上海商务印书馆，1950；作家出版社，1958。

②　《江格尔传》，内蒙古人民出版社，1958。

③　巴达玛、宝音和西格搜集整理《江格尔传》，新疆人民出版社，1980。

④　宝音和西格、巴达玛搜集整理《江格尔传》，内蒙古人民出版社，1982。

记录了大量具有科学价值的资料。后来，在新疆又发现一批作品，至今在新疆记录的《江格尔》共有六十多部独立的作品的一百多种异文。最近，我得到了新疆人民出版社于1985年3月出版的《江格尔资料》（第3～5卷）①，这三卷资料本共收入《江格尔》八部。据可靠消息说，他们还准备印10本资料。目前，在苏联出版的《江格尔》有25部（包括几个重复的异文）、蒙古国出版了25部（包括重复和残缺部分）、我国已出版了54部，并有一大部分准备出版，在全部出版后，《江格尔》将会有七十多部独立的作品的近二百种异文，长达十万诗行左右。关于我国学者的《江格尔》研究状况，宝音和西格同志曾发表文章②做了详细的论述。"江格尔学"在我国起步较晚，它的发展可以分为三个阶段。

20世纪50～60年代，是对《江格尔》做初步评介和解释的阶段。尽管《江格尔》在我国新疆的蒙古族人民中产生和广泛流传，在国外出版了许多有关这部英雄史诗的著作，但在新中国成立以前，我国学术界并不熟悉这些情况。50年代以来，在我国出版了《江格尔》的一些章节以后，才有一批人开始进行研究。色道尔吉、诺尔布、仁钦嘎瓦、额尔德尼等同志发表文章，对这部史诗进行了初步的评介和注释工作。其中色道尔吉做的工作较多，他不仅把《江格尔》的两部作品译成汉文，而且写了较全面的介绍。在60年代，我也曾写过文章，其他一些同志也进行了研究，但我们的研究成果，在当时尚未与读者见面。"文化大革命"的开始，使《江格尔》研究停顿了近十五年。当然，一些同志对这部史诗的兴趣并未减弱，他们的研究也不可能完全停止。

1978年至1982年上半年，《江格尔》研究进入恢复和初步发展阶段。"四人帮"横行之时，批判民间文学"歌颂了帝王将相"。粉碎"四人帮"以后，为了澄清事实，恢复和发展全国民间文学事业，中国社会科学院文学研究所各民族民间文学室的几位同志均发表了相关文章。1978年，贾芝同志在《文学评论》杂志复刊后的第一期上发表了系统批判"四人帮"破坏民间文学事业的文章，我在第二期上发表了《评〈江格尔〉里的洪古尔形象》③

---

① 《江格尔资料》（第3～5卷），新疆人民出版社，1985。
② 宝音和西格：《国内〈江格尔〉研究概况》，《内蒙古日报》（蒙古文版）1984年8月20日。
③ 《文学评论》1978年第2期。

一文。这是一篇在 1963 年完成草稿、1978 年修改发表的论文。我通过从思想艺术上分析这部长篇史诗及其主要人物，说明了《江格尔》等民间文学作品不是封建阶级的反动文学，而是劳动人民的集体创作；民间英雄史诗的英雄人物是人民群众运用现实与理想相结合的方法创作出来的艺术形象，在他们身上反映了人民的思想和愿望；洪古尔是这部史诗主要人物中最成功的艺术形象。后来，色道尔吉①、纳·赛西雅拉图②、宝音和西格③等研究者分别发表了论文。色道尔吉在《略论江格尔》一文中，较深刻地分析了江格尔、洪古尔和阿拉坦策基等主要人物，他认为史诗的中心人物是江格尔。纳·赛西雅拉图在论文《论〈江格尔〉的主题及艺术特点》中，谈了史诗的主题思想、艺术特色及其在蒙古族文学史上的地位问题。宝音和西格指出，《江格尔》产生于卫拉特人西迁到阿尔泰地区后的 14 世纪左右。此外，巴达玛和贾木查的文章也较系统地介绍了这部史诗流传、演唱和搜集的情况。

从上述论文可以看到，尽管《江格尔》研究停顿了十五年，但这个时期的研究水平与 20 世纪 50～60 年代已大不相同。第一，在这一时期发表文章的大多是一二十年前开始研究工作的比较成熟的作者，他们的论文比较系统、深刻地介绍、分析作品，具有一定的学术水平。第二，论文的涉及面较广，包括了作品的各个主要方面，诸如主题、人物、诗歌艺术、产生时代、地区以及流传和演唱情况。

1982 年 8 月于乌鲁木齐举行的新疆维吾尔自治区首次《江格尔》学术讨论会和 1983 年 8 月在西宁召开的全国少数民族史诗学术讨论会，推动和加快了这门学科的发展，使它进入了一个更高的发展阶段。乌鲁木齐会议共收到论文 38 篇，向西宁会议提交的有关《江格尔》的论文也有十多篇。除这两次的会议论文外，学者们后来还发表了几十篇内容丰富的文章。这种现象说明，我国已经有了一支初具规模的《江格尔》研究队伍，在他们的研究成果中有学术论文、评介文章和调查报告，有的分析作品的思想内容、人物形象和艺术特色，有的谈论其社会价值和在文学史上的地位，有的介绍国内外的流传、搜集、出版及

---

① 《内蒙古日报》1979 年 12 月 12 日。
② 《内蒙古师范学院学报》（蒙古文版）1980 年第 4 期。
③ 《内蒙古大学学报》（蒙古文版）1981 年第 3 期。

研究状况，有的评价艺人和分析版本，有的则考据作品产生的时代和地区。在这一时期，对《江格尔》的研究角度也在扩大，除文学、语言学外，学者们又从美学、哲学、宗教学和民俗学等角度发表了文章。例如，色道尔吉的《蒙古族英雄史诗〈江格尔〉》① 一文，就进一步探讨了《江格尔》产生的时代和地区，以及社会内容、主题思想和人物形象。值得提出的是，他断定《江格尔》产生在"阿尔泰地区的传统居民土尔扈特部人中间"，其时代是从氏族社会末期，经过奴隶社会到封建社会。巴雅尔的论文《〈江格尔〉在蒙古文学史上的地位》② 从各个不同角度深入分析作品，说明从思想性、艺术性和反映社会内容的深度和广度方面，可以把《江格尔》与《蒙古秘史》、《格斯尔》相提并论，它是蒙古文学发展史上的三个高峰之一。这篇文章在分析史诗里的战争方面有独到之处。宝音和西格的《与分析〈江格尔〉的人物及主题思想有关的几个问题》③ 一文指出：《江格尔》从它以前有过的各种民间文学体裁的作品中吸收了许多东西，不能以这些吸收部分代替主体部分；这部史诗的各部反映了不同的内容，在不同的内容中出现的人物性格不同；不能以某种体裁的产生代替这种体裁的具体作品的产生时代。

在这一时期，巴达玛、贾木查、宝音和西格和我在新疆进行了《江格尔》调查工作，在发掘该部史诗几十个独立的章节的同时，还发现了有关《江格尔》和江格尔奇的大量资料。巴图那生④和贾木查⑤的调查报告很有意义，在《江格尔》的产生和流传、演唱情况、古今演唱艺人等方面提供了大量的消息和传说。他们的调查说明，在17世纪上半叶和鄂尔鲁克率土尔扈特部西迁以前，在新疆已经有人会演唱《江格尔》的数十部诗篇。我根据自己的调查材料，并利用巴图那生、贾木查、巴达玛、卡那拉等人的文章和报告，完成了《关于新疆的〈江格尔〉和江格尔奇》⑥ 一文，于1983年9月在西德首都波恩举行的国际蒙古史诗讨论会上宣读。我除了归纳各种资料、信

---

① 《新疆民族文学》1982年第4期。

② 新疆维吾尔自治区第一次《江格尔》学术讨论会论文。

③ 《内蒙古大学学报》（蒙古文版）1982年第4期。

④ 加·巴图那生、王清：《〈江格尔传〉在和布克赛尔流传情况调查》，《民族文学研究》1984年第1期。

⑤ 特·贾木查：《试论〈江格尔传〉产生的时间和地点问题》，《新疆社会科学》1983年第2期。

⑥ 见瓦·海希西主编《亚细亚研究》第91卷；《内蒙古师范大学学报》（蒙古文版）1984年第2期。

息，系统地介绍《江格尔》在新疆的流传、演唱及其古今演唱艺人情况外，初步比较和分析了在我国、苏联和蒙古人民共和国出版的上百种异文，通过实事说明了它们的同源异流关系和从我国新疆逐步流传到蒙古人民共和国以及苏联的卡尔梅克、布里亚特、图瓦和阿尔泰等地区的途径。此外，我曾发表过《〈江格尔〉研究概述》①《略论〈江格尔〉的主题和人物》② 等论文。

在这一时期，还出现了从多角度进行研究的现象，作者的范围超出了文学研究领域。例如，格日勒图和乌冉从美学角度、贺希格陶克陶从宗教学角度、满都夫从哲学和美学角度、贺·宝音巴图从民俗学角度评价了《江格尔》。

总之，第三阶段的特征是：在发掘大量前所未有的资料的基础上，研究队伍和文章的数量迅猛增加，论文的学术水平显著提高，研究范围和角度明显扩大，研究方法逐渐多样化。这种情况说明我国的"江格尔学"开始进入多层次、多角度研究时期。但与上述一些国家相比较，我们的"江格尔学"比较落后。如比较研究、分析史诗的结构与母题、探讨艺人的艺术风格等方面的研究还未开展。但由于现在已有一定的基础，也有比较好的条件，我们将有可能更上一层楼，提高我们的研究水平，以期早日进入世界"江格尔学"的先进行列之中。

上述国内外研究情况，足以说明英雄史诗《江格尔》引起了各国蒙古学家和史诗学家的注意和重视。虽然，各国江格尔学的研究队伍状况、发展水平和研究方法、角度有所不同，但他们从各个不同的方面对《江格尔》展开了研究，做出了自己的贡献，使这门学科基本上达到或接近于同类学科的发展程度。随着各国民间文学调查工作的深入，在各有关国家，尤其是在我国——《江格尔》的故乡，新发现了大量前所未有的《江格尔》的部分，这种新发现向学者们提出了许多新课题，有待于他们去解决。同样，对过去已经出版的《江格尔》部分，尽管进行了比较深入的研究，解决了不少重要问题，但对另外一些重要方面，还未来得及研究或研究不够深刻，与应达到的水平还有一定距离。因此，各国学者应当密切合作，共同提高国际江格尔学的学术水平，使它从各个方面赶上同类学科。我们相信，这一天为期不会太远了。

---

① 《蒙古语言文学》1984 年第 2 期。
② 《民族文学研究》1983 年创刊号。

近百年来我国对印度两大史诗的翻译与研究[*]

王向远^{**}

一 对两大史诗的初步译介

印度两大史诗《摩诃婆罗多》和《罗摩衍那》，卷帙浩繁，内容包罗万象，堪称古代印度的百科全书，在印度文化史、文学史上具有崇高的地位。后者以罗摩和妻子悉多的悲欢离合为中心情节，前者以两族堂兄弟为争夺国土和政权而爆发大战为主线，广泛描绘了古代印度历史、政治、宗教信仰、家庭、习俗、民族心理等各个方面。两大史诗作为印度文学的两块基石，集印度神话、传说之大成，为后来的戏剧、诗歌、小说等文学作品提供了丰富的题材来源。它们还是婆罗门教—印度教的神圣经典，其中的主要人物一直受到教徒们的虔诚崇拜。几千年来，两大史诗作为印度人民的精神支柱和印度文化的象征，在印度家喻户晓，并且对泰国、印尼、柬埔寨等东南亚国家的古代与现代文学都有不小的影响。但在我国，知道两大史诗的存在却是晚近的事。我国古代所译介的印度典籍，均与佛教有关，由于两大史诗不是佛教经典，故一直没有译介。但专家们的研究也证实，在汉译佛经如《六度集经》和《杂宝藏经》中，都有与《罗摩衍那》的主干性情节相类似的故事。

到了 20 世纪初，我国文学家、学者开始注意到印度两大史诗。如鲁迅写于 1907 年的长篇论文《摩罗诗力说》在谈到印度文学时说："天竺古有《韦

---

* 原文发表于《南亚研究》2001 年第 1 期。
** 王向远，北京师范大学文学院教授，主要研究领域：东方学与东方文学、比较文学与翻译学等。

陀》四种，瑰丽幽夐，称世界大文；其《摩诃波罗多》暨《罗摩衍那》二赋，亦至美妙。"同年，苏曼殊在《〈文学因缘〉自序》中说："印度为哲学文物源渊，俯视希腊，诚后进耳。其《摩诃婆罗多》（Mahabrata）、《罗摩衍那》（Ramayana）二章，衲谓中土名著，虽《孔雀东南飞》《北征》《南山》诸什，亦逊彼闳美。"1911 年，他在《答玛德利玛湘处士论佛教书》中又写道："案《摩诃婆罗多》，与《罗摩延》二书，为长篇叙事诗，虽颌马亦不足望其项背。考二诗之作，在吾震旦商时，此土尚无译本；惟《华严经》偶述其名称，谓出马鸣菩萨手。文固旷劫难逢，衲意奘公当日，以其无关正教，因弗之译，与《赖吒和罗》，俱作《广陵散》耳。"1913 年，苏曼殊又在《燕子龛随笔》中说："印度'Mahabrata'、'Ramayana'两篇，闳丽渊雅，为长篇叙事诗，欧洲治文学者视为鸿宝，犹'Iliad'、'Odyssey'二篇之于希腊也。此土向无译述，唯《华严疏抄》中有云：《婆罗多书》、《罗摩延书》，是其名称。"由这几段文字，可见苏曼殊对印度两大史诗的推崇。1921 年 3 月，作家滕固（若渠）在《东方杂志》第 18 卷 5 号上发表《梵文学》一文，其中对《罗摩衍那》的故事情节做了介绍。

较早全面介绍两大史诗的，是著名学者、文学家郑振铎。郑振铎在 1927 年出版的世界文学史巨著《文学大纲》中，以名家名作的评析为中心，综述古今中外各国文学的成就。其中，上册第六章为《印度的史诗》。在这一章的开头，郑振铎这样写道：

> 印度的史诗《马哈巴拉泰》（Mahabharata）和《拉马耶那》（Ramayana）是两篇世界最古的文学作品，是印度的人民的文学圣书，是他们的一切人——自儿童以至成年，自家中的忙碌的主妇以至旅游的行人，都崇敬的喜悦的不息的颂读着的书。印度的圣书《吠陀》，其影响所及，不过是一部分的知识阶级，不及《马哈巴拉泰》及《拉马耶那》之为一切人所诵读。……在事实上来说，这两篇史诗实可算是最幻变奇异的；在文学艺术上来说，他们又是可惊异的精练的；在篇幅上来说，他们又是世界上的所有的史诗中的最长的。

虽然今天看来"可惊异的精练的"这一评语并不恰当（两大史诗特别是《摩诃婆罗多》以内容芜杂、枝蔓为许多研究者所诟病），但郑振铎对两大史诗的介绍和基本定位是正确的。由于有了《文学大纲》的这一章，现代中国的一般读者才比较系统地了解了印度两大史诗的大体内容，以及它们在印度文学史乃至世界文学史上的地位。

最早尝试翻译两大史诗的是糜文开。糜文开（1908~1983）曾作为民国政府驻印度外交官员，居住印度十年，国民党政权迁台后，在台湾大学、师范大学等高校任教授，著有《圣雄甘地传》《印度文学欣赏》《印度文化论集》《印度文化十八篇》等，是中国台湾地区首屈一指的印度问题及印度文学研究专家。1950年，糜文开用散文体编译了两大史诗，书名就叫《印度两大史诗》，并由台湾商务印书馆出版。据糜文开在译本"弁言"中说，这个本子的主要底本是英国人 D. A. 麦肯齐用散文体翻译改编的两大史诗《印度神话与传说》，同时参照其他英文译本，"拼合剪接"而成，全书共14节12万字，可以说是一个两大史诗的梗概本。现在看来，这个本子还只是一个入门导读性的东西，但在20世纪50年代以后的30多年间，它几乎是台湾乃至香港地区的读者了解两大史诗的唯一中文译本，产生了一定的影响。糜文开对两大史诗的见解，今天看来仍有启发性。在"弁言"中，他写道："泰戈尔说'恶是不完全的善，丑是不完全的美'。印度史诗中表现的恶人也保留着善心，拉伐那的恸哭儿子，出于真情，备见亲子之爱。难敌的将死，他以他的盟友残杀五个无辜的小孩为憾。这种人的本性都具备善的见解，和孟子的学说相类似，也是值得我们注意的。"东西方的一些两大史诗的研究者和读者，常为史诗中的正面角色干坏事，而反面角色却也干好事，感到困惑。糜文开这几句看似简单的话，确是理解印度人善恶相对论的一把钥匙。他还说："《摩诃婆罗多》是血肉的人物，《罗摩衍那》是理想的品格。《摩诃婆罗多》描绘勇敢的英雄主义和侠义的武士主义的政治生活；《罗摩衍那》雕塑古印度慈爱而甜蜜的家庭生活和虔敬而苦行的宗教生活。要两者合起来，才能给我们完成一幅古印度生活的真实而生动的图画。"这也是对两大史诗与古代印度人生活的比较准确的概括。

在中国大陆，1962年，人民文学出版社出版了著名翻译家孙用翻译的《腊玛衍那·玛哈帕腊达》，这是两大史诗的合译本。这个译本是根据印度学者罗莫什·杜德的英文节译本翻译的。两部史诗的节译本各有四千行左右，在篇幅上约相当于《罗摩衍那》的十二分之一和《摩诃婆罗多》的五十分之一，却基本保留了原作的中心故事。孙用在译本前言中说："这个译本不足以代表原诗，不过是尝鼎一脔，暂时填充一下这两部伟大的史诗的从无到有的空白而已。"在季羡林的《罗摩衍那》全译本出版之前，从20世纪60年代到80年代，孙用的这个译本一直是我国读者了解两大史诗通行的译本。而且，不是从史料而是从文学欣赏的角度看，孙用的译本在今天看来仍然是翻译得最精心，翻译得最有"诗味"的本子。这个译本虽然所依据的不是梵文原本，却刻意保留了梵文原诗"输洛迦"（又译作"颂"）的格律形式，即绝大部分诗句以两行为一个小节（少数是三行或四行的），每小节的两行诗句各16个音节，分4个音步。孙用的译本保留了原诗的基本格律，同时按照汉语诗歌的特点，尽量使两行诗句押韵。这样读来音韵铿锵，朗朗上口，试举几节译诗为例：

> 神圣的守夜完了，腊玛披着丝绸的长衣，
> 对祭司们说明了他嗣位的重大的消息，
>
> 祭司们立即向人民传达，节日已经降临，
> 繁盛的市场和街道响起了鼓声和笛音，
>
> 市民们都听到了他们的守夜，皆大欢喜，
> 腊玛和悉达的守夜，为了这一天的吉礼。

就这样几乎每一行诗都是16个字音，每一节诗都是32个字音，而且大体押韵。这既保持了原诗的格律，也维护了整个译文风格的统一。用这种严格的格律翻译了8000行诗，是很不容易的事情，充分体现出译者本人的诗人素质和作为一个翻译家深厚的语言文学功力。这一点保证了译本的长久的生命力。直到今天，孙用的译本对于一般读者而言，仍然是最具文学性和可读性的节译本。

在孙用的诗体节译本出版前后，还出版了几种散文体的两大史诗改写本，如中国青年出版社1959年出版、唐季雍根据印度学者拉贾戈帕拉查理的改写本翻译的《摩诃婆罗多的故事》，以及1962年出版、冯金辛等根据印度学者玛朱姆达的改写本翻译的《罗摩衍那的故事》。20世纪80年代季羡林的全译本陆续出版后，还有董友忱翻译的《摩诃婆罗多》改写本、黄

志坤翻译的《罗摩衍那》改写本陆续出版（湖南人民出版社 1984 年版），这些不同的改写本，满足了普通读者了解印度两大史诗的需要。

二 季羡林对《罗摩衍那》的翻译与研究

1980 年后，季羡林教授翻译的《罗摩衍那》全译本由人民文学出版社陆续出版。全译本共 7 卷 8 册，分平装和精装两种样式，到 1984 年全部出齐。《罗摩衍那》的翻译出版，在我国文学翻译史上，在中印文化交流史上，都是一件大事。一个国家文化进步发达的重要标志之一，就是世界著名典籍在该国有译本。《罗摩衍那》作为世界主要文学遗产之一，在许多国家都有翻译本。我国在改革开放初期就推出了全译本，集中地体现了我国包括印度文学在内的外国文学译介繁荣时期的到来。季羡林是在 1973 年开始动笔翻译《罗摩衍那》的，到 1983 年译完。其间一部分时间正值"文化大革命"时期。季羡林克服了种种困难，以积极乐观的生活态度和对印度文学翻译事业的高度的使命感，历经十年，终于完成了长达 9 万余行的《罗摩衍那》的翻译，填补了我国翻译文学上的一项重大的空白。该书出版后好评如潮，并获得了国家有关部门颁发的新闻出版方面的最高奖项。

关于《罗摩衍那》的翻译情况，译者在译本第一卷的"前言"、第三卷和第六卷的"本卷附记"、第七卷的"全书译后记"中，都有详细的交代。由于原文是梵文，国内通者寥寥，季羡林又是权威的梵文专家，因此，一般人很难对译本本身做深入的评论。直到今天，我们也只能从译本的读者的角度来看问题。从翻译文学的意义上说，《罗摩衍那》是文学作品，而且是诗，译本不应当是原作的一种简单的替代品，它本身也应该是一种文学作品，有自给自足的独立的审美价值。应该说，单从译本语言的角度看，季羡林的译文清楚、明白、流畅，但从文学艺术的角度看，则嫌过于直白，而含蕴不足，诗意不浓。给读者造成这种感觉的原因比较复杂。首先是原作的原因。对此，季羡林在"全书译后记"中写道：

> ……既然是诗，就必须应该有诗意，这是我们共同而合理的期望。可在实际上，《罗摩衍那》却在很多地方不是这个样子。……大

多数篇章却是平铺直叙，了无变化，有的甚至叠床架屋，重复可厌。更令人难以忍受的是一些人名、国名、树名、花名、兵器名、器具名，堆砌在一起，韵律是合的，都是输洛迦体，一个音节也不少，不能否认是"诗"，但是真正的诗难道就应该是这样子的吗？我既然要忠实于原文，便只好硬着头皮，把这一堆古里古怪、佶屈聱牙的名字一个一个忠实地译成汉文。

啰唆重复、拖泥带水、铺张扬厉，是印度文学的一大特点，这是由它的"口传"文学的性质所决定的，与我国的"笔墨"文学的惜墨如金、含蓄蕴藉、微言大义极不相同。译者不得不把这样的诗句译出来，自然就影响了中国读者对"诗意"的期待。再从译文本身来看，似乎也与译者所选择的翻译文体有关。在翻译文体上，季羡林采用的是"顺口溜式的民歌体"，特点是"每行字数不要相差太多，押大体上能够上口的韵"。用这个文体翻译起来当然比较简便，但不是没有缺憾。首先，原作的所谓"输洛迦"的诗律形式完全看不见了，译文没了"洋味"，同时又由于内容上、语言上的种种限制，译文的中国"民歌体"的风味也难以体现。据译者自己说，他对这种"民歌体"也不满意，"越来越觉得别扭"，到了第六卷下半部时，便改成了"七言绝句、少数五言绝句式的顺口溜"。但是这样一改，全诗的文体风格的统一性又势必受到影响。所以季羡林说："我始终没有能够找到一个比较理想的翻译外国史诗的中国诗体。"此话既是译者的自谦之辞，也反映出了译者自身的困惑。比较地看，上述孙用的两大史诗的译文文体，应该是一个颇为成功的尝试；金克木翻译的迦梨陀娑的长诗《云使》，更是翻译印度古诗的典范。不知道季羡林在翻译大史诗的时候，为什么没能借鉴早先已出版的这些译文。

季羡林不仅是《罗摩衍那》的译者，同时也是我国《罗摩衍那》的研究专家。他的研究成果集中体现在题为《罗摩衍那初探》的专著中（全书九万字，外国文学出版社出版）。这本书在《罗摩衍那》译本出版之前的1979年9月问世，为读者研读和理解译本提供了必要的背景知识。在这本书中，季羡林对《罗摩衍那》的性质与特点、作者、内容、成书过程与年代、与《摩诃婆罗多》的关系、与佛教的关系、语言、诗律、传本、评价、与中国的关系、译文的版本、译音、译本的文体等各种问题，都做了研究和阐述。这本书的基本材料当然来自外文，但作者站在中国学者的立场上，努力用马克思主义的原则对作品做出实事求是的评价，形成了自己的观点和看法，同时也带有鲜明的时代特点。这一点，在《成书的年代》一章中表现得最为充分。他引经据典，用了不少的篇幅来论证《罗摩衍那》所反映的社会是封建社会，并力图说明《罗摩衍那》中所表现的伦理道德观念，如父子关系（父子有亲、父为子纲）、兄弟关系（长幼有序）、朋友关系（朋友有信）、孝、贞等，都是封建的观念。他认为："所有《罗摩衍那》里的这些道德教条都有其一定的阶级内容，这是毫无疑义的。"他写道："我们可以下这样一个结论，《罗摩衍那》的道德论是封建社会的道德论，它的目的是为了维护和巩固封建统治，维护和巩固封建的男性家长制家庭。"这样的研究思路和结论，显然具有作者写作的20世纪70年代后期的那种思维定式的痕迹。诚然，用马克思主义的观点和方法研究问题，是正确的和必要的，但马克思主义的精髓是具体问题具体分析。马克思本人对印度是比较熟悉的，他曾把以印度为典型代表的亚洲社会称为"亚细亚生产方式"，认为印度社会是几千年来社会结构没有变化的停滞的社会，也就是说，并没有西欧那样的奴隶社会与封建社会之分。季羡林在文章中常常援引的现代印度的马克思主义史学家高善必在《印度古代文化与文明史纲》一书中也认为：人类社会经历了奴隶社会、封建社会、资本主义、社会主义几个历史阶段，"而印度历史却不能完全用这个死板的框框去套"（见商务印书馆出版的中文译本第28页）。似乎可以说，《罗摩衍那初探》指出的史诗中所反映的所谓"封建观念"，并不见得是"一定的阶级"的观念，实际上倒似乎是东方传统农业社会的一些基本伦理观念，也是东方传统文明的重要组成部分。其中有些内容，如对父母的孝敬、对兄长的尊重、对爱情的忠贞，即使到了现代社会也没有完全丧失它的价值。不作如是观，我们就不能解释：在20世纪后期的中国，翻译这样一本充满"封建糟粕"的书还有多大的必要和价值。

1988年，人民文学出版社出版了金鼎汉翻译的《罗摩功行之湖》。《罗摩功行之湖》是16、17世纪著名诗人杜勒西达斯主要依据《罗摩衍那》大史诗所做的印地语的改写本，据说在印度某些地区的影响要超过

《罗摩衍那》。这部作品共有七篇，两万一千多行。中文译本的出版为我国读者深入了解《罗摩衍那》及其在印度的影响，提供了方便。

三 金克木、赵国华、黄宝生等对《摩诃婆罗多》的翻译

另一部大史诗《摩诃婆罗多》的篇幅比《罗摩衍那》长得多，单凭一人之力难以完成。20世纪80年代初，金克木、赵国华、黄宝生、席必庄等梵语文学专家、翻译家们开始了《摩诃婆罗多》的翻译工作。1987年，人民文学出版社出版了金克木、赵国华、席必庄、郭良鋆翻译的《摩诃婆罗多插话选》（以下简称《插话选》）上下两册。所谓"插话"，就是穿插在史诗主干故事情节中的一些中小故事。这样的故事在《摩诃婆罗多》中占了相当大的篇幅。在史诗的18篇中，第一篇、第三篇的插话最多，《插话选》从这两篇中选出15篇长短不等的插话。这些插话都有独立完整的情节和人物，具有一定的欣赏价值，并可从中管窥大史诗的风貌。在翻译技巧方面，正如金克木在《译本序》中所说："这些插话的翻译保持了原来的诗体句、节形式，却没有多用汉语的七言诗句型。这样用诗体译诗体，用吟唱体译吟唱体，只能说是一个尝试。"《插话选》按四句一节的格式翻译，每句在七到九个字之间，每节均有韵脚；灵活多变，变中有序，读起来颇有诗味。《插话选》的翻译出版，作为《摩诃婆罗多》大史诗全译的先期成果，为史诗的全译积累了经验。

《摩诃婆罗多》原作分18篇，中文全译本拟分12卷：第一卷《初篇》，第二卷《大会篇》、《森林篇》（上），第三卷《森林篇》（下），第四卷《毗吒罗篇》《斡旋篇》，第五卷《毗湿摩篇》，第六卷《德罗纳篇》，第七卷《迦尔纳篇》，第八卷《沙利耶篇》《夜袭篇》《妇女篇》，第九卷《和平篇》（上），第十卷《和平篇》（下），第十一卷《教戒篇》，第十二卷《马祭篇》《林居篇》《杵战篇》《远行篇》《升天篇》。到1993年，中国社会科学出版社出版了金克木、赵国华、席必庄翻译的第一卷《初篇》。据赵国华在第一卷"后记"中透露，《初篇》译竣于1986年，落实出版问题似乎颇费周析。出版这样的书，耗资巨大，印数又不会多，出版的困难可想而知，直到5年后的1991年，中国社会科学出版社才决定出版。这一

卷为精装，580 多页。以散文形式设计版式，但同时用序号标明了诗节。关于为什么要译成散文体，金克木在《译本序》中解释说："遗憾的是原来的诗体无法照搬，原书虽用古语，却大体上是可以通俗的诗句，不便改成弹词或新诗。我们决定还是照印度现代语全译本和英译全本、俄译全本的先例，译成散文。有诗意的原文不会因散文翻译而索然无味。本来无诗意只有诗体的部分更不会尽失原样。这样也许比译成中国诗体更接近一点原文诗体，丧失的只是口头吟诵的韵律。"散文体的译文没有韵脚，各诗句也没有字数上的限制，这样翻译起来相对自由些，在印刷上也节省篇页和纸张，但不可否认，它至少是在直观上容易使读者失去"诗"的感觉。当然，它也不失为两大史诗汉译的一种方式。看来，翻译《摩诃婆罗多》这样的大史诗，是一种探索，也是一种挑战，个中困难可想而知。对此，主要译者赵国华在第一卷"后记"中充满感慨地写道："翻译这部大史诗，却犹如跋涉在无际的沙漠，倾尽满腔热血，付出整个生命，最终所见或许只是骆驼刺的朦胧的绿。"这话却不幸成了谶语，赵国华在几年之后因过度劳累，英年猝逝。而大史诗的其他各卷的翻译看来也因此受到一定影响，一直到 10 年后的今天也未见按顺序陆续出版。

但是，《摩诃婆罗多》的翻译出版在这十年中还是有一些进展的。1989 年，中国社会科学出版社出版了张保胜翻译的《薄伽梵歌》。这是《摩诃婆罗多》第六篇《毗湿摩篇》中的一段著名的哲学插话，共计 18 章（第 23～40 章），也可以说是整部史诗的哲学思想基础。《薄伽梵歌》虽然是作为哲学著作来翻译的，但译者以四句一节的诗体来译，大多押韵，不乏哲理诗的韵味，而且译者做了大量注释，为读者的阅读理解提供了方便。《薄伽梵歌》译本出版 10 年后，黄宝生翻译的《摩诃婆罗多·毗湿摩篇》由南京的译林出版社列入"世界英雄史诗译丛"中，于 1999 年出版。黄宝生的译本也按诗体翻译，而且大体保持了"颂"体诗的两行（少数三、四行）四音步的格式，用词雅训而又易懂，可以说是大史诗翻译的比较完善的译文。将来如果《摩诃婆罗多》其他各卷均能按此格式和水准译出，那将可以保证整个翻译的成功。

在两大史诗翻译出版的同时，有关两大史诗的研究文章也散见于学术期刊中。在 1980 年以来的 20 多年间，两大史诗的评论和研究成为印度文学乃至整个东方文学研究的重点之一。北京大学和中国社会科学院等单位的学者专家，还曾在北京召开过专门的印度两大史诗学术研讨会。《南亚研究》《国外文学》《外国文学评论》等权威的学术期刊，都发表了一些研究文章。除了上述的季羡林、金克木、赵国华等大史诗的译者写的文章外，值得注意的还有刘安武教授的研究成果。刘安武虽然不专攻梵语文学，但他利用大史诗的印地语译本，对大史诗做了认真的研读。他和季羡林共同编选的《印度两大史诗评论汇编》（由中国社会科学出版社于1984年出版）汇集了印度国内外两大史诗研究的有代表性的成果，是我国学者研究两大史诗不可不读的书。近些年来，刘安武发表了一系列有关大史诗的论文，如《黑天的形象及其演变》《试论印度大史诗〈摩诃婆罗多〉的妇女观》《艺术化了的伦理道德意识——〈罗摩衍那〉的一种思想倾向》《印度大史诗〈摩诃婆罗多〉的战争观》《剖析印度大史诗〈摩诃婆罗多〉的正法论》《罗摩和悉多——一夫一妻的典范》《关于印度大史诗〈罗摩衍那〉的国家观》等十来篇文章。据知，他还把这些论文集中起来，再添写《〈摩诃婆罗多〉中的民主意识》《印度两大史诗对后世的影响》等，编成了题为《印度两大史诗研究》的专题文集，交北京大学出版社出版。这将成为继季羡林的《罗摩衍那初探》之后，我国学者的第二部印度史诗研究专著。刘安武的这些文章从哲学、伦理学以及家庭、国家、战争等不同的侧面，对两大史诗的内容做了探讨。他对故事情节和人物形象做了细致入微的分析和概括，得出了朴素平实的结论。不过，刘安武对两大史诗的研究，其视角基本是社会学的、反映论的，而较少哲学、文化人类学、宗教心理学、美学等层面上的探讨。由于两大史诗的神秘主义的、玄学的、超现实的倾向，将庞杂的、有时是前后矛盾的故事及言论编在一起，以及不以矛盾为矛盾的相对主义，决定了它在国家、战争、伦理道德等问题上，往往不是简单的写实性的反映。还有，史诗中的个别人物反对种姓等级制度的有关言行，对战争中残虐嗜杀行为的否定，以及女性对自我尊严的维护，这些究竟是局限在古老的婆罗门教思想的范围之内呢，还是已经达到了刘安武所说的"民主意识"的高度？看来，许许多多的问题，仍为今后的两大史诗研究留下了继续探讨的广阔空间。

口传史诗诗学的几点思考[*]

——兼评朝戈金《口传史诗诗学》

钟敬文[**]

摘 要：口传史诗是世界上许多民族流传不息的文化现象。中国在史诗的记录和出版上取得了前所未有的成绩，史诗研究也正在进入由资料向客观历史中的史诗传统的还原与探究。朝戈金的《口传史诗诗学》就是基于民族史诗传统，在大量田野调查和理论积累的情况下，对民族史诗《江格尔》（歌手舟皮勒）演唱的"程式句法"研究的成果。

关键词：史诗；诗学；《江格尔》；程式句法

这是我在西下庄度过的第九个暑期了。

桌上放着朝戈金同学日前送来的一本新书：《口头诗学：帕里－洛德理论》，这是他用了数年时间翻译出来的一部民俗学理论书籍，著者是密苏里大学"口头传统研究中心"主任约翰·迈尔斯·弗里教授。我一眼看到这本书，就直觉地喜欢它：深绿色的封面上，一位南斯拉夫史诗歌手正抚琴演唱，老树下是专心致志的听众，有妇孺、农夫、猎人……虽然这只是一幅油画（封底上注明它现藏于贝尔格莱德的一家博物馆），却一下唤起了我的想象：在中国有多少类似的场景——不是静止的风俗画面，而是鲜活的史诗演唱活动！

为什么这里我要先提及这部译著呢？一是因为它的出版为我们的民俗

---

　* 原文发表于《宝鸡文理学院学报》（社会科学版）2001 年第 3 期。

　** 钟敬文，中国著名民间文艺学家、民俗学家，主要研究领域：民俗学、民间文艺学。

学研究带来了一个新的视野。所谓"帕里－洛德理论"又称"口头程式理论"，它正是在刚刚过去的 20 世纪中发展起来的三大民俗学学派之一。1997 年秋天，著者弗里教授在朝戈金同学的陪同下去内蒙古考察，他途经北京时，曾在敝寓与我谈及该学派侧重研究史诗乃至口头诗歌的理论与方法论。所以，见到他这部导论性的著作终于出版了中译本，我深感欣悦。为原著作序的是我们都十分熟悉的阿兰·邓迪斯；《美洲民俗学学刊》也称该著是"此领域中参考书的典范"，我想它也能够对我国民俗学界有所裨益。二是由于朝戈金同学的这部个人专著，题为《口传史诗诗学：冉皮勒〈江格尔〉程式句法研究》，正是基于本民族史诗传统，从个案研究入手，在吸纳和借鉴这一理论的工作原则及其分析模型的基础上，于今年 5 月完成的一篇优秀博士学位论文。从译著到专著，自然贯通着他本人的学术思考，其中不乏自己独到的创见和新意。这里，我想结合我对中国史诗研究的几点想法，来谈谈这项研究的学术价值、理论意义和今后的努力方向。

一

首先，从论文的选题和理论探索说说中国史诗研究的转型问题。在中国，科学意义上的民俗学研究，已有 80 多年的历史。在其一波三折的发展进程中，最初以歌谣学运动为先声，继之以民间文艺学为主脉，进而扩及整个民俗文化，这是中国民俗学走过的特殊历程。因而，文艺民俗学作为一个支学，一直有着两个重要的发展方向：一是作为一般的民俗来加以研究；二是吸收了文艺学的思想和观点。但在这一支学的理论探索中，相对于歌谣学、神话学、故事学的发展而言，中国史诗学的研究则起步较晚。这里也有诸多的历史成因与客观条件的限制。

20 世纪 50 年代以后，尤其是 80 年代以后，中国少数民族史诗的发掘、搜集、记录、整理和出版，不仅驳正了黑格尔妄下的中国没有民族史诗的著名论断，也回答了"五四"以后中国学界曾经出现过一个"恼人的问题"，那就是"我们原来是否也有史诗"（闻一多《歌与诗》）。而且，更以大量的事实雄辩地证实了在东方这一古老国度的众多族群中，至今流传着数以百计的史诗，纵贯中国南北民族地区，且蕴藏量非常宏富。尤其是藏族和蒙古族的《格萨（斯）尔》、蒙古族的《江格尔》和柯尔克孜族的《玛纳斯》已经成为饮誉世界的"中国三大英雄史诗"。此外，在中国北方阿尔泰语系的蒙古语族人民和突厥语族人民中，至今还流传着数百部英雄史诗；在南方的众多民族中同样也流传着风格古朴的创世史诗、迁徙史诗和英雄史诗。这些兄弟民族世代相续的口传史诗，汇聚成了一座座璀璨的文学宝库，在世界文化史上实属罕见，比诸世界范围内的许多国家来得更加丰富多彩，也是值得中国人自豪的精神财富。

我国史诗大量的记录和出版，在资料学方面取得了前所未有的成绩。当然，从科学版本的角度来看，也存在着这样或那样的问题。尽管如此，这方面的工作是应该予以肯定的。比如，著名的三大史诗，每部的规模都在 20 万行以上，其中藏族的《格萨尔》是目前已知的世界上最长的史诗，约有 120 多部，散韵兼行，达 1000 多万字。又如，迄今为止，在国内外发现并以不同方式记录下来的蒙古语族英雄史诗，数量已超过 350 种，其中三分之一已经出版。这些诗作短则几百行上千行，长则达十多万行。更不用说不同歌手的各种异文，也被陆续记录下来，这又在怎样的程度上丰富了中国史诗的百花园！

在这样喜人的形势下，史诗研究确实应该进入一个崭新的转型时期了。所谓转型，我认为最重要的，是对已经搜集到的各种史诗文本，由基础的资料汇集而转向文学事实的科学清理，也就是由主观框架下的整体普查、占有资料而向客观历史中的史诗传统的还原与探究。这便是我从朝戈金同学的这部著作中受到的启发之一，也是他在史诗文本界定中反映出研究观念上的一大跃进。我认为，民间文学的搜集整理可以有两种态度：一种是科学的态度，主要针对学术性的探讨和研究；另一种是文学的态度，针对知识性的普及和教育。前些年，我们民间文艺学界一直在强调"科学版本"，可惜口号虽然提出，讨论并未上升到理论意义上来加以具体展开，诸如我们一直耿耿于心的"忠实记录""整理加工""改旧编新"等问题，也并未得到根本的解决。

朝戈金同学的研究实践明确地回答了这些问题。那就是民间口传史诗的研究，应当注意甄别文本的属性，而文本分析的基本单位，不是简单排列的一个个异文，而是具体表演中的一次次演唱的科学录音本。这就不是各种异文经整理加工后的汇编，而是史诗演唱传统的有机活动系列，包括一位歌手对某一诗章的一次演唱，不同歌手对同一诗章的一次次演唱，诗章之间的关系，歌手群体的形成与消散，个体风格的变化，演唱传统的兴起、衰落与移转，等等。这之中，口头诗学的文本理论，是20世纪西方史诗领域最出色的成绩之一。朝戈金同学的学位论文选题定位为口传史诗诗学，通过江格尔奇冉皮勒演唱的一个史诗诗章进行个案的文本分析，再回归到理论层面的总结。在这些方面，他下了相当的功夫，对史诗《江格尔》十分复杂的文本情况做了沉潜的研索，他的著作使人耳目一新。此外，他从文本属性界定史诗研究的科学对象，又从文本间的相互关联，从更深层次上说明了《江格尔》作为"史诗集群"，在叙事结构形成上的内在机制，由此构成了卫拉特蒙古史诗传统的文本形态。这也是发前人之所未发的，对民间文学的其他样式的文本研究，也有同样的参照价值。比如，元明戏曲和后来的小说中广泛使用的"留文"，在《醉翁谈录·小说开辟》中有"说收拾寻常有百万套"；又如《大宋宣和遗事》与小说《水浒传》之间在文本互联上的关系，特别是话本小说的研究，我看也都可以从这一理论的文本观中得到某些启发。

其次，再看理论研究的转型。今年6月我到中国社会科学院参加了少数民族文学研究所举行的"中国史诗研究"丛书新闻发布会，也讲了话。这套丛书属国家"七五"社科重点项目"中国少数民族史诗研究"，主要涉及的是三大史诗和南方史诗，正如该丛书的前言所说，这些成果较全面系统地论述了中国史诗的总体面貌、重点史诗文本、重要演唱艺人，以及史诗研究中的一些主要问题，反映了我国近二十年来史诗研究的新水平和新成就，并再次提出了创建中国史诗理论体系的工作目标，这是令人倍感振奋的。可以说，这套丛书正是从总体上体现出了这一时代的学术风貌。

史诗研究要向深度发掘，就要着力于史诗内部发展规律的理论探求。但这种探求是不能孤立进行的，也不可能将理论大厦建立在缺少根基的沙滩上。当前中国史诗研究有了多方面的展开和深入，无论是史诗的普查与发掘，文本的搜集与整理，歌手的追踪与调查，史诗类型的考察与划分，以至于有关课题的专门性论述，都取得了可喜的成绩，呈现良好的势头。特别是被列入国家级重点研究项目的"中国史诗研究"丛书的面世，为我国史诗理论的建设创造了必要的前提。迄今为止，我们确实在资料的广泛搜集和某些专题的研讨上有了相当的积累，但同时在理论上的整体探究还不够系统和深入，而恰恰是在这里，我们是可以继续出成绩的。尤其是因为我们这二三十年来将工作重心主要放到了搜集、记录、整理和出版等基础环节方面，研究工作也较多地集中在具体作品的层面上，尚缺少纵向、横向的联系与宏通的思考，这就限制了理论研究的视野，造成我们对中国史诗的观感上带有"见木不见林"的缺陷。不改变这种状况，将会迟滞整个中国史诗学的学科建设步伐。

现在可以说，我们已经到了在理论建设上实现转型的时候了，因为时机已经成熟了！

步入21世纪的今天，我们怎样才能推进中国史诗学的建设呢？除了继续广泛、深入地开展各项专题性研究外，我觉得，朝戈金同学从口头传统这一基本角度，通过个案研究去考察蒙古史诗的本质特征，探讨民间诗艺的构成规律，进而在史诗诗学的语言结构上对研究对象与任务所做的一番审视与阐述，对学界是有所裨益的。通过他的论证，我们可以看到，史诗作为一种扎根于民族文化传统的口传文学现象，是有着内在统一性的，它虽然由一个个具体的歌手及其一部部诗章所组成，但决不能简单地还原为单个歌手及其文本或异文的相加。所以，史诗学的研究也不能停留在资料的堆砌和歌手唱本的汇编上，必须从这些单个、局部的传统单元之间的贯串线索，借以把握每一个民族史诗传统的全局。我感觉到，这对于探求蒙古史诗传统、突厥语族史诗传统或某个南方民族的史诗传统都是同样重要的一个视角。只有在对这一个个史诗传统做出全面细致的考察后，我们才能进一步从更大范围的全局上看中国史诗。

二

值得一提的是，朝戈金同学的研究，确实在"口头性"与"文本性"之间的鉴别与联系上找到了问题的关键，也尝试并实践了一种切实可行的研究方法。这样一种尽可能尊重民间口传文学的历史与实际的观察与分析问题的方法，同过去我们自觉不自觉地以书面文学眼光来研究口头文学的做法相比，差别是很分明的。我特别地注意到了他对我们以往在民间文学特征问题上的再检讨，也就是说，"口头性"是我们过去经常讨论的一个话题，在他的这部著作中得到进一步深化。总的说来，我们以往对"口头性"的论述，偏重于它的外部联系，相对忽略它的内部联系；偏重于与书面文学的宏观比较，相对忽略对"口头性"本身的微观分析。也就是说，外在的研究冲淡了内部的研究。尽管我们对"口头性"有了相当的理解，而对什么是"口头性"或"口头性"究竟是怎样构成的，又是怎样体现为"口头性"的问题上，面不够广，发掘不够深，仍然是显明的弱点。这是应该有勇气承认的，至少，这引起了我更多的思考。比如，我们在史诗记录和整理的过程中，往往根据学者观念去"主动"删除那些总是重复出现的段落或诗节，认为那是多余或累赘的，而这里恰恰正是口语思维区别于书面思维的重要特征，正是歌手惯常使用的"反复"或"复沓"的记忆手段，而"冗余""重复"正好表明这是口头文学的基本属性。这仅是一个简单的例子。"口头性"特征的深入探讨，将有助于我们真正理解民众知识，理解民众观念中的叙事艺术。

过去我们的史诗研究，主要受西洋史诗理论的影响，也就是以希腊史诗为"典型"来界定这一叙事文学样式。这样的史诗观更多地来源于西方的古典文艺理论及经典作家的看法，而他们那个时候探讨的作品则大多属于印度－欧罗巴语系，理论见解大多以柏拉图、亚里士多德、黑格尔、伏尔泰、别林斯基等人的相关论述为参照，或以马克思、恩格斯的论述为依据。我们知道，古希腊史诗、印度史诗、欧洲中世纪史诗，早在几百年或上千年前就被记录下来，以书面方式而定型，离开了生于斯、长于斯的演唱传统和文化环境，而被束之高阁地当作书面文学来加以研究。实际上，维柯在其《新科学》中基于强调民众文化的立场，对荷马和荷马史诗也提出了不少独到的看法，在我国却少有人问津。所以，我一直要求北京师范大学民俗学专业的研究生一定要看这本书。

前面说到史诗研究在理论上的转型，我还是强调要认真对待引进的外国民俗学理论。借鉴一门新的理论，要真正做到"泡"进去，只有"涵泳"其间才能"得鱼忘筌"。如果自己"昏昏"，别人怎么可能"昭昭"？参照任何理论，只有对理论本身做到分析、辨识、推敲、汲取乃至质疑，擘肌析理，才不流于浮光掠影地盲从，这样才能有所创新、发展和突破。

"学贵心悟，守旧无功。"朝戈金同学从一开始接触到口头程式理论，就敏感地发现了这一学派的优长之处。就我目前所见，"口头程式理论"对以往古典史诗理论的偏颇进行了方方面面的检讨乃至批判，对史诗研究乃至口传文学现象确有它较强的、系统的阐释力。迄今，它已经被广泛地应用到了多达150个语言传统的研究之中，包括汉语的《诗经》研究（在美的华裔学者王靖献）、苏州评弹（美国的马克·本德尔。顺便提一下，1981年夏间他来中国做田野选点时我们曾有过一次晤谈，后来据说他听了我的建议后在刘三姐的故乡广西一待就是7年。目前他已经成为研究苏州评弹和中国南方诸民族文学的专家），等等。因而，可以认为这一理论中包含着很多创见与合理之处，对我们的思路会有所启发。

从朝戈金同学对这一理论的运用情况来看，他将史诗从根本上纳入口头传统的民俗学视野来加以重新审视。从这个角度上讲，这一专著一改以往史诗研究的惯有路线，在活形态的史诗演唱传统正在逐渐消失的实际中，从文本分析入手，通过引证大量的实例，去探查和梳理文本背后的口头传统。我认为，除了上面我谈到的，这部专著对民俗学文本问题有一定的参考价值而外，他所阐述的"程式化风格"确实在相当程度上解释了我们原本探讨得不够深入的诸多问题。与此同时，也为我们民间文艺学乃至某些古典文学研究提供了一个新的视角：比如，《诗经》的"兴"，古代诗论多有探讨，直到近代学者的看法也是林林总总，莫衷一是。我看，大多是从书面诗歌的"辞格"角度去分析"起句"之兴，唐代王昌龄在"诗格"中就立有"入兴"之体十四之多，我大体还记得的有感时入兴、引古入兴、叙事入兴、直入兴、托兴入兴、把声入兴、把情入兴、景物入兴等。实际上，这些所谓的"起句"之兴，在当时的民歌咏唱中可能就是一种民间自发产生并沿传的程式要求。再如，古代戏曲中的宾白、陈言、套语一向被讥评为"陈词滥调"，明末冯梦龙在《双雄记》"序"中谈到"南曲之弊"时就指责其为"但取口内连罗""只用本头活套"。又如，元杂剧的"定场诗"，有学者认为它"可谓之中国文学中'烂语'最多一种"，甚至"到后来'曲词'也是满目陈套滥语，粗制滥造也是大众文化一贯的作风"（见唐文标《中国古代戏剧史》）。殊不知，这些个约定俗成的"程式"恰恰说明戏曲源自民间，在民间成长，而后的表演也皆是口授相传的。其他可以用这一理论重新去做出恰当解释的，我想还有话本小说那种口语化的叙事模式，乃至几大古典小说"究天地、通古今"的开卷（大凡都要说天论地，由天道引出人事的楔子），等等。民众自有民众的艺术才能，正如我早期的诗论中曾经提到：

> 一段故事，一个思想，都有它最理想的表出程序。能够捕捉住这种程序的，便是干练的艺术家。（《诗心》）

在理论层面，我们要对中国史诗乃至其他民间口传文学现象的研究经验进行更为深入的总结和探讨，那么在借鉴口头程式理论的同时，我们也不要忘记，是西方学术及其文化传统本身为这一理论的预设与检验提供了前提，也就是说，这一学派的根基来自西方文化传统与学术观念，我们必须保持清醒的认识。

该书在理论探讨上最为突出的一点是严谨的实证性研究。西方的"口头程式理论"主要成形于对"荷马问题"的解答，力图打破静态的文本分析，而转入对前南斯拉夫的一系列田野考察的比较研究来验证理论的假设；而该书立足于中国蒙古史诗当前的客观实际，在方法论上就没有亦步亦趋，恰恰"反其道而行之"：从立论与论证过程看，朝戈金同学基于蒙古史诗传统的盛衰与变化，集中清理史诗《江格尔》多样化的口头文本与书面文本的复杂关联，并在实地的田野观察中主要依靠民族志访谈，把既定文本放到了正在隐没的演唱环境中进行对照和还原，从文本阐释中引申出个案研究的普遍性意义，也在一定深度上揭示出口传史诗的演变规律及其文本化过程中的诗学含义，这样才能得出符合历史实际的理论思考，才能修正西方"理论先行"的局限性。所以，这里一再强调该书的实证研究路线，是我们应该予以高度重视的。

此外，我要顺便提及的还有一个方面，那就是精审深细的诗学分析，这是朝戈金同学这本书给我留下深刻印象的又一个特点。"论必据迹。"在清理了文本事实之后，他直接提出了一套切实可行的工作步骤：参考国际史诗研究界共享的分析模型，根据蒙古语言文法特点和史诗传统特征，设计出6种具体的文本分析方法，是自成一体的。在此基础上，他严格甄选出了一个特定的史诗诗章作为主要案例，即冉皮勒演唱的《铁臂萨布尔》，再辐射其他《江格尔》史诗文本，从而循序渐进地就"程式句法"的各层面进行了细致入微的诗学分析。说到具体的操作，该书也是有其独创价值的。例如，该书首次采用了电脑数据统计法，从而构造出"句首音序排列法"，由此系统地揭示出蒙古史诗从词法到句法的程式化构成方式。这种引证分析是需要相当大的工作量的，可见他十分重视从民间口头诗歌的具体特征来阐发其论点，其索解过程的复杂程度是显而易见的，这种不畏枯燥、单调、烦琐的钻研精神，在年青一代学者中也是难能可贵的……

> 荷马的作品虽然被各时代的人用种种不同的理由鉴赏着，但是，她仍然有着那一定的客观的艺术价值。（《诗心》）

这种艺术价值便可以通过诗艺分析而得到印证。我过去在一篇文章中曾经指出，我们在民间文艺学研究中存在着一种疏忽：我国少数民族都拥有着一定数量的口头韵文作品，在这种民族的艺术宝库中，大多有着自己的一套诗学，即关于诗节、诗行、音节、押韵等一定形式。这种诗学是跟他们的整个诗歌艺术密切不可分离的。过去相当长的时期里，我们对于民间诗歌的着眼点，只放在作品的内容方面，而对与它紧密相连的艺术形体，却很少注意。这是一种不折不扣的偏向……这从研究的成果说，将是残缺不全的；如果从民族的、人类的诗学说，更是一种"暴殄天物"！[1]

对于一种文化现象，仅用一种理论去解释是不够的，现在不少学者提倡多角度的研究。如马林诺夫斯基的"功能论"（日本译作"机能论"），普罗普的民间故事31种机能说，对于特定文化传统中的故事现象，具有较大的解释能力，将它移植到史诗结构分析中，去解释它同其他民间叙事文学在母题上的关系，这一点当然很重要，但是不是就很全面？毕竟史诗是韵文体的，在叙事上肯定有其特定的方式。用诗学的观点分析问题，才是史诗研究的一种重要角度。正是在这样明确的思想指导下，朝戈金同学下了几年的苦功，吸收西方当代的口头传统理论，反观漫长的蒙古史诗传统，以新的眼光来重新审视，用丰富翔实的例证，写出自己的蒙古史诗

---

[1] 钟敬文：《民间文学事业在前进》，《中国百科年鉴1981》，中国大百科全书出版社，1981。

诗学。

我希望这种注重探索民间口头诗学的风气，迅速扩展起来，也希望我们的研究能够从蒙古史诗诗学扩展到各个民族的诗学。它不但将使我们在某一特定民族的民间诗歌的研究上更全面、更深入，也将使我们综合的史诗学乃至民间诗艺科学的建立，有着可靠的基础和光辉的前程。

应当指出的是，该书只是朝戈金同学研究史诗诗学这个大课题的第一步，根据他的研究方案，还有一系列环节尚未展开，因此该书不可能面面俱到，也不可能平均用力。至于史诗理论的探索也同样需要继续深拓和发展。"于不疑处有疑，方是进矣。"建议在今后的工作中，对史诗的"程式化"因素和"非程式化"因素及其相关的民俗含义，做进一步的研究，以从整体上逐步完善史诗理论研究这个有益的学术工作。此外，还应继续在个案研究的基础上推进，争取在更广泛的案例分析中，检验、校正、完善、充实史诗学的研究。

三

平心而论，中国的史诗研究并不落后，只是由于种种原因，至今未能在国际上引起应有的重视，其中一条，我看就是尚缺乏理论上的梳理和总结。比如，西方古典史诗理论所研究的是印度－欧罗巴语系的作品，在中国，史诗情况就比那里的更为丰富，层次更多，可能有些理论就不能无限制地使用。比如史诗的界定，把这个主要针对英雄史诗的理论过泛地去用，就不一定合适于中国南方诸多民族多样化的史诗类型。我们应该在理论上对南方史诗做出较为系统的类型学研究，这样无疑也会打开国际史诗学界的视野，丰富世界民族史诗的长廊。

另外，还要注意一种偏向。近代中国曾经有过"西学中源"的一派，大凡来自西方的学说和理论，都要进行一番源自中国的考证，以便唯我独尊地说一句"天朝自古有之"，就怡然自得地停滞不前。关于"程式"或许有人亦不以为然，认为我们可以在过去的故纸堆发现这种类似的总结，有如前文所述的"陈言""套语"等，只不过我们的古人没用"程式"二字罢了。我们应该认识到，那样的总结往往都是片言只语的，或片断化的，缺乏系统的理论概括。我们也应该认真反思，为什么我们过去就没能从中去进行一番科学的总结，从而理直气壮地肯定民间口传文学之于整个中国文学发展的历史动力，从而得出一个有高度的、有普遍意义的理论概括呢？

有意识地以西方口头诗学理论为参照，可以打开我们的思路，以我国丰富厚重、形态鲜活的多民族史诗资源为根底，去建立具有中国特色的史诗学理论，也是完全可行的。我想强调的是，这种理论体系的建构与总结，必须实事求是地结合中国各民族的本土文化，要超越纯粹经验的事实，上升到理论的高度，从民俗文化学的视角——立足于口头传统来进行研究，并将史诗诗学与民俗文化传统有机地整合为一体，应是当代中国史诗学这门学科所应追求的基本目标与学术框架。

我坚定地相信，中国的民俗学研究大有作为，因为我们有源远流长的民俗学传统，我们有蕴藉丰富、取之不尽的民俗研究资源。我过去也说过，在中国，神话与史诗这两个重要领地是能够也是应该可以"放卫星"的。尤其是，史诗是攸关民族精神的重要文化财富，我国各民族的先祖们为我们创造了如此灿烂、如此缤纷的史诗宝库，他们的子孙后代为我们继承并发展了如此悠久并富有长久生命力的史诗传统，老一代学者为我们开创了前程万里的史诗研究事业，这一切都为我们的史诗学建设奠定了坚固的基础。美国学者研究史诗要到南斯拉夫，要去克罗地亚，而我们得天独厚——拥有着一个史诗的宝藏，就更应该出成果，出更多的研究成果，出更扎实的理论成果！

"民间叙事传统格式化"之批评[*]

——以彝族史诗《勒俄特依》的"文本迻译"为例

巴莫曲布嫫^{**}

摘　要： 中国少数民族史诗的调查、搜集、整理和出版工作，起步较晚，研究的基础也相对薄弱。这种局面一则与东西方学界关于"史诗"的概念和界定有直接的关联，二则也潜在地驱动了中国于20世纪50年代与80年代两度发生的"大规模"的史诗"生产运动"。大量文本的出版，既为中国史诗学建设提供了丰富的学术资源，打开了广阔的理论探索空间，同时也为后来的文本阐释、学理规范和田野实践建立了一种能动的反观视野。因此，在国际彝学研究的学术走向中，简要回顾国内外几代学者对彝族文学传统与史诗直接地或间接地搜集、整理、翻译和评述，或许能够帮助我们把握以下几个基本线索：（1）彝族史诗是怎样从乡土社会走入学者视域的；（2）反思史诗文本《勒俄特依》^① 从本土社会的文化语境中被迻译为汉文阅读和学术阐释的"民俗过程"（folklore process）^②；

---

* 原文分上、中、下三篇，分别发表于《民族艺术》2003年第4期、2004年第1期和2004年第2期。

** 巴莫曲布嫫，彝族，中国社会科学院民族文学研究所研究员，主要研究领域：彝族经籍文学与民俗文化、口头传统与书写传统、非物质文化遗产保护。

① 这里要特地指出的是，史诗"勒俄"之题的汉语注音有失准确，在诺苏彝语中"hnewo"中的"hne"是一个清化鼻音，如果采用鼻音进行转译更为接近原音。但是，自从《勒俄特依》问世以来，"勒俄"已经成为一种约定俗成的音译。本文沿用这一汉语注音译法，主要为了不致引起概念上的混乱。

② Folklore Process，民俗过程。特指民俗文本（folklore text）正处于从地方传统（包括口头和书面两种样式）迻译到"他文化"空间的再呈现（representation）与接受（reception）的这一过程。参见 Lauri Honko, *Textualising the Siri Epic*, Helsinki: Suomalainen Tiede-akatemia（Academia Scientiarum Fennica），1998，pp. 41 - 42。需要说明的是，结合彝族史诗传统及其迻译现象，本文对这一过程的理解是"非本土化"或"去本土化"。

（3）检讨《勒俄特依》文本制作过程中存在的主要问题；（4）说明"民间叙事传统格式化"的主要弊端，兼及讨论相关学术史的批评尺度。

关键词：学术反思；民俗过程；文本制作；"民间叙事传统的格式化"

一　国际彝学研究中的相关信息

西方学者对彝族及彝族文化的研究，肇始于19世纪下半叶至20世纪初叶①。这一时期正是国际彝学研究的起步阶段，有关彝族文献和文学的调查、搜集和评述尽管简短、零碎，但记录的客观性较强，对我们今天研究彝族文学传统的历史断面也不失其参证价值。

法国传教士保禄·维亚尔（Paul Vial，汉名邓明德）当是最早关注彝族文学的西方学者之一。他在云南路南彝区生活了30年，掌握了撒尼彝语，并向当地毕摩（祭司）学习古彝文，对彝族历史和文化做过深入细致的研究，造诣颇深。在维亚尔的著述中，直接用彝文撰写的问答体《纳多库瑟》（1909年）收录了《天地起源》《洪水泛滥》等彝族创世神话的内容，旨在解释圣经教理；《云南保保文字研究》（1890年）、《罗罗人：历史、宗教、习俗、语言和文字》（1898年）、《法保词典》（1909年）等著述则对彝族诗歌传统进行了评述。尤其值得述及的是，维亚尔还专门描述了彝文经籍诗歌的五言轨范和一些基本的程式特征：

---

① 彝学成为一个多学科的国际性研究领域已有100余年的历史。19世纪下半叶，欧洲的学者、探险家、旅行家、传教士到中国彝区考察、探险、传教，目的不一，但客观上通过他们的实地调查，尤其是对彝族撒尼、阿细、诺苏等支系的社会历史、语言文化的观察、描写和评介，出版了一批有价值的著述，也开创了国际彝学研究的先河。20世纪三四十年代，费孝通、林耀华、杨成志、马学良等中国学者对云南、四川的彝族社会、历史、宗教、语言、文献进行调查和研究，成绩斐然。50年代，随着中国民族识别工作的推进，学界围绕彝族语言、彝族社会历史及凉山彝族社会形态开展调查研究，取得了丰硕的成果。改革开放以来，中国彝学研究队伍不断成长壮大，取得了令世人瞩目的成果，国际交流与合作也日益增多。1995年，首届国际彝学研讨会在美国华盛顿大学举行；1998年，第二届国际彝学研讨会在德国特里尔大学召开；2000年，第三届国际彝学研讨会在云南石林——阿诗玛的家乡召开，国内彝学研究形成了自身可观的阵营，也终于实现了"百年彝学归故里"的喜人局面。

罗罗的文学与中国（汉族）的文学一样，成套的文句经常反复。……比喻突如其来……经常运用反复，在表达同一思想时，作者往往使用同一句子。诗是五言诗，……这个规则是诗歌的规矩。五音节或三音节的句子、脚韵乃至类音，这些都是诗的特性。……所有的用语并非都具有意义，有的用语是为了声调的需要或者为了适应五言句式的需要。①

维亚尔对彝诗传统的上述概括十分精当，不仅切中了彝诗"好譬喻物"的民族特色②，也发现了彝族诗歌套句与复沓的传统手法。更为可贵的是，他注意到了彝族五言诗的音韵节奏和诗句结构方式中虚字与衬词的灵活运用。从整体上来说，彝文古代经籍史诗也同样以五言诗为正宗和雅体，代表着彝文诗歌工整和谐的民族形式，这也是经籍文学与民间文学（长短句较多）有所不同的一个特征。

关于彝族文学传统与仪式的关系，则体现在法国汉学家格拉耐（葛兰言）的比较研究中。在其《中国古代的祭礼与歌谣》一书中，他运用法国社会学的方法分析研究中国古代诗歌总集——《诗经》，同时利用了丰富的民族学资料做比较研究③，以阐明《诗经》中的民歌形式与古代乡村农事季节仪式的关系，并论证了这些歌谣的宗教的和社会的功能，其中就集中引用了大量的 19 世纪末期"罗罗人"（彝族）和西南诸民族的仪式歌资料。例如，最早发现彝文并将之传到海外的学者是法国人克拉布列（F. L. Crabouillet），1873 年他在《罗罗人》中描述了彝

---

① 见 P. Vial, Les Lolos, in Etudes sino – orienta，es，fasc. A，p. 16 sqq. chap. Ⅳ，La litterature et de la poesie chez les Lolos。转引自格拉耐《中国古代的祭礼与歌谣》，张铭远译，上海文艺出版社，1989，第 270 页。

② 美国学者肯尼斯·凯兹纳（Kenneth Ketzner）也注意到了彝族文学惯常使用的比喻手法，并将云南彝族祭祖诗《作祭经》中连用五个明喻喻象的诗句，选入其著作《世界的语言》（*The Language of the World*, 3rd edition, London & New York: Routledge, 2002, p. 210）一书中，作为彝族语言文学的范例："古昔人禽不相同，一月如秋水，二月尖草叶，三月如青蛙，四月四脚蛇，五月山壁虎，六月具人形，七月母体转，八月母气合，九月母怀抱。"这段五言诗鲜明、生动地描述了生命的孕育过程。

③ 详见格拉耐《中国古代的祭礼与歌谣》附录三"人类学的资料"，张铭远译，上海文艺出版社，1989，第 250～281 页。

年礼俗中的歌唱活动①。此外，吕真达（A.‐F. Legendre）的《极西中国：在四川的两年》一书叙述了山野中的男女情歌对唱②；罗谢（E. Rocher）的《中国云南的土民》（卷二）中也记述了"罗罗人"在春耕时节的打歌风俗③。如若对这些资料加以梳理，从中我们可以找到一些极为宝贵的民族志资料，用以回溯一百多年前的彝族民间歌谣与歌诗传统的历史风貌。

早期西方学者不仅注意到了彝族民间口承文学的传统，同时也搜集和整理了彝族经籍文献中的神话传说与丧祭经诗。可以说，维亚尔是第一个对彝文文献做分类研究的西方学者。法国人多隆（d'Ollone）于1911年在贵州威宁、四川宁远府和大凉山彝区进行实地考察时，也曾对彝文经典进行过分类。从这两位学者的分类上看，他们搜集整理的神话传说多为书面

---

① "他们的新年与其他部族不是同一日期，从十一月终开始。在除夕之夜，青年男女结成一群，上山去砍伐祝火用的柴和干草。为了使工作整然有序，他们相互排成一列，一边唱着即兴歌谣一边割草。那种粗野的朗朗歌声不能不使我们感到极大的魅力。……回到村子，他们把薪木堆成山一样，一到晚上，便燃起许多祝火。家家都被火焰照明，空中响起火花和小枪射击的声音。这个祭礼在众人的狂热中告终。"见 F. L. Crabouillet, Les Lo-los, in Missions cathliques，Ⅴ. 1873，p. 106。转引自格拉耐《中国古代的祭礼与歌谣》，张铭远译，上海文艺出版社，1989，第256页。这段关于彝年节庆的叙述，不仅说明19世纪下半叶在云南彝区通行的是彝族古老的十月纪年法，同时也再现了当地年中行事中的集体仪式活动——燃放祝火与歌唱年歌的场景。至今大小凉山彝区仍然是在11月择日过年，并沿传着彝年时咏唱的过年调"库斯纽纽嘞"。

② "（在 Foulin 即富宁的罗罗人那里）我们因为测定他们的头形指数搞得很疲倦，于是，我一个人走出村子，进入两侧都是险峻高山的峡谷。在山腰上可以放羊（绵羊和山羊），男女牧羊人一边牧羊一边用歌相互呼应。他们用高亢而又柔和的旋律把他们天真烂漫的牧歌投响在山谷之间。在这幽谷的寂静、伟大的自然的寂静中，倾听着他们从心底涌出的单纯的心魂的歌，我感到一阵说不出的愉悦。"见 A.‐F. Legendre, Le Far‐west Chinois: Deux ans au Setchouen，Paris，1905。转引自格拉耐《中国古代的祭礼与歌谣》，张铭远译，上海文艺出版社，1989，第255页。

③ "一天的劳动一结束，他们不去好好休息以准备明日的劳动，每天晚上妇女们围成数圈，随着琴声和响板声与青年男子们跳向牧场与草地。他们的舞蹈与印度人的舞蹈非常相似。习惯上形成圆形，舞蹈中一个女子走出来向她所选中的对手献上一小杯米酒，等对手一饮而尽，她自己也喝掉。照这样两人对饮直到全体每人都演一遍。逐渐地他们的愉悦达到高潮，在乐器伴奏下，歌与舞交融在一起。这种春宵的田园欢乐在夜幕刚刚降临就结束，大家怀着高涨的情绪走在回家的路上，准备迎接新的一天。见 E. Rocher, La Province Chinoise de Yun‐Nan，Paris，1879，2v. in‐8。转引自格拉耐《中国古代的祭礼与歌谣》，张铭远译，上海文艺出版社，1989，第255页。

形态，主要类型是开辟神话、洪水神话和祖先传说①。显然，在他们的记述中我们没有读到"史诗"二字，但在他们搜集的彝文典籍中我们不难发现一些史诗的影子。比如，维亚尔搜集的《天地起源》和《洪水泛滥》与我们今天所说的创世史诗有关，而"挽歌"当是彝族传统丧仪或送灵仪式上所用的祭奠类诗歌，以沿传至今的各地传统来看，这类"挽歌"当有史诗演唱的内容。多隆对彝文经典的分类中则有家族系谱、洪水传说、人种分布传说、飞禽走兽述录、山河记录。不论是"传说"还是"述录"，只要对彝文古籍稍有一点儿常识的人都知道，迄今所见的彝文文献几乎都是诗体的。至少我们可以肯定一点，他所说的"洪水传说"就是我们今天在诸多彝族创世史诗中都会读到的篇章②。

这里，应当提到的还有我们 1998 年在巴黎的法国远东学院图书馆看到的一批古代彝文经书，这些典籍大体也是 19 世纪下半叶到 20 世纪初期从中国流向法国的。在与本文有关的一部咒经中有一幅插图，正是以诺苏彝族史诗英雄支格阿鲁命名的神图，彝语称之为"支格阿鲁布伊"，与笔者在美姑搜集到的神图如出一辙。此外，我们还见到了与《勒俄》齐名的凉山彝族世传的两大经典之一《玛牧》，我们几位被请到那里去做文献鉴定的彝族学者，大致将之推断为明末清初的木刻本。《勒俄》是否也在同一时期流到了国外则不得而知。

20 世纪三四十年代，由于受第二次世界大战的影响，国外学者对彝族的考察和研究活动处于消停状态，直到 50 年代以后才再度兴起。这一时期的国外研究，主要在彝族历史、社会制度和语言文字方面有较为系统的成

---

① 在维亚尔的著述活动中，他将自己搜集的彝文文献译成法文，分为如下六种：a. 创造说，下分世界的开始和人类的由来两类；b. 人类的三体合一反抗神圣的三体合一；c. 世界的大旱时代；d. 世界的洪水时代；e. 世界的黑暗时代；f. 人类的救援继续。维亚尔在其《法保词典》中也举出了这六种传说的记载：a. 保保的世系；b. 一场梦；c. 为什么陆地刚硬起来；d. 挽歌；e. 圣体的秘迹；f. 忏悔的祈祷。多隆从总体上将彝文经籍分为六种，并同时附有彝文原文和法文译文：a. 家族系谱；b. 洪水传说；c. 人种分布传说；d. 计数术；e. 飞禽走兽述录（自然科学）；f. 山河记录（地理）。详见杨成志《罗罗族的文献发现》，载《地学杂志》1934 年第 1 期。

② 笔者曾经对这些材料进行了初步归纳，发现早期西方学者对彝族文学传统的调查评述，仍可与迄今仍在彝族民间沿传的诗风传统和彝文经籍文学写本加以对应与印证。详见巴莫曲布嫫《反观早期法国学者对彝族文学传统的调查与评述》，《云南文史丛刊》1996 年第 1 期。

果。50 年代以来，日本对彝族进行研究的学者颇多，有关彝族历史方面的著作也不少，其中较有影响的是白鸟芳郎等人①。由于这个时期，国内彝学研究也正在兴起，诸多涉及彝族史诗的彝文文献得以出版，从而进入了日本学者的视野，但大多仅被作为历史或传说而加以引用。此后，坪井洋文率团深入贵州彝区调查，于 1987 年出版了《华南旱地耕作村落的社会和文化》一书，其中对彝族村寨空间和家族组织、住宅构造、生产形态和饮食生活、祖先崇拜和农事活动、民间口承文艺都做了全面的介绍和叙述，涉及洪水神话史诗。

　　直接关注彝族神话与史诗的日本学者是伊藤清司，他从比较民俗学的角度，对彝族口承文化传统、创世史诗、火把节习俗、傩戏等进行了深入探讨，发表了一系列的论文，成为彝族文化与日本文化的比较研究成果②，其中《〈天婚〉故事的结构研究》一文引证了彝族洪水史诗（有诸多的异文）的内容；《神话中的性》引述了袁家骅早年在其《阿细民歌及其语言》一文中记录的"兄妹婚"这一神圣叙事；《眼睛的象征》（1982 年）大量引用了史诗《查姆》和《阿细的先基》中关于"眼睛"与人类发展的叙事；《人类的两次起源》（1989 年）则广泛涉猎了彝族"四大创世史诗"，包括《勒俄特依》。伊藤清司对彝族史诗的青睐，主要体现在他对中国西南诸族群的神话比较研究中。从其引证资料的角度看，基本上是从"创世神话"的角度切入这些文本的"故事梗概"，显然他对《查姆》在搜集整理过程中出现的"原文"或是"变体"已经表示出某种怀疑。

---

① 白鸟芳郎相继发表了《乌蛮、白蛮的住地和白子国及与南诏六诏的关系——关于云南乌蛮、白蛮的问题（之一）》（1953 年）、《南诏、大理的住民与爨、僰、罗罗、民家的互相关系——关于云南乌蛮、白蛮的问题（之二）》（1953 年）、《父子连名制与爨氏的谱系》（1957 年）、《西南中国诸土司的民族谱系》（1963 年）等一系列成果。此外，松本信广的《关于哀牢夷的归属问题》（1949 年）、加佐明的《中国西南彝族的社会组织》（1961 年）、藤泽义美的《西南中国民族史的研究——南诏国的历史研究》（1969 年）、大林太良的《关于中国边疆土司制度的民族学考察》（1970 年）、竹村卓二的《华南的少数民族》（1982 年）、栗原悟的《从明代彝族土司看民族联合的纽带》（1982 年）等，亦有一定见地。

② 参见伊藤清司《中国古代文化与日本——伊藤清司学术论文自选集》，张正军译，云南大学出版社，1997。

第一位以"史诗"眼光来看待彝族文学的西方人，是著有《中国民间故事类型》的德裔美籍学者艾伯华（Wolfram Eberhard）。他在《中国西南少数民族的史诗》一文中，将撒尼彝族叙事长诗《阿诗玛》与傣族叙事长诗《线秀》、《南鲸布》和《葫芦信》一同视为"史诗"，并进行了初步的评介①。除了对长诗的搜集、整理工作中的"拼凑"提出强烈的质疑外，该文也促使我们去思考怎样从学理上对叙事诗与史诗进行界定的问题。因此，按照艾伯华的观点，目前收集整理出来的几十部彝族叙事长诗是否也该归入"史诗"的行列呢？这个问题，或许在我们廓清了什么是彝族的史诗传统这个基本实事之后，会迎刃而解。此后，关注《阿诗玛》的学者还有美国人类学者司佩姬（Margaret B. Swain），她对"阿诗玛"从撒尼人的民间传说人物演变为世界知名形象的过程进行了独到的分析。更重要的是，她同样也对作品的"改编"提出了质疑②，讨论了"阿诗玛故事"（口传文本与书面文本）在整理、改编为汉译本的过程中，阿诗玛的哥哥是怎样被置换为阿诗玛的情人的。不言而喻，《阿诗玛》大概是世界范围内最广为人知的彝族民间叙事。这一改编后来直接影响到这部作品所有的翻译本，包括英文版、日文版，以及其他多种语言文字版本。可见，文本制作过程中的"改编"导致了对本土文化的误读，并通过印刷物在更大的范围内传播开来。

这里要特地提到另一位美国学者马克·本德尔（Mark Bender），他于1982年将彝族叙事长诗《赛玻嫫》译成英文，第一次把彝文经籍长诗全文介绍到了西方。近年来，他在执教于俄亥俄州立大学的同时，几度深入云南彝区调查，并从翻译理论的角度开始着手楚雄彝族史诗《查姆》和《梅葛》的文本类型研究。本德尔对彝族传统文学的理解，以及对这些传统文本的搜集、整理、翻译和出版提出的一些见解，深中肯綮，为我们提供了

---

① 原文由赵振权译自海西希主编《亚洲研究》第73卷，威斯巴登：奥托·哈拉索维茨出版社，1982。参见《〈民族文学译丛〉（第二集）：史诗专辑（二）》，中国社会科学院少数民族文学研究所编印，1984，第295～309页。

② 司佩姬：《阿诗玛哪里来：撒尼人彝族文化和世界主义》（会议发言稿），石林：第三届国际彝学研讨会，2000年9月。

正确看待一系列已经出版又有颇多"遗憾"的彝族史诗文本的理论视角①。但其观点、立场和分析方法，多少带着某种折中主义，我们将在后文结合史诗汉译本《勒俄特依》的搜集整理工作做进一步讨论。

二 国内彝族史诗的搜集、整理概况

国内学者对彝族及其文化传统的系统研究则晚于国外，直到 20 世纪三四十年代方有起色。随着社会学、人类学、民族学、宗教学、语言学等现代科学相继引入本土研究，中国现代民俗学史上也出现了一种新的学术走向：以研究"地域性"与"民族性"为目标，以实现地域间和族际的文化沟通与文化理解为宗旨。这一时期杨成志、林耀华等人留学回国后，将人类学的民族志方法或社会学的社区考察较为完整地运用到彝族本土文化的观察与研究中，以个案实践开人类学区域性分支学科——中国彝学的先河。

当时的学界，由于借重国外的学术渊源和传承各不相同（如就人类学而言，在英国为社会人类学，在美国为文化人类学，在法国为民族学），也由于从事彝族研究的代表性学者在海内外所接受的教育背景不尽相同，因此中国现代彝学研究就有了综合各家之长的多学科性质，代表性学者有马长寿（历史学）、杨成志（法国民族学）、丁文江（人文地理学）、徐益棠（社会学）、马学良（语言学）、林耀华（英国社会人类学）等。与此同时，本民族学者的自观研究则以岭光电和曲木藏尧为代表。由此，彝族口承文化与经籍文献在其悠久的人文传统中进入了诸多学者的视野交接之中。饶有兴味的是，这些学者对彝族文献与文学进行过搜集、整理和研究，他们在田野考察中接触到的彝族经籍史诗，后来也出现在他们搜罗到的一大批彝文经典中，如杨成志汇编的《云南罗罗族的巫师及其经典》（1931 年），马学良对其搜集的两千余卷彝文经典所进行的类编（《倮族的巫师"呗耄"和"天书"》，1947 年），但他们同样没有采用"史诗"一

① 马克·本德尔：《怎样看〈梅葛〉："以传统为取向"的楚雄彝族文学文本》，付卫译，《民俗研究》2002 年第 4 期，第 34～41 页。

词，普遍使用的是"神话"或"历史传说"这样的术语。这大抵与闻一多当年就中国缺乏黑格尔眼中那种"希腊史诗"所发出的感慨也不无干系。

这一时期可谓中国彝学的重要拓展阶段，虽然其起步晚于西方学界。尤其是学者们重视直接观察的实地调研，纷纷将目光投向了云雾深处的大小凉山，随后出现了近 20 种有关凉山彝族及其社会历史和文化的调查报告①。仅就笔者掌握的文献而言，大凡涉及凉山彝族历史与家支世系者，无不从《勒俄》中引证资料，比如马长寿的遗著《彝族古代史》手稿（1987 年，李绍明整理），尤其是语言学家傅懋勣在其《凉山彝族传说中的创世纪》（1943 年）中已明确述及彝文经书《古事记》（《勒俄》）。而那时的《勒俄》并没有被视为史诗，而大多被当作彝族的神话、历史或传说来看待。即使是本民族学者，也仅提及"据夷史记载"或"夷书所记"，而其下所引均为今天的《勒俄》还在传唱的内容②。

实际上，这是中国史诗学术史走过的一段历程。也就是说，在 20 世纪50 年代之前，几乎没有人"发现"南方少数民族也大多有自己的史诗传统。而今天被我们称为南方少数民族史诗（或原始性史诗、神话史诗）的大量作品，后来又被学者们划定为"南方创世史诗群"的文学现象，直到新中国成立 30 年之后，才逐渐浮出以西方史诗理论为圭臬的水面，引起了各方面的关注。"……绝大多数史诗是在 20 世纪 50 年代以后才陆续被发现的。而史诗的记录、整理、翻译及出版工作的大规模展开，仅只是近二三十年的事情。我国史诗的研究工作，起步更晚一些，对于我国史诗进行较

---

① 参见四川都督府主持并出版的《峨马雷屏边务调查表册》（1912 年）、黄炎培《蜀南三种》（1941 年）、庄学本《西康夷族调查报告》（1941 年）、四川省教育厅编《雷马屏峨记略》（1942 年）、蒙藏委员会编《宁属洛苏调查报告》（1942 年）、四川省建设厅编《大小凉山之夷族》（1947 年）、中国西部科学院编《雷马屏峨调查记》（1935 年）、曾昭抡《大凉山夷区考察记》（1945 年）、杨成志《中国西南民族中的罗罗族》（1943 年）、徐益棠《雷波小凉山之罗民》（1943 年）、任映苍《大小凉山罗族通考》（1943 年）、林耀华《凉山夷家》（1947 年）、江应樑《凉山夷族的奴隶制度》（1948 年）等。此外，凉山彝族学者的代表性著述有曲木藏尧《西南夷族考察记》（1933 年）和《宁属调查报告汇编》（1939 年），以及岭光电《倮情述论》（1938~1942 年）等。这个时期，凉山彝族在汉文出版物中常常被表述为"罗"或"夷族"，并与"夷人""夷民"等交替使用，但基本都是指诺苏这一人口最多的彝族支系。

② 岭光电：《〈倮情述论〉摘选》，载《忆往昔——一个彝族土司的自述》，云南人民出版社，1988，第 212~217 页。

为系统的研究始于 80 年代中期，至今还不足 20 年。因此，国内外学术界对于中国史诗的了解尚少，中国史诗在中国文学史及世界文学史上也尚未得到应有的地位。"①

在刚刚过去的 50 年中，彝族史诗的搜集、整理和翻译工作，确实取得了显著的成绩，川、滇、黔、桂四省份陆续发现并出版了一系列的史诗汉文译本，或采取彝汉文对照，或采取"四行对译法"（彝文、国际音标注音、汉文直译和意译）。如果按中国史诗的三大类型来进行划分，我们可以将这些史诗文本胪列如下。

创世史诗 川、滇、黔、桂四省份的彝族民间蕴藏着极为丰富的创世史诗，而这些史诗作品的传承与保存，大多受益于彝族古老的彝文及其经书典籍，与彝族本土宗教祭司毕摩及其所主持的民间生活仪式和宗教仪式有着极为密切的关系。迄今为止，已出版的彝族创世史诗作品，除了"四大创世史诗"即大小凉山彝区流传的《勒俄特依》，云南彝区流传的《阿细的先基》、《查姆》和《梅葛》之外，还有云南彝族的《尼咪诗》《尼苏夺节》《阿赫希尼摩》《门咪间扎节》《俚泼古歌》《洪水泛滥史》（6 种文本）等，贵州彝区流传的《洪水纪》《洪水与笃米》及《彝族创世志》（3 卷）等。

迁徙史诗 "六祖分支"这一历史事件是川、滇、黔三省彝族经籍文学和迁徙史诗共同的取材史事，彝族史籍与迁徙史诗都无一例外地以此作为彝族信史发端的重要关节。六祖分支及六祖各部世系的历史之所以成为彝族迁徙史诗的共同叙事，是因为彝人族体分化以后，作为共同体的民族并未形成一个统一的政治实体或政权形式，笃慕和六祖仍是彝人普遍的认同、归属、凝聚的象征。在彝族口头传统中，迁徙史诗产生和形成的年代应在六祖分支基本完成之际，虽然具体时间无以推考，但可以肯定的是其规模化集成时期主要是在明代。这一题材的系统代表作主要有"六祖史诗"，包括《赊豆榷濮》（古代六祖）、《夷僰榷濮》（六祖魂辉）、《根因榷濮》（六祖源流）三部作品；还有《尼祖谱系》《彝族源流》《彝族氏族部落史》等；其他成章或成篇的迁徙史诗则散存于《西南彝志·谱牒志》

---

① 仁钦道尔吉、郎樱：《〈中国史诗研究〉前言》，内蒙古大学出版社，1999，第 2～3 页。

《彝族创世志·谱牒志》等大部头经籍中。

英雄史诗　一般说来，英雄史诗最早产生于原始社会解体期，即"军事民主制"时期，又作"英雄时代"，至迟产生于封建制国家的形成和发展期。彝族英雄史诗是在勇士歌和英雄短歌的基础上发展起来的，如《阿鲁举热》和《戈阿楼》都属于短篇英雄史诗。随着彝族文学搜集整理工作的不断深入，发掘出了《铜鼓王》《俄索折怒王》《支嘎阿鲁王》这三部成熟的英雄史诗。这些作品大致形成于南诏奴隶制国家由兴到衰的唐宋时期。英雄史诗反映了从原始部落分化到阶级制度确立这一时期的社会生活，塑造了本民族理想中的英雄形象，折射了英雄时代的社会理想和道德观念，表现出崇尚勇武、渴望建功立业的英雄史观和古代部落崛起期的民族精神。

上述作品的出版，大体上可归为两种政策性的思路，一是民间文艺学的，二是彝文古籍整理工作的。这些文本也呈现了彝族史诗的流布概况——这正是 20 世纪 50 年代和 80 年代两次彝族史诗搜集、整理工作带来的最积极的成果之一。从中我们不难看出，这些史诗作品的相继发掘，正如"西南创世史诗群"的发现①，同样说明了中国史诗研究工作从北向南的纵深拓展，反映了中国学界在"史诗"的概念、类型、传承方式（口传与文传）等方面做出的积极而有成效的探索；同时，由于种种原因，也衍生出许多新的学术问题，成为我们今天必须汲取的经验和教训。正如钟敬文所言：

> 从新中国成立以来，由于社会主义国家的特点，由于党和政府的重视，也由于青壮年学者们的不懈努力，我们在民间文学的矿产上，采炼和提供了丰富的珍品，特别是那些少数民族史诗和原始神话等。但是，不可讳言，在作为严格科学对象的民间文学资料（尤其是散文故事方面的记录），始终还不能使人感到较大的满意。因为我们这方面活动，没有随着整个社会历史形势的巨大转变而转变，并使它向更高阶段发展。……至于对它的科学研究，以及科学的搜集方法等，当

---

① 陶阳、钟秀：《中国创世神话》，上海人民出版社，1989，第 102~144 页。

时是没有更多工夫计及的。①

其实，国外民俗学界也走过同样曲折的道路，只是他们的反思与警醒似乎比我们来得更早、更深刻。正如麦克爱德华·里奇（MacEdward Leach）指出的那样：过去搜集的民俗文本，与其说是口传文学的，毋宁说更像是书面文学的。因为这样的搜集几乎无法引证其原初是怎样表述的，你会发现没有例外。这样的无差别地搜集起来的民俗文本就像来自书面资源，就像是眼睛的文学而非耳朵的文学。因为它是作为眼睛的文学被搜集的，也同样是作为书面文学来编辑和评价的②。如此出版的"文学读物"，已经损失了那些生成于口头语境中的大量的民俗传统要素，而对这些文本的正确评价，正是我们认真解读彝族史诗传统的一把钥匙。因此，今天检讨这些文本在制作流程中出现的这样那样的一些问题，也同样深有兴味。

下面，我们将重点结合本文的研究对象，即"勒俄"史诗文本的搜集、整理、出版的相关学术史，兼及彝族"四大创世史诗"的非本土化过程，来回首这段学术历程中普遍存在着的一些要害问题，以期从学术史反思的角度说明民间叙事传统文本化过程中出现的种种弊端。

三　《勒俄特依》及其"文本迻译"过程的反思

中华人民共和国成立之后的50年间，中国民间文学搜集整理工作的开展基本上可以划分为"文革"前后两个阶段。前一个阶段，也就是20世纪50年代后期，在"全面搜集、重点整理、大力推广、加强研究"的民间文学工作方针指导下，各地民间文学机构相继成立，在民间文艺采风工作中进行了大规模的搜集、整理和研究，仅"民间史诗、叙事诗就有上百部"之多，云南、四川的彝族史诗搜集、整理正是在这样的"运动"中孕

---

① 钟敬文：《序〈素园集〉》，载马学良《素园集》，中国民间文艺出版社，1989，第3～4页。

② MacEdward Leach，"Problems of Collecting Oral Literature，"*Publications of Modern Language Association*，Vol. 77，No. 3，1962，p. 335.

育的。从 1957 年到 1960 年的三年间，除了撒尼彝族的叙事长诗《阿诗玛》外，从调查、搜集、翻译、整理到出版，后来被称为彝族"四大创世史诗"的作品均已面世，其中就包括诺苏彝族史诗《勒俄特依》，由巴胡母木（冯元蔚）、俄施觉哈、方赫、邹志诚共同整理的翻译本，收入四川省民间文艺研究会编辑的《大凉山彝族民间长诗选》，于 1960 年由四川人民出版社出版。后一个阶段，也就是"文革"后的 80 年代初期，在改革开放的大好形势下，停滞已久的民间文艺事业开始迈向一个新的历史阶段。这时，彝族"四大创世史诗"中的两部作品尚在继续完善之中，《查姆》经郭思九、陶学良进一步整理、修订后，于 1981 年由云南人民出版社正式出版；《勒俄特依》的彝文本与汉文本也由冯元蔚进一步整理、翻译，分别于 1982 年和 1986 年由四川民族出版社出版了单行本。

《勒俄特依》的搜集、整理、翻译和出版，的确是凉山彝族文学的一件盛事。从彝文到汉文的翻译工作，既是一项艰巨的工程，也是一件意蕴深远的大事。至此，译本改变了 20 世纪三四十年代以来国内外彝学界一直仅将"勒俄"作为阐述彝族历史、社会等级、奴隶制度的"旁证"材料的做法，并将作品的文学特质及其诗歌属性引入了民间文艺学的探讨，进而被少数民族文学研究界纳入彝族"四大创世史诗"之列①，在彝族文学史上给予了诺苏彝族这一古老的文学传承以应有的地位，同时也让广大的汉文读者了解到：在 20 世纪 50 年代唯一存在的"奴隶社会活化石"——大小凉山，除了"触目惊心的阶级压迫和暗无天日的奴隶主统治"之外，彝族人民也创造了光辉灿烂的文化。这是《勒俄特依》汉译本面世的积极意义所在，也是本文在此要特地强调的一点。

今天对这段文本搜集、整理、翻译、出版的学术史给以客观评价是必要的。但正如钟敬文所指出的，"评价必需符合事实的真正性质和保持恰当程度，否则就容易丢掉科学性……评论一种历史上的学术、文化活动，既要弄清楚它本身的性质、特点、产生与演变过程及社会功能等，又要究明它产生、存在的历史、社会背景，究明当时社会运动的根本要求和它对这种要求的对应性及其程度。要达到这点，评论者必须占有尽可能多的资

---

① 朱宜初、李子贤：《少数民族民间文学概论》，云南人民出版社，1983，第 146 页。

料，必须进行过艰苦的分析、综合、推断、论证等过程。至于那种只凭用惯了的一套现成公式，或一时爱恶、感想去进行判断的做法，结果恐怕是要跟历史的真实相去遥远的"①。本文离这一要求还很远，因而以下回顾或许只能算是一种感想，尤其是作为一名彝族学人立足于本土文化传统的感想，而非判断，更非抨击。因为史诗本身的搜集、整理工作有着一个比较特殊也比较漫长的历史过程。如果比较全面地结合史诗文本《勒俄特依》的搜集、整理、翻译、出版的历史实际与相关的研究成果，我们将会看到：还原诺苏彝族史诗传统多相性的文本形态，对建设一种"立足过去、面对未来"的民间文艺学批评，抑或是对今后制订口头史诗记录文本的制作规程，不仅有理论价值，而且也有实践意义。

（一）文本的制作流程：搜集、整理和翻译

为完成学术史的梳理，笔者于 2003 年 2 月先后在凉山州首府西昌市和成都市两地对当年参加史诗搜集、整理、翻译的两位彝族学者曲比石美和冯元蔚进行了专题访谈。这里，我们不妨按两种汉文译本出版的先后次序，重新回顾一下"文革"前后相继面世的《勒俄特依》汉译本，从搜集、整理、翻译到出版，到底走过了哪些重要的文本转换流程，这样我们才能进一步明确界定这些史诗文本类型的批评尺度。

2003 年 2 月 19 日，冯元蔚在与笔者的访谈中详细地回忆了他本人两度参与史诗搜集、整理、翻译工作的来龙去脉，其夫人赵洪泽还提供了不同版本的《勒俄特依》（彝文本）。在此，我们引述其中的一些访谈片段。

> **冯**：我年轻的时候就喜欢《勒俄》。到了解放后，1958 年全国文艺采风啊，省委宣传部把我调起去当采风组组长，负责凉山这一片。采风嘛主要是民间文艺采风，所以省上去了一些人，凉山州也调了一些人参加，一共有十几个人。其他的同志都去民间搜集去了。我呢，因为有这个基础，对《勒俄》有偏爱，我就别的不大管。

---

① 钟敬文：《60 年的回顾》，原文系 1987 年钟老为纪念中山大学民俗学会创立 60 周年而撰，收入季羡林主编、董晓萍编《民间文艺学及其历史——钟敬文自选集》，山东教育出版社，1998 年，第 486～487 页。

曲布嫫：您就专心致志做《勒俄》了。

冯：当时分别搜集了 8 个版本。然后又找了八九位德古（ndep-ggup，头人、民间法官），德古完全用口背，我记录。然后回来以后，我花了 3 个月的时间，把 8 个版本和口述的记录弄成卡片，进行整理。因为这 8 个版本中的任何一个次序都是混乱的，找不到两个一模一样的。

曲布嫫：民间口传就这个特点，异文多。当时您把这些版本都记录下来了，也就是把每位德古的口述都写了一遍？

冯：哦。记下来以后，我又把它们弄成卡片，一组一组、一段一段地对应，再编出个次序来。

……

曲布嫫：做卡片，比如说到了"武哲惹册涅"（vonresse cinyix，雪子十二支），就用卡片把 8 个版本都对应出来。做卡片的目的就是对照？

冯：对，对照。对照基础上又搞个系统，从哪儿到哪儿，上下看起来有个顺序，不至于颠颠倒倒。

曲布嫫：然后再重新排列嘎？

冯：嗯。

曲布嫫：这个就是 1958 年做的工作。当初您这 8 个版本是在哪几个县收的呢？

冯：主要是在昭觉、西昌、美姑、布拖，重点是这四个县，然后我在昭觉又找到其他几个县的版本，比如雷波的啊，金阳的啊，冕宁的啊。

曲布嫫：喜德和越西这边有没得，当时？

冯：没有。哦，喜德有，越西没有，我当时也没去。

……

曲布嫫：阿普①，我打断一下，回到刚才的话题。您说你找过 8～9 位德古。这些德古的名字您现在还记得到不？

① 冯元蔚与笔者有亲戚关系，按彝族辈分，笔者称其"阿普"（appu），即爷爷。

冯：都记不到了。

曲布嫫：嗯。当时那些田野笔记也都找不到了？

冯：找不到了。我也是遭抄过家的。大头是给阿鲁斯基拿走了，剩下的是几次抄家啦、搬家啦，搞得纸片片都找不到了。光是我的笔记本，这么厚的都是十几本。

曲布嫫：抄家都抄走了？简直是。这个就是最痛心的事情，心痛死了？

冯：是啊。

曲布嫫：还有就是《勒俄》的彝文本与后头的汉文本，两个本子能不能对应？

冯：基本对应。这个主要是不同民族的表达方式呀……

曲布嫫：很难对译，就是。

冯：哦。所以说，从汉文版本的角度来呢，主要是考虑汉族读者。所以，你太对应很了呢，就别别扭扭，读不通的样子。

曲布嫫：所以就是说，彝文版基本按原来的，汉文版考虑了汉语表述。

以上访谈说明第一个《勒俄特依》汉译本①的搜集、整理过程，大致是将各地的八种异文与八九位德古头人的口头记述有选择性地汇编为一体，并通过"卡片"式的索引与排列，按照整理者对"次序"也就是叙事的逻辑性的理解进行了全新的组合，其间还采取了增删、加工、次序调整等后期编辑手段。从中我们可以看出，这一文本制作过程的"二度创作"问题：第一，文本内容的来源有两个渠道，一是书写出来的抄本，一是口头记录下来的口述本，也就是说将文传与口传这两种完全不同的史诗传承要素统合为一体；第二，忽略了各地异文之间的差异，也忽略了各位口头唱述者之间的差异；第三，学者的观念和认识处于主导地位，尤其是对史诗叙事顺序的前后进行了"合乎"时间或历史逻辑的调整；第四，正式出版的汉译本中，没有提供详细的异文情况，也没有提供口头唱

---

① 巴胡母木（冯元蔚）、俄施觉哈、方赫、邹志诚整理、翻译《勒俄特依》，收入四川省民间文艺研究会编《大凉山彝族民间长诗选》，四川人民出版社，1960。

述者的基本信息①。因此，在这几个重要环节上所出现的"二度创作"，几乎完全改变了史诗文本的传统属性。按照有些学者的理解，这个译本大概属于当时在文艺部门（非学术部门）领导下的"民间文艺采风工作"所产出的"文学读物"。那么我们是不是也不应该将之作为理论研究的对象来加以评判了呢？

第二个汉译本则是出于学术目的。曲比石美和冯元蔚两位彝族学者当时作为《凉山彝族奴隶社会》一书的彝文资料整理者，一同参与到《勒俄特依》的搜集、整理和翻译工作中。对此，冯元蔚回忆到：

> **冯**：……然后就是到了 1977、1978、1979 这三年。这个时候，（中国）社科院不是发起要写一本《凉山彝族奴隶社会》。
>
> **曲布嫫**：对，我知道那本书。
>
> **冯**：然后呢，我又是写作组的副组长，我就负责彝族文化这部分。
>
> **曲布嫫**：后头，你们出了一本书的吧？
>
> **冯**：哦，就是为了给这本书提供资料，写的人单独有，我呢主要是提供资料。
>
> **曲布嫫**：就是说为了提供历史、社会这方面的资料嘎？
>
> **冯**：对的。嗯，这样呢，我就把我这个《勒俄》的底子②拿到西南民族学院印出来。

---

① "若想使一篇民间文学作品发挥它应有的作用，除掉记录准确之外，还必须附有不可缺少的证明材料。对广大读者和研究者说来，这些材料并不比原文次要多少。当你站在博物馆中一个没有任何说明的艺术陈列品面前，你要作何感想呢？不附有必要的说明材料的作品正和博物馆中没有标签的古物一样，只能归作可疑的，最低限度是不确切的材料一类，降低了它的科学价值。这些材料包括：何时、何地、从谁那里记录来的，讲述者（或演唱者）的年龄、职业、文化程度，讲述者在何时、何地、从谁那里听来的等等。任何一个故事、歌曲都不能缺少这些最起码的材料。如果我们从一个讲述者那里记了许多材料，就应该进一步地了解他的个人经历，可能的话，最好对他讲述或演唱的技巧作些总的评述。一个人选择某个故事或某个民歌除掉是由于某些偶然的原因之外，在一定程度上还决定于他的心理状态、他所处的生活环境，而且在转述这些作品时，常要加上许多自己的（自己听到的、看到的、经受过的）东西。搜集者记录讲述者的个人经历，就是提供材料，让读者更深刻地理解作品。只要搜集者认真严肃地做这一工作，不把它看成是简单的填表格，那么他的材料无疑的会给读者及研究者以莫大帮助。"引自刘魁立《谈民间文学搜集工作》，原载《民间文学》1957 年 6 月号，收入《刘魁立民俗学论集》，上海文艺出版社，1998，第 165 页。

② 指《勒俄特依》第二个汉译本。即曲比石美、芦学良、冯元蔚、沈文光搜集、翻译，冯元蔚、曲比石美整理、校订《勒俄特衣》，辑入《凉山彝族奴隶社会》编写组编《凉山彝文资料选译》（第一集），内部参考资料，西南民族学院印刷厂，1978。

曲布嫫：这个本子我这回在下面看到过，是1978年印的吧？

冯：是1978年。

2003年2月12日上午，曲比石美在与笔者面对面的访谈中，更为详细地回顾了第二次史诗搜集、整理、翻译与出版的工作，他认真、审慎的态度，使我们进一步获得了当时集体参与史诗文本汇编的工作过程，对我一周后从冯元蔚那里了解到的情况也构成一种更细微的补充。

曲比：那是1977年的年初，历史研究所、民族研究所……

曲布嫫：中国社科院的啊？历史所还是民族所？

曲比：两个所都参加了。还有云南、四川、贵州，一共五个单位，那么联合起来组织一个工作组。这个工作组就叫"凉山彝族奴隶社会编写组"。

……

曲比：嗯，冯元蔚书记和我是搞搜集、整理与凉山彝族有关的资料。

曲布嫫：搜集、整理？

曲比：搜集、整理、翻译。

曲布嫫：你们就负责这方面的事情。

曲比：哦。冯书记负责，我合作。其中就有一个《勒俄特依》。当时呢，是搜集民间所贮存的一些版面。

曲布嫫：就是版本嘎，不同的版本。

曲比：版本。不同的版本残缺不全。有些比较全面一点，有些文字资料很差。有是有，但是版本呢很短。

曲布嫫：我现在看到的本子中，有的也很短。

曲比：很短，很不齐。当时我们搜集了可能十几本吧，大多数都很短。

……

曲布嫫：曲比叔叔刚才您说到你们当时搜到十几个本子，……在您的记忆中，印象比较深的本子是哪里搜到的？或者是从哪里得到的这些本子的？您还有印象不？

曲比：这个（在）昭觉，当时州委的背后是城西乡，搜到了一本。我觉得呢，比较之下，那一本好一些。

曲布嫫：好一点？但是当时是从城西乡哪一家搜到的呢？还记得到不？

曲比：搞忘了。

……

曲布嫫：当时你们搜集、整理《勒俄特依》，是以你们当时搜到的十几个本子进行综合？还是说你们也到民间去听过人们唱《勒俄》啊，说《勒俄》啊？有没得当时的现场录音？

曲比：没得，没得。没有听过。

曲布嫫：也许是当时没有这个条件？

曲比：《勒俄特依》嘛，我原来还是多多少少知道一些，知道嘛，主要是来自三个方面。一个嘛，主要是因为我父亲是一个大毕摩（bimo，彝族祭司）。他的资料是很齐全的，当时；我也看到过一些。第二个方面，我自己也是……

曲布嫫：您自己也是毕摩，哈哈。

曲比：我学过毕摩。学过毕摩呢，还是不外乎是这些，内容呢多多少少也掺杂各个方面，也了解一些。再一个呢，是民间的"克斯"（kesyp，口头论辩的一种论说方式）呀，"阿斯纽纽"（axsytnyow，婚礼上转唱）呀，也听到过一些。所以过去多多少少了解一些情况吧……

曲布嫫：嗯。

曲比：再加上口头采访，口头采访有关头人。大头人些，凉山彝族的，知道《勒俄》的。

曲布嫫：哦，就是。

曲比：比如说，阿侯鲁木子呀，果基木果呀，瓦渣色体呀，恩扎伟几呀，这种是德古。

曲布嫫：对的，这次我去美姑也跟恩扎伟几谈了一上午。

曲比：恩扎伟几，这个，还有吉克扬日这些，阿之营长、吴奇果果，这些人你都熟悉。

曲布嫫：吴奇果果我熟悉。

曲比： 这些人中间有些既是德古，又是毕摩。吉克扬日就是毕摩，还有恩扎伟几呀，专门唱阿斯纽纽的。

曲布嫫： 哦，他这方面很厉害。

曲比： 喔唷，他厉害得很，他一夜唱到天亮都唱不完的他。

曲布嫫： 就是，这次下去，我也问了他的。

曲比： （当时）采访过这些人。

曲布嫫： 您是采访他们的时候，也是当时做调查的时候下去采访他们的吗？

曲比： 调查，是调查的时候。还有搜集版本，各种各样的版本。所以，来自这么三个方面：第一个呢我过去了解一些情况，第二个呢采访头人，第三个呢搜集版本。然后综合拢来。当时呢，角度不同。当时我们搜集、整理、翻译这本书的目的，是为了提供写《凉山彝族奴隶社会》这本书服务，给他们提供资料。最后有了这些资料，他们就分别写，写了以后呀，《凉山彝族奴隶社会》这本书的总撰呢，原来准备叫周志强总撰……我们就是为提供凉山彝族奴隶社会资料服务的。

曲布嫫： 所以，它这个目的不是文学的。

曲比： 不是，不是。所以，我们就原始性比较强一点，真实性好一些，有研究价值。

从上所述，我们大致了解到第二个《勒俄特依》的汉文译本，就是以1977～1978年为完成《凉山彝族奴隶社会》一书而搜集、整理、翻译出来的内部资料为蓝本的。那么，前后出版的两个汉文译本之间也有一定的历史关联，《凉山彝族奴隶社会》写作组（以下简称写作组）在1978年内部出版的资料本上登载的《凉山彝文资料选译说明》中就明确指出："本书（《勒俄特衣》）曾于一九六〇年由冯元蔚、沈伍己二同志整理翻译、由四川省民间文艺研究会审订出版。这次又作了一些补充和修订。"[①] 那么，这一文本制作中所出现的问题与第一个汉文译本大体相似，即汇编性强。不同之处在于：第一，前一个译本基本上是出于文学目的的民间采风；后一

---

① 《凉山彝族奴隶社会》编写组编《凉山彝文资料选译》（第一集），内部参考资料，西南民族学院印刷厂，1978，第2页。

个译本则是服从于当时的政治学、民族学、历史学、社会学等学术目的，即为了提供说明"凉山彝族奴隶社会"的资料，以期反映"奴隶制度下的等级、阶级和旧的民族关系等状况"，针对性相当强。因而，它也不是一个符合民间文艺学的科学资料本。第二，除作为彝族学者也作为曾经是毕摩的曲比石美参与到了整个工作中之外，还有两位彝族学者芦学良和沈文光也做过大量的工作①，这些彝族学者皆精通彝汉文，尤其是曲比石美出身于毕摩世家，在1956年民主改革之前他一直还在从事毕摩这一宗教职业，因而他们的共同协作，至少对史诗的翻译、校定工作十分有益。

写作组还进一步强调了当时的工作原则："在补充收集的基础上，对上述彝文原件进行整理、校正和翻译时，本着保留原貌和忠于原文的原则进行。但由于它们在四川彝族地区又流传范围广，时间长，版本各异，说法不同，又由于我们水平不高，且受时间和各种条件的限制，加上各地方言不同，对其中的某些字、词，音义难辨。因此，整理中不免有些差误，翻译不准甚至错译之处更是难免，如《玛木特衣》最末的几小段，从对彝文的读音到翻译都有各种不同的说法，其他地方的个别译文也有类似情况。我们只好参照一些说法，按字分析进行翻译，必有不当之处。"② 至于其中提到的"彝文原件"当是来自不同地区、不同讲述人的史诗异文，因而"本着保留原貌和忠于原文的原则"就不得不大打折扣了。

为什么我们要深究《勒俄特依》汉译本的搜集、整理、翻译和出版工作呢？因为迄今为止，以上两个译本一直是中国学界研究凉山彝族的重要文本。仅就史诗研究而言，学者的资料引证和分析大多以它们为范本，而文本分析也一向是中国史诗学界的侧重点，尤其是对《勒俄》的研究，长期以来依赖于汉文译本的阐释，鲜有学者超越书面文本的局限去探索它背后的史诗演唱传统，而由这种活形态的演唱传统所规定的文本形态的丰富性和复杂性，也几近湮没在死寂的书面文本分析之中。而通过田野研究，从民间鲜活的口头史诗演述活动去复归文本背后的史诗传统，并建立一种

---

① 这两位学者都是看着笔者长大的父辈，在彝族文献与文学研究方面颇有专功，但遗憾的是他们已经去世，因而不能提供他们两人对这一段工作的回顾。

② 《凉山彝族奴隶社会》编写组编《凉山彝文资料选译》（第一集），内部参考资料，西南民族学院印刷厂，1978，第3~4页。

"以演述为中心的"史诗文本观和文本阐释，正是本文的学术追求所在。

（二）在彝文本与汉文本之间：两个疑问

首先，我们有必要对《勒俄特依》（汉译单行本）做一简单的介绍。全诗译本共 2270 余行，由"天地演变史""开天辟地""阿俄暑布""雪子十二支""呼日唤月""支格阿龙""射日射月""喊独日独月出""石尔俄特""洪水漫天地""兹的住地""合侯赛变""古侯主系""曲涅主系"等十四章组成。该译本的"出版说明"是这样表述其出版宗旨的：

> 彝族古典长诗《勒俄特依》，流传于四川省凉山彝族地区。它以其朴素的唯物主义观点和丰富的想象叙述了宇宙的变化、万物的生长、人类的起源、彝族的迁徙等等，其中也反映了彝族人民在原始社会和奴隶社会初期的一些情景。
>
> 一九八二年我社出版的彝文版《勒俄特依》，是由冯元蔚同志搜集整理的，它深受广大彝族读者的欢迎。根据广大读者想阅读汉文本的要求，冯元蔚同志将它译成汉文，现予出版，以飨读者。①

但是，在出版的环节上有两点值得注意：一是这个汉译单行本在封面上将史诗明确定义为"古典长诗"，与1960年将之纳入"大凉山彝族民间长诗选"的做法是一个矛盾；二是1999年《勒俄特依》的彝文本又发行了新的版本，与老版本一样，这个彝文本与汉文本之间有一殊异之处，即彝文本为15个章节，比汉文本的14个章节多了名为"阿略举日谱"的一章。因此，在彝汉文两种文本之间出现了"异文"。关于这两个疑问，在访谈中冯元蔚做了如下解释。

> **曲布嫫：**那么，阿普还有一个问题。就是我注意到您用的这个词呢是"彝族古典长诗"。那么现在学界呢，研究彝族史诗基本上把你这个《勒俄特依》作为一个范本来研究，老是说彝族有"四大创世史诗"，包括《勒俄》《梅葛》《查姆》和《阿细的先基》。就是说，阿普，您当时把它命名为"古典长诗"的时候呢，您有啥子考虑呢？

---

① 详见冯元蔚译《勒俄特依》，四川民族出版社，1986，出版说明。

冯：这个呢我都没有咋个深究。

……

曲布嫫：我看了一下，阿普，这本（彝文版）好像跟汉文版不一样。汉文版是册尔节（cely jjie，14章），彝文版是15章。比较之后，我发现彝文版多了"阿略举日茨"（atnyu jjusse cyt，阿略举日谱）那一章。

冯："阿略举日"啊？"阿略举日"原来是有，后来我到美姑去调查，补充了一下，有人认为它有点牵强附会。所以我又把它删了，觉得"阿略举日"的故事等于是离开了传统，民间倒是有一些传说。

曲布嫫：我这次到美姑调查，《勒俄》里面有"阿略举日"，肯定有一章。

冯：有啊，它是"阿略举日茨"，没得"阿略举日"的故事。

曲布嫫："布德"（bbudde，故事）？"阿普布德"（appu bbudde，神话、传说、故事的彝语总称）是没得。

冯：哦。对的，原本是没得，后头有一节我把它弄进去了，有人就说有点牵强附会嘛，我就删了。

曲布嫫："阿普布德"一般是散文体的，散体形式。那么就是说包括像支格阿鲁射日射月，一般的《勒俄》里面都有射日射月，有的版本还讲到他怎样跟木兹（muzyr，雷神）打仗。我觉得不能说有就不对，没得就对。这个不能这么简单来说，因为每一个版本都不一样。比如我下去搜集到的版本，有沙马土司的版本，有阿都土司的版本，还有宜地土司的版本。所以版本系统不一样，内容也会不太一样。

关于"古典长诗"与"民间长诗"之间的矛盾，我们应当将之纳入整个中国史诗学发展进程中来看，正如前文提及"史诗"概念的重新界定，是我国史诗学术史上比较晚近的成果之一。因此，不必在这里更多地予以讨论。但是，关于彝汉文版之间出现的章节差异，牵连到一个比较复杂的问题。既然"阿略举日谱"在彝文原本中存在，整理者鉴于"异议"而在汉文本中"删除"，正是出于对"牵强附会"的矫枉过正。因为彝文原本中一般按史诗的传统叙事，只讲到"神人"阿略举日的谱系，并没有后来一些学者望文生义地联想出来的"猴子变成人"的"故事"。但是，汉文本为避免这种"附会"就将整个一章删去的做法，正好说明这章的原始译文采纳了"猴子变成人"的"故事"。据笔者搜集到的几种抄本，并且结合史诗演述人和地方德古头人的讲述来看，"阿略举日谱"原为史诗《勒俄阿补》（公本）的有机构成部分之一。然而，在"阿略举日谱"这个环节上出现的有无之变，正好引出另一个文本问题，那就是当初的史诗搜集整理工作忽略了史诗文本的传统形态，混淆了"公本"与"母本"之间的差异。

（三）"把苞谷籽和荞麦籽混在一起了"：问题的症结

据笔者目前掌握的资料看，在《勒俄特依》第二个汉文译本正式出版之前，学界已经在讨论史诗的文本问题了。实际上，岭光电是第一位对史诗《勒俄》的搜集、整理和翻译工作做出过历史性贡献的学者①。早在 20世纪 40 年代末期，岭光电就搜集到了流传在凉山西北部的史诗文本，并开始整理和翻译《勒俄》②。80 年代初期，岭光电被借调到中央民族学院，与

---

① 岭光电（1913～1989），彝名牛牛慕理。1913 年出生于四川凉山彝族自治州甘洛县田坝区胜利乡斯补村，是斯补兹莫（土司）——媛带田坝土千户后裔。1936 年毕业于国民政府中央陆军军官学校第十期，后回乡兴办"私立斯补边民小学"，在凉山彝族现代教育史上写下重要的开篇之章，岭光电因此被誉为"民族教育的革新者"。1939 年任西康省政府中校参议；1942 年到西康省宁属屯垦委员会（驻西昌）任边民训练所教育长；1944 年任夷田特别政治指导区（直属西康省）区长，西康省彝族文化促进会理事长；1947 年任西康省政府边务专员；1948 年被选为国民立法委员；1950 年加入"国民革命同志会"并任国民革命军第 27军少将副军长。岭光电在从军从政之时，对彝族文化进行了一些研究和介绍：1936 年和彝族同仁一起编纂《新彝族》一书；1942 年发表《彝族保保经典选译》（《西康青年》），后来陆续发表《圣母的故事》《保保的怅恨歌》等译著和论文；1943 年整理 12 篇彝族历史、文化、故事编辑成《保情述论》，引起朱光潜、马长寿、马学良等学者的重视，后来他们彼此在学术上常有交往。1950 年 4 月 10 日岭光电率领人马回到西昌，接受解放军整编，受到政府欢迎。1957 年，参加中国社科院少数民族语言调查第 4 工作队，从事彝语调查、研究工作。同年底，调四川省民族出版社。1962 年调四川省民族委员会参事室。"文化大革命"期间受到不公正待遇。1978 年至 1988 年，党和政府为岭光电落实了各项政策，实事求是地否定了一些"莫须有"的罪名。1978 年调四川省委彝文组工作，专心致志地从事彝族文化的整理、翻译、研究和出版工作。1981 年应邀赴北京参加全国少数民族古籍编目整理，并受聘至中央民族学院彝文专修班任教，翻译整理了大量的古彝文经典书籍，如《雪族》《古侯传》《玛木特依》（《教育经》），并编写了《凉山彝族习俗点滴》《彝族尔比尔吉》等著作，还撰文阐释许多彝族古语及彝汉文化关系等。1985 年着手整理《忆往昔》，经多次修改后于 1988 年出版。岭光电落实政策后当选四川省政协委员、凉山州政协常委，兼任云南省楚雄彝族文化研究所顾问等职。1989 年 2 月 15 日因病在西昌逝世。

② 据冯元蔚回忆，他 1948 年在四川边疆师范学校上学时，还读到过岭光电译的汉文油印本《勒俄》，当时从译本的长度看，大概只是一个简本。摘自笔者与冯元蔚的学术访谈，访谈时间：2003 年 2 月 19 日；访谈地点：成都四川省政府家属大院冯宅内。

马学良一道从事彝文古籍的翻译整理工作，那时笔者也正在中央民族学院上学。此后，岭老在《勒俄》的翻译、整理工作方面继续辛勤耕耘，先后译出了《史传》、《古侯》（《古侯公史传》）、《武哲》（《雪族》，又称《子史传》）。这些不同的版本，相继由中央民族学院彝文文献编译室编印出来，作为当时的彝文古籍文献整理班的教材使用。岭光电的长子岭福祥指出，其中《史传》的底本就是其父在20世纪40年代末期整理、翻译过的《勒俄》，为今所见较早的彝文抄本，原本现藏四川省博物馆①。

从岭光电的文本翻译和注释情况来看，20世纪80年代初期学界对《勒俄》版本的分类情况已经形成一种基本共识，那就是普遍认识到这部长诗的文本形态比较复杂，其中"阿补"（apbu，公本）与"阿嫫"（apmop，母本）之分，成为至为关键的一点。也就是说，《勒俄》尽管有许多异文及异文变体，但最基本的文本类型是按照彝族传统的"万物雌雄观"来加以界定的。对彝族文学研究有素的萧崇素早在1982年9月就撰文指出：史诗有4种不同的"版本"，即《勒俄阿嫫》（母史传）、《勒俄阿补》（公史传）、《武哲》（子史传）和《古侯略夫》（公史续篇）等四种②，并对四种文本的异同做了较为详细的说明。除去他将当时已经面世的两种史诗译

---

① 中央民族学院彝文文献编译室编《彝文文献选读》，中央民族学院出版社，1992，第302页。

② "彝族著名史诗《勒俄特依》现有两种译本，皆以《勒俄阿姆》为正本。史诗内容丰富，文词华丽，易为人所接受。但据了解，彝族的《勒俄特依》并不只这一种。计有以下四种：（一）《勒俄阿姆》（彝史母本）。这是成书最早、内容最丰富的五言叙史长诗。一般毕摩和群众中都流行这本书。传世的《勒俄特依》，现在整理、出版的，都是《勒俄阿姆》。（二）《勒俄阿补》（彝史父本）。内容比较扼要，着重阐述彝族谱系及迁徙地域，对远祖树居，古代部落绝灭，古侯、曲涅两部落如何由三大渡口进入凉山等，都有细致地描写。（三）《武哲史》（雪源子史编）。大部分与《古侯阿补》相同，但增加了部分重要的内容。对'三贤时代'的兹（领袖、酋长、部落长）、莫（官员、军事首领）、毕（部落文字和祭祀的主持人，毕摩、大巫师）、卓（百姓等）的人物、职权以及管理结构，对与'俄竹人'（西番、普米）等民族关系史，皆有较详细的描写。《武哲史》是《勒俄特依》的续本，也是研究彝族古史必不可少的重要史料。（四）《古侯略夫》。据说这本彝书是部头较大、内容较全面的手写本，是《勒俄特依》的续本，内容异常博大丰富，一般人不易见到，也不易读懂。金阳一带曾流传有古彝文本，但在'四人帮'毁灭文化的时代，当地曾强迫烧书达四次以上。据说还有少量的这类手写本还保存在民间，但须用细致的说服方法才能得到。以上四种《勒俄特依》，绝大部分是用七音句或五音句写成的。本身既是神话、传说，又是史诗，既有文学价值，也有史料价值，是研究彝族历史文化的珍贵的第一手史料，应该迅速抢救，搜集各种不同版本和口头记录，加以集中整理、翻译、出版。"引自萧崇素《彝文古籍概说》，载《萧崇素民族民间文学论集》，四川民族出版社，1999，第288～291页。

本"大胆地"归为《勒俄阿嫫》（母本）之外，可见他已经充分认识到了史诗文本形态的多样性，而且强调不能忽视各种文本之间的区别。我们不禁要问：萧老的这篇文章发表在《勒俄特依》第二个汉译本之前，为什么没有引起整理者的重视呢？仅就"公本"与"母本"之间的差异，冯元蔚在访谈中是这样回答笔者的。

> 曲布嫫：还有一个问题，阿普，就是说，这个《勒俄》呢，下面分"阿补"（apbu，公本）、"阿嫫"（apmop，母本），分"阿诺"（axnuo，黑本）、"阿曲"（aqu，白本）。"阿曲"呢基本上是"阿嫫"这部分；"阿诺"呢基本上是"阿补"。您当时做《勒俄》是将"阿嫫""阿补"综合在一起呢？还是以"阿嫫"为主，或以"阿补"为主的呢？有没有这方面版本的区别？
>
> 冯：我也问过这个。所谓"勒俄阿嫫"（hnewo apmop，母勒俄）、"勒俄阿补"（hnewo apbu，公勒俄），在内容上毫无冲突的，"阿补""阿嫫"的分法，很多人包括我访问过的那些德古都这么说的，内容上没有冲突。所谓"阿补"呢，有点简单化、提纲化，"阿嫫"呢是繁本。
>
> 曲布嫫：只是说版本的长短？基本内容是一致的？
>
> 冯：是的。只是详略之分。
>
> 曲布嫫：那您当时听到过"阿诺""阿曲"这种分法没有？
>
> 冯：听到的呀。听到的就是没有啥子多大差别。
>
> 曲布嫫：但是我下去调查时，美姑那边说他们分得很清楚。为啥子呢？比如说，西西里几（xyxie hnijyt，婚嫁）的时候就只能唱"阿曲"或"阿嫫"；"措斯"（cosy，丧葬）的时候只能唱"阿诺"；"措毕"（cobi，送灵）的时候呢，"阿诺""阿曲"都可以说。为啥子说结婚的时候不能唱"阿诺"那部分，像"石尔俄特"就属于"阿诺"那部分，因为"惹约帕阿莫"（sseyur patapmo，生子不见父）……
>
> 冯：不吉利。
>
> 曲布嫫：对，不吉利，所以结婚的时候就不能唱这一段。所以我现在是根据它在哪种场合下使用"阿诺"，或是在哪种场合下使用"阿曲"，这样子来分。

　　显然，将"公本"与"母本"整合为一体，是现行汉译本最大的症结所在。当时整理翻译者没有重视这个问题，大概是他们没有亲自到民间的史诗演述场合进行实地观察所致。而长期以来"公本"与"母本"之间的异同及其传统规定性，尚未得到高度重视，也没有形成进一步的讨论。本文认为，这或多或少与汉译本的出版有关，因为译本没有对文本的流布情况、文本的搜集整理过程做任何说明。如果读者或学者缺乏对彝族史诗传统的了解，或许就会认为，这种汉文整理翻译本就足以反映彝族史诗《勒俄》的原生面貌了；而对于了解本民族史诗传统的彝族学者来说，则缺乏一种客观的学术批评尺度，缺乏一种正确的史诗观照态度，这与整个中国史诗研究界长期以来的学术导向有关，也与过去我国史诗学的理论建设滞后于作品的普查、搜集、整理和研究有关。这就是我们这里对史诗《勒俄》的文本做学术史清理的出发点。因而，仅仅在各种异文之间进行"取舍"和"编辑"的做法，无疑忽视了史诗传统的特质及其文化规定性，在这一重要的彝族史诗文本制作过程中留下了不可挽回的历史遗憾。这是我们今后在史诗文本化制作工作中必须汲取的教训之一。

　　笔者在田野过程中与史诗演述人曲莫伊诺谈起他自己的两个《勒俄》写本时，无意间听到了他对《勒俄特依》彝文整理本（这位演述人不懂汉语，也不识汉文）的"评价"。

　　曲布嫫：（拿出《勒俄特依》的彝文新版，从马拉嘎处暂借）伊诺，我还有一个问题，那你原来，就是你18岁写这个本子的时候或者之前，看到过这一类的出版物没有？

　　伊诺：（翻开书来看了一会儿）这种没有。我知都不知道有这样子的书，也不知道坝区那些比较接近街上的地方上有没有卖的？我是没有看到过。啊波——，tepyy cyzzit guma sinip mgema jjyhxuo dasuw（这本书把苞谷籽和荞麦籽混在一起了），我分不出来。

　　曲布嫫：啥子呢，啥子"苞谷""荞子"哦？

　　伊诺：你看嘛，哪些是"阿补"（apbu，公本）的，哪些是"阿嬷"（apmop，母本）的？他们写在一起了，现在不好分（辨）了。

　　曲布嫫：你倒是会用比喻嘎，很形象。等我记下来。还是你用彝文直接写要准确一点，把你刚才说的那句话写在这儿算了（把笔记本和笔递给他）。

伊诺：（接过本子和笔）你说的是哪句话？

曲布嫫："苞谷""荞子"那句。我爸爸老说你语言丰富，这个比喻就非常深刻，很能说明问题的实质。①

按史诗演述人的话来讲，彝文整理本也同样存在"把苞谷籽和荞麦籽混在一起"的情况，换言之，就是将"公本"与"母本"整合到了一起，现在单凭文本再做区分是很困难的。曲莫伊诺细读之后认为，被整合的部分大到段落，小到具体的诗行。这种情况大概也是受了汉文译本及其工作思路的影响所致。

在我们对史诗汉译本的局限性有所认识之后，就会发现后来各地陆续搜集、整理的史诗译本，也几乎在走同样的路子：始终没有任何关于史诗演述人的确切信息，始终没有史诗文本来源的信息。史诗文本的汇编过程更是一个迷障，遮断了人们正确读解史诗传统及其文化语境的目光。遗憾的是，彝族学者大多生于斯、长于斯，有的自幼就在"勒俄"传统中熏染传习，但似乎没人对已经出版的《勒俄》文本提出质疑，或是关注这些出版物背后的史诗传统从过去到现在经历了怎样的变迁，目前处于一种怎样的传承与传播状态。"勒俄"本身当是一种史诗传统，而不能简单地理解为一个书面文本，乃至扩大些说，一个语言艺术文本。然而"勒俄"后面一旦加上了"特依"（teyy，经书、书籍）二字，仿佛就变成了一堆沉寂无声的纸页，从这些印刷出来的文本中我们听不到史诗演述的任何音声，更看不到史诗传人的身影，民间传统文化语境更随之丧失殆尽。许多学者的探讨，尤其是本民族学者的研究，大多面对这个写定的译本而止步不前了。

四　《勒俄特依》汉译本的文本定位与评价尺度

一个时代有一个时代的学术。老一辈学者在彝族史诗方面做出的不懈

---

① 摘自 2002 年 11 月 12 日的田野访谈资料。

努力和巨大贡献，正是我们这一代民俗学者应当继续承担起来的历史责任。而对当时所谓"大规模"的史诗"生产"过程及其产出的史诗文本，也应该做出理性的分析和客观的评价，这样才能为中国的史诗学建设提供学术史的前鉴，为建立中国史诗学的理论体系奠定良好的基础。因此，我们有必要立足于乡土社会的口耳相传—都市人群的现代阅读—学者的科学研究这三个基本环节，结合国外关于史诗文本类型的理论研究与评价尺度，来客观评述《勒俄特依》汉译本的文本属性及其价值，从中明确我们在史诗的学术研究中应该面对的文本是什么？又怎样在本土文化的语境中去理解文本背后的活形态史诗演述传统。如果说，我们还有对阅读人群的责任感的话，我们也应该在力所能及的范围内告诉读者这种史诗传统的文本事实和文化语境是什么。

美国史诗研究专家约翰·迈尔斯·弗里（John Miles Foley）、芬兰民俗学家劳里·杭柯（Lauri Honko）和马克·本德尔等学者，相继对史诗文本类型的划分与界定做出了理论上的探索。他们认为，从来源上考察史诗研究对象的文本，一般可以划分为三个主要层面：一是口头文本（oral text），二是来源于口头的文本（oral-derived text），三是"以传统为取向的文本"（tradition-oriented text）。以上史诗文本的基本分类原则，从理论来源上讲，一则与阿尔伯特·洛德（Albert B. Lord）的"演述中的创作"（composition-in-performance）及其相关学说有关[1]；二则都借鉴了理查德·鲍曼（Richard Bauman）的"演述理论"，即依据创作与传播中文本的特质和语境[2]，从创作、演述、接受三个方面重新界定了口头诗歌的文本类型（见表1）。

---

① Albert B. Lord, *The Singer of Tales*, the 2nd edition, Stephen Mitchell and Gregory Nagy eds. , Cambridge：Harvard University Press, 2000, pp. 30 – 67.

② 演述理论（theory of performance），又译作"展演理论"或"表演理论"，代表人物是美国学者鲍曼，他在《故事、事件和演述》（*Story, Performance, and Event*, Cambridge University Press, 1986）中，把理论的焦点放在了讲述故事的行为本身上。在其理论构架中，有三个层次：被叙述的事件、叙述的文本和叙述的事件。后两个概念比较好理解，分别指故事的文本和讲述当时的社会文化氛围，这大体相当于我们习惯使用的文本和语境。而第一个概念"被叙述的事件"（narrated events, the events recounted in the narratives），则是指在一次讲述过程中被陆续补入的事件。这样，就把演述活动作为研究对象并整体化和精细化了。

表1 口头诗歌的文本类型

文本类型	创作 Composition	演述 Performance	接受 Reception	史诗范型 Example
1. 口头文本或口传文本 oral text	口头 Oral	口头 Oral	听觉 Aural	史诗《格萨尔王》 Epic *King Gesar*
2. 源于口头的文本 oral-derived text	口头与书写 O/W	口头与书写 O/W	听觉与视觉 A/V	荷马史诗 Homer's poetry
3. 以传统为取向的文本 tradition-oriented text	书写 Written	书写 Written	视觉 Visual	《卡勒瓦拉》 *Kalevala*

因而，口头诗学最基本的研究对象，也大体上可以基于这三种层面的文本进行解读和阐释。这样的划分，并不以书写等载体形式为界。那么，在此我们结合前文提及的美国学者马克·本德尔对彝族传统文学文本的分析，对以上三种史诗文本的分类观做一简单介绍。

"口头文本"或"口传文本"（oral text）。口头传统（oral tradition）是指口头传承的民俗学事象，而非依凭书写（writing）。杭柯认为，在民间文学范畴内，尤其像史诗这样的口头传承，主要来源于民间歌手，他们的脑子里有个"模式"，可称为"大脑文本"（mental texts），当他们演述、讲述或演唱时，这些"大脑文本"便成为他们组构故事的基础。口头史诗大多可以在田野观察中依据口头诗歌的经验和事实得以确认，也就是说，严格意义上的口头文本具有实证性的经验特征，即在活形态的口头演述情境中，经过实地观察、采集、记录、描述等严格的田野作业，直至其文本化的过程得到确证。这方面的典型例证就是南斯拉夫的活态史诗文本。口头文本既有保守性，又有流变性。因此，同一口头叙事在不同的演述语境中会产生不同的口头文本，导致异文现象的大量产生。阿细彝族创世史诗的原初形态"先基调"与广西彝族英雄史诗《铜鼓王》的原生形态"铜鼓歌"皆当划为口头史诗。

"源于口头的文本"（oral-derived text），又称"与口传有关的文本"（oral-connected/oral-related text）。这类文本是指某一社区中那些跟口头传统有密切关联的书面文本，通过文字而被固定下来，而文本以外的语境要素则无从考察。但是，这些文本具有口头传统的来源，成为具备口头诗歌特征的既定文本，其文本属性的确定当然要经过具体的文本解析过程，如荷马史诗文本，其口头演述的程式化风格和审美特征被视为验证其渊源于口头传统的一个重要依据。彝文经籍史诗中的大量书写文本皆属于这种类型，比如"六祖史诗"和英雄史诗《俄索折怒王》与《支嘎阿鲁王》。也就是说，这些史诗文本通过彝文典籍文献留存至今，而其口头演述的文化语境在当今的现实生活中大多已经消失，无从得到实地的观察和验证。但是，从文本分析来看，这些已经定型的古籍文献依然附着了彝族口头传统的基本属性。

"以传统为取向的文本"（tradition-oriented text）。按照杭柯的定义[①]，这类文本是由编辑者根据某一传统中的口传文本或与口传有关的文本进行汇编后创作出来的。通常所见的情形是，将若干文本中的组成部分或主题内容汇集在一起，经过编辑、加工和修改，以呈现这种传统的某些方面，常常带有民族主义或国家主义取向。最好的例子不外是1835年出版的、由芬兰人埃利亚斯·隆洛德（Elias Lönnrot）搜集、整理的芬兰民族史诗《卡勒瓦拉》（Kalevala）。出版于"文革"前后这段特殊时期的彝族"四大创世史诗"的汉文译本，大多经历了相似的汇编、修改和加工历程，而且还多了一道"翻译"的程序，即将搜集到的文本材料，按汉语表述习惯进行重新转写。尽管搜集整理者也试图采取接近于原初诗行的结构，但大多与原初表达形式相左。从史诗《勒俄特依》的彝汉文本的翻译来看，且不说古彝文转写为现代规范彝文，各地次方言土语的地方风格均标准化为喜德音，而彝族传统诗歌的主体构句范型——五言、七言诗行大多不得不置换为更长的汉语诗行，以适从汉语阅读世界。那么，如何看待与评价这类文本呢？马克·本德尔对此问题进行了集中的讨论和分析：

> 我认为，像《梅葛》《查姆》这类作品，最好是应归入杭柯教授所界定的"以传统为取向的文本"（tradition-oriented texts）内来加以评价。也就是说，它们肯定与原初的口头传统有密切的关联，在某些情况下也与彝族的书写传统紧紧相连。虽然这些文本经搜集者和编辑

---

① Lauri Honko, *Textualising the Siri Epic*, Helsinki: Suomalainen Tiedeakatemia（Academia Scientiarum Fennica），1998，pp. 36 - 41.

者的手变成书面翻译本之后，已称不上是准确的民族志资料，但它们仍艺术地（如果不是国家民族主义地）再现和保留了彝族文化的某些或基本的方面。所以，如果我们在特定的语境条件下审慎地看待这些文本，将它们置入彝族整体的表达传统，并作为杭柯所说的"民俗（学）过程"（folklore process）的材料——即把分散的口头文本和与口头相关的文本收集起来加以整合，然后再由当地资深的编辑为大众阅读（这种阅读的受众与文本源出的社区受众是极为不同的）而重新作出阐释——从这些方面来看，它们仍有宝贵的价值。①

这里，我们基本同意本德尔的上述意见，即将诺苏彝族史诗译本《勒俄特依》大致归为这类"以传统为取向的文本"。这类文本经过搜集、整理、翻译的一系列出版流程，其间采取了汇编、整合、增删、加工、次序调整等后期编辑手段②，已经渐渐游离了口头演述的文本社区和文化语境，脱离了口耳相传的乡土社会，转而面对的文本受众不再以彝族民众的文本听诵为对象，而翻译本身将这种族群表述的传统文本迻译为汉语阅读，其主要的文化功用不再受本土口头叙事的限制，其间的接受过程也从听觉转换为视觉，从集体听诵转换为个体阅读。因此，这种史诗文本对于一般的汉语受众而非学者而言，主要是一种"文学读物"而非民俗学意义上的科学资料本。

也许我们应当从积极意义上来评价这类史诗文本，尤其是它们对于文化传播与族际沟通，增进不同文化间的相互理解，共享人类知识与信息，确有不可抹杀的历史性贡献。本德尔撰文的目的也很明确，那就是要在彝族文学研究中给这些所谓"加工过头"的文本以一席之地，不能因为它们"达不到"今天民俗学研究的标准（科学资料本），就把这类文本统统"弃若敝屣"。因为对于一位从事彝族文学研究的外国学者来说，这些文本的出版无疑起着某种学术通衢的作用，正是通过"这些宝贵的传统文学作品的正式出版问世，方使我们今天仍能研究、探讨和共享作品本身的美学

---

① 马克·本德尔：《怎样看〈梅葛〉："以传统为取向"的楚雄彝族文学文本》，《民俗研究》2002 年第 4 期，第 39～40 页。

② 这些具体环节上出现的问题，笔者还将在下文的论述中进一步讨论。

价值、社会作用和文化意义。但从另一个角度来看，它们给今天的研究者也提出了一些值得深思的问题"①。然而，通读全文之后，不难看到本德尔显然是试图在"文学作品"与"准确的民族志资料"之间做出某种调和。对此，笔者和本德尔也曾经有过比较深细的讨论。按照笔者的理解，其问题意识来自这么几方面的考虑：口头文本与书面文本的关系（除了差异之外）是什么？演述在这个关系里起什么作用？我们应怎样看待那些来源于传统的文本？尤其是它们明显被加工或修改过，以适从编辑者和非传统受众的需要。

与此同时，我们也应该明确指出，本德尔的文本评价尚未在《梅葛》《查姆》与《卡勒瓦拉》之间做出更深细的比较和区别。实际上，中国民间文艺学界都非常清楚，这一类史诗"作品"的出版，包括《勒俄特依》，与《卡勒瓦拉》的问世有着本质的不同：（1）《卡勒瓦拉》在唤醒芬兰人民的民族意识上起到了极其重要的作用，在1917年芬兰获得独立和自由之前，该史诗对芬兰整个民族的觉醒产生了深远的影响。（2）随着瑞典和沙俄的入侵和统治，外来文化的侵扰使芬兰自身世代相传的民间艺术几乎绝迹，甚至连本民族的语言权力也被虢夺。到19世纪初，民间口承诗歌只是在芬兰东部卡累利阿地区一些上年纪的老歌手的记忆中保存着，而且已经有不少诗歌逐渐被人们淡忘。隆洛德后来成为民俗学者、教授和语言学家的历史贡献，正在于他将亲自采集到的近6.5万行诗句加以编纂，汇合成一部首尾连贯的史诗《卡勒瓦拉》②。因此，这部史诗中的故事不仅是光明与黑暗的斗争，而且也成为民族精神的象征。（3）为收集民间诗歌，隆洛德仅在芬兰中部的卡亚尼小镇就度过了20年时光。这期间，他不辞辛苦，长途跋涉，多次徒步旅行、划船、滑雪和乘雪橇，走访民间歌手，口问笔录，方能系统地搜集、整理、编纂流散在民间的诗歌，并在此基础上进行汇编和创作。（4）杭柯一再强调《卡勒瓦拉》这部作品并不是哪一位作者的创作，而是根据民族传统中大量的口头文本进行修改、加工、整理而成

---

① 马克·本德尔：《怎样看〈梅葛〉："以传统为取向"的楚雄彝族文学文本》，《民俗研究》2002年第4期，第38页。

② 《卡勒瓦拉》有两个版本，第一版12078行，1835年出版；第二版22795行，1849年出版。

的。隆洛德的名字与此相连并非作为一位"作者"，而是传统的集大成者①。因此，杭柯将之归为"以传统为取向的文本"，也有其特定的指归。

如果说《卡勒瓦拉》这部史诗使芬兰作为一个民族国家为世人所知，包括《勒俄特依》在内的"四大创世史诗"则对汉语世界了解彝族史诗"作品"，产生了积极作用。因此，正是在这种文化沟通与交流的意义上，我们基本同意本德尔的意见，并将《勒俄特依》划入"以传统为取向的文本"，并不是说《勒俄特依》的面世与《卡勒瓦拉》的问世可以不做任何界分地等量齐观。同时，我们也应该指出，这种文本的出现确有一个时代的问题，而且彝族史诗搜集整理工作所处的那一段特殊时期的历史，也不能仅仅为了求取一种通约而简单地与芬兰的情况完全地画等号，尤其是相形于今天依然以其活形态的口头演述为叙事生命力的史诗传统而言，这种文本的学术阐释价值无疑是极其有限的，评价其"文学价值"的尺度也当纳入那一个时代的时间范畴之中来对待。由于这种史诗文本大多取材于口述资料或经籍化抄本，尤其是其间的高度整合与汇编，体现了搜集整理者的主观判断和价值取舍，因此大量的口头传统信息出现了断裂、缺失和变异。因此，以今天的学术眼光和要求来看，正本清源，复归传统的文化事实才是当务之急。

此外，既然这些业已出版的汉文文本通常被国内外学界视作彝族传统文学的代表作，那么它们是否符合"科学资料本"的要求，也就变得意味深长了。前文提到，国外一些学者对撒尼叙事长诗《阿诗玛》的"改编"问题提出的质疑，同样说明科学研究活动中的史诗文本值得我们重视和警醒。尤其是在口传史诗的文本分析中，文本属性、文本形态和文本来源，直接或间接地，必然要与"以演述为中心"的这一民俗学文本制作的核心

---

① 最近听说，在凉山大学的校园内出现了一道"现代文化景观"，校方将古老的《勒俄特依》用彝文刻写在了一道"石墙"上，而且上面也同时刻下了"署名作者"是冯元蔚（原文拉丁转写为 bafup murtw bbur da，直译即"巴胡母木写下"，巴胡母木是冯元蔚的彝族姓名）。落成典礼上，当即就有彝族学者尖锐地指出，"勒俄"是属于整个诺苏彝族的，不是哪一位"作者"的。不知道这道"石墙"的始作俑者是不是无言以对？其实，我们清楚地看到，冯元蔚并没有以"作者"自居，而是以翻译者的"身份"出现在《勒俄特依》的封面上的。但是，如果当初《勒俄特依》被转换为出版物之前，就交代清楚其文本来源以及文本化过程，也许就不会造成如此的"历史误会"。

理念发生关联。就史诗的文本研究而论，我们在文本与语境的深层关联上并没有完全展开。如果回到史诗的口头演述过程中去探索史诗文本的动态生成过程，就不难理解史诗的文本意涵是由特定的史诗叙事传统所规定的①。所以，一次特定时空中的史诗演述事件有其更深刻的文本价值，这不仅要从演述人唱述的文本中获得，还应该从考察该文本得以传承并流布的本土文化语境乃至具体的口头叙事情境中获得。否则，全面理解口头史诗的诗学，全面描述史诗文本的审美价值和文化意义，就是一个建筑在沙滩上的巍峨楼阁。

五 "民间叙事传统的格式化"：检讨与回应

从演述到文本，民俗学的文本制作（folklore textmaking）都应当反映为一个极其严肃又极其精细的文本化过程（textulization），以确保文本的文化属性。基于《勒俄特依》汉译本在其文本整理、转换、写定过程中出现的种种问题，本文做出以上学术史的清理，并提出我们应当对此持有一种客观、公允的评价尺度。但是，从学术本身的发展而言，今天之于昨天毕竟是不同的两个时代了。从业已远去的"大规模"民间文学搜集整理的运动过程中，我们应当汲取一些怎样的口头史诗记录文本制作的经验和教训是不言而喻的。对过往的民俗学、民间文艺学工作者在口头传统文本化的过程中存在的一种未必可取却往往普遍通行的工作法，我们在检讨的同时，也在思考应当采用怎样的学术表述来加以简练的概括，使之上升到学术批评的范畴中，或许对今后学科的发展有一些积极作用。经过反复的斟酌，本文在此将前文所述的种种文本制作中的弊端概括为"民间叙事传统

---

① 幸欣的是，近年来彝学界也逐步意识到了史诗文本的传统规定性。彝族青年学者王昌富曾经做过《勒俄阿补》（公本）的选译工作。他指出："《勒俄阿补》是专用于丧事中说唱的经典。它的赛唱是大小凉山各地的丧事活动中最为重要的内容。它是《勒俄特依》的详篇，流传时代久远，各种抄本、说唱有所变异。除冯元蔚整理、翻译，四川民族出版社以彝汉文出版的版本外，民间还流传着大量的传抄本和口头传唱。为多存一家之说，本书选译了笔者82年在西昌具大桥区巴汝乡搜集到的彝族老毕摩阿甲底哈唱本中的部分重要篇目，句句对译于此，以供读者、研究者参考。"详见王昌富《凉山彝族礼俗》，四川民族出版社，1994，第176~189页。

的格式化"①。

这一概括是指：某一口头文学传统事象在被文本化的过程中，经过搜集、整理、迻译、出版等一系列工作流程，出现了以参与者主观价值评判和解析观照为主导倾向的文本制作格式，因而在从演述到文字的转换过程中，民间鲜活的口头文学传统在非本土化或去本土化的过程中发生了种种游离本土口头传统的偏颇，被固定为一个既不符合其历史文化语境和口头艺术样貌，又不符合学科所要求的"忠实记录"原则的书面化文本。而这样的格式化文本，由于接受了民间叙事传统之外的并违背了口承传统法则的一系列"指令"，所以掺杂了参与者大量的移植、改编、删减、拼接、错置等并不妥当的操作手段，以致后来的学术阐释发生了更深程度的误读。如果要以一句更简练的话来说明这一概括的基本内容，以便用较为明晰的表达式将问题呈现出来供大家进一步讨论，或许我们可以将这种文本转换的一系列过程及其实质性的操作环节表述为"民间叙事传统的格式化"（为行文的简便，以下表述均简称为"格式化"）。

第一，"格式化"的典型表征是消弭了传统主体——传承人（民众、演述者个人）的创造者角色和文化信息，使得读者既不见林也不见木，有的甚至从"传承人身份"（identity of traditional bearer）这一最基本的"产出"环节就剥夺了叙事者——史诗演述人、故事讲述人、歌手——的话语

---

① 经再三考虑，我们借用大家都不陌生的英文的 format 一词来作为这一概念的外语对应表述。作为名词，它具有以下几种语义：a. 以大纲指定产品组织和安排方面的计划；b. 开本出版物的版式或开本；c. 格式，用于储存或显示的数据安排；d. 获得这种安排的方法。作为动词讲，则有：a.（按一定的形式或规格制作）的设计或安排；b. 为……格式将（磁盘等）分成标好的若干区域使每个区域都能储存数据；c. 格式化决定适用于储存或显示的（数据）安排等。"民间叙事传统格式化"之后的文本，用英文表述大致相当于 formatted text beyond tradition rules of oral narratives。同时，在批评观照方式上，则多少取义于"电脑硬盘格式化"的工作步骤及其"指令"下的"从'新'开始"：a. 在选择硬盘模式，创建主 DOS 分区、逻辑驱动器，设置活动分区，甚或删除分区或逻辑驱动器，乃至显示分区信息等过程中，皆取决于操作者的指令；b. 还可以根据操作者的愿望进行高级格式化或低级格式化的选择；c. 此后就要为这个"新"硬盘安装操作系统（文本分析方法）和应用软件（文本阐释及其对理论的运用）；d. 硬盘格式化必然要对硬盘扇区、磁道进行反复的读写操作，所以会对硬盘有一定的损伤，甚至会有丢失分区和数据簇、丛的危险。考虑到这是大家都熟悉的道理，我们便采用了这一外语的对应方式。

权利与文化角色。因此，在不同的程度上，这种剥夺是以另一种"身份"（编辑、编译人、搜集整理者等）对"传承人身份"的忽视、规避，甚至置换①。第二，"格式化"忽视了口头传统事象生动的演述过程，在一个非忠实的"录入"过程中，民间的口头演述事件首先被当作文本分析的出发点而被"写定"为一种僵化的甚至是歪曲了的书面化文本。第三，参与者在"格式化"的文本制作过程中，是以自己的个人意志为转移的，并以自己的文本价值标准来对源文本进行选取或改定，既忽视了本土传统的口承样态，也忽视了演述者的艺术个性，这种参与过程实质上成了一种无意识的、一定程度的破坏过程。第四，"格式化"的结果，将在以上错误中产出的文本"钦定"为一种标准、一种轨范、一种模式，变成人们认识研究对象的一个出发点，而这种固定的文本框架，僵固了口头艺术的生命实质，抽走了民众气韵生动的灵魂表达，从而成为后来学术研究中对口头传统做出的非本质的、物化的，甚至是充满讹误的文本阐释的深层致因。第五，如果我们从积极的立场来看待这种"格式化"的文本制作流程，或许应该公允地说，在一定的历史时期，这种"格式化"的工作目标针对的是本土传统以外的"阅读世界"，因而文本的接受对象已经不再是文本的传统受众，而转换为文本的读者。正如前文所述，这种"格式化"的种种努力，或许在文化传播、沟通和交流中发生过一定的积极作用，尽管其间也同时传达了错误或失真的信息。

针对上述分析的第五点意见，我们还应做以下讨论，以期说明笔者的基本立场和本文的工作方向。

钟敬文一再指出，对待民间文学或口头艺术，可以有两种不同的态度，即文艺欣赏的态度与科学研究的态度。前者主要是通过眼睛、耳朵，用心灵去感受、体味，这是一种审美活动。后者主要是面向对象去进行考察、分析、比较、论证，以求得到准确的结论，这是科学活动。如果我们

---

① 本文在此要特别提出"著作权的归还"问题，倡议在今后的民俗学文本制作中，必须将传承人诸如史诗演述人、故事讲述人、歌手、传承人等的真实姓名（如果本人不反对）直接反映在相应的印刷文本的"封面"上，同时要尽可能多地附上其他有关传承人的信息，不能以其他方式比如"后记"之类来取而代之。也就是说，演述者与记录者应该共享同一项"著作权"，而且演述者应该成为"第一著作者"。国内已有学者开始关注"民间文学的著作权"问题，这一讨论确实关乎许多长期被忽略不计的重要问题。

将《勒俄特依》纳入"以传统为取向的文本"来回顾相关的理论研究，就会发现学者们对这一史诗文本的探讨，俨然已经超出了对一般"文学读物"的艺术赏析，而表现为来自历史学、民族学、社会学、哲学、文化学、生态学、神话学等诸多学科的探讨、分析和阐释①。

然而，在不同的学术视野中，我们几乎没有看到对这一彝族史诗文本及其文本书面化过程的讨论和批评，几乎没有人将这一史诗文本视为一种折射着其制作者的解析性观照的交流媒介；相反，这也影响着读者乃至学者的文本观照。不同的是，过去许多学者将文本理所当然地当作一种给定的"前在"，没有考问其作为呈现彝族史诗传统的有效性和准确性，将出版的写定文本与口头演述混为一谈。比如，如果一个给定的文本在文体结构上看上去是有始有终的，甚或是首尾呼应的，一些学者便归结为史诗演唱本身在叙事程式上也是从头至尾、按部就班地加以复述的。然而，一旦进入实地观察，就会看到"勒俄"在民间生活仪式上的传演恰恰相反，至少在婚丧仪礼中的史诗说/唱都不可能是史诗译本所呈现的那种"文本逻辑"。确实，这种情况多少像丹尼斯·泰德洛克（Dennis Tedlock）指出的那样，美洲印第安叙事的读物仅仅是删改（bowdlerized）为普及版给儿童，抑或是学术版本也降低了印第安叙事的艺术特质②。此外，就"彝族四大创世史诗"而言，这些文本之所以一直被当作历史、神话、传说的取材库，或许就是因为这些出版物没能给学者或读者提供更多的史诗信息，包括演述人的信息、演述的语境、传统的规定性等，因此许多学人也徘徊在创世史诗与创世神话之间不置可否。新近出版的《彝族民间文艺概论》就将各地彝族多样化的史诗传承消解为各类神话，"勒俄"作为大小凉山200多万诺苏彝人的史诗叙事传统也被彻底解构了③。

实际上，早在20世纪50年代末期就有学者机警、敏锐地注意到了

---

① 鉴于本文的写作宗旨无涉文本分析，故在学术史讨论中仅针对史诗文本的搜集、整理、翻译而言，相关的研究情况不做展开。

② Dennis Tedlock, "On the Translation of Style in Oral Narrative," *The Journal of American Folklore*, Vol. 84, No. 331, 1971, pp. 114 – 115.

③ 罗曲、李文华：《彝族民间文艺概论》，巴蜀书社，2001。不知何故，该书没有提到任何一部史诗作品，而将史诗作品全部"溶入"各类神话之中。

当时民间文学搜集整理工作中存在的问题。刘魁立（虽然那时他还是一个"未出茅庐"的新生代中的一员）就于 1957 年和 1960 年先后发表了《谈民间文学搜集工作》和《再谈民间文学搜集工作》①两篇文章，力图从方法论上矫正当时普遍存在的文本制作弊端或正在出现的种种错误端倪。前一篇文章，他将自己的观点提炼为民间文学记录工作中人人都应该思考的三个问号："记什么？""怎么记？""如何编辑？"这三个问号已经阐明了美国学界在 20 世纪 80 年代提出的民俗学文本"从演述到印刷"的实质性过程及其原则性手段。其中他将"怎么记"的总体原则表述为"准确忠实，一字不移"。这是当时针对科学记录提出的第一个要求，至今也有其深刻的现实意义与学术警示价值。他指出"有些人在搜集工作中事先就为自己画定了一个框框"，这个框框也就是本文所说的"格式化"之中的主观汰选。而关于出于教育目的的"文学读物"，他特地在托尔斯泰"改写"的俄罗斯民间故事集与当时苏联民间文学工作所倡导的"科学性质的版本"之间做出了彰明较著的界分，并尖锐地指出："改写（不论与原作出入多少），这是作家的路，但决不是民间文学工作者的路。"然而，这些洞察之见却在当时招致了种种诋訾。为回应 30 多篇批评文章，在沉默了 3 年之后，他再次从意识观念形态的理论分析层面对民间文学搜集工作中"不移一字""不动一字"的原则进行了有力的辩护：

> 民间故事，不论谁讲，常不是定型的，它每时每刻都在不断地变化着、丰富着，同一个人讲同一个故事，此时此地对此人讲和彼时彼地对彼人讲，讲法总不尽相同。每次我们听到的都不过是一个故事丰富多彩的生活历史的一个瞬间。但在每一个瞬间里却都是表现了这不断变化着丰富着发展着的生命的一般特点。我们要创造一切条件在这生命最丰富最旺盛的瞬间去记录。而不能脱离开事物的每个时期的具体表现形式去寻求事物的精神，不能脱离开对我们所听到的那一个故事的记录去掌握故事的精神。有什么理由说忠实记录了在一定时间所

---

① 原载《民间文学》1957 年 6 月号和 1960 年 5 月号。

听到的那个故事还不能算是作到了忠实呢？不作记录，或只记录主题、情节、色彩、生动之处等等便可以算是掌握了本真，作到了忠实吗？这样作就可以得到某一故事发展过程的全貌吗？难道这主题、情节等等不依然是我们所听到的那一次的主题、情节？而任何一篇文学作品的主题、情节、形象、色彩都是不能脱离了语言的艺术形式而可以表现的。要求忠实记录是要通过记录表现主题、叙述情节、塑造形象、点染色彩的艺术手段去真正地掌握故事的主题、情节、形象、色彩。①

当我们面对几十年来汇集的许多口头文学文本时，常常免不了还要带着不无沉重的心情来为他们这些学者当时的执着而感慨和喟叹。

钟敬文后来更具体地指出，民间文学的搜集、整理工作应该抱持两重目的，一是"文学的"，二是"科学的"。但到了今天，仍然有学者试图模糊二者之间的工作界限："文革前的中国民间文艺研究会及其活动主要归属于文艺部门，……其搜集整理的民间文学作品，大多是作为'文学读物'出版的。理论研究也侧重于社会学、文艺学方面。"② 言外之意，这些作品不能算是科学资料本。既然如此，何谈基于这些"文学读物"之上的"理论研究"呢？如果说那个时代搜集、整理、翻译的彝族"四大创世史诗"首先是被当作"文学读物"介绍给广大的汉语读者的话，我们不妨检阅一下学者们的相关研究：从《中国创世神话》到《南方史诗论》，从《彝族民间文艺概论》到《彝族文学史》，凡是涉及这四部史诗的研究文章和理论表述，包括笔者自己过去的一些文章，都无一例外地使用了这些"文学读物"，或是将它们当作了"忠实记录"的科学资料本来加以认真的探讨和研究。难道我们能够再借由"文学的"阅读而无止境地伤害"科学的"解读吗？难道因为我们过去的研究是建立在这些"文学读物"之上的就可以对文本制作中的诸多问题熟视无睹了吗？答案是不言而喻的。

---

① 刘魁立：《再谈民间文学搜集工作》，原载《民间文学》1960 年 5 月号，收入《刘魁立民俗学论集》，上海文艺出版社，1998，第 180 页。
② 刘守华、陈建宪主编《民间文学教程》，华中师范大学出版社，2002，第 335 页。

我们检讨《勒俄特依》的"格式化"过程，也是为了说明，当时的史诗搜集、整理工作并不是单纯的学术问题，也并不能归咎于几位搜集整理工作者。那时"大规模"的声势与自上而下的运作方式，诚然与整个国家的意识形态、社会思潮和话语权利有关，加之当时尚缺乏系统的民族志调查方法，也未形成操作性比较强的科学整理手段。但历史仿佛有重演的可能，目前国内正在大力开展民间文化抢救工程，为避免第三次"重蹈覆辙"，已经有学者指出，这种以"保护"为宗旨的"抢救工程"，稍有不慎就会成为一种"破坏"。这让我不禁联想到钟老当年对"三套集成"工作一再表示出来的某种担忧：

> 由于前面所说的种种情形，关于搜集记录的科学化问题，不仅有人提出过，甚至于进行过较大规模的讨论，但是在实践上问题始终不能解决。因此，我们眼前虽然有许多可供群众和青年阅读的文学读本（这当然是件好事），却较少可供科学家研究的资料本。特别今天正在全国展开普查，以便编辑成故事、歌谣、谚语三套集成的时刻，对于民间文学作品的忠实记录问题，就更加使我们耿耿于心了。①

这正是本文强调要立足于演述与文本之间的动态关联与文化语境来复原史诗传统的现实意义所在。因此，民俗学的立场、观点和方法在史诗文本的制作流程中就显得尤为重要了。

民族志诗学与民俗学在演述研究中共享某种学术关注的同时，他们的探讨也同样面临着一个阻碍着研究的方法论难题——民俗文本（folklore text）。因为，仅次于民间口头艺术本身的，就是民俗文本。换言之，口头艺术的记录，是民俗研究的中心问题。在悠久的叙事传统与稍纵即逝的口头再现之间，史诗学者总是处在一个特殊的位置上。如何面对历史性传统的现实形态仅仅存在于被演述的时刻呢？在从"现实存在"即演述文本向书面文本的转换中，学者的首要任务是最大限度地、精确地记录和保存相关数据和资料。因为史诗文本研究的质量在相当大的程度上取决于文本搜

---

① 钟敬文：《序〈素园集〉》，载马学良《素园集》，中国民间文艺出版社，1989，第4页。

集和出版的精确性，史诗文本便成为牵一发而动全身的关键。文本作为民俗演述在搜集者与读者之间传播的一种媒介，在民俗演述的保存和再现方面起着重要作用。文本不仅贮存着可供未来研究的演述，同时也以另一种中介再度呈现着演述本身。由于读者关于原初演述的观念源于文本所包容的呈现，因而研究田野与文本之间的内在关联是非常重要的一个环节。

显然，在诺苏彝族史诗传统"格式化"的检讨中，我们将《勒俄特依》的相关学术史视作一个动态的认知过程，具有非常积极的意义。前人既有的文本研究从不同的角度切入史诗传统——"勒俄"——这一重大课题，成就显著。这里以学术史的简短回顾作为本文的引论，旨在分析这一史诗编译本在其搜集、整理、翻译过程中所出现的种种错置及其造成的史诗误读，源于"文革"前后两个特殊的历史时期内我国学界普遍对民俗文本（或民间文艺学文本）特质缺乏深刻的学理认识，也缺乏有效的、系统的、切近科研目标的方法或手段，同时也主要是因为文本的内涵和特质因持不同解析观点的搜集人而迥异。

目前，国内外对口头传统的高度重视，对史诗文本特质的民俗学关注，回应着 20 世纪 50 年代以迄今天的批评。因而，本文的写作与工作方向，正是基于引入"演述人—传统—文本"这一田野研究个案，作为支系史诗传统的观照手段，以探索一条正确处理史诗文本及文本背后的史诗传统信息的田野研究之路，这也是我们走入本土社会去认识史诗之所以作为族群叙事传统的切实途径。总之，本文以相当的篇幅来检讨学术史的目的，并非专为讨论"格式化"的历史功过，而在于通过反观与思考，通过实际的田野研究，以达到正确认识传统、复归传统、呈现传统中民族的、深层的、生命性的本质。因此，关于民俗学文本制作及其文本转换过程等问题的理性思考，更多地来自笔者以过往史诗研究工作中存在的一些重要问题为鉴，而做出的自我反省。因为今天的民俗学者如何以自己的学术实践来正确处理田野与文本的关系，将会反映出我们这一代学人如何回应对学术史的以上梳理和反思。因而，本文的写作宗旨，就是希望以史诗田野研究的实际过程及其阶段性的结果，作为对诺苏彝族史诗传统"格式化"的真诚检讨和积极回应。

　　总之，"民间叙事传统格式化"这个话题，来自以上学术史的梳理、反思和总结，若能在某种程度上对史诗田野研究与文本转换有一种全局性的参考意义，若能引起民俗学界的关注和进一步的讨论，若能有学者跟我们一道从中做出本质性的、规律性的发现，并提出一套切实可行的民俗学文本制作规程和更细密的操作手段，我们就会感到无比的欣慰了。

二十世纪汉语"史诗问题"探论 *

林 岗 **

摘 要：本文探讨了二十世纪一直为学界所争论的汉语"史诗问题"。一个世纪以来，为解决这个在西方文学起源的视野下产生的问题，前辈学人提出了许多看法。可是在仔细检视之下即可发现，各种假设和解释均不具有切合事实本身的充分真实性。这件学术公案是诸多学者在西风东渐的大背景下，将西方文学的起源模式移至中土，解释中国文学的起源而产生的。笔者认为，将西方文学史的起源模式，当作具有普世性的文学史起源的解释框架，以史诗作为解说中国文学源头方案的合理性是可以质疑的。因为其学术意识并非源自对事实和材料本身的深切了解，而它背后存在的对西方话语不加反省的盲从，也应引以为鉴。

关键词：史诗问题；文学史；起源；西方话语

二十世纪初叶，西风东渐，西方式的文学史观念也随之传入中土，文学修史之风一时兴起。作为西方文学、哲学始祖的希腊，其文学的源头当然是它的神话、史诗。尤其是史诗，长篇铺叙，讲述本民族的神话、英雄人物和上古史迹，将想象和现实融化在宏大的叙事框架中。史诗的题材、人物、修辞、风格以及叙事方式，都对后来的文学产生了广泛的影响。西方文学孕育于伟大的史诗，这应该是无可争辩的。因此讲西方文学，一律从神话、史诗讲起，这已成了不易的定式。

---

* 原文发表于《中国社会科学》2007 年第 1 期。

** 林岗，中山大学中文系教授，主要研究领域：中国现当代文学、文艺学。

可是这一符合西方文学现象的定式作为理解文学史的背景观念被借鉴到中土，就立即出现了问题：中国古籍并未记载类似史诗这样的诗歌体裁，就连神话也是零碎分散存于和归入史部的数部典籍和诸子著述的。神话获得文字记载的丰富性、完整性，相对于希腊乃至北欧都是欠缺的。怎样解释这一现象呢？我相信，以西方的文学惯例为背景观察中国文学史而产生的解释难题，困扰了不少治中国文学史的学人。本文将这种困扰称为"史诗问题"。它简直成了一桩学术公案，从二十世纪初到当代，讨论虽不甚热烈却一直未停止过。王国维已经意识到上古文学源头的中西差异，继而鲁迅、胡适、茅盾、陆侃如和冯沅君、郑振铎、钟敬文等人对史诗问题提出了假设和解释，五十年代之后史诗问题依然存在，饶宗颐、张松如等学人都有专论探讨。纵观过往的一个世纪，但凡涉及上古文学，这个"史诗问题"似乎是绕不开的，史诗的困扰已成为中国文学源头学术关注的焦点。本文并不拟延续前辈学者的思路，为"史诗问题"提出更周详、更严密的解释，而是梳理这个持续了一个世纪的学术关注，翻检他们提出的各种解释和理据，从而检讨"史诗问题"的合理性本身。"史诗问题"要说明的无非就是文学源头，那么我们要问："史诗问题"是不是一个解说中国文学源头的合理方案？上古文学的研究长期为"史诗问题"所缠绕，背后是不是有一些与学术并无直接关系的意识形态因素？透过梳理上古汉语文学的"史诗问题"或许可以解答上述疑问，为我们思考汉语文学的源头带来新的启示。

一

戊戌变法失败后，梁启超远遁日本，借鉴日本明治期间小说传播西学新知的经验，鼓吹"小说界革命"，西方文学以及文学史知识乘着时代风潮，渐为人知。这样，中西比较的话题，在社会和国家都陷入空前危机而急需革新改进的情形下，自然进入公共领域。号称"近世诗界三杰"之一的蒋智由，大概是读过丹麦史一类的著作，对北欧神话有所了解。他 1903 年在《新民丛报》撰文，其中谈到相比北欧的中国神话，如盘古开天地之类，"最简枯而乏崇大高秀、庄严灵异之致"①。蒋智由的看法直观，他也没有解释何以会有这样的弱点。他所谓"简枯"云云，恐怕是说神话缺乏长篇铺叙，故事有干无枝，更乏茂叶扶持。以蒋智由的看法为开端，形成了中西神话比较中产生的紧张，即中国神话比起欧洲神话显得零碎无体，乏善可陈。

在转入考古和史学研究前，王国维曾嗜读西方哲学和史学著作多年。如果说蒋智由的说法还不够深入，王国维1906年的看法显然是经过深思熟虑的。《文学小言》第十四则云：

> 至叙事的文学（谓叙事传、史诗、戏曲等，非谓散文也），则我国尚在幼稚之时代。元人杂剧辞则美矣，然不知描写人格为何事。至国朝之《桃花扇》则有人格矣，然他戏曲殊不称是，要之不过稍有系统之词而并失词之性质者也。以东方古文学之国而最高之文学无一足以与西欧匹者，此则后此文学家之责矣。②

虽然王国维没有明言，但他中西叙事文学比较的背景是希腊史诗和诗剧，这是很明显的。他按西方文学理论的惯例，将文学分为抒情和叙事两类，赞扬中国文学的抒情传统，但认为中国叙事文学尚且"幼稚"，其叙事传、史诗及戏曲等叙事文体，均无足以与西欧匹敌的伟大作品。

鲁迅是在中华积弱、西学汹涌，求新声于异邦的背景下成长的。他1908年在《河南》月刊发表《破恶声论》，其中议论到欧洲神话与文学，惊叹其神话传统的伟大，以为"欧西艺文，多蒙其泽，思想文术，赖是而庄严美妙者，不知几何"，转念而想到中国"古民神思之穷，有足愧尔"③。作为文学源头的神话与传说，它的丰富性和复杂性，中土皆不及西欧，这种看法鲁迅倒是一以贯之。1923年鲁迅在《中国小说史略》中单辟一章论神话与传说。他说："自古以来，终不闻有荟萃熔铸为巨制，如希腊史诗者，第用为诗文藻饰，而于小说中常见其迹象而已。"④ 神话和传说是史诗

---

① 原文载《新民丛报·谈丛》1903年第36号，署名观云，见马昌仪编《中国神话学文论选萃》上编，中国广播电视出版社，1994，第19页。
② 《王国维遗书》第5册之《静安文集续编》，上海古籍书店，1983，第30页。
③ 《鲁迅全集》第8卷，人民文学出版社，1981，第30、31页。
④ 《鲁迅全集》第9卷，人民文学出版社，1981，第21页。

最重要的构成材料，由于没有史诗将神话和传说"荟萃熔铸为巨制"，于是它们只好成为诗文的"藻饰"和小说的"迹象"。鲁迅不但指出这种现象，还首次试图解释其原因。

> 中国神话之所以仅存零星者，说者谓有二故：一者华土之民，先居黄河流域，颇乏天惠，其生也勤，故重实际而黜玄想，不更能集古传而成大文。二者孔子出，以修身齐家治国平天下等实用为教，不欲言鬼神，太古荒唐之说，俱为儒者所不道，故其后不特无所光大，而又有散亡。

> 然详案之，其故殆尤在神鬼之不别。天神地祇人鬼，古者虽若有辨，而人鬼亦得为神祇。人神淆杂，则原始信仰无由蜕尽；原始信仰存则类于传说之言日出不已，而旧有者于是僵死，新出者亦更无光焰也。[①]

鲁迅这两段话，一是说别人的看法，二是陈述己见。他对别人的看法没有置评，但细寻文意，似亦略表赞同，而又嫌其未说到要害。"说者谓有二故"的"说者"，应该就是日人盐谷温[②]。盐谷氏谈论中国文学史的著作于 1919 年出版，他的著作用地理环境和儒家的观念去解释中国上古神话零碎散亡的原因。盐谷温的看法启发了后来的学者，成为被广泛接受的观点。其实鲁迅只是将盐谷温的看法摆出来。他认为更合理的看法应该从民族文化传统上寻找原因。在中国民间传统里，人的世界和神的世界没有截然的区别，人死为鬼，鬼可以上升为神；神又可以降而为鬼，更演变而为历史传说中的人。这样，原始的信仰在民间长久存在，新神源源不断产生，旧神的面目逐渐模糊。人神淆杂的局面使得即便是新出的神祇也缺乏严肃性，欠缺神性的神之光焰随着岁月流逝而逐渐湮灭。应该说，在那个时代，鲁迅的见解颇为独特，也很有见地。鲁迅一直坚持自己的看法，1924 年在西北大学讲学时，他除了采用盐谷温的第一点说法，另外重提中

---

① 《鲁迅全集》第 9 卷，人民文学出版社，1981，第 21～22 页。

② 盐谷温的《支那文学概论讲话》是早期日本汉学家的中国文学史著作，1919 年由东京大日本雄辩会出版。20 世纪 20 年代陈源指责鲁迅抄袭该书，鲁迅著文反驳。他自认参考过盐谷氏该著，特别是第二篇，但论点与看法全然不同，而第二篇刚好就是讨论神话与传说的。事见《不是信》，收入《华盖集续编》，载《鲁迅全集》第 3 卷，人民文学出版社，1981。

国民间信仰的传统，以为环境恶劣和"易于忘却"（指民间信仰）使得上古神话零散，没有长篇述作①。

仔细索解，鲁迅并没有断言上古曾经存在还是根本没有存在过关于神话和传说的长编巨制。他采取了一个客观的陈述，"自古以来，未闻"有长篇史诗。因而所有关于神话零碎散亡的说法，都建立在"未闻"的基础上。但是解释活动持续造成的紧张，迟早会迫使学者采取一个断言式，就这个逐渐建构起来的"史诗问题"给出自己的断言。在《中国小说史略》发表五年后的1928年，胡适的大著《白话文学史》出笼。他至少给出了部分清楚的判断。

> 故事诗（Epic）在中国起来的很迟，这是世界文学史上一个很少见的现象。要解释这个现象，却也不容易。我想，也许是中国古代民族的文学确是仅有风谣与祀神歌，而没有长篇的故事诗，也许是古代本有故事诗，而因为文字的困难，不曾有记录，故不得流传于后代；所流传的仅有短篇的抒情诗。这二说之中，我却倾向于前一说。"三百篇"中如《大雅》之《生民》，如《商颂》之《玄鸟》，都是很可以作故事诗的题目，然而终于没有故事诗出来。可见古代的中国民族是一种朴实而不富于想象力的民族。他们生在温带与寒带之间，天然的供给远没有南方民族的丰厚，他们须要时时对天然奋斗，不能像热带民族那样懒洋洋地睡在棕榈树下白日见鬼，白昼做梦。……所以我们很可以说中国古代民族没有故事诗，仅有简单的祀神歌与风谣而已。②

没有故事诗这个事实与中国民族朴实不富想象力之间，胡适用"可见"推断两者存在前因后果的联系，其实这两者既没有逻辑关系，也没有经验上的联系。在这个粗疏的判断中，我们看到盐谷温和鲁迅的影子。胡适说话到底还是有保留的。他倾向于认为上古没有叙事诗，主要指北方的

---

① 《中国小说的历史的变迁》，载《鲁迅全集》第3卷，人民文学出版社，1981。鲁迅提出两点原因讨论："太劳苦"和"易于忘却"。第一点涉及环境，第二点则属于民族性。
② 胡适：《白话文学史》，上海古籍出版社，1999，第47页。

情形，至于南方，他看到《离骚》中有很多神的名字，"至于这些神话是否采取故事诗的形式，这一层我们却无从考证了"①。如果忽略表述的细节，王国维、鲁迅和胡适的关于"史诗问题"的看法，可以代表后来许多学者的意见，如郑德坤、卫聚贤、马学良等②。

至于胡适另一个他不经意且无把握的假设——本有故事诗但因文字困难不曾记录下来——就表示了"史诗问题"关注的重大转变。大约自二十世纪三十年代后学者便倾向于不赞同中国古来就未存在过史诗的假设，他们倾向于假设曾经存在过，但不是没有记录下来就是散亡了。胡适虽然不倾向于这个假设，可他最早不经意地表述出来。以胡适当日在学坛的地位，他的话备受重视。

1929 年，茅盾发表了当时第一部中国神话研究专著《中国神话研究ABC》。他在第一章《几个根本问题》里就批评了胡适的北方不曾有丰富神话的说法，他认为不是不曾有，而是已经销歇了。"中国古代（北方）民族之曾有丰富的神话，大概是无疑的（下面还要详论）；问题是这些神话何以到战国时就好象歇灭了。"③ 他不同意中国人缺乏天惠，民生勤劳，故不善想象，以及孔子实用为教，导致神话销歇的见解。茅盾另外提出两点解释："中国北部神话之早就销歇，一定另有原因。据我个人的意见，原因有二：一为神话的历史化，二为当时社会上没有激动全民族心灵的大事件以引诱'神代诗人'的产生。"④ 数年后，茅盾撰文介绍希腊、西亚和印度史诗。文章写到末尾，他觉得读者会向他提出"国货的史诗"在哪里的问题，于是就把关于中国神话的主要论点移用到对史诗的见解。他认为

---

① 胡适：《白话文学史》，上海古籍出版社，1999，第 48 页。
② 郑德坤于 1932 年发表《〈山海经〉及其神话》，认为："《山海经》是地理式、片断式的记载，不像荷马的《史诗》或印度的《黎俱吠陀》（Rig Veda）、《加撒司》（Gathas）或希伯来人的《旧约》之美丽生动。在文艺上诚天渊之差，但在内质上，读者如能运用自己的想象力，追溯原人的想象，便可以得到《山海经》神话艺术上的真美处。"（见马昌仪编《中国神话学文论选萃》上编，中国广播电视出版社，1994，第 182~183 页）卫聚贤于 1934 年在文章《中国神话考古》中承认："中国的国民，因有尚功利，而且重常识的倾向，故神话终未得充分发达。"（同上注，第 240 页）马学良于 1941 年在文章《云南土民的神话》中，认同鲁迅和胡适的说法，但他更赞成茅盾的中国神话历史化是神话僵死最大原因的说法（同上注）。
③ 茅盾：《中国神话研究 ABC》，载《茅盾说神话》，上海古籍出版社，1999，第 8 页。
④ 茅盾：《中国神话研究 ABC》，载《茅盾说神话》，上海古籍出版社，1999，第 8 页。

中国上古是有过史诗的，例如"《汉书·艺文志》尚著录《蚩尤》二卷，也许就是一部近于'史诗'的东西，可惜后人的书籍上都没有提到，大概这书也是早就逸亡了"。据此看来，"我们很可以相信中国也有过一部'史诗'，题材是'涿鹿之战'，主角是黄帝、蚩尤、玄女，等等，不过逸亡已久，现在连这'传说'的断片也只剩下很少的几条了。至于为什么会逸亡呢？我以为这和中国神话的散亡是同一的原因"。[1]

茅盾的大胆假设得到了民俗学者的呼应，钟敬文1933年就表示：

> 中国的过去，因为种种的关系，在比较古老的一些文献上，仅保存了若干断片的、简略的神话和传说。一些欧洲的和东方的学者，由此便形成了一个共同的见解，认为中国文化史上没有产生过像古代希腊、罗马或北欧等那种比较有体系的或情节完整的神话和传说。这种见解的正确性，我觉得是颇可怀疑的。中国比较古老的文献上所保存的神话和传说，有着过于缺略或破碎之嫌，这是不容否认的事实。但因此断定中华民族的文化史上，必不会产生比较有体系的或情节完整的神话和传说，那光就理论上讲，也不是很通顺的吧。[2]

一段已经湮灭的历史是否曾经存在过，后人当然可以做肯定或否定的假设。因为不同的假设可以引发不同的陈述和推论，帮助人们认识事物。但钟敬文认为否定的假设"不通顺"，由此可见他对中国神话爱之弥深。这段话是钟敬文写给美国学者爱伯哈特的信上说的，用了推量语气。他不赞成中国神话本身零碎的说法，换言之中国神话所以零碎，乃是因为"散亡"。老先生耄耋之年，重提这封信，认为六十年的学术发现证明他当年的看法是正确的[3]。以钟氏在民俗学和神话学界的地位，他的观点成为通行的看法。一些文学史著作，论到中国神话的时候，也采取了"散亡"的说法[4]。

---

① 茅盾：《茅盾全集》第30卷，人民文学出版社，2001，第37页。

② 钟敬文：《钟敬文民间文学论集》下册，上海文艺出版社，1985，第494页。

③ 钟敬文：《序言》，载马昌仪编《中国神话学文论选萃》（上），中国广播电视出版社，1994。

④ 中国社会科学院文学研究所编《中国文学史》，人民文学出版社，1962；刘大杰：《中国文学史》，上海古籍出版社，1982。

二十世纪八九十年代之后，在"没有"和"散亡"的两端，天平似乎又朝"没有"一端倾斜。饶宗颐曾提出一些理由解释汉族未见有史诗传世的原因，他倾向于没有并进而解释说：

> 古代中国之长篇史诗，几付厥如。其不发达之原因，据我推测，可能由于：（一）古汉语文篇造句过于简略，（二）不重事态之描写（非 Narrative）。但口头传说，民间保存仍极丰富。复因书写工具之限制及喜艺术化，刻划在甲骨上，铸造于铜器上，都重视艺术技巧，故纪录文字极为简省。即施用于竹简长条上，亦不甚方便书写冗长辞句，不若闪族之使用羊皮可作巨幅，及至缣帛与纸絮发明以后，方可随意抄写长卷。①

张松如显然和饶宗颐持有相近的见解，认为古代中国没有史诗。可是他们两人提出的论据完全不同。饶宗颐持论实证，一切以文献为准绳。张松如则采用马克思的亚细亚社会理论解释同一问题②。换言之，上古史诗不是散亡了，而是不曾存在过，这种看法在学界越来越普遍③。

张松如的推论大致如下：按照马克思的看法，史诗和诗剧的育成"主要乃是基于城郭经济的高涨与城邦的政治民主制，是由好战与蓄奴的自由城邦生活所造成"。而中国古代奴隶制社会发育的夏商时期，"由于'早熟'与'维新'，生产力相对的低，商品生产和交换不发达，有着浓厚的公社残存，没有个体的私有经济，自由民阶层很薄弱，城市和乡村不可分离的统一，没有作为经济中心的城市"。加上精神生产的分工水平低下，"凡此一切，都说明中国的奴隶制社会是不够典型的。这就决定了中国奴隶制社会中文明的光芒还未能照透'人神杂糅'的迷雾，而更多地保留了原生社会的模糊性与混融性"。因此它只有祭祀活动的祭歌与乐歌，如保存在《诗经》中的颂与大

---

① 饶宗颐：《澄心论萃》，上海文艺出版社，1996，第 38 页。
② 张松如：《论史诗与剧诗》，《文学遗产》1994 年第 1 期。这篇论文更详细的文本请见张松如《史诗与剧诗——兼论所谓市民诗歌》，载张松如主编《中国诗歌史论》，吉林大学出版社，1985。
③ 程相占：《中国古代无史诗公案求解》，《文史哲》1996 年第 5 期；刘俊阳：《论雅诗中的叙事诗及中国古代叙事诗与史诗之不发达》，《国际关系学院学报》2004 年第 4 期。不过，一般说来，晚近讨论史诗问题的论文只无甚新意，只是旧论重提，倾向没有史诗的说法。

雅，而没有如希腊史诗和诗剧那样的诗歌体裁的产生。①

除了倾向否定性的答案外，还必须提到"史诗问题"引起的文学史解释活动的紧张所催生的另一种肯定性意见。它们和否定的见解不同，否定的见解是通过一个否定的答案，然后提供若干解释从而使"史诗问题"得到缓解，而肯定性的意见则干脆认为中国上古存在史诗，中国文明和世界其他伟大文明在文学的起源上没有任何区别，它也服从一般的规律。肯定性的意见可以不经解释活动，直接化解"史诗问题"带来的紧张。

在肯定的意见当中，最有影响的首推陆侃如与冯沅君。根据1955年的重版《自序》，陆侃如与冯沅君的《中国诗史》写于1925年至1930年之间，那时鲁迅、胡适与茅盾关于中国神话与史诗的见解已在学界流传并且很有影响。陆、冯两人显然不赞同那种有贬低中国伟大的诗歌传统嫌疑的看法，但又碍于"史诗问题"确是一个显而易见的现象，于是他们在《中国诗史》第二篇论述《诗经》的章节中写了一段意味深长的话：

> 尤其是《生民》、《公刘》、《绵》、《皇矣》及《大明》五篇。……把这几篇合起来，可成一部虽不很长而亦极堪注意的"周的史诗"。周代历文武成康之盛，到前十世纪以后，便渐渐衰落下来。在九世纪末年，宣王号称中兴。《大雅》中叙宣王朝的史迹者，如《崧高》写申伯，《烝民》写仲山甫，《韩奕》写韩侯，《江汉》写召虎，《常武》写南仲等，也都是史诗片段的佳构。这十篇所记大都是周室大事，东迁以前的史迹大都备具了。我们常常怪古代无伟大史诗，与他国诗歌发展情形不同。其实这十篇便是很重要的作品。它们的作者也许有意组织一个大规模的"周的史诗"，不过还没有贯串成一个长篇。这位作者也许就是吉甫，作诗的年代大约在前八世纪初年。②

陆、冯两人虽将"周的史诗"四字用引号引起，表示若干不肯定的保留，但这段话明显针对胡适和茅盾的意见。在陆、冯的理解中史诗无非叙事诗之一种，而且叙事规模宏大。而中国诗歌开端《诗经》里《大雅》的

---

① 以上引述均见张松如《论史诗与剧诗》，《文学遗产》1994年第1期。
② 陆侃如、冯沅君：《中国诗史》上册，人民文学出版社，1956，第48页。

某些篇什，显然以叙述史迹为主，是叙事体的诗，与西洋相比所差在长度欠缺而已。如果将它们连缀起来，尽管还不够宏大，但相去不会太远。学者所以"怪古代无伟大史诗"，其实是执念于"与他国诗歌发展情形不同"。在如何看待"史诗问题"上，陆侃如和冯沅君的看法，显然倾向于一句佛偈传递出来的道理：世间本无事，庸人自扰之。陆、冯通过扩大史诗概念的内涵，使得中国诗歌的起源可以纳入一个世界性的文学起源的统一模式之中。其学术用心居然是与定性的意见异曲同工。但是，所谓《大雅》中若干篇什就是周的史诗的看法，其史诗的概念与通常使用的史诗概念（Epic），只有极其有限的比喻意义的相似，究其实并不是一回事。但是陆、冯国学基础深厚，在学界颇有声望，而他们的意见也确实回应了"史诗问题"造成的紧张。于是他们的看法一出，亦如登高一呼，望者跟随，成为学界与主流的否定性意见相对峙的意见①。

二

中国学者自从有了中西比较的眼光而产生了"史诗问题"的困扰，这一学术公案持续了一个世纪。学术前辈提出了想象力匮乏说、人神淆杂说、文字篇章书写困难说、亚细亚生产方式说和神话历史化说等假设和解释。除了"周族史诗"一说因改变史诗概念的内涵可以暂时不论外，面对这一学术公案，我们首先要问，诸说的合理性何在？它们真的恰如其分地解说了史诗问题吗？也许简要地探讨以上诸说是有益的。这样做至少可以知道问题出在何处，为寻找可能的解答提供必要的启示。

所谓中国民族朴实而不富于想象力，所以没有生成系统的神话乃至史诗，这种说法如上所述，最早由日本学者抛出，然后胡适略表赞同。这种说法的最大毛病是用民族性的概念去解释具体问题。上古神话不成系统，

---

① 近者如汪涌豪、骆玉明主编的《中国诗学》第 1 卷论到《诗经》时，还有小标题"雄浑昂扬的周族史诗"，显然是承继陆、冯的看法，虽然两人留意到这些诗歌"并没有发展成为真正的史诗，其本身还是一篇篇乐歌和祭歌"，因而标题中"史诗"的说法也就是比喻义了（东方出版中心，1999，第 12 页）。又如张树国《周初史诗与贵族传统》，《北方论丛》1996 年第 5 期。"周族史诗"的看法虽然代有传承，但一般来说，这些后起的议论并没有提供什么学术真知，它们只是先前学术纷争的余绪。

或曾有系统现已散亡；传唱它们的史诗或无从产生或已经销歇。这都是事关文学源头的具体问题，求其答案，必须直接相关，这样才能给人以真知。而民族性的答案并非直接相关，民族性只是一个抽象的大词，不能确证。使用抽象的大词去解释文学起源的具体问题，只能得到仿佛如此，似是而非的结论。换言之，这种解答不是对问题的学术求解，而是一个极其表面的观察。我们知道，日本上古神谱有统一的记载，成书于六七世纪的《古事记》和《日本书纪》记载了完整的日本倭民族的神谱。当日本学者了解了中国神话之后，发觉中国历史如此悠久而竟然没有记载自己本民族神谱的完整古籍，有关神话只是零散地分别记载于《山海经》及先秦子书里，这是多么不可思议的现象。而神话又被认为是先民对自然万物包括人自身起源的想象性追问的结果。于是，既然缺少神谱的完整性，完全看不出神系，那么结论自然就归结为中国民族执着现实，欠缺想象力了。但是我们还要追问，神谱的完整性与一个民族的想象力有必然关系吗？即使神话反映了民族的想象力，那也应该从神话故事的叙述中去寻求关于想象力的解答，而不是仅凭神谱的完整性就下结论。神谱的完整性反映的恐怕只是一个记载的问题，和民族的想象力无关。如果根据神话叙述来判断，中国上古神话并不欠缺想象因素，南方系的神话自不待言，北方系的神话也是想象奇伟。一个源自神话的伟大的想象传统一直哺育着中国文学，从屈原到李白，再到吴承恩，这个传统并未断绝。以中国民族性朴实而缺乏想象力去解释神话零散、史诗阙如，缺乏合理性。

鲁迅当年提出人神淆杂说，作为一种猜想也颇有创意，然而其说的合理性与其说在于解释上古神话的零散、史诗之未见，毋宁说在于指出民俗之中神灵的混杂、低俗和缺乏神性。但是神性不够纯粹其实并不是神话和史诗得不到足够发展的原因。假如我们以更广阔的比较神话眼光看，东亚乃至中亚部分的广阔地区，因为受萨满教/巫教的影响，从远古起就是人神淆杂，并不存在人神判然两分。人的世界和神的世界总是息息相关，互相沟通的。这一点与欧洲特别是希腊的神灵有很大的区别。希腊诸神高高在上，居住在奥林匹斯山，虽然它们亦赋人形，有七情六欲，经常到人间挑拨是非，兴风作浪，但它们绝对不是人，既不从人世出身，也不受制于人所受制的定律。它们是不朽的神灵。在人世界与神世界之间，存在一条不可逾越的鸿沟。希腊诸神可以说是神性很纯粹的神灵。周氏兄弟在日本留学期间，曾经醉心于希腊神话。多年之后，鲁迅提出人神淆杂说，恐怕是出于早年的阅读经验，以希腊神话为背景，批评中土诸神的神性不够纯粹。但是严格地说，希腊和东亚只是不同的神话传统，人神彼此判然划分的希腊传统下发展出神谱清晰的神话，而人神淆杂的萨满教/巫教传统之下，也同样有充分发展、神谱清晰的神话。只是汉语区是个例外罢了。

现代民俗学在鲁迅时代刚刚起步，研究者无由将汉语区之外的周边少数民族区域的神话和史诗纳入视野，所以鲁迅以希腊衡之中土，以为萨满教/巫教传统不利于神话、史诗，那是时代的局限。今天必须吸收现代民俗学的知识，将周边少数民族区域乃至整个东亚的情形考虑在内，才有助于看清"史诗问题"。实际上，在广袤的东亚土地，除了汉语区，周边区域都曾存在以口诵方式讲述各民族的神话和历史传说的活动，因而其神话的系统性、神谱的完整性，都在汉语区之上，多数甚至有史诗流传。如撰录《古事记》的安万侣，就明言自己的撰录是根据名叫稗田阿礼的人的口诵①。另外，蒙古族史诗《江格尔》、柯尔克孜族史诗《玛纳斯》、藏族史诗《格萨尔》被称为中国三大史诗②。这些史诗有的已经整理完毕，有的还正在整理之中。民间的传唱活动还在进行，它们不单是已经写定的文献，而且是鲜活的民间文学活动。史诗所表现的英雄人物均是半神半人式的人物，史诗恢宏磅礴。据报道，《格萨尔》有一百二十余部，一百多万行，是世界上已知最长的史诗，有东方《伊利亚特》之称③。流传这些史诗的地区，同属萨满教/巫教传统，鲁迅当年认为人神淆杂的民俗传统阻碍神话、传说的发育，而事实恰不是这样。放在汉语区域似乎有理，但结合民俗学知识，放在更广阔的区域则不合事实。

诸说之中饶宗颐的见解富有学理性。不管同意与否，他提出的是可以反证的论据。他将原因归结为汉语文篇，一是汉语造句过于简略，因此不能在事态的描写上繁复铺叙；二是书写的介质不便于将故事长篇撰录下

① 安万侣：《古事记·序》，见"日本思想大系之一"《古事记》，岩波书店，1982，第14页。

② 潜明兹：《史诗探幽》，中国民间文学出版社，1986，前言，第1页。

③ 李舫：《格萨尔史诗：抢救一个民族的记忆》，《人民日报》2004年7月9日，第9版。

来，只能撮要。简言之，首先是语言问题，其次是书写介质问题。应该承认，语言对史诗的写定是有影响的。同一部史诗如今当然是用现代书面语记录，但若是千年前有人做同一件事，用文言文将之写定，结果与今天相比可能大不相同。但是史诗的写定只是漫长流传史的一个环节。史诗更常见的情形是并不依赖写定而流传。史诗是口述传统（Oral tradition）的产物，在写定前，它与书面语并无什么关联。神话、传说和民族历史活动构成了史诗的材料，而民间的传唱活动孕育了史诗，使得这些神话、传说和民族历史活动得以讲述，并在讲述中演化成长篇巨制的宏伟史诗。早在史诗写定前，它已经发育成熟并世代流传；即使写定后，它也照样在民间传唱中演化。直到民间的传唱活动销歇，史诗才消亡。这时史诗才仅以写定本的文献形式流传于世。以希腊史诗为例，迈锡尼文明在公元前十二世纪初沉沦，即传说的特洛伊战争后，随即进入"黑暗时期"（Dark Age），到公元前八世纪，环爱琴海的希腊文明进入强劲的复兴期，荷马即活动在该时期。而见于记载的具有作者意义的诗人活跃在公元前 650 年左右，名叫 Archilochus①。他晚于荷马很多出现，只有短小挽歌和抒情诗传世。而荷马史诗的写定，至迟是在公元前五世纪。中国汉语区周边民族的史诗流传也是如此，它们总是作为民间自发的口头文学活动存在着，与书面语表现的简略与繁复并无关系，它们遵循口头活动的规则和演变规律，而与书面语的情况无关。因此不能因为书面语言表达的习惯，断定它阻碍了史诗的发育。史诗的繁复铺叙是口头表达形成的，假如书面语造句简略，不能适应繁复铺叙，撰录时或者简录基本情节，舍弃铺叙的部分，或者再行整理。不论出现哪种情况，民间性的传唱活动照样进行。书面语的造句惯例和表达特点，是不能影响到作为口述传唱活动的史诗的。

那么书写介质是否不便于将长篇故事撰录下来呢？这个问题涉及竹简与缣帛在历史上使用的情形。竹简与缣帛同为上古书写的重要介质，东晋以前，竹简与缣帛并行，此后纸书方逐渐普及。征诸战国秦汉人的著作，每每竹帛并称。细按饶先生的文意，中土的书写介质，似乎先竹简，后缣帛，然后又纸絮。故云竹简不便，直待缣帛与纸絮出现以后，才可以揭载

---

① G. S. Kirk, *Homer and the Oral Tradition*, Cambridge University Press, 1976, p. 1.

长文。

中国私家著述和有官府背景的撰述大兴于战国秦汉之际，现存的上古书籍均是那个时期撰录或写定的。如果真有史诗流传于世，相信也于其时撰录下来，而作为书写介质的简策和缣帛均为普遍使用，只不过简策易得且价值较低，相对而言使用更多罢了。根据中国传统的书籍体制或称"篇"或称"卷"，可约略推知当时用简策和用缣帛的实况。因为篇的称谓源于简策，而卷的称谓源于缣帛，由此形成了篇和卷的两大体制，因此可由古书称篇还是称卷而上窥简写还是帛写。①《汉书·艺文志》按刘向"七略"分类，除提要汇集的辑略外，其余六艺略、诸子略、诗赋略、兵书略、术数略、方技略等六略，有称卷者，也有称篇者，共录古书六百六十部。其中称篇者四百五十八部，称卷者二百零二部。简书者占三分之二强，而帛书者未及三分之一。但"六略"之中竹帛分布不均：六艺略收书一百五十九部，一百○一部称篇，五十八部称卷；诸子略收书一百九十二部，仅一部称卷，其余均称篇；诗赋略收书一百○六部，全部称篇；兵书略收书五十六部，仅一部称卷；但是术数略收书一百一十部，仅四部称篇，其余称卷；方技略收书三十六部，仅一部称篇。诸子、诗赋、兵书在四部分类里同属子书或集部书，在上古为私家著述。又据缣帛贵于竹木之说，其著述几乎全用竹简，恐为经济条件所限，或为著述在世人眼中之价值所限。而术数、方技今人视为迷信，在古人则兹事体大，非寻常可比。天文历算、阴阳堪舆、占卜医方等关乎性命运数，而所为者多权贵富豪，故多用缣帛，正是当然之理。

---

① 魏隐儒的《中国古籍印刷史》引《字诂》"古之素帛，依书长短随事裁绢"，谓："古今图书的称'卷'就是源于帛书。"（印刷工业出版社，1988，第18页）余嘉锡的《读已见书斋随笔》之"引书记书名卷数之始"条云："自以帛写书而后有卷数，若用简册之时则但有篇章耳。"（《余嘉锡论学杂著》下册，中华书局，1963，第643页）又《四库提要辨证》卷10贾谊"新书"条云："按古人之书，书于竹简，贯以韦若丝，则为篇；书于缣素，可以舒卷，则为卷。"（第2册，中华书局，1980，第546页）但是凡称篇者是否一定就是简书，而凡称卷者一定就是帛书，此问题学界似无定见。李学勤的《东周与秦代文明》云："把简联起来，称为'篇'，因可卷成简状的卷，又称为'卷'。"（文物出版社，1984，第337页）这与余嘉锡见解不同。余曾就此事询诸庞朴先生，承告曰：就竹简出土情形看，已不可能辨别。因串线已断，出土竹简均是散成一堆；只能就汉字略约考知"篇"与"卷"的分别。篇与竹简相关，毫无疑问。故以余嘉锡所见为近是。

无论竹简还是缣帛，古人用作书写介质是否影响到著作长短？至今恐怕很难定论。司马迁《史记》一百三十篇，洋洋五十二万字，岂非笔之于竹简而照样传诸后世？《汉书·艺文志》载称卷的著作，其中三五十卷为一部者不在少数。汉志"小说家者流"载一部名为《百家》的小说集录更有一百三十九卷，推测其长度，当不在太史公《史记》之下。况且各民族笔录史诗，恐非原文照录。通常的情形是录下故事梗概，即其中的故事套子，待实际传唱之时，由传唱者视听者的好恶再行即场加减。故口述的长度比之笔录的长度，当超出数倍以上。如果汉族流传有史诗，即便书之竹帛，恐怕不是想象中那么困难的事情。书写介质似无关乎史诗的存废。

亚细亚生产方式说和神话历史化说的缺陷也是显而易见的。张松如力证希腊城邦制度与史诗和诗剧的联系，其实或许诗剧与城邦的生活方式有关，史诗就完全不能这样说。因为史诗的孕育远在城邦制度定型之前，荷马活跃的年代希腊城邦制度还在幼稚之中，根本找不到具体的历史联系说明希腊城邦制度如何产生了史诗。更重要的是，在被称为亚细亚生产方式的广大中亚、东亚地区，除了汉族地区不见史诗外，其他许多民族都流传有史诗，尽管它们一般的经济和政治的发展程度远不如汉族地区。可见不能根据分工水平，无论是物质生产的分工水平还是精神生产的分工水平来断定史诗的产生与否。经济和政治的发展程度和史诗传唱根本就分属不同的范畴，不能根据一般政治经济学原理进行断定。同样，神话历史化说也是这样。即使承认儒家有将神话、传说历史化的做法，这种做法究竟对神话流传伤害到什么程度，依然是个疑问。一个伟大的文明传统必然包含一些可以相互容忍的冲突，无论是在各种学术之间还是在分属不同的层面的传统之间。以希腊为例，代表学术传统的柏拉图不喜欢史诗，要把诗人驱逐出"理想国"。他对荷马冷嘲热讽，态度刻薄。可是柏拉图究竟能不能因其不喜欢而影响史诗的传唱呢？显然不能。哲人的偏好及其观念，是一个社会上层精神趣味的问题，它与民间的史诗传唱活动分属不同的层面，即使两者存在龃龉，价值观与趣味均不同，但也不会因此而成一手遮天的局面。儒家之不喜好"怪力乱神"和"街谈巷语"，史籍俱在，不必多辩。但中国社会是否因儒家的排斥、痛抵而消弭了"怪力乱神"和"街谈巷语"了呢？显然没有。同样，如果汉族有史诗传唱的传统，可以推测，无论儒家如何排斥和将之"历史化",民间的活动照样进行。原因在于儒家的价值观和趣味与民间的史诗传唱分属不同的传统,在社会实际的演变中,虽有龃龉但仍然可以并行不悖。神话历史化这种解释尽管流传广泛①,但显然是属于捕风捉影之说。

三

中国古代文论有其自我意识,它给自己定位为"论",排在"作"和"述"后。"作"是伟大的创造,像周公典章文物的创制,可称为"作"。圣贤如孔子尚说自己"述而不作"。用王充的话说,"非作也,亦非述也;论也。论者,述之次也"。这个"论"是做什么呢?论就是"世俗之书,订其真伪,辨其实虚"的批评。② 在这种自我意识下的批评传统,它是没有探究起源、开端习惯的,只是追随文本,就事论事。《诗经》是最先在的文本,于是一切关于诗的法则确立、趣味界定和批评标准都是围绕着《诗经》进行的。有趣的是,所有关于《诗经》的"论",都不包含起源的探究③,仿佛这一文本是天地作成之后就在那里,垂范作则,成为后世一切诗的源头,而对它的"论"不需要有一个起源追问。在这个不辨析开端的批评传统影响下的史观,天然就缺乏对起源的关怀。可以认为,这个缺乏起源关怀的批评传统垂两千年而不变。

近代伴随朝纲瓦解,西学传来,诸种因缘导致了林毓生形容的"中国意识的危机"④。旧有的话语系统无法扮演积极的角色继续解释它面对的"全球化"的世界,于是,它消退、沉沦乃至分崩离析。它自己原有的话语系统从来没有预见到将会面临一个更大的陌生世界,它被大世界搞得眼花缭乱,如同刘姥姥进了大观园,不知如何开口说话方为得体。清末民初累积而成的"中国意识的危机"造成的尴尬含义深远。不能改"乡音"的

---

① 这种说法最初为日人提出,后被中土学界广泛接受。现在日本治中国神话学者中仍被接受。见伊藤清司《日本神话与中国神话》,学生社株式会社,1979,第35页。
② 王充:《论衡》之《对作第八十四》卷29,上海人民出版社,1974,第443页。
③ 值得注意的是,《诗经》最重要的解释《毛诗序》,没有一句讨论到诗的起源或开端这样的问题。
④ 林毓生:《中国意识的危机:五四时期激烈的反传统主义》,贵州人民出版社,1986。

前辈在当下世界的论坛上日渐退缩，自视为遗老而人视之背弃潮流，终至于湮没，沉入无声的世界；而尚可塑造的后生则纷"求新声于异邦"，改操"他乡人"的口音粉墨登场，重新论说这个世界。其余不论，在文学批评的范围内，新出的"论者"放弃了不问起源具有自然论色彩的史观，改而采取具有明确起源的天启式史观。这是一个学术的大转换，不管"论者"自己有没有意识到，他在这个西学滔滔的大潮中一定也要与时俱进。学者如同凡人，他在这个举世不能违背的潮流中也要依傍、借助甚至附会西来的论说和解释框架，以获得权威性。西方话语是一个无形的存在，没有自觉意识者则仰迎趋附；而有自觉意识者也被要求不能违背权威。朱自清 1929 年说："'文学批评'一语不用说是舶来的。现在学术界的趋势，往往以西方观念（如'文学批评'）为范围去选择中国的问题；姑无论将来是好是坏，这已经是不可避免的事实。"① 有意思的是，"是好是坏"尚在未定之中，"西方观念"的选择就已经是"无可避免"了。他在另一篇文章中对新名词"文学批评"取代老名词"诗文评"颇有感叹："老名字代表一个附庸的地位和一个轻蔑的声音。"② 笔者相信朱自清字里行间藏有若干不安，但他也看到无由更改的趋势。罗根泽说得更清楚，他论汉儒以诗解赋时不禁有感而发："这犹之中国学艺的独特价值本不同于西洋学艺，但论述中国学艺者，非比附西洋学艺不可。因为诗是那时的学艺权威，西洋学艺是现在的学艺权威。"③ 为什么呢？

> 我们应知一时有一时的学艺权威。学艺权威就是学艺天秤，其他学艺的有无价值，都以此为权衡。因此其他学艺如欲在当时的学艺界占一位置，必由自己的招认或他人的缘附使其做了学艺权威者的产儿。④

他所说的"学艺权威"就是解释框架。那时西洋学术已坐上"学艺天

---

① 朱自清：《朱自清古典文学论文集》（下册），上海古籍出版社，1981，第 541 页。
② 朱自清：《诗文评的发展》，载朱自清《朱自清古典文学论文集》（下册），上海古籍出版社，1981，第 543 页。
③ 罗根泽：《中国文学批评史》，上海书店出版社，2003，第 100 页。
④ 罗根泽：《中国文学批评史》，上海书店出版社，2003，第 99 页。

秤"的宝座。任何学者如欲有所论说，就一定要采用西洋学术的解释框架，符合其"天秤"的衡量，否则就难占一席之地。

"史诗问题"就是这个学术大转换背景的产物。它隐含了一个不言而喻的假定前提：文学存在普世性的统一起源，这个普世性的统一起源既适合西方也适合中国。因此，如果中国文学的实际情形不符合普世性的统一起源，就必须替它解释得符合统一的起源。为什么二十世纪上半叶那么多先驱学人都来讨论神话、史诗，乐此不疲地从这个前所未闻的"决定性开端"来讲中国文学？学术关怀的背后隐含了怎样的焦虑？很显然，他们要让中国文学获得以前所没有的全球性意义，把它从东亚一隅的文学带入普天同一的世界中来，让中国文学在这样的阐释中脱离它原本的"地方性"，而成为世界的。因为在他们看来，中国已经孤立于世界很久了，如今正是让它"走进世界"的时候，仿佛无所归依的孤儿回到人间社会，获得一个为世人所认可的身份。文学史研究在那时遭遇的尴尬，不是中国缺乏文学，而是中国文学在古代文论的论述框架中显示不出普天同一的意义。现代学者的使命是赋予它这种前所未有的意义。因此，希腊乃至欧洲文学孕育于他们的神话、史诗，这并不仅仅是一个事实，也是一个普世的准则。中国文学也是世界的，正是在与欧洲文学具有相同的起源模式的意义上被确认下来。正是在这个赋予意义的现代阐释中，传统被颠覆了，《诗经》从经典文本、囊括法则、趣味和批评标准的典范跌落为一部上古"歌谣集"。它不仅失去典范的地位，而且也失去了初始文本的地位。文学史家对"决定性开端"的关注转而集中在从前不屑一顾的神话、从未听闻的史诗。神话和史诗赫然有了不同凡响的身价，故中国文学修史者不得不面对神话、史诗来发一番议论。如果对神话和史诗无知，那就是对文学源头无知，既然对如此重要的"决定性开端"无知，那阐释出来的文学秩序就没有普世意义。神话、史诗在新的论述框架中绝不仅仅是一个文学事实，还包含着与普世准则同步的意味。希腊、欧洲文学源于它的神话、史诗，中国也不能例外。鲁迅在《中国小说史略》中说："神话不特为宗教之萌芽，美术所由起，且实为文章之渊源。"① 神话是宗教、美术和文学的源头，这

---

① 鲁迅：《中国小说史略》，载《鲁迅全集》第9卷，人民文学出版社，2005，第17页。

判断可以存疑，但要之它是那时普世史观所认定的，中国文学如欲"走进世界"则不能违背这个通则。中国文学正是在这样的论述框架中取得它在新时代的合法性。

然而，人间的事实各有不同，当普世性的文学史论述框架顺利征服中国学者，当文学的"决定性开端"无论中西都一致认定之时，文学事实则作为"异端"浮现出来。怎样对付这个"异端"？这就属于学者的能事了，他们提出各种猜想、说法来让这个"异端"看起来没有那么大的异数，尽管相异但不至于损害普世性的文学史论述惯例。各种猜想、说法的积极意义在于圆转那种与普遍框架不一致的歧异，维持已经存在的论述惯例的权威性。有时歧异会造成极其令人不安的结果。例如，既然接受神话、史诗是文学源头的文学史论述惯例，那么采取这个框架论述中国文学起源就会遇到很大的困扰。硬要采用，中国文学的起源将会写下苍白的一页。这个结果未必能被学者在感情上坦然接受，它太有杀伤力了。不但有伤自尊心，而且也与紧接这个苍白"起源"之后伟大的文学传统根本不相容。钟敬文在事实渺茫的基础上仍然要推断中国能够产生情节完整的系统神话，真正的原因恐怕也在于此。正因为这样，各种猜想、说法被提出来，圆转歧异，抚慰困扰。在诸种说法中，最聪明的要数"散亡说"了。它假定中国曾经有过系统而完整的神话，也曾经有过史诗，只不过如今"散亡"了，无处寻其踪影。如欲反驳，则反驳者无处下手，死无对证。但是"散亡说"正因其乖谬于学理，凭空立论而不可反驳，才一方面保持了民族的自尊，另一面又维持了普世性的文学史观。既然提出散亡，那一定有散亡的原因。散亡原因属于后续性的命题，因为提出了散亡，必须要有散亡的原因才能使说法完整。儒家被提出来承担这个"罪名"不难理解，它与民族性承担了中国神话不发达原因的那种说法一样，是"五四"批判思潮的产物。改造国民性是那时很重要的一个思想主题，而儒家则一直是批判对象。国家贫弱、社会保守乃至人民愚昧的账几乎都算到它的头上，而神话散亡不过是诸种"罪名"中很小的"罪名"，要儒家顺势承担过来，当然也在情理之中。

在神话、史诗是普世的文学起源这个新的"学艺权威"笼罩下，另一个维持其普世性的叙述策略就是坦然认定中国有自己的史诗，《诗经》中某些诗就是"周族的史诗"。这个策略很简单，它将史诗的概念改成有一定长度、叙述先民事迹的诗歌，然后再从中国上古诗歌中找出相近的例子。应该说这个说法之不符合学理显而易见，但它省却了诸如"散亡说"的麻烦，直接使西方式的起源观更具普世性：不但希腊、欧洲的文学起源是这样，中国文学的起源也符合同样的规律。"周族史诗说"与"散亡说"看似在学术上对立，但在深层，它们在那个时代的话语功能竟然都是维护西方的文学起源观。二十世纪初西学挟其权威，以新颖、科学、进步的面貌传入中国，而治中国文学者不得不去比附西洋学术，比附普世的文学起源观。由于这个比附而产生了绵延一个世纪之久的汉语"史诗问题"。陈寅恪当年曾指出佛教初传入中土时僧人"取外书之义，以释内典之文"的"格义"现象①。而"史诗问题"的产生实则是取西来的文学起源观念以解释中土的文学事实，故亦可视之为二十世纪中西交流时代又一"格义"之流。

"史诗问题"是西方话语挟持其强势进入中国而产生的问题。这样说并不意味着前辈学者的学术探讨有任何态度的问题，但是学术从来都不是孤立的个人兴趣和事业，学者身处某种社会氛围和语境，其影响尽管可能是不知不觉发生的，但是从事学术研究者对社会氛围和语境的作用其实应该有足够的自觉和反省。因为历史地看，他们的学术研究产生的结果不一定都是有利的。神话和史诗是西方文学的源头，这本是一个事实。但是它在西学滔滔的年代被当作新知传入中国，在学者的意识里就不仅被当作西方文学的事实，而且自动升格为普世的文学起源准则，并以之衡量中国文学的起源。"西方"在现代甚至当代的学者眼里，往往不仅是一个地理和文化的西方，而且代表了"世界"；西方话语也不仅是西方文化的一部分，而且代表真理、权威和话语的力量。是我们自己将本属"特殊性"的西方想象成"普遍性"的西方。于是，中国自动处于这个被想象出来的"世界"之外，自己的学术文化也自然而然自外于真理、权威和话语力量。于是才产生了"走进世界"的渴望，才产生了与"世界"接轨的焦虑，才产生了拥有西方话语也就意味着真理、权威和话语力量的主观设定。从某个

---

① 陈寅恪：《支愍度学说考》，载《金明馆丛稿初编》，上海古籍出版社，1980，第153页。

角度观察，这些渴望、焦虑和主观设定，确实推动了学术研究，却导致学术的进展不在一个正常的点上。长远一点儿来看，它们翻动的学术波澜是没有多少意义的。

如果要从"史诗问题"的检讨得到什么有益的启示，那就是对西方话语要有足够的清醒和自觉，尤其要认真分辨什么是它本身具有的意义，什么是它被作为新知传播进来时赋予的附加意味。这样说并不是要抵抗新知的介绍和传播，也不是要在知识领域强分中西，而是要还西方话语以本来面目。因为我们在 20 世纪中国学术史里发现，西方学术思想和见解被当成不加质疑的"学艺天秤"是屡见不鲜的现象。如果我们的学术前辈多少由于条件所限而对西方话语缺乏反省，那么今天这种状况应当加以改变。

从荷马到冉皮勒：反思国际史诗学术的范式转换[*]

朝戈金^{**}

摘　要：本文选取学术史上出现的六位著名史诗歌手，通过聚焦于围绕他们而生的"问题"，描摹国际史诗学术演进中的若干标志性转折。这六位史诗歌手是：古希腊的荷马、南斯拉夫的阿夫多、芬兰的伦洛特、古印度的毗耶娑、爱尔兰的莪相，以及中国的冉皮勒。"荷马问题"与史诗作者身份的讨论和口传文本衍成的问题，阿夫多等歌手的研究与"口头程式理论"到"口头诗学"的建构问题，伦洛特与"以传统为取向的"史诗文本类型的问题，毗耶娑与大型口传史诗的传承、流布和编订的问题，莪相"伪作"公案与如何吸收和化用传统遗产的问题，冉皮勒演述本及其口头性与中国学者的史诗理论探索，构成了本文以重大国际史诗理论问题的提出和解答为线索的学理性反思。

关键词：史诗歌手；史诗学术史；史诗理论；中国史诗学

> 啊，愿阿波罗保佑你们所有的人！因此，
>
> 可爱的姑娘们，再见了——告诉我，其实我并未走出
>
> 你们的心房；倘若有朝一日，
>
> 我们人世间其他的漫游者
>
> 踏上这个岛屿，询问你们这些姑娘：

＊　原文发表于《中国社会科学院文学研究所学刊　2008》，中国社会科学出版社，2008。

＊＊　朝戈金，蒙古族，中国社会科学院民族文学研究所研究员，主要研究领域：中国少数民族文学、民俗学。

> 所有的流浪歌手中，谁的歌声最甜蜜？
>
> 那时你们就会想起我，并且微笑作答：
>
> "一位来自岩石嶙峋的开俄斯岛的盲目老人。"①
>
> ——《荷马诗颂·阿波罗颂》（Homeric Hymn to Apollo）

史诗学术研究的历史，大抵可以追溯到古希腊的亚里士多德。他关于"荷马史诗"的议论，是我们历时地考察国际史诗学术的最佳"起点"。原因至少有三：第一，"荷马问题"（Homeric Question）可以说是贯穿19世纪的古典学论战的焦点，直接影响了20世纪史诗学术的格局和走向。第二，荷马研究上承亚历山大时期（公元前3世纪）以来的古典语文学传统，下启20世纪以"口头程式理论"为核心的史诗理论。这上下两千多年间还经历过中世纪、文艺复兴、新古典主义、浪漫主义、历史主义、象征主义、结构主义、解构主义到后现代形态等此起彼伏的文学思潮的洗礼，积累的研究成果不计其数，影响也最大。可以说，荷马研究承上启下的地位和作用罕有其匹。第三，在晚近的口头及非物质遗产保护热潮中，荷马史诗及其关联研究再次成为人们找寻人类表达文化之根的一个"历史书写"的关捩点。可以说，从"谁是荷马"到"谁杀死了荷马"②，我们似乎可以从一连串的"追问"中梳理出一部由"荷马"导引出来的史诗学术史。

口传史诗的歌手群体，在不同民族和不同传统中，其角色、地位和作用彼此有别。首先是成为歌手的方式和过程就不同。拥有"家传歌手"头衔的人在一些民族中普遍受到尊重，例如，在蒙古族和彝族等民族中就是这样。也有通过专门的"歌手学校"从小定向培养史诗演唱艺人的，如在乌兹别克地区所见的那样。在藏族地区，通过"梦托神授"而神奇地成为歌手的传说，则是当地人们所深信不疑的。史诗歌手有专业和业余之别。有以演唱史诗为生的，也有主要依靠演唱兼及其他副业的歌手，完全业余的歌手也比较常见。另外，在有些演唱传统中，史诗歌手还和其他社会角色结合，如史诗歌手

---

① 修昔底德：《伯罗奔尼撒战争史》，徐松岩、黄贤全译，广西师范大学出版社，2004，第190～191页。"开俄斯岛"即"基俄斯岛"的另一译法。

② Victor Davis Hanson and John Heath, *Who Killed Homer? The Demise of Classical Education and the Recovery of Greek Wisdom* (New York: The Free Press, 1998).

同时身兼民间宗教仪式活动的祭司等。一些演唱曲目丰富、作品篇幅庞大、语言艺术造诣很高的歌手被陆续发现和研究。如卡尔梅克歌手鄂利扬·奥夫拉，南斯拉夫歌手阿夫多，西非洲歌手法－迪基·斯索阔，我国的柯尔克孜族歌手居素甫·玛玛依、藏族歌手扎巴和桑珠，以及出现在我们文章标题中的卫拉特蒙古族史诗歌手冉皮勒等。他们中多数人与书写传统无缘，却有不少歌手所演唱史诗诗行的总长度，数倍于"荷马史诗"。一般而言，著名的史诗歌手大多熟谙本民族的口头传统，在演述尺度和创编技巧上经验丰富，在现场演述中往往能够针对听众的种种反应来即兴创编或调整自己的演唱内容和叙事策略，日渐形成各自独特的语言风格，也就能动地参与了口头传统的继承与发展。

今天回顾国际史诗学术史，我们在很大的程度上也是为了反思中国史诗研究自身的问题，回应本土史诗传统所面临的现实遭际，进而更好地参与国际学术对话。因此，在东西方学术传统的链环上，我们"追问"的落脚点必然是与我们多民族活形态的口头史诗息息相关的"21世纪中国史诗学术"及其将来的道路，因此，中国新疆卫拉特蒙古史诗歌手"冉皮勒"在这里成为我们本土史诗传统的一个象征。

在不很长的篇幅中，试图纵论长达数千年的史诗学术流脉，唯有究其大端，把握关揽，方能以点带面，透射整个学术嬗替演进的草图。所以，这里选取了从古希腊荷马到当代中国冉皮勒共六位史诗歌手，通过聚焦于围绕他们而生的"问题"，描摹史诗学术演进中的若干标志性转折。这样的"学术史纵论"也就远离了按照时间线索盘点材料和观点的常见做法。其间得失，有赖于学界方家的评判和指正。

一 "荷马问题"：从作者身份的质疑到学术传统的嬗变

让我们从开篇那一位来自基俄斯岛的盲者说起。这首颂神诗是出自古希腊大名鼎鼎的历史学家修昔底德的"春秋笔法"，他认为此诗系荷马本人所作，并称其中的那位盲歌手所言就是荷马对自己的评价①。基俄斯岛在"七

---

① 修昔底德：《伯罗奔尼撒战争史》，徐松岩、黄贤全译，广西师范大学出版社，2004，第190~191页。

城争荷马"的纷扰中占尽优势，缘由之一是这个岛以"荷马立达"即"荷马的儿子"或"荷马的后代"（史诗吟诵人群体）且他们扬名于"泛雅典娜赛会"①而名垂青史。被归到荷马名下的《荷马诗颂》（Homeric Hymns）是用英雄六音步格律写成的，共有 34 首赞美诸神的颂诗（ode）传了下来。应当承认，后世学者多认为这些诗出自无名氏之手。可要说到《伊利亚特》和《奥德赛》的"作者身份"问题，情形就大不一样了。因为围绕这个"追问"自古以来就聚讼纷纭，往前可以上溯到亚历山大时期。那时的古希腊学者中被称为"离析者"（Separators）的克塞农（Xenon）和海勒尼科斯（Hellenicus）就指出《伊利亚特》和《奥德赛》存在差异和内在不一致问题，从而认为《奥德赛》不是荷马所作②。就连系统论述过史诗特性的古希腊文论家亚里士多德（生于公元前 384 年）和断定荷马是口头诗人的犹太牧师弗拉维斯·约瑟夫斯（Flavius Josephus，生于公元 37/38 年），也都没能给我们提供多少信息，虽然二人谈论过荷马，且生活时代距离"荷马"较近。

18 世纪的荷马研究主要围绕着所谓的"荷马问题"而延伸，其发展开启并影响了 19 世纪乃至 20 世纪的史诗学术。从本质上讲，"荷马问题"主要是对荷马史诗的作者身份（一位或多位诗人）的探寻，连带涉及荷马和他的两部史诗之间的其他关联性问题。类似的"追问"或"质疑"也跟随着荷马史诗的传播，从希腊扩布到整个西方世界。从"荷马问题"到"荷马诸问题"③，这种"追问"的线索凝结了国际史诗的学术走向，也映射出这一领域最为重要的学术开拓。

18 世纪的浪漫主义运动不仅关注通俗流行的短叙事诗和民间故事，还

---

① "泛雅典娜赛会"（the Panathenaia）：希腊一个十分古老和重要的节日，又译作"泛雅典娜节"。每年夏天在雅典举行一次的称"泛雅典娜节"（The festival of the Panathenaia），每四年举行一次的称"泛雅典娜大节"（The Great Panathenaia）；节日举行日期为雅典历的头一个月里，相当于公元历的七月下旬到八月上旬之间，持续数天，旨在颂扬雅典城的保护神雅典娜，并在祭典上进行献祭和仪式。在节日期间，主要举行三项活动：一是祭祀，二是游行，三是竞赛，田径比赛只是其中一项，还有诗歌朗诵比赛，后被音乐竞赛取代。

② 吉尔博特·默雷：《古希腊文学史》，孙席珍、蒋炳贤、郭智石译，上海译文出版社，1988，第 11 页及该页的注释①。

③ 格雷戈里·纳吉：《荷马诸问题》，巴莫曲布嫫译，广西师范大学出版社，2008。该著的导论对单数的"荷马问题"和复数的"荷马诸问题"有专门的阐释。

逐步形成了这样一种看法，就是认为荷马史诗在被写定之前一定经历过口头传播阶段，而且这个阶段很可能比"荷马"时代要晚许多。意大利启蒙主义哲学家维柯（Giovanni Battista Vico）就坚决主张，与其说史诗是个别天才诗人的作品，毋宁说是一切诗性民族的文化成果。英国考古学者伍德（Robert Wood）发表于1769年的《论荷马的原创性天才》（An Essay on the Original Genius of Homer）更径直提出荷马目不识丁，史诗一直是口耳相传的。1795年，德国学者沃尔夫（Friedrich August Wolf）刊印了一篇论文《荷马引论》（Prolegomena ad Homerum），随即成为一根长长的导火索，不仅引发了19世纪发生在"分辨派"（Analysts）和"统一派"（Unitarians）之间的论战，同时也成为20世纪"口头程式理论"学派崛起的一个重要远因。

"分辨派"和"统一派"这两个彼此对立的阵营，通俗一点讲，就是"荷马多人说"和"荷马一人说"两派。以沃尔夫为代表的学者认为，荷马史诗出自多人之手。其主要依据是，荷马史诗里存在的前后矛盾之处，很难被认为是发生在由一个人构思完成的作品中；荷马史诗中使用的方言分别属于古希腊的几个方言区；荷马语言现象所显示的时间跨度，远超过一个人的生命周期等①。因他们对荷马史诗的内容和结构进行了分解（analysis），故被称为"分辨派"（又译作"分解派"）。在"荷马多人说"阵营中，还有赫尔曼（Johann Gottfried Jakob Hermann）提出的"核心说"（kernel theory）②和拉赫曼（Karl Lachmann）提出的"短歌说"（Liedertheorie，或叫作"歌的理论"）③作为声援。"统一派"的前身是尼奇（Gregor Wilhelm Nitzsch）提出的"荷马一人说"（a single poet Homer），后

---

① "荷马多人说"的论据在这里得到很好的概括："至于希腊许多城市都争着要荷马当公民的光荣，这是由于几乎所有这些城市都看到荷马史诗中某些词，词组乃至一些零星土语俗话都是他们那个地方的。""关于年代这一点，意见既多而又纷纭，分歧竟达到460年之长，极端的估计最早和特洛伊战争同时，最迟到和弩玛（罗马第二代国王——中译注）同时。"见维柯《新科学》，朱光潜译，人民文学出版社，1997，第416、439页。

② 核心说：赫尔曼等人认为最早的荷马史诗只不过是《伊利亚特》和《奥德赛》的核心部分，后来在此基础上不断添加、修订、删改，最终才形成今天我们见到的荷马史诗。比如说，"阿基琉斯纪"是《伊利亚特》的核心部分；"奥德修斯纪"是《奥德赛》的核心。"忒勒马科斯之歌"和"尼基亚"则是他人所作。

③ 短歌说：拉赫曼认为荷马史诗与德国史诗《尼伯龙根之歌》一样，是由18首古老的短歌（lays）组成的；其他人则认为《奥德赛》由"忒勒马科亚"（Telemacheia）和"尼基亚"（Nykia，即鬼魂篇）等四五首独立的史诗拼凑而成。

来的代表人物是美国学者司各脱（John A. Scott）等人。他们力主荷马史诗是某位天才独自完成的一部完整作品，有统一的结构和中心化的戏剧冲突观念（比如说阿基琉斯的"愤怒"）。由于他们始终捍卫荷马史诗的完整性与统一性，坚持荷马史诗的"原创性"，因而被称为"统一派"（又译作"整一派"）。此派人数上不多，学术上也不够严密，其学说更多地建立在主观臆断之上。

正是两派之间的口诛笔伐，构成了几近纵贯整个19世纪的"荷马问题"的主要内容。"分辨派"和"统一派"都试图对"荷马问题"做出解答，只不过学术立场不同（实则为语文学立场与文学立场之抵牾），所持方法各异，追问路径分歧，观点也就相左。当然，还有一些介乎两端之间的取态，认为荷马史诗不是诗人荷马独自完成的，但"他"在史诗定型中发挥过相当大的作用。在古典学领域的后期争论中，有分量的著述是威拉摩维支－墨连多尔夫（Ulrich von Wilamowitz-Moellendorff）的《荷马考辨》（Homerische Untersuchungen，1884），其精审翔实的考据充分显示了"分辨派"学术的顶级功夫。他以语文学考释的绵密和对史诗的历史、传播和语体风格变化的出色把握，对《奥德赛》进行了精细透彻的剖析，加之他较为开放的学术视野，在不经意间搭接起了一座"看不见的桥梁"——在某种程度上缩小了长期横亘在论战双方之间的"沟壑"。随着时间的推移，尤其是统一派学者艾伦（Thomas W. Allen）的《荷马：起源与传播》（Homer: the Origins and the Transmission，1924）出版，促使同阵营中的其他学者也开始正视并部分地接受分辨派学者的某些观点。两派学者逐步调整自己的立场并吸纳对方的意见，一步步走向了学术上的某种建设性的趋同，随后便形成了"新分辨派"（Neoanalysts）和"新统一派"（Neounitarians）。于是，长期困扰荷马研究界的"针锋相对"走向缓和。不过，古典学界多持此见解："分辨派这一学派以复杂而多相的形态在继续发展，而统一派实质上已成为历史的陈迹。这一微妙的演进走势，在某种程度上而言，是由于口头理论的出阵褫夺了统一派的立足之地，另外，也还由于分辨派和新分辨派又几乎没有注意到口头理论。"①

---

① 约翰·迈尔斯·弗里：《口头诗学：帕里－洛德理论》，朝戈金译，社会科学文献出版社，2000，第11～12页。

荷马与荷马史诗一直被看作西方文学的滥觞，其人和其作就成了相互依存的文学史上最重要的两个问题。但是，倘若将时空场景置换到今天任何一个活形态的口头史诗传统中，我们就很难去锁定这样的关联，你在民间常常会听到人们这样说："这里的每一个人都是诗人，因为人人都会歌唱。"在古希腊的传统中，我们也可以看到这种歌者（aoidós）和诗人（poiētēs，其初始语义为"诗歌制作者"）两个概念的连接。希腊史诗专家陈中梅对这两个希腊词做出的语义分析是：荷马不仅称诗人为 aoidós（意为"诵者""歌手""游吟诗人"，该词后来渐被 rhapsōidoi 即叙事诗的编制者、史诗吟诵人所取代），还把歌者或诗人归入 dēmioergoi 之列，即为民众服务的人①。在荷马史诗中，被具体提到过的歌者主要有两位，菲弥俄斯和德摩道科斯。Phēmios（菲弥俄斯）② 一词的本义有可能是"司卜之言"或"预言"；Dēmodokos（德摩道科斯）③ 则是"受到民众尊敬的人"。也就是说，歌者或诗人（aoidós）是凭借自己的技艺为民众（dēmos）服务的人。哈佛大学的古典学者格雷戈里·纳吉（Gregory Nagy）更是以他素有专攻的语文学功力，阐发了古希腊关于歌者、关于歌诗制作、关于荷马之名的词源学含义，同时也令人信服地重构了荷马背后的演述传统、文本形成及其演进过程等诸多环节的可能形态④。其间他广征博引的若干比较研究案例都深涉歌与歌手、诗与诗人的内部关联，也为我们遥想文本背后的古希腊歌手或诗人提供了一个支点。当我们的遐思从远古回到现实，从

---

① 陈中梅对 aoidós 一词做出了语义分析：至少从公元前 5 世纪起，人们已开始用派生自动词 poiein（制作）的 poiētēs（复数 poiētai）指诗人（比较 poiēsis，poiētikē）。比较 poiein muthon（作诗、编故事，参较柏拉图《斐多篇》61b）。与此同时，melopoios（复数 melopoioi）亦被用于指"歌的制作者"，即"抒情诗人"。在亚里士多德的《诗学》里，poiētēs 是"诗人"（诗的制作者）的规范用语。在公元前 5 世纪至 4 世纪的古希腊人看来，诗人首先是一名"制作者"，所以他们用 tragōidopoioi 和 kōmōidopoioi 分指悲剧和喜剧诗人（悲剧和喜剧的制作者）。详见陈中梅《伊利亚特·译序》，载荷马《伊利亚特》，陈中梅译注，译林出版社，2000，第 15~41 页。

② 菲弥俄斯（Phēmios）：忒耳皮阿斯之子，《奥德赛》中出现的一位歌者，为求婚者歌唱，1.154；奥德修斯对其开恩不杀，22.330~331、371~377。

③ 德摩道科斯（Dēmodokos）：法伊阿基亚人中的盲歌手。《伊利亚特》8.44，《奥德赛》8.63~64。

④ 格雷戈里·纳吉：《荷马诸问题》，巴莫曲布嫫译，广西师范大学出版社，2008，第三章。

奥林波斯回到喜马拉雅或天山，便会发现菲弥俄斯或德摩道科斯离我们并不遥远：桑珠、朱乃、居素普·玛玛依等中国当代的杰出歌手或曰口头诗人，也都堪称我们时代的"荷马"！

总之，从"荷马问题"到"荷马诸问题"的研究构成了特定的荷马学术史（Homeric scholarship），这一研究主题既是古典学（Classics）作为一个学科的组成部分，又是传统人文学术最古老的话题之一。从"谁是荷马"到"谁杀死了荷马"的追问，也为我们大致地勾勒出了国际史诗学术发展的脉络。换言之，正是在这种"追问"的背后，始终贯穿着一种质疑和探求的取向，引导着史诗学术的格局和走向：从作者身份到文本校勘，从跨语际迻译到多学科研究，一代代学者义无反顾地投身其间，以急速增长的学术成果和永不衰竭的探求精神回应着"荷马"从遥远的过去发出的挑战：为什么人们需要叙事，为什么需要同类的叙事，为什么总是需要叙事？只要史诗还存在，有关荷马的"追问"就不会停止，因为这一系列的问号会一直激发人们去索解人类口头艺术的精髓和表达文化的根柢。

时间转眼到了20世纪30年代，一位深爱荷马史诗的青年米尔曼·帕里（Milman Parry，1902-1935）也投身于这一"追问"者的行列，为古典学乃至整个传统人文学术领域带来了前所未有的"声音"……

二 阿夫多：从歌手立场到口头诗学建构

帕里对荷马问题的索解，引发了古典学领域的一场风暴。他与他的学生和合作者艾伯特·洛德（Albert B. Lord，1912-1991），共同开创了"帕里－洛德学说"，也叫"口头程式理论"（Oral Formulaic Theory）。这一学派的创立，有三个前提条件和三个根据地。三个前提是语文学（philology）、人类学和"荷马问题"（古典学）；三个根据地是古希腊、古英语和南斯拉夫。19世纪的语文学，特别是德国语文学的成就，以及西方人类学的方法，特别是拉德洛夫（F. W. Radloff）和穆尔库（Matija Murko）的田野调查成果，开启了帕里的思路。通过对荷马文本做精密的语文学分析，从"特性形容词的程式"问题入手，帕里认为，分辨派和统一派都没有触及问题的实质。荷马史诗是传统性的，而且也"必定"是口头的。为了求证学术推断的可靠程度，帕里和洛德从 20 世纪 30 年代开始，在南斯拉夫的许多地区进行了大量的田野调查。通过"现场实验"（in-site testing），他们证实了拉德洛夫的说法，即在有一定长度的民间叙事演唱中，没有两次表演会是完全相同的①。通过对同一地区不同歌手所唱同一个故事记录文本的比较和对同一位歌手在不同时候演唱同一部故事的记录文本的比较，他们确信，这些民间歌手们每次演唱的，都是一个"新"的故事。这些"歌"既是一首与其他歌有联系的"一般的"歌（a song），又是一首"特定的"歌（the song）。口头史诗传统中的诗人，是以程式（formula）的方式从事史诗的学习、创编和传播的。这就连带着解决了一系列口传史诗中的重要问题，包括得出史诗歌手绝不是逐字逐句背诵并演述史诗作品，而是依靠程式化的主题、程式化的典型场景和程式化的故事范型来结构作品的结论。通俗地说就是，歌手就像摆弄纸牌一样来组合和装配那些承袭自传统的"部件"。因此，堪称巨制的荷马史诗就是传统的产物，而不可能是个别天才诗人灵感的产物，等等。

在帕里和洛德所遇到的歌手中，阿夫多·梅迭多维奇（Avdo Medjedović）是最为杰出的一位，他有很高的表演技巧和水平，被称作"当代的荷马"。洛德写过专文介绍他的成就②。根据洛德所说，在 1935 年时，没有受过学校教育的阿夫多，在记忆中贮存了大约 58 首史诗，其中经他口述而被记录的一首歌共有 12323 诗行（《斯麦拉基齐·梅霍的婚礼》，The Wedding of Smailagic Meho，见"英雄歌"卷 3 ~ 4）；他演唱的另一首歌则达 13331 诗行（《奥斯曼别格·迭里别果维奇与帕维切维齐·卢卡》，Osmanbeg Delibegovic and Pavicevic Luka，见"英雄歌"卷 4）。换句话说，这两首歌各自的篇幅都与《奥德赛》的长度相仿佛。在以例证阐述了这位歌手的修饰技巧和倒叙技巧之后，洛德又详细叙述了帕里的一次实验：让这位杰出的歌手阿夫多出席另一位歌手的演唱，而其间所唱的歌是阿夫多从

---

① "每一位有本事的歌手往往依当时情形即席创作他的歌，所以他不会用丝毫不差的相同方式将同一首歌演唱两次。歌手们并不认为这种即兴创作在实际上是新的创造。"见 Vasilii V. Radlov, Proben der Volkslitteratur der nordlichen turkischen Stamme, Vol. 5: Der Dialect der Kara-kirgisen (St. Petersburg: Commissionare der Kaiserlichen Akademie der Wissenschaften, 1885)。

② "Avdo Medjedovic, Guslar", *Journal of American Folklore* 69: 320 – 330.

未听到过的。"当演唱完毕，帕里转向阿夫多，问他是否能立即唱出这同一首歌，或许甚至比刚才演唱的歌手姆敏（Mumin）唱得还要好。姆敏友好地接受了这个比试，这样便轮到他坐下来听唱了。阿夫多当真就对着他的同行姆敏演唱起刚学来的歌了。最后，这个故事的学唱版本，也就是阿夫多的首次演唱版本，达到了 6313 诗行，竟然几近'原作'长度的三倍。"① 洛德在十几年后进行的再次调查中，又记录下了阿夫多的一些史诗，包括那首《斯麦拉基齐·梅霍的婚礼》。虽然当时身在病中，这位演唱大师还是在大约一周之内演唱了多达 14000 诗行的作品。帕里和洛德的田野作业助手尼考拉·武依诺维奇（Nikola Vujnovic）曾恰如其分地赞誉这位堪称荷马的歌手说："在阿夫多谢世之后，再也没有人能像他那样演唱了。"②

帕里和洛德在南斯拉夫搜集到的"英雄歌"，总共有大约 1500 小时；现收藏于哈佛大学威德纳图书馆的"帕里口头文学特藏"（The Parry Collection of Oral Literature）。以阿夫多为代表的南斯拉夫歌手们的诗歌，成为"口头程式理论"获得发展的重要支点。洛德多年来的史诗研究工作，大量使用了这里的材料。

洛德在 1956 年完成的论文《塞尔维亚 – 克罗地亚英雄史诗中语音范型的功用》（The Role of Sound Patterns in Serbo-Croatian Epic）切中了口头传统最基本的一个层面。他指出，不仅是句法的平行式③，而且还有头韵④和元音押韵范型⑤，都在诗人运用程式、调遣程式的过程中起到了引导作

---

① 关于这两次表演的比较分析，见艾伯特·洛德《故事的歌手》，尹虎彬译，中华书局，2004，第四章和第五章。

② 约翰·迈尔斯·弗里：《口头诗学：帕里 – 洛德理论》，朝戈金译，社会科学文献出版社，2000，第 95 页。

③ Parallelism，平行式，在一般文学批评中，也有汉译作"对应"的，指句子成分、句子、段落以及文章中较大单元的一种结构安排。平行式要求用相等的措辞、相等的结构来安排同等重要的各部分，并要求平行地陈述同一层次的诸观念。

④ Alliteration，一译"头韵法"，是指在一系列连续的或紧密相关的词或音节中重复使用第一个相同的辅音或元音。

⑤ Assonance pattern，这种元音押韵是无须与音节对应的元音重复。例如，在某给定的诗行里，元音 a 可以不合韵律地出现在两三个词里，从而使该诗行成为一个单元。这些元音不构成完整韵律，但起到支撑该诗行的作用。从另一个角度说，南斯拉夫歌手往往在"小词"的基础上生成"大词"。一旦整个诗行被运用这种元音押韵或另一种声学技巧而比较紧密地联系为一个整体时，那它就会发挥独立单元的作用，并会固定下来。

用。这些声音音丛（sound clusters），以音位的冗余或重复来标志一簇或一组的集合，它看上去是由一个"关键词"来组织的。这个关键词"就是，正如它本来就是，意义和声音之间的桥梁"。在对萨利·乌格理亚宁（Salih Ugljanin）的《巴格达之歌》（The Song of Bagdad，见《塞尔维亚－克罗地亚英雄歌》卷1~2）进行详尽阐述的一段文字里，洛德专门谈论了语音范型的构成问题，勾勒出语音范型是怎样与通过程式来加以传达的基本意义交相连接的；而且，语音的作用非但不会与程式发生龃龉，而且有助于歌手运用传统的方法，在其完成创作布局的过程中增加另一个维度（听觉方面）。这篇相当短的文章，由此在两个方面显示出其重大意义：一是对以后的理论产生了深远的影响，二是将关注的焦点定位到了传统叙事歌的口头/听觉的本质上。[①]

三年以后，洛德刊行了他的文章《口头创作的诗学》（The Poetics of Oral Creation，1959），再一次探究了口头史诗创作中的语音范型及其功能作用。在论及程式、主题、声音序列和句法平衡之后，他还论述了神话在史诗中的持久延续力。那些传世古远的神话，通过歌手的艺术保持着勃勃生机；而口头史诗的创作也从其持久恒长的影响力中获益匪浅。这一考察颇具代表性地传达了洛德的观念，即口头史诗传统在本质上是历时性的，只要对于传播这一传统的人们而言，保存它依然有着重要意义，它就会作为一个演进的过程持续发展下去。

口头程式理论有着巨大的影响力，据数年前的不完全统计，使用该理论的相关成果已经有2207种，涉及全球超过150种不同的语言和文化传统，涵盖不同的文类和样式分析。它的概念工具，从"歌"发展到"文本"，再到"演述"，逐层深化；它的术语系统——程式、典型场景和故事范型，迄今已经成为民俗学领域最具有阐释力的学说之一；就理论命题而言，对荷马史诗是"口述记录本"的推定，对"演述中的创编"的深刻把握，对古典学和民俗学领域的演述和文本分析，带来了新的学理性思考；在技术路线上，该学派强调文本与传统的关联，强调歌手个体与歌手群体的关系，强调田野观察与跨文类并置，特别是类比研究等，都使得该理论

---

① 艾伯特·洛德：《故事的歌手》，尹虎彬译，中华书局，2004，第三章。

历久弥新，薪火相传。

由此，南斯拉夫的口头传统研究就有了学术史上的非凡意义。从 1960 年"口头程式理论"的"圣经"《故事的歌手》（*The Singer of Tales*）面世以来，随后出现的"民族志诗学"（Ethnopoetics）[①] 和"演述理论"（Performance Theory）[②] 学派的勃兴，也与之有或隐或显的关联。口头诗学在近年的深化，集中体现在两位学者的理论贡献上，一是口头程式理论当今的旗手约翰·迈尔斯·弗里（John Miles Foley）有关"演述场"（performance arena）、"传统性指涉"（traditional referentiality）和歌手的"大词"（large word）的理论总结；二是承袭帕里古典学脉络，堪称继洛德之后哈佛大学口头诗学研究第五代学者中翘楚的纳吉对荷马史诗传统及其文本化过程的精细演证，例如，其"交互指涉"（cross - reference）的概念、"创编—演述—流布"（composition - performance - diffusion）的三位一体命题及其间的历时性与共时性视野融合，以及"荷马的五个时代"（the five ages of

---

① 民族志诗学：丹尼斯·特德洛克（Dennis Tedlock）和杰诺姆·鲁森伯格（Jerome Rothenberg）联手创办的《黄金时代：民族志诗学》（*Alcheringa：Ethnopoetics*）在 1970 年面世，成为该学派崛起的标志，先后加盟的还有戴维·安亭（David Antin）、斯坦利·戴尔蒙德（Stanley Diamond）、加里·辛德尔（Gary Snyder）和纳撒尼尔·塔恩（Nathaniel Tarn）等人。特德洛克对祖尼印第安人的口传诗歌做了深入的调查分析，他的民族志诗学理论侧重于"声音的再发现"，从内部复原印第安诗歌的语言传达特征，如停顿、音调、音量控制的交错运用等。作为语言人类学家和讲述民族志的创始人，海默斯的研究代表着民族志诗学在另一方向上的拓展，即"形式的再现"。他在西北海岸的印第安部落进行田野调查，关注的文学特征是土著诗歌结构的多相性要素，如诗行、诗句、诗节、场景、动作、音步等。后来，伊丽莎白·法因（Elizabeth C. Fine）提出了文本制作模型，等等。通过对文本呈现方式及其操作模型的探究，对口语交际中表达和修辞方面的关注，以及对跨文化传统的审美问题的索解，民族志诗学能够给人们提供一套很有价值的工具去理解表达中的交流，并深化人们对自身所属群体、社区或族群的口头传承的认识和鉴赏。参见朝戈金、巴莫曲布嫫《民族志诗学》，《民间文化论坛》2004 年第 5 期；杨利慧《民族志诗学的理论与实践》，《北京师范大学学报》（社会科学版）2004 年第 6 期。

② 演述理论：又译作"表演理论"。概括起来说，这一学派有下述特点：与以往关注"作为事象的民俗"的观念和做法不同，演述理论关注的是"作为事件的民俗"；与以往以文本为中心的观念和做法不同，演述理论更注重文本与语境之间的互动；与以往关注传播与传承的观念和做法不同，演述理论更注重即时性和创造性；与以往关注集体性的观念和做法不同，演述理论更关注个人；与以往致力于寻求普遍性的分类体系和功能图式的观念和做法不同，演述理论更注重民族志背景下的情境实践（situated practice）。这一学派的出现，从根本上转变了传统的思维方式和研究角度，它的应用所带来的是对整个民俗学研究规则的重新理解，因此被一些学者称作一场方法论上的革命。参见杨利慧《表演理论与民间叙事研究》，《民俗研究》2004 年第 1 期。

Homer）的演进模型，都在推进史诗学方面作用巨大。

口头诗学得益于对阿夫多们的田野研究，这也转而为古典史诗的研究，提供了精彩生动的类比和烛照，并对民俗学的理论建设，发挥着重要的作用。现今的史诗研究，从非洲到南美，从印度到中国，都因之而大有改观。古典学的（主要是"语文学"的）史诗研究视角和方法，渐次被更为综合的、更加贴近对象的剖析手段和技术路线所取代。帕里和洛德的研究开启了一个重要的范式转换，而且日益勃兴。

三 伦洛特：从文本类型到传统阐释

埃利亚斯·伦洛特（Elias Lönnrot，1802－1884），芬兰语文学家和口头诗歌传统搜集者，尤其以汇编来自民间的芬兰民族史诗《卡勒瓦拉》著名。他学医出身，后在芬兰中部地区长期行医。其间走访了许多地方，收集民间叙事，并陆续结集出版。这些成果是：《康特勒琴》（Kantele，1829－1831）（kantele 是芬兰传统弦乐器），以及《卡勒瓦拉》（Kalevala，1835－1836，被叫作"老卡勒瓦拉"）。随后出版的有《康特勒琴少女》（Kanteletar，1840）、《谚语》（Sananlaskuja，1842）、扩充版的《卡勒瓦拉》（又叫"新卡勒瓦拉"，1849），还有《芬兰语—瑞典语辞典》（Finske-Svenskt lexikon，1866－1880）。

在所有这些工作中，给他带来崇高声誉的，是史诗《卡勒瓦拉》的整理编辑工作。他的具体做法是，把从民间大量搜集到的民间叙事——其中有些成分被认为有上千年历史——如神话和传说，抒情诗和仪式诗，以及咒语等，都编入《卡勒瓦拉》之中，形成一个完整的史诗诗篇。《卡勒瓦拉》已经成为世界文学经典之一。世界上主要语言都有译本，仅英语译本在百年之间就有 30 种之多。

伦洛特虽属于"受过教育的阶级"，但是具有浓厚的芬兰民间文化情怀，他对一般民间知识有超乎寻常的兴趣，而且身体力行。根据学者约尼·许沃宁（Jouni Hyvönen）的研究，"老卡勒瓦拉"中 17%～18% 的篇幅来自咒语材料。伦洛特毕生对魔法思想及其操演相当关注；他热衷于探讨人类意识和无意识的各个方面，一贯不赞成科学对魔法的漠视态度；他对民间的植物知识和植物应用也有着相当的兴趣。

伦洛特对《卡勒瓦拉》的编纂，很值得总结。例如，在编辑"老卡勒瓦拉"时，他试图创用一套格式，专门用来整理民间诗歌。这种格式就是用"多声部对话"（multiple-voiced dialogue）呈现史诗文本。大略说来，他追求古朴的"语体"，将他本人也放置到文本中，以叙述者的角色出现。而且，他在史诗中的角色具有三重属性：他首先是神话讲述者，置身远久的过去；其次，他是个中间人，组织和出版史诗文本；最后，他是阐释者，通过他的神话知识和民间信仰，阐释芬兰人的观念意识。也有学者指出，作为叙述者的伦洛特，有着"伦洛特的声音"。在他编辑的"新卡勒瓦拉"中，读者可以看到这样一个讲述者的身影：他属于路德教派，具有浪漫主义思想，拥护启蒙运动的理念。从政治和意识形态维度上看，新版《卡勒瓦拉》描摹了一幅甜美的芬兰画卷，不仅告诉芬兰人他们的历史，也描绘了他们的未来。在伦洛特的笔下，芬兰人为了美好的未来辛勤工作，向着启蒙主义的关于自由和进步的法则大步迈进，并极力奉行基督教的道德规范（当时正值沙皇尼古拉一世的严酷统治时期）。总之，伦洛特既是过去的复活者，也是未来的幻想家。他还是将主要来自芬兰东部和卡累利阿地区的民间诗歌与西欧社会文化思潮结合起来的诗歌编纂者①。

伦洛特的史诗编纂给他带来了巨大的声望，其原因之一，是他的做法顺应了芬兰的民族意识觉醒和族群认同的潮流。芬兰文学学会在将他神圣化或者说神话化方面，也发挥了很大的推进作用。他成为芬兰民族认同的一个偶像和标志——他的头像甚至出现在芬兰500马克纸币上。不仅如此，有人说，"是西贝柳斯（他的音乐受到《卡勒瓦拉》的很大影响）和伦洛特一道歌唱着使芬兰进入世界地图"，也就是说，史诗建构与民族性的建构乃至国家的独立有着莫大的关联②。史诗研究中政治诗学问题也成为一个关注点。

---

① Maria Vasenkar, "A seminar commemorating the bicentennial of Elias Lönnrot's birth, April 9, 2002." *FFN* 23, April 2002: 2 - 4.

② Maria Vasenkar, "A seminar commemorating the bicentennial of Elias Lönnrot's birth, April 9, 2002." *FFN* 23, April 2002: 2 - 4.

在许多族群中，史诗总是以一个演唱传统，而不单是一篇作品的面目出现。这从史诗文本的复杂形成过程中可以看出来。史诗文本的存在形态也是五花八门的，手抄本、木刻本、石印本、现代印刷本、改编本、校勘本、口述记录本、录音整理本、视频和音频文本等不一而足。一些古典史诗的文本得以流传至今，如荷马史诗和《尼贝龙根之歌》，整理和校订者功不可没。某些被普遍接受的文本，长期给人以"权威本"的印象。但就依然处于活形态传承之中的史诗文本而言，一方面，试图建构或者追求所谓"权威"或"规范"的文本是不现实的；另一方面，史诗又不会无限制地变化，历史悠久的演唱传统制约着文本的变异方向和变异限度。

《卡勒瓦拉》史诗文本的"制作"，不同于古典史诗文本的形态，向史诗研究者提出了新的挑战，也引发了新的思考。美国史诗研究专家弗里和芬兰民俗学家劳里·杭柯（Lauri Honko）教授等人，相继对史诗文本类型的划分与界定做出了理论上的探索，他们认为：从史诗研究对象的文本来源上考察，一般可以划分为三个主要层面：一是"口头文本"（oral text）；二是"源于口头的文本"（oral-derived text）；三是"以传统为取向的文本"（tradition-oriented text）①。以上史诗文本的基本分类，原则上依据的是创编与传播中文本的特质和语境，也就是说，从创作、演述、接受三个方面重新界定了口头诗歌的文本类型（见表1）。

表1　口头诗歌的文本类型

文本类型	创作 Composition	演述 Performance	接受 Reception	史诗范型 Example
1. 口头文本或口传文本 oral text	口头 Oral	口头 Oral	听觉 Aural	史诗《格萨尔王》 *Epic King Gesar*
2. 源于口头的文本 oral-derived text	口头与书写 O/W	口头与书写 O/W	听觉与视觉 A/V	荷马史诗 Homer's poetry
3. 以传统为取向的文本 tradition-oriented text	书写 Written	书写 Written	视觉 Visual	《卡勒瓦拉》 *Kalevala*

---

①　美国学者马克·本德尔（Mark Bender）在其《怎样看〈梅葛〉："以传统为取向"的楚雄彝族文学文本》一文中也做过相关介绍和讨论。见马克·本德尔《怎样看〈梅葛〉："以传统为取向"的楚雄彝族文学文本》，付卫译，《民俗研究》2002年第4期。

因而，口头诗学最基本的研究对象，也大体上可以基于这三个层面的文本进行解读和阐释。这样的划分，并不以书写等载体形式为界。那么，在此我们对以上三种史诗文本的分类观做一简单介绍①。

"口头文本"或"口传文本"。口头传统是指口头传承的民俗事象，而非依凭书写。杭柯认为在民间文学范畴内，尤其像史诗这样的口头传承，主要来源于民间艺人和歌手，他们的脑子里有个"模式"，可称为"大脑文本"（mental texts）。当他们演述之际，这些"大脑文本"便成为他们组构故事的基础。口头史诗大多可以在田野观察中依据口头诗歌的经验和事实得以确认，也就是说，严格意义上的口头文本具有实证性的经验特征，即在活形态的口头表演过程中，经过实地的观察、采集、记录、描述等严格的田野作业，直至其文本化的过程得到确证。这方面的典型例证就是南斯拉夫的活态史诗文本。口头文本既有保守性，又有流变性。因此，同一口头叙事在不同的演述语境中会产生不同的口头文本，导致异文现象的大量产生。中国的"三大史诗"皆当划为口头史诗。

"源于口头的文本"。又称"与口传有关的文本"（oral-connected/oral-related text）。它们是指某一社区中那些跟口头传统有密切关联的书面文本，叙事通过文字而被固定下来，但文本以外的语境要素则往往已无从考察。由于它们具有口头传统的来源，也就成为具备口头诗歌特征的既定文本。其文本属性的确定当然要经过具体的文本解析过程，如荷马史诗文本，其口头演述的程式化风格和审美特征被视为验证其渊源于口头传统的一个重要依据。纳西族东巴经的创世史诗《创世纪》、英雄史诗《黑白之战》，彝族经籍史诗中的大量书写文本皆属于这种类型，比如创世史诗《阿赫希尼摩》《尼苏夺节》《洪水纪》、迁徙史诗"六祖史诗"（三种）和英雄史诗《俄索折怒王》《支嘎阿鲁王》。也就是说，这些史诗文本通过典籍文献留存至今，而其口头演述的文化语境在当今的现实生活中大多已经消失，无从得到实地的观察与验证。但是，从文本分析来看，这些已经定型的古籍文献依然附着了本民族口头传统的基本属性。

"以传统为取向的文本"。按照杭柯的定义，这类文本是由编辑者根据某一传统中的口传文本或与口传有关的文本进行汇编后创作出来的。通常

---

① 巴莫曲布嫫：《史诗传统的田野研究》，博士学位论文，北京师范大学，2003。

所见的情形是，将若干文本中的组成部分或主题内容汇集在一起，经过编辑、加工和修改，以呈现该传统的某些方面。文本的形成动机常常带有民族主义或国家主义取向。最好的例子就是伦洛特搜集、整理的芬兰民族史诗《卡勒瓦拉》。杭柯一再强调《卡勒瓦拉》这部作品并不是哪一位作者的"创作"，而是根据民族传统中大量的口头文本编纂而成的。伦洛特的名字与史诗相连，但并非作为一位"作者"，而是作为传统的集大成者。《卡勒瓦拉》对芬兰民族的觉醒产生了深远的影响。因此，杭柯将之归为"以传统为取向的文本"，也有其特定的含义。

在杭柯的史诗研究中，特别是在对史诗定义的表述中，他强调了史诗对"民族认同"具有很大作用，这与他和伦洛特同为芬兰人，曾经亲身感受和就近观察史诗《卡勒瓦拉》与民族国家建构和民族认同强化过程之间的联系有绝大关系。从积极意义上说，这种"建构"史诗传统的过程，也是一个寻找自身文化支点的过程，而恰恰是史诗这种一向被认为是在崇高的声调中叙述伟大人物和重大事件的文体，非常适合扮演这种角色，发挥这种功能。杭柯还积极地评价了这种"书面化"口头传统的另一重作用，就是让已经濒临消亡的口头传统通过文字载体和文学阅读，获得第二次"生命"。荷马史诗无论从哪个角度说，都是成功地、长久地获得了这"第二次生命"的范例。

当然，在进行史诗文本——不只是史诗，也包括其他民间样式的建构之际，学者们一定要保持很清醒的认识，那就是，注意仔细区分这种"建构"与居高临下地恣意改编民间口头传统的做法。我们无数次看到这种汇编、增删、加工、顺序调整等后期编辑手段和"二度创作"——或者说在某种理念制导下的"格式化"[①] 问题所导致的背离科学精神和学术原则的

---

① 巴莫曲布嫫：《"民间叙事传统格式化"之批评》（上、中、下），《民族艺术》2003 年第 4 期、2004 年第 1 期及第 2 期连载。作者意在借用英文 format 一词来作为这一概念的对应表述；同时，在批评所指上，则多少取义于"电脑硬盘格式化"的工作步骤及其"指令"下的"从'新'开始"。硬盘格式化必然要对硬盘扇区、磁道进行反复的读写操作，所以会对硬盘有一定的损伤，甚至会有丢失分区和数据簇、丛的危险。"格式化"给民间叙事带来的种种问题也与此相近，故曰"格式化"。正如作者所说："格式化"问题的提出，是用一个明晰的办法来说明一种文本的"生产过程"，即以简练的表述公式将以往文本制作过程中存在的主要问题抽绎出来，以期大家一同讨论过去民间叙事传统文本化过程中的主要弊端，从学术史的清理中汲取一些前人的经验和教训，同时思考我们这代学人应持有怎样的一种客观、公允的评价尺度，有助于使问题本身上升到民间文艺学史的批评范畴中来进行反观和对话。

后果了。

从荷马史诗和欧洲中世纪史诗文本的语文学考订，到《卡勒瓦拉》的文本属性研究，史诗文本研究实现了重大的学术跨越。将史诗作为民俗过程的综合视角，成为主导性取向。

四　毗耶娑：从大史诗的编订到史诗传统的重构

让我们将目光转向古老的东方。印度大史诗《摩诃婆罗多》，据推断形成于公元前4世纪到公元4世纪的大约800年间。在古代印度，史诗以口头吟诵的方式创作和流传。因而，文本是流动性的，经由历代宫廷歌手和民间吟游诗人苏多①不断加工和扩充，才形成目前的规模和形式。学者们经过探讨，倾向于认为它的形成大体经历了三个阶段：（1）八千八百颂的《胜利之歌》（Jaya）；（2）二万四千颂的《婆罗多》（Bhārata）；（3）十万颂的《摩诃婆罗多》（Mahābhārat）。今天所见的史诗作者毗耶娑（Vyāsa）很可能只是一个传说人物，永远无法考订清楚，就像荷马身份是一团迷雾一样。毗耶娑这个名字有"划分""扩大""编排"的意思②，也与"荷马"一词的希腊语 Hómēros 所具有的"歌诗编制"含义不谋而合，向我们昭示着文本背后的传统之谜。

对史诗"作者"姓名的考订，首先可以举出纳吉从词源学的角度对"荷马"所做的详密阐释。他认为，Hómēros（荷马）名字的构成：前一部分 Hom-源于 homo-（"一起"）；后一部分-ēros 则源于 ararískō（"适合、连接"）。Hómēros 可理解为"把［歌诗］拼接在一起"。另一位古希腊诗人赫西俄德的名字 Hēsíodos 也同样耐人寻味（《神谱》22）：前一部分 Hēsí 从 Híēmi（"发出"）派生，正如形容缪斯"发出美妙的/不朽的/迷人的声音"（óssan hieîsai，《神谱》10、43、65、67）。与赫西俄德一样，荷马的名字也符合了对缪斯的形容所具有的语义要求。Homo-（"一起"）与 ararískō（"适合、连接"）合并为

---

① 苏多（Sūta）通常是刹帝利男子和婆罗门女子结婚所生的男性后代。他们往往担任帝王的御者和歌手，经常编制英雄颂歌称扬古今帝王的业绩。参考黄宝生《〈摩诃婆罗多〉导读》，中国社会科学出版社，2005，第8页注①。

② 黄宝生：《〈摩诃婆罗多〉导读》，中国社会科学出版社，2005，前言，第5～11页。

homēreûsai，亦即"用声音配合歌唱"（phōnêi homēreûsai），正好与《神谱》第 39 行对缪斯的描述相呼应。因此，纳吉认为，无论荷马还是赫西俄德，诗人的名字涵盖了授予诗人权力的缪斯职掌诗歌的职责。荷马与赫西俄德各自与缪斯相遇，这种对应平行关系也体现在两位诗人各自的身份认同上。就对"荷马"一词的考证而言，默雷认为是"人质"的意思，是说荷马大概本是异族俘虏①；巴德（F. Bader）也曾试图将词根*seH-（"缝合"）与 Hómēros 的 Hom-联系起来，但她遇到了词源上的音位学难题。纳吉同意巴德所说的 Hómēros 在"人质"的含义上可能符合词根*seH-的隐喻范围，但他同时指出 homo-（"一起"）与ararískō（"适合、连接"）的词根并合，从词源学的考证上讲比意为"人质"的名词更合理②。

在古代传统中，用一个颇有"涵义"的姓名来指代歌手群体，大概也是常见之事。从最初的故事基干发展出来的庞大故事丛，必定经过了许多歌手的参与和努力，方能逐步汇集而成。传说毗耶娑将《胜利之歌》传授给自己的五个徒弟，由他们在世间漫游吟诵。这些徒弟在传诵过程中，逐渐扩充内容，使《胜利之歌》扩大成各种版本的《婆罗多》。现存《摩诃婆罗多》据说是护民子传诵的本子。毗耶娑的这五个徒弟可以看作宫廷歌手苏多和民间吟游诗人的象征。据此我们可以想象《摩诃婆罗多》的早期传播方式及其内容和文字的流布。《摩诃婆罗多》精校本首任主编苏克坦卡尔令人信服地证明，这二万四千颂左右的《婆罗多》曾经一度被婆罗门婆利古族垄断。由于《婆罗多》是颂扬刹帝利王族的英雄史诗，因而婆利古族竭力以婆罗门观点改造《婆罗多》，塞进大量颂扬婆利古族和抬高婆罗门种姓地位的内容。此后，原初的《婆罗多》失传，《摩诃婆罗多》则流传至今③。比较有意思的现象是，古代印度往往把史诗《摩诃婆罗多》

---

① 默雷：《古希腊文学史》，孙席珍、蒋炳贤、郭智石译，上海译文出版社，1988，第 6 页。
② 详见纳吉的三部著作：*Greek Mythology and Poetics*（Ithaca and London：Cornell University Press，1990），pp. 47 -48；*Pindar's Homer：The Lyric Possession of an Epic Past*（Baltimore：Johns Hopkins University Press，1990），pp. 47 - 48，52 - 81；*Poetry as Performance：Homer and Beyond*（Cambridge：Cambridge University Press，1996），pp. 74 - 78。有关 Hómēros 和"歌者"（aoidós）、"史诗吟诵人"（rhapsodes）的语义及相关的词源学考证，见其《荷马诸问题》，第三章。要言之，这些词都指向了"将歌诗编制在一起"的语义。
③ 详见黄宝生《〈摩诃婆罗多〉导读》，中国社会科学出版社，2005，前言。

的作者毗耶娑尊称为"Kṛṣṇa Dvaipāyana Vyāsa"（黑岛生毗耶娑），也就是说，传说中的史诗作者，同时也是史诗中的人物。这种现象在其他口头史诗传统中也能见到。

流传至今的口传的或者有口头来源的比较著名的外国史诗有：以楔形文字刻在泥板上的古巴比伦的《吉尔迦美什》、抄本众多的古印度的《摩诃婆罗多》、文字文本形成过程复杂曲折的古希腊"荷马史诗"《伊利亚特》和《奥德赛》，只有抄本、对当初传承情况不甚了了的盎格鲁－撒克逊的《贝奥武甫》，以及有三个重要抄本传世的古日耳曼的《尼贝龙根之歌》等。在举凡有文本流存的史诗传统中，大多出现有关于"作者"的种种传说，其中波斯史诗《王书》（Shāhnāma, *the Book of Kings*）的形成过程，则颇有象征意义。菲尔多西（Ferdowsi, 940－1020）是波斯中世纪诗人，以创作《王书》留名于世。在中古波斯文学史上，他首次尝试以达里波斯语进行叙事诗创作，并取得了恢宏的成就①。纳吉在重构荷马史诗的文本传统时为我们转述了这样一个"故事"：根据这部《王书》本身的记载（I 21. 126－136），一位高贵的维齐尔大臣召集来自王国各地的智者，他们都是《琐罗亚斯德法典》的专家，每一位智者都随身带来一段《王书》的"残篇"，他们被召来依次复诵各自的那段残篇，然后维齐尔大臣从这些复诵中创编了一部书。维齐尔大臣就这样把早已丢失的古书重新结集起来，于是就成了菲尔多西的《王书》的模本（I 21. 156－161）。我们在这里看到一个自相矛盾的神话，它根据书写传统清晰地讲述了口头传统的综合过程②。

回溯"荷马问题"的学术史，可以看到，拉赫曼当年提出的"短歌说"也有其合理性。他认为长篇史诗是由较短的起源于民间的叙事歌（lays）汇编而成的，这一论见与沃尔夫的观点相呼应，他们试图证明《伊

---

① 《王书》，又译作《列王纪》，共12万行，分50章，记述了50位波斯神话传说中的国王和历史上萨珊王朝统治时期的国王；其内容包括神话传说、勇士故事和历史故事。虽是文人史诗，但在艺术上又富有口头文学的特色。应该提及的是，在菲尔多西《王书》问世之前，波斯已有5部同名著作，但因年深岁久，均已失传。此据郁龙余、孟昭毅主编《东方文学史》，北京大学出版社，2001，第178～187页。

② 格雷戈里·纳吉：《荷马诸问题》，巴莫曲布嫫译，广西师范大学出版社，2008，第92～93页。

利亚特》和《奥德赛》就是由这样的部件和零散的歌汇编而成的。在当时的时代精神背景下，浪漫主义热情体现为关注于口头叙事歌的收集，重视它们对民族精神（national ethos）的认同作用。到了19世纪后期，一个新的学术趋向勃兴而起，这就是试图搜寻并确定这个或那个诗人抑或编纂者，及其推定出自他们之手的著作。值得肯定的是，分辨派学者秉持着牢固扎根于语文学的方法论，从考察语言上的和叙述中的不规则现象入手，将其归结为是不同的诗人和编辑者们参与所致。于是，荷马的复合文本便被理解为是在长达许多个世纪的过程中经由反复创作而完成的产物①。如果我们回溯荷马史诗在泛雅典娜赛会上的演述传统，这样的推论就不是空谷来风，在古希腊文献资料中早有种种记述②，表明荷马史诗的书面文本与其口头来源之间存在着难分难解的关联。

纳吉正是立足于希腊文献传统的内部证据，通过比较语言学和人类学方法在荷马学术近期的发展中，做出了继往开来的又一次大推进。针对荷马史诗的文本演成，他从历时性与共时性的双重视野，令人信服地论证了他这些年一直在不断发展的"三维模型"，即从"创编—演述—流布"的互动层面构拟的"荷马传统的五个时代"，出色地回答了荷马史诗怎样/何时/何地/为什么最终被以书面文本形态保存下来，并且流传了两千多年的缘由。在借鉴帕里和洛德创立的比较诗学与类比研究的基础上，他的"演进模型"（evolutionary model）还吸纳了诸多活形态口头史诗传统所提供的类比证据，其辐射范围包括印度、西非、北美、中亚等。最后归总为，荷马文本背后潜藏的口头创编和传播过程相当漫长，大约最迟在公元前550年史诗文本才趋于定型③。现在我们回到《摩诃婆罗多》的文本上来。班达卡尔精校本所用的校勘本就达700种之多，可见历史上人们将其用文字

① 约翰·迈尔斯·弗里：《口头诗学：帕里－洛德理论》，朝戈金译，社会科学文献出版社，2000，第10页。
② 伊索克拉底的《庆会词》159，"柏拉图"的《希帕科斯篇》228b，以及利库尔戈斯的《斥莱奥克拉特斯》102都有记载。参见格雷戈里·纳吉《荷马诸问题》，巴莫曲布嫫译，广西师范大学出版社，2008，第二章。
③ "保守主义"的古典学家往往认为荷马生活在公元前8世纪前后，而这种臆测性的观点长期以来主导了荷马史诗研究，尤其是关于史诗"作者身份"的"认定"。详见格雷戈里·纳吉《荷马诸问题》，巴莫曲布嫫译，广西师范大学出版社，2008，第二、三章。

记录下来的努力一直就没有停止过。不过，在史诗形成及兴盛的那个时代，它的研习、演唱和播布，当全凭口耳相传。所以说，尽管后来经过许多梵语诗人歌者的整理和修订，它在本质上还是一部"口头的诗歌"，带有浓厚的口头诗歌的色彩。这些色彩表现在许多方面，读者们在阅读中或许能够感悟得到。印度从事精校本汇编工作的学者们，以恢复史诗"尽可能古老"的"原初形式"为目的，这本身就是件史诗般的"远征"。中国梵语文学界的专家学者集十余年之心血，潜心译事，也当赢得称誉。①

在中国本土的案例中，关于蒙古族史诗歌手冉皮勒究竟会演唱多少部（诗章）《江格尔》的追问，得到的是彼此差别甚大的回答：有"9部"的说法，有"15部"的说法，还有"17部"的说法②，令人颇为狐疑。在我看来，这主要是因为江格尔奇在不同的搜集者面前，往往没有将所会诗章全部唱出，或者是由于新增添了某些部分，或者是由于长久没有演唱，而忘记和丢失了某些部分，却又在以后的演唱之际想起了某些部分，因而使得不同的搜集者得出不同说法的。这个现象恰巧说明，歌手的曲目库，可能处于"动态"的平衡中，增减成为正常现象。不过对于文本分析而言，了解歌手演唱曲目的大体情况，是很有帮助的。虽然追根究底地想要知道某位歌手到底会多少曲目，不见得能有明确的结论。但是，从另一个方面说，曲目的规模，却是一个歌手艺术上成熟程度的主要标志。民间歌手掌握作品的数量，往往是与他掌握程式的规模成正比例关系的。一旦程式以及典型场景等传统性创作单元的储备达到了相当的程度，学习一首新的作品，就成了易如反掌的事情。因为那些构筑作品的"部件"越充分，即兴的创编就越轻松。

在当代的史诗学学术反思和理论建构中，基于对文本誊录和制作的深入思考，田野与文本的关系、文本与语境的关系、演述事件与社群交流的关系、传承人与听众的关系、文本社区与学术研究的关系，也得到了全面的强调。这种强调，当然有其历史渊源。一则这是因为，无论荷马史诗还

---

① 朝戈金：《〈摩诃婆罗多〉：百科全书式的印度史诗》，《中华读书报》2006年2月15日。

② 上述几种数字，来自以下材料：《江格尔资料本》一卷6页上的冉皮勒简介；巴图那生《〈江格尔〉史诗与和布克赛尔的江格尔齐》，载《〈江格尔〉论文集》，新疆人民出版社，1988；贾木查《〈江格尔〉的流传及蕴藏情况》，载《〈江格尔〉论文集》，新疆人民出版社，1988。

是印度史诗，历史上经过无数代人的编订、校勘，已成为书面化的"正典"，唯远古时代那气韵生动的演述信息大多流失在苍苍岁月之中。"口头诗学"所做出的努力，无疑也是在力图重构文本的音声，给当代口头史诗的文本制作提供思考的前例，并进而为"演述理论"和"民族志诗学"所继承。二则，在史诗传承传播的原生态链条上，在史诗的"第二次生命"（杭柯语）得以延续的可能性方面，在史诗的学术研究深拓的向度上，这些层层叠叠的关联之间都有高度相互依存的关系。

因此，我们在古老的史诗文本与鲜活的史诗传统之间应该看到，从演述者、誊录者、搜集者、编订者、制作者、校勘者、翻译者、研究者，一直到阅读者，都是学术史链环上的一个个环节。史诗研究，越来越从琐细的考证传统中摆脱出来，越来越接近史诗演述传统作为一个整体的综合面貌和一般特征。以纳吉为杰出代表的学者对古典史诗传统的重构，不仅是史诗学的重大推进，而且也是整个人文学术的厚重成果，已经对相邻学科产生了影响。纳吉对 Hómēros 原初语义的考证，对史诗文本"演进模型"的建构等工作，应当被认为是对因循守旧的保守观点的反拨与超越，是古典学的某种"新生"。国际史诗学术正是经过这些学术上的追问与回应、建构和解构、肯定和否定，才让死寂无声的文本响起多声部的合唱，才让远古的荷马永远地驻留在热爱诗歌精神、热爱文化遗产的当代人中，从而永葆史诗传统的生命活力。因此，或许我们永远无法确切地知道"谁是荷马"，但我们有自信反问："谁又能杀死荷马？"

五 莪相：从"知识赝品"的挞伐到口头诗歌的解读

这里接着说一桩文学批评公案。苏格兰诗人、翻译家麦克菲森（James Macpherson，1736－1796）最早出版的诗集《苏格兰高地人》（1758）在读者中没有引起多少反响，但他 1760 年发表的《古诗片段》（搜集于苏格兰高地，译自盖尔语或埃尔斯语），却轰动一时。他随后又发表了两部史诗《芬歌儿：六卷古史诗》（Finga，1762）和《帖莫拉》（Temora，1763），并于 1765 年将这两部史诗合集出版，定名《莪相作品集》[1]，假托是公元 3 世纪

---

① J. Macpherson, *The Poems of Ossian*, 1974 [1805].

一位苏格兰说唱诗人莪相（Ossian，又作 Oisin）的作品。实际上，他只是把关于莪相的传说综合起来，用无韵体诗加以复述。他的语言风格脱胎于1611 年《圣经》英译本，比喻丰富，情调忧郁，因而大受欢迎，对早期欧洲浪漫主义运动影响很大，也在全欧洲引起了人们对古代英雄故事的强烈兴趣。法国女作家斯塔尔夫人把欧洲文学分为南北两支，南支始祖是古希腊荷马，北支的就是莪相。

后来学者们对其"作者身份"产生了怀疑，尤其是塞缪尔·约翰逊（Samuel Johnson）。最终，现代学者们将之断定为麦克菲森的"伪作"，并演证出麦克菲森是怎样将其个人的诗作建立在原来的盖尔人叙事诗之上，通过修改原来的人物和观念，注入许多他个人的想法，以适从当时的时代感和兴趣①。尽管如此，这些诗在风格上沉郁、浪漫，表现了对自然的热爱，对欧洲不少诗人包括歌德（Johann Wolfgang von Goethe）和小沃尔特·司各特（the young Walter Scott）都产生过影响。

至于历史上的莪相，据推测他是公元 3 世纪左右苏格兰盖尔人的传奇英雄和吟游诗人，是英雄芬尼（Finn mac Cumhail）之子，关于这位英雄有一系列的传说和叙事诗。这些传统的故事主要流传在爱尔兰和苏格兰高地，且因莪相作为吟游诗人演唱其父芬尼开拓疆土的故事及其芬尼亚军团的传说，故他与其父亲一道成为爱尔兰"芬尼亚诗系"（Fenian Cycle）叙事中的主人公。莪相通常被描述为一位老者、盲人，而且他活着的时间比他父亲和儿子都要长久。

关于"莪相"诗篇的真伪问题一直是批评家研究的课题，他们直到 19世纪末才大致搞清，麦克菲森制作的不规则的盖尔语原文只不过是他自己英文作品的不规则的盖尔语的译作。至此，关于莪相的争论才得以解决。学术界一致认为，被浪漫化了的史诗《莪相作品集》并非真正是莪相的作品，于 16 世纪前期整理出版的《莪相民谣集》才是真正的爱尔兰盖尔语抒情诗和叙事诗。歌德当时读到的莪相诗是麦克菲森的创作，不应与真正的莪相诗篇《莪相民谣集》相混淆。

在 20 世纪的后现代主义思潮中，科学传统与人文传统发生颉颃，"莪

---

① Derick Thomson，*The Gaelic Sources of Macpherson's "Ossian"*，1952.

相"也被卷入"索克尔/《社会文本》事件"① 与"知识赝品"的批判中，再次成为众矢之的。诺贝尔物理学奖获得者温伯格于1996年8月8日在《纽约书评》发表的长篇评论《索克尔的戏弄》说，此事件使人想起学术界其他一些有名的欺骗案件，如由陶逊（Charles Dawson）制造的辟尔唐人（Piltdownman）伪化石事件和麦克菲森导演的伪盖尔人史诗《莪相作品集》（Ossian Poems）事件。区别在于索克尔为的是公众利益，为了使人们更清楚学术标准的下降，他自己主动揭穿欺骗行为。而那两起事件是有人为了私利故意做伪，是由别人加以揭露的。温伯格说："科学家与其他知识分子之间误解的鸿沟看起来，至少像斯诺若干年前所担忧的那样宽。"② 殊不知，几年之后，韩国的功勋级科学家就在克隆技术上撒下弥天大谎。因此，"莪相"事件的重新评价或许也应成为科学与人文分裂之后共同反思的一个"桥梁"。

回顾传统，在希腊文学史上"史诗拟作"也是一种传统：阿波罗尼乌斯（Apollonius，约公元前295－215），古希腊诗人和学者，生于亚历山大城，但自称罗得岛人，因与诗人和学者卡利马科斯争吵后移居罗得岛。卡利马科斯认为写作长篇史诗的时代已经过去了，诗人如果再想模仿荷马，写出一部史诗，那是无益的。阿波罗尼乌斯则不以为然，极力反对这一主张，他写了不少诗，其中最为著名的史诗是《阿耳戈船英雄记》（Argonautica），主要叙述有关伊阿宋（Jason）和阿耳戈英雄寻找"金羊毛"的故事，共4卷。阿波罗尼乌斯还改写了荷马的语言，使之适合传奇史诗的需要。他对旧情节所做的新处理、启发性的明喻，以及对大自然的出色描写，常能牢牢抓住读者③。稍后还有雅典的阿波罗多罗斯（Apollodorus of Athens，活动时期公元前140），他是一位学者，以著《希腊编年史》而驰名。此书用诗体写成，叙事包括从特洛伊城陷落（公元前1184年）至公元前119年的时期。在后来的文人书面史诗中，大家公认的还有古罗马诗人维吉尔模仿"荷马史诗"，以罗马古代传说为素材，结合罗马帝国初期

① 论战网址：http：//www.physics.nyu.edu/faculty/sokal/index.html。
② 《中华读书报》1998年1月14日。斯诺在1959年5月描述过人文文化与科学文化的对立。
③ 默雷：《古希腊文学史》，孙席珍、蒋炳贤、郭智石译，上海译文出版社，1988，第400页。

的政治需要创作的《埃涅阿斯纪》，意大利诗人塔索的长篇叙事诗《被解放的耶路撒冷》，但丁的《神曲》和弥尔顿的《失乐园》等诗作。再到后来，这样的事例更是俯拾即是。比如英国诗人埃德蒙·斯宾塞（Edmund Spenser，1552?-1599）名气较大的作品，就有史诗传奇《仙后》（*The Faerie Queene*，1590-1596）；他的其他作品包括牧歌《牧羊人的日历》（*Shepeardes Calendar*，1579）和抒情婚姻诗《祝婚歌》（*Epithalamion*，1595）。从这些诗作中可以发现，他同样充分汲取了口头传统的养分。拟作、仿作还是假托，也要看诗人自己是怎样"声称"的，比如，或声称"效仿"荷马，或声称"发现"袁相，其间差别甚大；应该更多地去追问他们为什么要那样"声称"，去思考其"声称"背后的社会文化语境又是什么。让我们稍后再回到"袁相事件"上来。这里先谈一谈来自塞尔维亚的一个案例。

彼得罗维奇·涅戈什（Petrović Njegoš，1813-1851），塞尔维亚的门的内哥罗诗人①。洛德对他有过介绍。他童年在乡村放牧，熟悉民间叙事。后被叔父——门的内哥罗君主佩塔尔一世（也是一位诗人）选为王位继承人，1830年继承王位；19世纪前半期他还充当门的内哥罗主教。为了完满做好落到他身上的名分和职责，他竭尽全力，最终不仅自己青史留名，还把门的内哥罗引向光明之路。他至今受到门的内哥罗人的敬仰，并被公认为是塞尔维亚文学中最伟大的诗人。涅戈什出版了《山地人之歌》（*The Voice of Mountaineers*，1833）和《塞尔维亚的镜子》（*The Serbian Mirror*，1845）等四部诗集和代表作诗剧《山地花环》（*The Mountain Wreath*，1847），足以证明诗歌在他的思想和心灵中占有至高无上的位置，甚至在他身为王储的繁忙年代，他也从未放弃过他的"歌唱"。他的一生从开始就浸润在南斯拉夫口头传统和英雄故事的甘露中，他还曾亲自向古斯勒歌手学习史诗演唱，因此我们不难在他的诗歌创作中看到以下四种要素：（1）既有穆斯林的口头传统，又有基督教的口头传统；（2）精通两种语言；（3）传统的老歌和新作的诗篇；（4）具备口头传统与书面文本两方面

---

① 姜椿芳编《中国大百科全书·外国文学》，中国大百科全书出版社，1982，第758～759页。也有汉译为"尼业果斯"的。

的能力和特长。弗里指出，尽管有研究者称其诗作为"模仿口头的"，这似乎是在质疑这些作品的品质和真实性，而实际上应当说，涅戈什是在纸页上"唱歌"，他"写"口头诗歌。他是手握铅笔创编口头诗歌，为文人雅士和阅读群体的文学消费服务。弗里进一步分析出，涅戈什的诗歌创作几乎涉及了所有的表达形式，某些诗篇是人们耳熟能详的传统故事的重新演述，某些又是"新"的歌诗，还有一些诗作已经开始将文学惯例引入传统的歌诗创作中。"新"的诗篇定位于题旨和本土性上，但总是按照程式化风格和十音步格律来进行创作。通观涅戈什的创作，可以看到他展示出"语域"（表达策略）的领悟力来自他对口头传统和文学文本的精深知识，他的人生也映射出口承文化与书写文化的交织，而那正是19世纪门的内哥罗的时代特征。归总起来说，涅戈什的案例告诉我们，把握口头诗歌的多样性及其重要意义，在一定程度上需要穿越传统、文类，尤其是穿越诗歌的载体形式——介质①。

根据这一主张，弗里在《怎样解读一首口头诗歌》一书中依据传播"介质"的分类范畴，提出了解读口头诗歌的四种范型②。

表2　弗里的口头诗歌分类

Media Categories 介质分类	Composition 创编方式	Performance 演述方式	Reception 接受方式	Example 示例
Oral Performance 口头演述	Oral 口头	Oral 口头	Aural 听觉	Tibetan paper-singer 西藏纸页歌手
Voiced Texts 音声文本	Written 书写	Oral 口头	Aural 听觉	Slam poetry 斯拉牧诗歌
Voice from the Past 往昔的声音	O/W 口头/书写	O/W 口头/书写	A/W 听觉/书面	Home's *Odyssey* 荷马史诗《奥德赛》
Written Oral Poems 书面的口头诗歌	Written 书写	Written 书写	Written 书面	Bishop Njegoš 涅戈什主教

资料来源：摘译自弗里《怎样解读一首口头诗歌》（*How to Read and Oral Poem*，2002）。

---

① John M. Foley, *How to Read an Oral Poem* （Urbana and Chicago：University of Illinois Press, 2002），p. 50.

② John M. Foley, *How to Read an Oral Poem* （Urbana and Chicago：University of Illinois Press, 2002），p. 40.

那么根据弗里以上的解决方案，文学史上许许多多的"经典"史诗乃至其他诗歌的典范之作都可以重新纳入这一开放的解读谱型之中。这里我们不妨对麦克菲森的"莪相事件"进行再度审视。公允地说，莪相的名字之所以被大多数人记住，还是凭借麦克菲森炮制"知识赝品"的做法，这或许也是我们需要进行深思的地方。正如韦勒克和沃伦所说，"在文学史上鉴定伪作或揭穿文坛骗局是一个重要的问题，对进一步的研究是很有价值的。因此麦克菲森伪作的《莪相集》所引起的争论，便促使很多人去研究盖尔人的民间诗歌"①。真可谓"福兮祸所伏，祸兮福所倚"（《老子》）。据说麦克菲森之所以去收罗"古董民谣"是因为最后一位斯图亚特王室查利王子外逃，导致当时苏格兰文化"前景黯淡"。我们注意到弗里将麦克菲森作为一个特定的研究案例，将其诗歌创作活动与前文所述的伦洛特和刚刚提到的涅戈什进行并置，他没有继续沿用一般文学批评界常用的"伪作"和"骗局"等术语，而是从"资源"和创作技巧上具体分析麦克菲森诗作的性质。"赝品"中可见三种主要成分：（1）依据田野调查中对实际发生的口头演述所进行的口述记录；（2）从当时存在的手稿中临摹诗句和诗歌；（3）纯属他个人的创作。而这一切又全在他精巧的安排和布局之中得以呈现，而且他发掘了口头传统的文化力量和政治动力，并通过他自己文本的声音去表达。尽管他在很大程度上过滤或筛选了自己搜集到的民间诗歌，而且在田野誊录文本上添加的成分要远远地超过伦洛特，但是，他的作品依然属于书面的口头诗歌②。

从弗里的一系列著述中可以发现，他的学术视野早已不局限于"口头程式理论"，他已将"讲述民族志""演述理论""民族志诗学"等20世纪最为重要的民俗学理论，创造性地熔铸于口头传统的比较研究中，先后系统地提出了"口头传统的比较法则""演述场""传统性指涉"等学说，从而构造出独具学术个性的口头诗学体系和口头诗歌文本的解析方法。他曾多次前往塞尔维亚的乌玛迪安地区从事田野调查工作，翻译了帕里和洛

---

① 勒内·韦勒克、奥斯汀·沃伦：《文学理论（修订版）》，刘象愚等译，江苏教育出版社，2005，第67页。

② John M. Foley, *How to Read an Oral Poem* (Urbana and Chicago: University of Illinois Press, 2002), p. 52.

德于 1935 年采录的南斯拉夫歌手哈利利·巴日果利奇演唱的史诗《穆斯塔伊贝之子别齐日贝的婚礼》。弗里还将当代中国的说书艺术进行了"跨文化的并置"，将这种古老而常新的口头艺术纳入了国际口头传统的比较研究框架中。他客观公允地评价了瓦尔特·翁（Walter Ong）等人早期的口承/书写二分法的理论预设，认为二元对立的分析模型是通向正确理解并鉴赏口承传统及其多样性的第一步。同时，弗里也指出，对口头传统的深度理解，导致了对口承与书写之间壁垒的打通，并在二者之间假设的"鸿沟"上架设了一道通向正确认识人类表达文化的桥梁。弗里一再重申"传统性指涉"（traditional referentiality）的理论见解，强调传统本身所具有的阐释力量，提醒我们要去发掘口头传统自身的诗学规律，而不能以一般书面文学批评的诗学观念来考察口头传统。

追问麦克菲森与涅戈什的不同命运有其积极的学术意义。从以上的案例中我们也看到了口头诗学的理念是怎样从史诗研究扩大到口头诗歌的解读，进而也当在认识论层面上从口承与书写、知识与记忆、大传统与小传统的沟通与互动中来理解弗里提出的口头诗歌解读谱型，让学术走向多元与开放，从而更好地复归人类表达文化的原初智慧与诗歌精神。"篱笆紧，结芳邻"（"Good fences make good neighbours"），这句谚语在美国诗人弗罗斯特（Robert Frost Lee，1874－1963）的名诗《修墙》（*Mending Wall*）中得到了最完整的体现。正如一位学者所言，中国是一个"墙文化"盛行的国家，这种"墙"既是有形的也是无形的。在我们的学科壁垒中，形形色色的"墙"又有多少？因此，就需要更开放的学术视野来容纳我们的研究对象，来理解共享的口头诗歌及其艺术真谛。那么我们或许就可以说"篱笆开，识芳邻"。

六 冉皮勒：从"他者"叙事到"自我"书写

"史诗"一词的英文 epic 直接来自希腊语的 epikos 和拉丁语的 epicus，从词源上讲则与古希腊语 epos 相关，该词的原义为话、话语，后来引申为初期口传的叙事诗或口头吟诵的史诗片段。"史诗"这一概念传入中国当在 19 世纪末期。1879 年，清廷大员郭嵩焘出使英国时就在日记中记述了

《荷马史诗》里的特洛伊战争，但据目前笔者所见资料，中国最早使用"史诗"术语的人大概是章太炎（炳麟）。他在《正名杂义》中已径直使用"史诗"："盖古者文字未兴，口耳之传，渐则亡失，缀以韵文，斯便吟咏，而易记忆。意者苍、沮以前，亦直有史诗而已。"他认为"韵文完备而有笔语，史诗功善而后有舞诗"，史诗包含民族大史诗、传说、故事、短篇歌曲、历史歌等。该文附入其著作《訄书·订文》（重订本）①。后来胡适曾将 epic 译为"故事诗"②。1918 年，周作人在《欧洲文学史》中介绍古希腊文学。1922 年，郑振铎在《小说月报》专门介绍《荷马史诗》，认为《荷马史诗》表达了古希腊民族早期的新鲜与质朴；接着在 1923 年《文学周报》第87 期上，他发表了《史诗》一文，开卷便说："史诗（Epic Poetry）是叙事诗（Narrative Poetry）的一种。"但他断然地说："中国可以说没有史诗——如果照严格的史诗定义说起来，所有的仅零星的叙事诗而已。"③ 但是到了后来他的观点就变得犹疑了④。1929 年，傅东华以散文体翻译的《奥德赛》全本出版。在中国读者开始完整了解荷马史诗的同时，许多学者也围绕着中国文学史上到底有没有史诗展开了争论，且一直持续到 1985 年前后⑤。

20 世纪 50 年代以来，尤其是 80 年代以后，中国少数民族史诗的发掘、搜集、记录、整理和出版，不仅驳正了黑格尔关于中国没有史诗的著名论断，也回答了"五四"以后中国学界曾经出现过的"恼人的问题"，那就是"我们原来是否也有史诗"⑥。我们今天知道，在中国的众多族群中，流传着上千种史诗，纵贯中国南北民族地区⑦。其中，藏族和蒙古族

---

① 《訄书》于 1899 年编定，由梁启超题写书名，木刻印行；1902 年重订，由邹容题写书名；1904 年由日本东京翔鸾社印行。

② 胡适：《白话文学史》第六章"故事诗的起来"，载胡适《胡适文集》第 8 卷，北京大学出版社，1998，第 150 页。

③ 郑振铎：《郑振铎全集》第 15 卷，花山文艺出版社，1998，第 362～365 页。

④ 陈泳超：《中国民间文学研究的现代轨辙》，北京大学出版社，2005，第 164～165 页。

⑤ 叶舒宪：《英雄与太阳——中国上古史诗的原型重构》，陕西人民出版社，2005，第 76 页注释②。

⑥ 闻一多：《歌与诗》，载闻一多《神话与诗》，华东师范大学出版社，1997，第 209 页。

⑦ 具体数字尚无人做过详细统计。考虑到突厥语诸民族有数百种史诗的说法，以及蒙古史诗有至少 550 种的大致记录，加上南方诸民族的史诗传统，上千种就是一个相当保守的估计。

的《格萨（斯）尔》、蒙古族的《江格尔》和柯尔克孜族的《玛纳斯》已经成为饮誉世界的"中国三大英雄史诗"。此外，在中国北方阿尔泰语系各族人民中，至今还流传着数百部英雄史诗；在南方的众多民族中同样也流传着风格古朴的创世史诗、迁徙史诗和英雄史诗。这些兄弟民族世代相续的口传史诗，汇聚成了一座座口头传统的高峰，成为世界文化史上罕见的壮阔景观，也是令中华民族自豪的精神财富。

然而，回顾中国史诗研究的历程，我们不难发现最早在学科意义上开展科研活动的，大多是域外的学者，时间可以上溯到 18 世纪。国外最早介绍《格萨尔》的，是俄国旅行家帕拉斯（P. S. Palls）的《在俄国奇异地方的旅行》，时间是 1776 年①。19 世纪和 20 世纪的两百年中，作为东方学研究的一个分支，中国各民族的史诗逐步引起了国外学者的注意，其中成果影响较大的学者，按国别而论，有法国的大卫·尼尔（David Neel）和石泰安（R. A. Stein），有德国的施密特（I. J. Schmidt）、拉德洛夫（F. W. Radloff，德裔，长期居留俄国）、海西希（W. Heissig）、夏嘉斯（K. Sagaster）和莱歇尔（K. Reichl），有俄苏的波塔宁（G. N. Potanin）、科津（S. A. Kozin）、鲁德涅夫（A. Rudnev）、札姆察拉诺（Zhamcarano）、波佩（N. Poppe，后移居美国）、弗拉基米尔佐夫（B. Ya. Vladimirtsov）、日尔蒙斯基（V. Zhirmunsky）和涅克留多夫（S. J. Nekljudov）等，有芬兰的兰司铁（G. J. Ramstedt），有英国的鲍顿（C. R. Bawden）和查德威克（Nora K. Chadwick）等。应当提及的两件事情，一是大约从 1851 年开始，西欧的蒙藏史诗研究悄然勃兴，肖特（W. Schott）等多人的专论，在《柏林科学院论文集》上连续发表②。二是首个蒙古《格斯尔》史诗的外文译本，出现于 1839 年，译者为施密特，题为《神圣格斯尔的事迹》③（德文，所本为 1716 年北京木刻版蒙古文《格斯尔》）。随后又有多种译本的《格斯尔》刊行。其中较出名的还有德国弗兰克（A. H. Franke）的《格萨尔传的一个下拉达克版本》④。总之，

---

① P. S. Palls, Reisen durch verchiedene Provinzen des russischen Reiches（St. Petersburg, 1771 – 1776）.

② Abhandlungen der Berliner Akademie, 1851 年及以后。

③ Die Thaten Bogda Gesser chan's（St. Petersburg, 1839）.

④ *A Lower Ladakhi Version of the Kesar Saga*（Calcutta, 1905）.

我们可以大体将这一阶段概括为"他者"叙事。

诚然，我国史诗研究的"端倪"，可以上溯到数百年前。1779年，青海高僧松巴·益喜幻觉尔（1704～1788），在与六世班禅白丹依喜（1737～1780）通信的过程中谈论过格萨尔的有关问题①。一个有趣的现象是，关于松巴的族属，一向有蒙藏两说，难以遽断。这就如"格萨（斯）尔"史诗一样，一般认为是同源分流，在藏族和蒙古族中各成大观。流传地域不同，不仅内容上差别颇大，而且连史诗的名字，在发音上也有区别。藏族叫《格萨尔》，蒙古族叫《格斯尔》。这一大型史诗后来还传播到其他民族中，例如，今天见到的其他文本，有土族《格赛尔》，图瓦人《克孜尔》，与此同时在云南与藏族杂居、交往密切的一部分普米族、纳西族、傈僳族中也有口头流传，且同样有手抄本和少量木刻本②。这种跨族际传通的文化现象，颇为特别。而以汉文刊发国内少数民族史诗介绍性文字的，当推任乃强先生为早。他1929年考察西康藏区，历时一年；他在1930年12月的《四川日报》副刊上，先后发表了题为《藏三国》和《藏三国举例》两文，认为"记载林格萨事迹之书，汉人叫作藏三国，藏语曰格萨郎特，译为格萨传。或译为格萨诗史，因其全部多用诗歌叙述，有似我国之宣卷弹词也"③。这种以历史的眼光来评价史诗文本的现象，在后来其他学者讨论今天我们所说的"史诗传统"时多有发生。

中国大规模的史诗搜集和整理工作起步于20世纪50年代，其间几经沉浮，大致厘清了各民族史诗的主要文本及其流布状况。较为系统的史诗研究到80年代方初具规模，形成了一批梳理资料全面、论述有一定深度的著作。其中，中国社会科学院少数民族文学研究所（现名民族文学研究

---

① 后来松巴（其全名又译作松巴堪布·益喜班觉）将有关专题汇集成册，题为《关于格萨尔问答》，收入甘肃拉卜楞寺所藏松巴全集中的《问答》之部第11～16页，参见赵秉理编《格萨尔学集成》第一卷，甘肃民族出版社，1990，第286～290页。

② 赵秉理编《格萨尔学集成》第一卷，甘肃民族出版社，1990，第299～306页。

③ 任乃强：《"藏三国"的初步介绍》，《边政公论》1944年第4卷第4、5、6期合刊；另见降边嘉措等编《〈格萨尔王传〉研究文集》，四川民族出版社，1986。

所）学者主编的"中国史诗研究"丛书①，比较集中地体现了这一时期的整体水平。代表性成果有仁钦道尔吉的《江格尔》研究，郎樱的《玛纳斯》研究，降边嘉措和杨恩洪的《格萨尔》研究，以及刘亚虎的南方创世史诗研究等。这些专著较为全面和系统地论述了中国史诗的总体面貌、重点史诗文本、重要演唱艺人，以及史诗研究中的一些主要问题，并再次提出了创建中国史诗理论体系的工作目标。可以说，从"他者"叙事到"自我"书写的转化这时已初露端倪。其最重要的表征是：在文类界定上，摆脱了西方史诗理论的概念框架，从"英雄史诗"拓展出"创世史诗"和"迁徙史诗"，丰富了世界史诗宝库；在传播形态方面，突破了经典作品或曰书面史诗的文本桎梏，将研究视野投向了植根于民俗文化生活的活形态史诗传承；在传承人的分类上，从本土特定的社会文化语境中考察歌手习艺及其传承方式，仅是藏族史诗歌手，就可以分出至少五种类型来②。

那么，回到歌手这条线索上来看，坡·冉皮勒（P. Arimpil，1923 - 1994）应该名列当今时代最伟大的史诗歌手③。如果不算出现在传说中的江格尔齐，他是我们所确切地知道会唱最多《江格尔》诗章的文盲歌手。

对他的首次现代学术意义上的科学采录工作，是在1980年，语言学家确精扎布教授到和布克赛尔，最先采访的就是他。继之，冉皮勒的外甥塔亚博士对采录和保存他的口头演述，乃至展开研究，也发挥了重要作用。此后从口头诗学的立场出发，围绕冉皮勒的个案研究、文本诠释和传统重

---

① 这套丛书由内蒙古大学出版社推出，包括仁钦道尔吉的《〈江格尔〉论》（1994）和《蒙古英雄史诗源流》（2001）、郎樱的《〈玛纳斯〉论》（1999）、降边嘉措的《〈格萨尔〉论》（1999）、刘亚虎的《南方史诗论》（1999）、斯钦巴图的《〈江格尔〉与蒙古族宗教文化》（1999）等。限于篇幅，下文涉及的中国史诗研究格局与相关理论成果主要以中国社会科学院民族文学研究所的学术实践为主线。

② 大致有托梦神授艺人、闻知艺人、吟诵艺人、圆光艺人、掘藏艺人。见降边嘉措《〈格萨尔〉与藏族文化》，内蒙古大学出版社，1994；杨恩洪《民间诗神——格萨尔艺人研究》，中国藏学出版社，1995。

③ 详见以下材料：《冉皮勒小传》，载内蒙古古籍整理办公室、新疆民间文艺家协会编《江格尔（三）》，格日勒图转写注释，内蒙古科学技术出版社，1996，第319～320页；仁钦道尔吉：《〈江格尔〉论》，内蒙古大学出版社，1999，第41～42页；贾木查：《史诗〈江格尔〉探渊》，新疆人民出版社，1996；塔亚采录、注释《歌手冉皮勒的〈江格尔〉》，日本千叶大学出版社，1999；塔亚的口述材料。

构①，与其他一些学者的实证研究一道，构成了中国史诗学术的新图景，由此成为中国史诗研究的学术转型和范式转换的一个标志。对此，钟敬文先生曾指出："所谓转型，我认为最重要的，是对已经搜集到的各种史诗文本，由基础的资料汇集而转向文学事实的科学清理，也就是由主观框架下的整体普查、占有资料而向客观历史中的史诗传统的还原与探究。"② 也就是说，针对冉皮勒的口头演述、民族志访谈和程式句法分析的复原性研究具有了某种风向标的含义，指向了当代中国学人的方法论自觉及其"自我"书写。

因此，这里我们将两代史诗学者所追踪的冉皮勒这一个案纳入学术史的视野来加以定位，就会发现在刚刚过去的十多年间，"冉皮勒研究"作为中国民间文艺学从书面范式走向口头范式的一个特定案例，确实在两代学者之间桥接起了学术史上一个关键的转型阶段。以往我们的史诗研究与民间口头传统相当疏离，偏重研究的是"作为文学文本的史诗"，并没有把史诗看作口传形态的叙事传统，没有考虑它同时也是一种动态的民俗生活事象、言语行为和口头表达文化。这正是既往研究的症结所在。那么，在"口头性"与"文本性"之间深掘史诗传承的特殊机制，尤其是根据冉皮勒的演述本所进行的口头程式句法分析，就深刻地启迪了我们。从认识论上说，口头诗歌与文人诗歌有着很大的差异，绝不可以简单套用研究文人书面作品的方法来解读这些口头创作、口头传播的文本。同样，以书面文学的诗学规则去阐释口传史诗的特质，也会影响到读者的正确评价和学界的科学判断。因而以问题意识为导向，以矫正史诗传统的"误读"为出发点，进而在积极的学术批评意义上进行学术史反思和学者之间的代际对话，也促成了我国史诗研究界的方法论自觉③。

从20世纪末到21世纪初，中国史诗的研究格局确实发生了一些新的

① 朝戈金：《口传史诗诗学：冉皮勒〈江格尔〉程式句法研究》，广西人民出版社，2000。
② 钟敬文：《口传史诗诗学：冉皮勒〈江格尔〉程式句法研究·序》，载朝戈金《口传史诗诗学：冉皮勒〈江格尔〉程式句法研究》，广西人民出版社，2000，第5页。此外，钟老在"南方史诗传统与中国史诗学建设"的访谈中，对中国南北史诗的研究及其格局都提出了前瞻性的意见，见钟敬文、巴莫曲布嫫《南方史诗传统与中国史诗学建设——钟敬文先生访谈录（节选）》，《民族艺术》2002年第4期。
③ 有关论述见廖明君《口传史诗的"误读"——朝戈金访谈录》，《民族艺术》1999年第1期。

变化。简单概括的话，出现了这样几个学术转向：从文本走向田野，从传统走向传承，从集体性走向个人才艺，从传承人走向受众，从"他观"走向"自观"，从目治之学走向耳治之学。

所谓从文本走向田野，就意味着对一度占支配地位的"文学"研究法的扬弃，对史诗文本的社会历史的和美学的阐释，逐步让位于对史诗作为民间叙事传统和口头表达文化的考察；对史诗在文学史上的意义发掘，逐步让位于对史诗在特定群体中的口头交流和族群记忆功能的当下观察。公允地说，这些年中国民间文艺学领域的若干前沿性话题正是围绕着中国史诗学研究格局的深刻变化而展开的，而这种变化主要是以"文本与田野"的反思为转机①。至于从传统走向传承，则更多关注史诗演述传统的流布和传承，关注史诗的纵向发展轨迹和延绵不绝的内驱力。在不同的传统中，史诗演述也有与其他仪式活动结合起来进行的，例如，通过长期的田野观察和民俗生活体验，我们的学者发现彝族诺苏支系的史诗演述从来就是民间口头论辩的一个有机部分，往往发生在婚礼、葬礼和祭祖送灵的仪式上②。说到从集体性走向个人才艺，这对于以往的民间文艺学的学科典律——民间叙事的"集体性""匿名性"是一种补正。有天分的个体，对于传统的发展，具有某种特殊的作用。在今天的中国活形态史诗演述传统中，不乏这样伟大的个体，像藏族的扎巴、桑珠，柯尔克孜族的居素甫·玛玛依，蒙古族的琶杰、金巴扎木苏、朱乃和冉皮勒，彝族的曲莫伊诺，等等。他们都以极为鲜明的演述个性和风格，为口头传统文类的发展做出了显见的推动。而机警的学者们也都纷纷走向田野，走向民俗生活实践的体认，走向目标化的史诗艺人跟踪研究③。从传承人走向受众，强调的是把史诗演述作为一个整体，作为信息

---

① 相关的辩论，见陈泳超主编《中国民间文化的学术史观照》，《民间文化青年论坛第一届会议论文集》，黑龙江人民出版社，2004。

② 巴莫曲布嫫：《叙事语境与演述场域——以诺苏彝族的口头论辩和史诗传统为例》，《文学评论》2004 年第 1 期。

③ 有关传承人及其群体的田野研究著述有杨恩洪的《民间诗神——格萨尔艺人研究》（民族出版社，1995）和《人在旅途——藏族〈格萨尔王传〉说唱艺人寻访散记》（广西人民出版社，2007），阿地力·朱玛吐尔地与托汗·依莎克的《〈玛纳斯〉演唱大师——居素普·玛玛依评传》（内蒙古大学出版社，2002），朝戈金的《千年绝唱英雄歌——卫拉特蒙古史诗传统田野散记》（广西人民出版社，2004）；此外还有巴莫曲布嫫近年关于彝族史诗演述人和口头论辩家的系列论文。

传递和接受的过程进行观察的取向。受众的作用，绝不是带着耳朵的被动的"接受器"，而是能动地参与到演述过程中，与歌手共同制造"意义"的生成和传递的不可分割的一个环节。从"他观"走向"自观"，则与学术研究主体的立场和出发点紧密相关，与本土学者的文化自觉和自我意识相关。例如，从母族文化的本体发现和母语表述的学术阐释中，学者们掌握了更为复杂的史诗文本类型，除了一般学术分类之外，还有若干属于本土知识系统的分类系统，如藏族的伏藏文本①，彝族的公/母文本和黑/白叙事等②，不一而足。对一个传统的考察，如果既能从外部也能从内部进行，那我们对这种考察的深度就有了一定的信心。最后，我们说目治和耳治的时候，并不是强调对于民间叙事的"阅读"，从阅读文字记录本转向了现场聆听这样简单，而是建立口头诗学法则的努力③，使人们认识到大量的口头文学现象其实需要另外的文化阐释和新的批评规则来加以鉴赏。

诚然，中国史诗学术的自我建构也逐步融入了国际化的学术对话过程中④，这与一批功底较为深厚、视野较为开阔，同时又兼具跨语际研究实力的本民族史诗学人及其创造性和开放性的学术实践是密切相关的。十多年来，西方口头诗学的理论成果、民俗学"三大学派"的系统译介⑤，以

① 诺布旺丹：《伏藏〈格萨尔〉刍议》，载《格萨尔研究集刊》第6集，民族出版社，2003。
② 巴莫曲布嫫：《叙事型构·文本界限·叙事界域：传统指涉性的发现》，《民俗研究》2004年第3期。
③ 朝戈金：《关于口头传唱诗歌的研究——口头诗学问题》，《文艺研究》2002年第4期。另参见朝戈金、弗里《口头诗学五题：四大传统的比较研究》，载《东方文学研究集刊》（1），湖南文艺出版社，2003，第33～97页。
④ 2003年国际学刊《口头传统》（*Oral Tradition*）出版了《中国口头传统专辑》，收录了中国社会科学院民族文学研究所老、中、青三代学者的13篇专题研究论文，分别探讨了蒙古、藏、满、纳西、彝、柯尔克孜、苗、侗等民族的史诗传统和口头叙事等文类。这是国际学界首次用英文集刊发中国少数民族口头叙事艺术的论文专辑，在国内外引起了较大反响。
⑤ 20世纪80年代，中国社会科学院少数民族文学研究所就系统编印过两辑以史诗研究为主的内部资料《民族文学论丛》。此后有：谢·尤·涅克留多夫：《蒙古人民的英雄史诗》，徐诚翰、高文风、张积智译，内蒙古大学出版社，1991；石泰安：《西藏史诗与说唱艺人的研究》，耿昇译，西藏人民出版社，1994；约翰·迈尔斯·弗里：《口头诗学：帕里－洛德理论》，朝戈金译，社会科学文献出版社，2000；阿尔伯特·洛德：《故事的歌手》，尹虎彬译，中华书局，2003；格雷戈里·纳吉：《荷马诸问题》，巴莫曲布嫫译，广西师范大学出版社，2008；等等。在个人陆续推出系列译文的同时，中国社会科学院民族文学研究所组织翻译的北美口头传统研究专号（《民族文学研究》2000年增刊）也在科研和教学中发挥了重要作用。

及在中国的本土化实践对我国的史诗学理论建设和学术反思与批评也起到了不可低估的作用。这批本土学者的史诗学理论思考建立在学术史反思的基础上，在若干环节已取得了令人瞩目的成绩。例如，对史诗句法的分析模型的创用，对既有文本的田野"再认证"工作模型的建立①；对民间文学文本制作中的"格式化"问题及其种种弊端进行反思，进而在田野研究中归总出"五个在场"的基本学术预设和田野操作框架②；对运用口头传统的理论视域重新审视古代经典，生发出新的解读和阐释，同时利用古典学的方法和成就反观活形态口头传统演述的内涵和意蕴③；对特定歌手或歌手群体的长期追踪和精细描摹及隐藏其后的制度化保障④；对机构工作模型和学者个人工作模型的设计和总结⑤；在音声文档的整理、收藏和数字化处理方面，建立起符合新的技术规范和学术理念的资料库和数据库工作⑥；等等。应当特别提及的是，我国近些年在史诗资料学建设方面，如科学版本的校勘和出版方面，成绩斐然，多种资料本赢得了国际国内同行的普遍赞誉和尊重⑦。总之，这些以传统为本的学术实践已经在国际史诗

---

① 朝戈金：《口传史诗诗学：冉皮勒〈江格尔〉程式句法研究》，广西人民出版社，2000。
② 这"五个在场"是从田野研究的具体案例中抽象出具有示范意义的研究模型和理论思考，包括史诗传统的在场、表演事件的在场、演述人的在场、受众的在场，以及研究者的在场；同时要求这样五个起关键性作用的要素"同时在场"，以期确立"叙事语境—演述场域"这一实现田野主体间性的互动研究视界，在研究对象与研究者之间搭建起一种可资操作的工作模型。详见廖明君、巴莫曲布嫫《田野研究的"五个在场"（学术访谈）》，《民族艺术》2004 年第 3 期。
③ 见尹虎彬《古代经典与口头传统》（中国社会科学出版社，2002）及其若干史诗研究论文。
④ 中国社会科学院民族文学研究所在西部民族地区建立了 10 个口头传统田野研究基地，大多定位于史诗传统的定点观察和跟踪研究。
⑤ 中国社会科学院民族文学研究所：《联合国教科文组织紧急委托项目课题组项目阐释》，2003 年 9 月。调研成果报告见朝戈金主编《中国西部的文化多样性与族群认同：沿丝绸之路的少数民族口头传统现状报告》，社会科学文献出版社，2008。
⑥ 见多人笔谈《构筑中国少数民族文化遗产的生命线》，《中国民族报》2006 年 4 月 11 日。
⑦ 例如，斯钦孟和主持的《格斯尔全书》（第 1～5 卷，民族出版社，2002～2008）；丹布尔加甫的《卡尔梅克〈江格尔〉校注本》（古籍整理本，民族出版社，2002），《汗哈冉贵——卫拉特英雄史诗文本及校注》（民族出版社，2006）；郎樱、次旺俊美、杨恩洪主持的《格萨尔艺人桑珠说唱本》（全套计 40 余卷，已刊布近半，西藏藏文古籍出版社，2001～）；降边嘉措主持的《格萨尔精选本》（计划出 40 卷，已刊布十几种，民族出版社，2002～）；仁钦道尔吉和山丹主持的《珠盖米吉德/胡德尔阿尔泰汗》（民族出版社，2007）和《那仁汗胡布恩》（民族出版社，2007），仁钦道尔吉、朝戈金、斯钦巴图、丹布尔加甫主持的 4 卷《蒙古英雄史诗大系》（卷 1～2，民族出版社，2007～2008）等。

学界产生了良好的影响。

综上所述，一批以民俗学个案研究为技术路线，以口头诗学理念为参照框架的史诗传统研究成果相继面世①，表明了中国史诗学术格局的内在理路日渐清晰起来。尤其是在田野与文本之间展开的实证研究得到提倡，且大多以厚重的文化深描和细腻的口头诗学阐释来透视社会转型时期中国少数民族的史诗传承及其口头传播，在族群叙事传统、民俗生活实践及传承人群体的生存状态等多向性的互动考察中，建立起本土化的学术根基：（1）了解当代西方民俗学视野中如何通过田野作业和民族志表述来深究口头叙事传统的文化制度特征、现实脉络及变迁轨迹；（2）熟悉西方史诗学界研究中国史诗问题的概念工具与理论背景，了解海外史诗研究的典型个案、多学科视界融合及其口头诗学分析的思考构架和学理论证的新动向；（3）意识到了"唯有在走向田野的同时，以对民间口头文本的理解为中心，实现从书面范式、田野范式向口头范式的转换，才能真正确立民间文艺学和民俗学的学科独立地位"②。这批史诗研究成果，可以说已经实现了几个方面的学术转型：（1）以何谓"口头性"和"文本性"的问题意识为导向，突破了以书面文本为参照框架的文学研究模式；（2）以"史诗传统"而非"一部史诗作品"为口头叙事研究的基本立场，突破了苏联民间文艺学影响下的历史研究模式；（3）以口头诗学和程式句法分析为阐释框架，突破了西方史诗学者在中国史诗文本解析中一直偏爱的故事学结构或

---

① 这里仅以中国社会科学院民族文学研究所中青年学者史诗研究成果为例，以窥其学术梯队的形成及其当下大致的工作方向：朝戈金的《口传史诗诗学：冉皮勒〈江格尔〉程式句法研究》（广西人民出版社，2000），尹虎彬的《古代经典与口头传统》（中国社会科学出版社，2002），斯钦巴图的《蒙古史诗：从程式到隐喻》（民族出版社，2006），阿地里·居玛吐尔地的《〈玛纳斯〉史诗歌手研究》（民族出版社，2006），丹布尔加甫的《卫拉特英雄故事研究》（民族出版社，2006），黄中祥的《哈萨克英雄史诗与草原文化》（中央编译出版社，2007）；还有巴莫曲布嫫的《史诗传统与田野研究》和李连荣的《藏族史诗〈格萨尔〉学术史》即将出版。与此方向高度契合的，还有内蒙古的塔亚博士近年所发表的关于蒙古史诗的专题研究，以及北京大学陈岗龙博士等人关于东蒙古蟒古思故事和说书艺术的系列研究。纳钦博士的《口头叙事与村落传说——公主传说与珠腊沁村信仰民俗社会研究》（民族出版社，2004）也可以看作受到史诗学和口头传统新趋势影响的成果，虽然该著作所讨论的话题与史诗没有直接关联。

② 刘宗迪：《从书面范式到口头范式：论民间文艺学的范式转换与学科独立》，《民族文学研究》2004年第2期。

功能研究；（4）以"自下而上"的学术路线，从传承人、受众、社区乃至传承人家族的"元叙事"与研究者的田野直接经验抽绎出学理性的阐释，改变了既往田野作业中过分倚重文本搜集而忽略演述语境和社会情境的种种偏颇，推动了从田野作业到田野研究的观念更新。这里值得一提的是，本土学者的努力，让我们这个学术共同体从西方理论的"消费者"转变成本土理论的"生产者"有了可能。例如，从对话关系到话语系统，从田野研究到文本制作，我们的学者已经在本土化实践中产生了学术自觉。一方面，通过迻译和转换西方口头诗学的基本概念，结合本土口头知识的分类体系和民间叙事语汇的传统表述单元，提炼中国史诗研究的术语系统和概念工具，以契合国际学术对话与民族志叙事阐释的双向要求①；另一方面，在方法论上对史诗传统的田野研究流程、民俗学意义上的"证据提供"和文本制作等问题做出了可资操作的学理性归总②。毋庸置疑，这些思考是在西方口头诗学的前沿成果与本土化的学术互动中应运而生的，并将随着史诗学术的深拓，而获得更为普泛的阐释意义，并继续对相邻学科，产生这样那样的影响。

余论：朝向 21 世纪的中国史诗学术之反思

> 江格尔的宝木巴地方
>
> 是幸福的人间天堂
>
> 那里的人们永葆青春
>
> 永远像二十五岁的青年
>
> 不会衰老，不会死亡……
>
> ——蒙古史诗《江格尔》之序诗

---

① 诸如朝戈金借鉴民俗学"三大学派"共享的概念框架，结合蒙古族史诗传统表述归纳的《史诗术语简释》和史诗文本类型；尹虎彬对西方史诗学术的深度省视和对中国口头传统实践的多向度思考；巴莫曲布嫫提炼的"格式化"，演述人和演述场域，文本性属与文本界限，叙事型构和叙事界域，特别是"五个在场"等，则大多来自本土知识体系与学术表述在语义学和语用学意义上的接轨，以及在史诗学理论建构上东西方融通的视域。

② 详见廖明君、巴莫曲布嫫《田野研究的"五个在场"（学术访谈)》，《民族艺术》2004年第 3 期。

中国口传史诗蕴藏之丰富、样式之繁复、形态之多样、传承之悠久，在当今世界上都是少有的。史诗演唱艺人是口传史诗的传承者和传播者，也是史诗的创作者和保存者。但是，由于人力物力资源的限制，由于某些不能挽回的时间损失，我们不得不与许多口头传统的伟大歌手和杰出艺人失之交臂，无从聆听那些传唱了千百年的民间口头文化遗产。随着中国现代化进程与西部开发步伐的加快，口承史诗面临着巨大的冲击，史诗演唱艺人的人数也在锐减。目前，中国能够演唱三大史诗的艺人大多年迈体弱，面临"人亡歌息"的危境。在民间还有许许多多才华横溢的史诗传承人，由于种种原因，他们演唱的史诗尚未得到记录，其中一些艺人已经去世，史诗传承也面临着断代的危险，如果不及时抢救，许多传承千百年的民族史诗，会随着他们的去世而永远消失，造成民族文化难以弥补的损失。因此，史诗传统的保护、史诗歌手的扶助、史诗文本的抢救和史诗研究的推进都刻不容缓。

史诗往往是一个民族精神的载体，是民族文学生生不息的源头活水。1994 年在美国出版的《传统史诗百科全书》收录了全球范围内近 1500 种史诗①。依我看，这是个很保守的和不全面的统计。据悉光是我国近邻越南的史诗传承就相当丰富可观，且尚不大为外界所知②。非洲史诗传统的研究，仅局限在数个区域之内。我国的史诗普查工作，也没有完结。等到比较完整的资料收集上来后，大家一定会对中国史诗蕴藏量之丰富大为惊叹的。然而，诚如钟敬文先生在世纪之交时曾指出的那样："迄今为止，我们确实在资料学的广泛搜集和某些专题的研讨上有了相当的积累，但同时在理论上的整体探究还不够系统和深入，而恰恰是在这里，我们是可以继续出成绩的。尤其是因为我们这二三十年来将工作重心主要放到了搜集、记录、整理和出版等基础环节方面，研究工作也较多地集中在具体作品的层面上，尚缺少纵向横向的联系与宏通的思考，这就限制了理论研究的视野，造成我们对中国史诗的观感上带有'见木不见林'的缺陷。不改

---

① Guida M. Jackson，*Encyclopedia of Traditional Epics*（New York：Reed Business Information，Inc. 1994）.

② 越南社会科学院从 2002 年立项，到 2007 年完成的"西原"史诗搜集出版成果，就有 62 卷（75 种史诗作品）之多，可见在越南中部的西原地区，史诗蕴藏量何其惊人。

变这种状况，将会迟滞整个中国史诗学的学科建设步伐。"① 应当承认，史诗学术事业在近几年的发展不尽如人意，尤其是在国际史诗学术格局中去考量的话，我们存在的问题依然不少。概括起来，包括这么几个方面：传承人方面，我们对全国范围内的史诗歌手和演述人状况的普查还未完成；对传承人类型、谱系和分布也尚未形成更系统、更深入的描述与分析；定向跟踪的传承人数量和档案建设离学科要求还有相当的距离。文本方面，在既有的校勘、迻译、保存、出版和阐释等环节上，可以改进的余地还很大；对口头文本的采集、誊录、转写需要从田野研究、民俗学的文本制作观念及其工作模型上进行更为自觉的反思和经验积累。理论建设方面，我们已经做出的规律性探讨和学理阐发，与我国史诗传统的多样性还不相称；跨文化谱型、多形态资源的描述和阐释还远没有到位；对中国三大类型及其亚类型（比如创世史诗中的洪水史诗）的史诗传统，尚未进行科学的理论界定和类型阐释；在概念工具、术语系统、理论方法论和研究范式的抽绎和提升上体系化程度还不够。学术格局方面，南北史诗研究的力量分布不均匀，个案研究的发展势头要远远超过综合性、全局性的宏观把握；我们的史诗学术梯队建设和跨语际的专业人才培养，离我们设定的目标还比较遥远。学科制度化建设方面，在田野基地、数字化建档、信息共享、资源整合、协作机制、学位教育、国际交流等层面仍有大量工作要做。史诗学术共同体的形成还需破除学科壁垒，进一步加强民俗学、民间文艺学、民族文学与古典学、语言学、人类学之间的对话与交流，方能开放视野，兼容并蓄，真正实现学术范式的转换。

诚然，中国史诗学建设是一个长期的系统工程，面临着诸多的挑战。在国际史诗学术的格局中，怎样才能更多地发出中国学人的"声音"，怎样才能让更多的各民族传承人在史诗传统的文化生态系统中得以维系和赓续，让中国史诗多样性的复调之歌"不会衰老，不会死亡"，我们确实需要进一步去"追问"，也要去积极地"回答"这种追问。

---

① 钟敬文：《口传史诗诗学：冉皮勒〈江格尔〉程式句法研究·序》，载朝戈金《口传史诗诗学：冉皮勒〈江格尔〉程式句法研究》，广西人民出版社，2000，第7页。

史诗观念与史诗研究范式转移*

尹虎彬**

摘　要： 在全球化背景下，史诗观念与史诗研究范式正在突破东西方文明的藩篱。亚里士多德以来的西方古典诗学的史诗范例和诗学范式，正在由主流话语变为一家之言。19世纪浪漫主义运动对口头传统的发掘，以及20世纪后半叶世界各地重新发现的口传史诗，都促使人们以文化多样性的观念改变以往对史诗和史诗传统的认识。世界性的、区域的和地方的传统话语，正在以不同的层面重构关于史诗的观念和研究范式。中国以往的史诗研究具有以下特点：关注民族或地域史诗的历史发展，以历史重建的方法揭示史诗反映的社会历史内容，把史诗作为民族文学的经典纳入文学史的叙述之中。本文提出从文本、文类和传统的实际出发，探讨中国史诗传统的独特规律的观点。中国少数民族的史诗主要是活形态的史诗，这一点也是中国史诗学科建设的生长点。

关键词： 史诗研究；口头传统；史诗观念；史诗研究范式

一　从古典学到口头诗学

西方关于史诗的观念是建立在古希腊荷马史诗范例的基础之上的，关于史诗的研究是以亚里士多德以来的古典诗学为范式的。史诗与抒情诗、戏剧并称为西方文学的三个基本类型。西方史诗的发展脉络，从古希腊的

---

* 原文发表于《中央民族大学学报》（哲学社会科学版）2008年第1期。

** 尹虎彬，朝鲜族，中国社会科学院民族文学研究所研究员，主要研究领域：中国少数民族文学、民俗学。

原创型史诗如荷马史诗开始，到维吉尔的文人史诗创作，秉承了希腊史诗的范例，显示出清晰的历史脉络。西方学者的史诗观念是建立在古希腊和古罗马史诗以及中古欧洲史诗基础上的，文艺复兴、近世史诗以及现代史诗传统也被纳入史诗研究的范围。应该说，亚里士多德关于史诗的分析对后来的西方学者影响很大。史诗作为一种类型，成为叙事文学的一个鼻祖，荷马史诗经过不知多少民间艺人和文艺家的长期提炼和反复锻造，业已成为西方文学批评和文学创作的范例。西方史诗学在古典学、语文学的培育下，沿着亚里士多德的范式向前发展，不断深化了人们对史诗的诗的形式及其结构特点的认识。

一般认为文学史上对史诗、史诗性质的讨论始于欧洲。苏格拉底、柏拉图、亚里士多德、赫拉斯等古希腊哲人都论述过史诗，但是，直到16世纪亚里士多德《诗学》被重新发现，人们才开始对史诗进行理论上的讨论。欧洲的古典学在史诗研究领域积累了深厚的学术传统。18世纪欧洲浪漫主义运动，开启了搜集和研究民间史诗的热潮，促进了人们对史诗的起源、流传和创作等问题的探索。从17世纪晚期一直到18世纪出现了对口传史诗的搜集和研究的热潮。沃尔夫（T. A. Wolf）《荷马引论》（Prologomena ad Homerum, 1795）表现出人们对荷马史诗产生背景的重新认识。这时期甚至出现了所谓的重新发现的古代史诗——《芬戈尔，六卷古史诗》（Fingal, an Ancient E. Poem in Six Books），它归于凯尔特的民歌手莪相（Ossian）名下，可是它实际上是由麦克弗森（James Macpherson, 1736 - 1796）撰写的。这个事件反映出当时人们对研究民间诗歌的兴趣。人们从苏格兰、威尔士、爱尔兰开始搜集凯尔特人的史诗。在芬兰，诗人兼学者埃利亚斯·隆洛德（Elias Lönnrot, 1802 - 1884）为他的民族找到了史诗《卡莱瓦拉》（Kalevala）。欧洲浪漫主义的民族主义运动推动了口头传统的再发现。19世纪中叶英国实现产业革命，世界历史迈向现代工业社会。18 ~ 19世纪之交，浪漫主义和民族主义席卷欧洲大陆，知识界形成颂扬民间文化、发掘民族精神的新思潮。浪漫主义和民族主义作为一种意识形态，改变了整个欧洲的艺术、政治、社会生活和思想。在中欧、东欧社会欠发达地区，民族与国家不重合。斯拉夫民族和北欧诸民族，他们将民俗学与独立民族国家建设的历史正当性结合起来。民族主义者认为民族的精神存在于民众的诗歌之中，因此，对原始口头文化的发现，开始于欧洲的浪漫主义运动，从此人们开始对口传的、半口传的，以及源于口传的文化予以重视。德国的格林兄弟（Jacob Grimm，1785－1863；William Grimm，1786－1859）便是典型的一个例子。在芬兰，《卡莱瓦拉》搜集历史开始于18世纪，19世纪真正意义上的搜集已经展开。从此，散见各地的史诗开始被搜集起来。1850～1860年在芬兰开始了史诗搜集的新阶段。民俗学研究的介入是1870年以后。芬兰学者在150年的历史进程里搜集了许多的异文，资料汇集于芬兰文学协会的民俗学档案馆，形成壮观的史诗集成，它们被陆续以芬兰语出版。

19世纪中叶，欧洲民俗学兴起，史诗作为民俗学的一种样式，又一次进入现代学者的视野，在方法论上开辟了史诗研究的新时代。19世纪末俄国比较文艺学家亚·尼·维谢洛夫斯基（1838～1906）对亚里士多德以来以西方古典文学范本推演出来的规范化诗学提出挑战，他根据浪漫主义者对民间口头诗歌的重新发现，提出建构新的诗学的设想。他指出，德国美学是根据经典作家的范例，受作家文学哺育而成长的，荷马史诗对于它来说是史诗的理想，由此产生关于个人创作的假设。希腊文学的明晰性体现于史诗、抒情诗与戏剧的序列，这也就被当作规范。① 我们可以肯定地说，维谢洛夫斯基所倡导的实证的而非抽象的、类型学的而非哲学和美学的研究范式，在他以后的时代得到了长足的发展。史诗研究的学术潜力并没有局限于古希腊的范例，而是在口传史诗的领域里大大拓展了。

20世纪史诗研究者从鲍勒（C. M. Bowra）开始，注意到原生形态的（口传的）史诗与拟制之作（书面文学的）的区别，扩大了英雄史诗的范围。帕里（Milman Parry）和洛德（A. B. Lord）把19世纪以来的民族志学方法纳入古典诗学的领域，他们在南斯拉夫发现了荷马史诗的类似物，创立了口传史诗的诗学。从20世纪后半叶开始，人们在世界各地的形形色色的当代社会里，发现了丰富的活形态史诗传统，它们既不是古典史诗，也不是西方史诗。

---

① 维谢洛夫斯基：《历史诗学》，刘宁译，百花文艺出版社，2003，第9页。

欧洲古典学在过去 200 年来不断为如下问题困扰：传说中荷马时代是否有书写？如何解释史诗的不一致性？如果没有文字的帮助，如此长的史诗是怎样被创作、保存的？如何看待关于史诗产生的神话和传说？如何解释史诗中不同时代的文化沉积现象，如方言和古语问题。研究表明，荷马时代是否有文字，这和"荷马问题"并无关系；将荷马史诗的作者向前推到前文字的口述时代，这无疑是进步，但是，仍然有一个固定文本的信仰妨碍人们的思想。民间集体创作的思想，催生出多重作者的观点，短歌说、对原型的探寻……这些都没有触及口头诗歌的本质。帕里、洛德以来的西方口头传统研究，主要涉及民俗学的题材样式、形式、主题，民间口头文学和作家书面文学的趋同性和趋异性，如何界定口头文学和书面文学的经典，以及民间艺人的表演和创作等问题。半个世纪以来，帕里和洛德等一派学者把荷马史诗这样的古代经典，放在一个史诗传统中来研究，他们认为荷马史诗文本的背后，存在一个制度化的表演传统，指出这一传统曾经是活形态的、口头的。他们把"口头诗歌"的概念运用于荷马史诗的研究中，试图解决荷马史诗的创作、作者和年代问题。他们把语言和文本作为主要的经验的现实，选择表演、表演的文化语境作为荷马史诗的主要问题，依靠语言学和人类学的方法寻求古典学的新突破。[①] 20世纪 30 年代以来，欧美口头传统研究者在几个关键问题上对于 19 世纪以来民俗学研究的许多观念进行了反思，人们对这些问题的反思是跨学科的，这种反思不仅揭示了以往的认识误区，更有意义的是提出了新时代出现的新问题。

到 20 世纪末，劳里·航柯（Lauri Honko）对印度西里人（Siri）的口传史诗的研究，标志着西方史诗观念和研究范式的转移。在他看来，史诗的范例是多样的，他在史诗与特定的传统社区的紧密联系中发现了史诗的活力，他提出的关于史诗的新观念，贯彻了文化多样性的思想。由此可以预示，21 世纪的史诗研究将是多元化的。以往那种以荷马史诗为范例，取例西方的史诗研究范式，将逐渐成为历史。

---

① 参见 Gregory Nagy, *Homeric Questions*, University of Texas Press, Austin, 1996。作者提出关于荷马史诗发展的假定模式：一部活态的史诗传统，以其长期发展显示出史诗的完整性，它们来自史诗创作、表演、流布的相互作用，这一切都是演进的过程。

二 口传史诗研究范式转移

20 世纪的批评家从鲍勒到洛德，寻求一种分类学的框架或类型学，将原生形态的（口传的）史诗与拟制之作（书面文学）的史诗作品进行对比，逐渐形成了口传史诗的学说。20 世纪中叶，英国古典学家鲍勒将史诗研究纳入新的视野，举凡欧洲和中亚的英雄史诗和原始诗歌都在他的研究范围之内。他提供了许多类型的史诗，把关于萨满、古代文化英雄、神巫、神祇的叙事，都纳入史诗的范畴，他关注的是史诗的内容和精神。在他看来，"史诗被公认为具有一定长度的叙事，它以显赫而重要的事件为描述对象，这些事件的起因不外乎是人的行动，特别是像战争这样暴力的行动。史诗能使人产生一种快感，这是因为史诗的事件和人物，增强了我们对于人类成就，对于人的尊严和高贵的信念"[1]。对于口传史诗的调查从南斯拉夫开始，帕里还有后来的洛德，他们的工作开创了口头传统史诗的新领域，这条线一直延伸到对以下地区的口头传统材料的研究，如阿尔巴尼亚、土耳其、俄罗斯、非洲、波利尼西亚、新西兰、美洲，本世纪初开始的对中国和日本史诗的研究已经很兴盛，非洲史诗的研究正如火如荼[2]。帕里－洛德程式理论（Parry-Lord Formulaic Theory）是关于比较口头传统的学说，它发起于 20 世纪 30 年代，形成于 60 年代，至今仍然对世界各地的口头传统史诗研究具有重要影响。其学术背景可以追溯到 19 世纪西方古典学、语言学和人类学。欧洲古典学、18 世纪欧洲浪漫主义运动、19 世纪中叶欧洲民俗学的产生，都推动了史诗的学术研究。进入 20 世纪，世界史诗研究开始了新的历史阶段。受到历史研究的启迪，以及分析程序的日益严密化，人们对已经积累起来的大量资料进行冷静思考。英国古典学家鲍勒首创口头诗歌和书面诗歌的对比研究，重新界定英雄史诗，深入阐发

---

[1] C. M. Bowra, *From Virgil to Milton* (London: Macmillan, 1945), p. 1.

[2] T. V. F. Brogan ed., *The New Princeton Handbook of Poetic Criticisms* (New Jersey: Princeton University Press, 1994), p. 80.

了它的文类意义。20 世纪 60 年代美国学者洛德创立比较口头诗学①研究新领域，揭示口头史诗传统的创造力量，确立了一套严密的口头诗学的分析方法。洛德的研究表明，史诗研究不再是欧洲古典学的代名词，它已经成为跨文化、跨学科的比较口头传统研究。20 世纪 70 年代后陆续出现的表演理论（Performance Theory）、民族志诗学（Ethnopoetics）等新学说，充分利用了口头传统的活形态资料，吸收当代语言学、人类学和民俗学的成果，进行理论和方法论的建构，大大提高了口传史诗研究的学术地位，使它成为富于创新的领域。在这一领域出现的许多创见突出地表现在，人们开始对 19 世纪以来民俗学研究的许多观念进行反思。这种反思主要集中在口头传统研究的几个关键问题上：口头文学的创作与表演、作者与文本、传统与创新、口头文学的文本记录与现代民俗学田野工作的科学理念、民俗学文本与文化语境的关联、关于口头文学的价值判断、口头文学与书面文学的双向互动、口头传承、书写传统和电子传媒的传播学意义等。人们对这些问题的反思是跨学科的。这种反思不仅揭示了以往的认识误区，更预示了新的学科走向。②

　　以往的史诗研究多以欧洲为中心，中亚、非洲、中国的史诗传统直到很晚才被纳入这一视野。在西方，对史诗的探讨从亚里士多德开始，而他是以荷马的诗歌为典范的。比较研究表明，撇开美学特质，荷马的诗歌与其他传统中的那些史诗一样，都具有它们的独特性③。从帕里和洛德开始，荷马史诗的范例终于与口传史诗的实证研究连接起来。近来，西方学者也认为以荷马史诗为基础的研究范式已经成为一种局限，而不是一种学术灵感的来源。因为荷马史诗传统已经不可能从行为上加以观察和研究。比如，像口传史诗的文本化问题，它可以通过田野作业，通过诗歌的传统法则和现场演述，从而得到观察。按照西方史诗的发展脉络，即从荷马到维

---

① 诗学（Poetics），语言学用来指运用语言学的理论和方法对诗歌进行的分析。但有些语言学家（罗曼·雅可布逊）赋予这个术语以较广的含义，将任何美学上的或创造性地使用口说或书写语言媒体都纳入语言的"诗学功能"内（戴维·克里斯特尔编《现代语言学词典》，沈家煊译，商务印书馆，2002，第 275 页）。

② 尹虎彬：《口传文学研究的十个误区》，《民族艺术》2005 年第 4 期。

③ Arthur T. Hatto，*Traditions of Heroic and Epic Poetry. I. The Traditions*（London：The Modern Humanities Research Association，1980），p. 3.

吉尔来认识和界定史诗，史诗可以被定义为"一部以高雅文体来讲述传说中的或历史上的英雄及其业绩的长篇叙事诗歌"①。显然，这是指英雄史诗这一类型，它遮蔽了极其多样的史诗传统。世界上的史诗传统是多样的，这一现实促使学者不断反思史诗的概念。就史诗这一文类来说，我们要考虑到它的三个传统背景：全球的、区域的和地方传统的。史诗本身含纳了多种文类的要素，就人类普世性来说，谜语、谚语、哀歌更具有国际性。因此，关于史诗的定义，总是伴随着多样性、具体性与概括性、普遍性的对立、统一。史诗的宏大性，更重要地是表现在它的神话、历史结构上，以及对族群的重要意义上。按照劳里·航柯的定义："史诗是关于范例的宏大叙事，原本由专门化的歌手作为超级故事来演述，以其长度、表现力和内容的重要性而优于其他叙事，对于特定传统社区或集团的受众来说，史诗成为其认同表达的一个来源。"② 一般认为，英雄史诗是以高雅文体讲述的，它是关于传奇式的或历史性的英雄及其业绩的长篇叙事诗歌。劳里·航柯的定义强调了歌手和表演的要素，强调了一个民俗学样式与特定社区的文化联系；又根据印度史诗传统中的超级故事（superstories）这一地方传统的语汇，深化了人们对史诗叙事特点的认识。超级故事是无数小故事的凝聚，其恢宏的形式和神奇的叙事方式易于多重意义的生成。《摩诃婆罗多》《罗摩衍那》《伊利亚特》《奥德赛》即属于超级故事。相对而言，单一故事（simplestories）规模小、具有完整的动机和真实可感的人类的情绪。在一个单一故事中，一个人的死去是一个重要事件，而在超级故事里，一个人的死亡只是统计学上的琐事。布兰达·贝卡（Brenda Beck）根据自己对于达罗毗荼人（Dravidian）即泰米尔人的兄弟故事（Brothers story）的田野研究，认为一部史诗就是一个超级故事③。

劳里·航柯等对印度西里人的史诗研究，拓展了人们关于史诗的观念。首先，歌手戈帕拉·奈克（Gopala Naika）连续6天表演了15683行史

---

① *Webster's Ninth Collegiate Dictionary*（Springfield：Meririam-Webster Inc，1991）.

② Lauri Honko，*Textualising the Siri Epic*，in Folklore Fellow Communications，No. 264（Helsinki：Suomalainen Tiedeakatemia），p. 28.

③ Brenda E. F. Beck，*The Three Twins. The Telling of a South Indian Folk Epic*（Bloomington：Indiana University Press，1982），p. 196.

诗，这个事件以足够的证据打破了长篇史诗必须借助于书写的技艺这样的神话。其次，西里人的史诗是关于女性的故事，以女神为中心，它的主题是关于和平、社会习俗和仪礼的。再次，史诗的表演模式是多样的。史诗的演述并非由歌手一人完成的独角戏，并非单一渠道的叙事。最后，作为传统的艺术，该史诗已经达到了惊人的成就。洛德曾经研究过演唱文本（sung text）和口述记录文本（dictated text）的联系和区别，他认为，口述记录文本具有特别的优点，它能够在诗歌的长度和质量这两个方面优越于其他类型的文本。但是，劳里·航柯对印度史诗的研究表明，歌手演唱文本更胜一筹，而且，口头演述可以产生长篇的、具有很高质量的史诗。这无疑也打破了普洛普（V. J. Propp）曾经做过的断言，即长篇史诗并非以口传形式出现的断言。但是，问题并不就此而完结。在更广泛的意义上，这一问题作为一个过程，从歌手的大脑文本就已经开始了，它涉及史诗的创编、口头演述，一直到搜集、整理、归档、誊录、移译和出版，这些正是当下的民俗学的热点问题。①

　　世界各民族因为文明史的渊源不同而形成不同的社会、历史和文化传统，所以表现在语言艺术层面上的史诗，它们在类型上是不可能千篇一律的。若从类型学的意义上来看待世界各个民族历史发展中创造的史诗，我们会发现异常丰富的史诗传统和异常丰富的史诗类型，它们在文体、主题、语篇结构、仪式语境和传播方式上有着类型上的可比性或者不可比性。若将荷马史诗与印度史诗相互比较，会出现许多问题，希腊史诗与英雄有关的主题，它们不同于印度史诗中与神有关的主题；而与神相关联的一些主题，又是南斯拉夫史诗所缺少的。荷马史诗关于奥林匹斯山上的诸多神祇的观念已经超越了地方性的神祇膜拜的局限，成为城邦的、泛希腊的神的观念。希腊史诗经过了泛希腊化而趋于一个统一的史诗传统，经过文本化的过程而最终定型。而印度的两大史诗形成时代为公元前400年和公元后400年，成文以后仍然在民间口头传播，而且与地方性的仪式相互关联，与地方性的人们共同体的文化认同和实际生活紧密相关。② 世界上

---

①　Lauri Honko，*Textualising the Siri Epic*，in Folklore Fellow Communications，No. 264（Helsinki：Suomalainen Tiedeakatemia），pp. 18 – 19.

②　Gregory Nagy，*Greek Mythology and Poetics*（Cornell University Press），1990，p. 9.

已知的史诗传统大致可以分为三种形态：口传的、半口传的（或曰半书面的、以传统为导向的）和书面的（文人的，其形式并不受传统的约束）。与上述情形相互对应，民俗学关于文本的概念经历了三个阶段。第一阶段，芬兰的历史－地理方法倾向于文本研究。第二阶段以美国人类学家鲍亚士、萨丕尔和英国的马林诺斯基为代表，将文化对象化为文本。第三阶段，表演被提到中心的位置，这包括口头程式理论、民族志诗学、言语民族志。

三　史诗研究在中国

最早将西方史诗介绍到中国的是外国传教士。19 世纪后期随着第二次鸦片战争之后列强侵略权益的扩大，外国传教士取得了在中国内地自由传教的特权。他们在自己所创办的报刊如《六合丛谈》、《万国公报》和《中西闻见录》上，陆续介绍了古希腊史诗。在这一时期的汉文译述里，人们多用"诗史"一词指称古希腊荷马的两部英雄诗歌。应该说，传教士们对于荷马史诗的产生时代、作者、内容及其在文学史上的地位等主要方面，都做了比较准确的介绍。①

在中国，"epic"一词的汉文对应词分别有"叙史事诗""诗史""史诗""故事诗"等。早期的中国现代启蒙主义者，在接受西方的史诗观念时，主要还是取例西方，同时又赋予其很强的历史观念和意识形态色彩。清末民初以来，在与东西方列强的对抗过程中，中华民族作为"国族"（nation state）的观念在一部分知识分子当中开始蔓延，浪漫主义式的民族主义日益高涨。一些资产阶级改良派和革命派作家希望通过神话来重建民族的历史，对照域外史诗传统，试图重新唤起中国古代的"诗史"精神，寻求一种能够提升和强化民族精神和现代民族国家认同的"宏大叙事"。当然，单从学术角度来看，这些 20 世纪之初的中国知识人对于史诗的认识不免还有许多历史局限。他们对外来史诗传统中的宗教神圣性和口头叙事特点缺少深刻的理解，他们主要是基于中国的传统国学的话语来理解史诗

---

① 艾约瑟：《和马传》，载《六合丛谈》第十二号，墨海书馆，1857。

这一文类，带有强烈的民族主义的意识形态色彩。

早期的知识分子谈到史诗，往往"取例"西方，与中国古代经典相比附，没有摆脱文人文学的窠臼。早在 1903 年梁启超就发现"泰西诗家之诗，一诗动辄数万言"，而"中国之诗，最长者如《孔雀东南飞》、《北征》、《南山》之类，罕过二三千言外者"①。梁启超在《饮冰室诗话》中，盛赞黄遵宪《锡兰岛卧佛》诗具有西方史诗的特点，以有限的文字叙写深广的历史内涵，既具"诗情"，更兼"史性"，足堪"诗史"之称②。王国维也慨叹中国没有荷马这样"足以代表全国民之精神"的大作家③。王国维说中国"叙事的文学（谓叙史事诗、诗史、戏曲等，非谓散文也），尚在幼稚之时代"④。胡适和陈寅恪对于史诗的阐述，已经透彻地揭示了史诗作为文类的一些根本特点。胡适在《白话文学史》里指出："故事诗（Epic）在中国起来的很迟，这是世界文学史上一个很少的现象……我想，也许是中国古代民族的文学确是仅有风谣与祀神歌，而没有长篇的故事诗……纯粹故事诗的产生不在于文人阶级而在于爱听故事又爱说故事的民间。"⑤ 陈寅恪在论及中国的弹词时，把它与印度和希腊史诗做比较，他指出"世人往往震矜于天竺希腊及西洋史诗之名，而不知吾国亦有此体。外国史诗中宗教哲学之思想，其精深博大，虽远胜于吾国弹词之所言，然止就文体而论，实未有差异"⑥。陈寅恪对于弹词的文类界定，自有其精审之处，也反映出他对史诗的理解是十分到位的。在史诗的宏大叙事之外，他指出了这一文类的庄严性和神圣性。任乃强在 20 世纪 40 年代研究过《格萨尔》，指称它是一部"诗史""历史小说""如汉之宝卷""弘扬佛法之理想小说"等⑦。他基本上认识到史诗的历史性内容、宗教认同意识和诗性的叙事特点。但是，尽管他给《格萨尔》贴了许多标签，每一个标签也只能反

---

① 梁启超：《小说丛话》，《新小说》第 7 号，1903。
② 梁启超：《饮冰室诗话·八》，周岚、常弘编，时代文艺出版社，1998。
③ 王国维：《静庵文集·教育偶感》，辽宁教育出版社，1997，第 125 页。
④ 王国维：《静庵文集·文学小言》，辽宁教育出版社，1997，第 169 页。
⑤ 胡适：《白话文学史》，东方出版社，1996，第 53~55 页。
⑥ 陈寅恪：《陈寅恪先生文史论集·论再生缘》（上卷），香港文文出版社，1972，第 365~367 页。
⑦ 任乃强：《关于〈蛮三国〉》，《康导月刊》1947 年第 6 卷第 9、10 期。

映出史诗的某一特点。

19 世纪以来，欧洲学者根据史诗反映的历史内容界定史诗类型，提出"原始""创世""英雄""民间""民族""神话"等史诗类型概念。当我们从文学史和文艺学史来看待史诗时，关于史诗的观念大致上属于文学类型的描述或归纳。在西方古典文学里，文学类型的划分主要是依据主题，以及形式上的诸多要素如方言、词汇和韵律，每一种文学类型都有其严格的惯例所规定。① 就史诗而言，在西方文学三分法中，史诗是叙事类文学，与抒情诗和戏剧并列。史诗又属于一种很复杂的文类。绝大多数史诗包含其他许多的文类，如谚语、赞词、祈祷辞、咒语、挽歌、仪式描述等。这些文类在口头传统之中都各自独立存在着。融合多文类的传统，这是口传史诗的特点。史诗作为一种文类，它是经过长期发展和演变的结果，各种史诗传统的发展过程是很不相同的。史诗在形成和发展过程中吸收了神话、传说、故事等其他民间叙事文学的营养，甚至还借鉴了抒情色彩浓重的民歌等体裁的成就，锤炼形成了自己独特的题材内容、艺术思维方式以及诗学等方面的体系。史诗虽然在一定程度上具备有机综合的特点，却不能用其中任何一个体裁标准，也不能用所有这些体裁的特点拼凑出来的标准去衡量它。应该说，史诗消化了各种民间口头表达形式，对于这些形式的运用是以史诗为导向的。换一种说法，从文学类型的角度历时地看，史诗代表了在一个特定口头传统中得到充分发展的、在较高阶段上达到的语言艺术成就。

中国的史诗研究自 20 世纪 80 年代开始重新起步，绝大多数的著作是从马克思主义的历史唯物主义的社会发展理论出发，结合民族学有关原始社会、奴隶社会和封建社会的历史分期作为参照，根据文学是社会生活的反映这样的观念，探讨创世史诗、英雄史诗的产生时代，进而说明具体史诗作品的历史源流。民间文学研究者根据以往的专业知识，认为史诗是在神话、传说、故事、歌谣、谚语的基础上发展起来的②。中国学者根据马克思主义文艺学的基本原理，认为史诗是一个历史范畴的文学现象，主要

---

① M. C. Howatson and Ian Chilvers eds. , *The Concise Oxford Companion to Classical Literature* (Oxford University Press, 1993), p. 237.

② 潜明滋：《史诗探幽》，中国民间文艺出版社，1986。

从史诗所反映的社会历史内容来界定史诗的性质和特点，即它产生于民族形成的童年期，是各民族人民的百科全书，认识到由于史诗表达民族或宗教认同内容而形成的庄严性。钟敬文认为"史诗，是民间叙事体长诗中一种规模比较宏大的古老作品。它用诗的语言，记叙各民族有关天地形成、人类起源的传说，以及关于民族迁徙、民族战争和民族英雄的光辉业绩等重大事件，所以，它是伴随着民族的历史一起生长的。从某种意义上来说，一部民族史诗，往往就是该民族在特定时期的一部形象化的历史"①。

我国文艺界对于史诗的认识，基本上是根据马克思对希腊古典史诗的论述为依据的。归入荷马名下的两部史诗其产生年代相当于中国的《诗经》时代。荷马史诗的古典形式具有初民的口传文化的原创特点，它是诗性智慧的创造物，它是不可再生的。人们反复引用以下马克思的话，"就某些艺术形式，例如史诗来说，甚至谁都承认：当艺术生产一旦作为艺术生产出现，它们就再不能以那种在世界史上划时代的、古典的形式创造出来；因此，在艺术本身的领域内，某些有重大意义的艺术形式只有在艺术发展的不发达阶段上才是可能的"②。在相当一段历史时期内，对于中国学者来说，严格意义上的史诗，是古典形式的英雄史诗。又因为史诗只能产生于人类历史的童年时代，进而把后来阶级社会产生的一些歌颂英雄的叙事长诗排除在史诗之外。

中国史诗学界对史诗的起源、形成和发展做了大量研究，但是，其中最大的收获也只剩下一些笼统的结论：史诗产生于人类的童年时代，或者是英雄时代。谈起史诗的时候，我们比较熟悉的是从黑格尔到马克思、恩格斯对史诗的论述，他们是从哲学和美学的高度，从人类的社会历史发展的角度来认识史诗的。在他们看来，史诗是民族精神的结晶，是人类在特定时代创造的高不可及的艺术范本，是特定历史时代的产物。这些论述是从文艺学的外部特征出发的。原始社会的解体为产生英雄史诗的恢宏背景

① 钟敬文：《史诗论略》，载赵秉理编《格萨尔学集成》（第一卷），甘肃民族出版社，1990，第581~586页。
② 马克思：《〈政治经济学批判〉导言》，载《马克思恩格斯选集》（第二卷），人民出版社，1983。

创造了一个良好的历史基础。关于部落战争、民族迁徙和杰出军事首领的传说为英雄史诗的形成做了一定的资料准备。应该说，英雄史诗是一定历史时代的人们生活的全景反映。每一部史诗都是具体历史的和具体民族的。不能用一个笼统的历史时代的抽象的模式去解剖特定的史诗，也不能用一般的人类社会的尺子去剪裁史诗丰富的民族文化内涵。史诗与历史有特殊关联性，但是即使史诗的历史印记十分鲜明，它也不是编年史式的实录，甚至也不是具体历史事件的艺术再现。史诗对历史有着特殊的概括方式，体现了史诗的创造者对历史和现实的理解和表现特点。[①]

史诗产生于人类的童年时代，它和古代的神话、传说有着天然的联系。史诗在神话世界观的基础上产生，而它的发展最终又是对神话思想的一种否定。根据所反映的内容，史诗可分为两大类：创世史诗和英雄史诗。创世史诗，也有人称之为"原始性"史诗或神话史诗。在我国纳西族、瑶族、白族流传的各种不同的《创世纪》，彝族的《梅葛》《阿细人的歌》，还有《苗族古歌》等，都属于这一类型的史诗。这些作品内容基本相同，主要叙述了古代人所设想和追忆的天地日月的形成、人类的产生、家畜和各种农作物的来源以及早期社会人们的生活。英雄史诗是以民族英雄斗争故事为主要题材的史诗。它产生于恩格斯所说的"军事民主制"和"英雄时代"，这时候，氏族、部落的力量壮大起来，足以形成与自然和异族敌人的对抗。我国少数民族的三大史诗被列入英雄史诗的范围。

中国北方和南方的少数民族有着悠久的史诗传统。但是，中国缺少早期以文字记录的书面文本，史诗基本上是以口头形式流传于我国边远的少数民族的民众之中。因此，第一，口头流传的活形态是中国史诗的一大特征。第二，由于各民族历史发展的不平衡性，各民族的史诗表现出多元、多层次的文化史的内容，早期史诗与创世神话和原始信仰关系紧密，关于氏族复仇、部落征战和民族迁徙的史诗又与世俗化的英雄崇拜联系起来，表现出英雄诗歌的特点。有些民族在进入现代社会以后，仍然有新的史诗不断产生。第三，我国各民族史诗的类型多种多样，北方民族如蒙古族、

---

① 刘魁立：《刘魁立民间文学论集》，上海文艺出版社，1998，第120～124页。

藏族、维吾尔族、哈萨克族、柯尔克孜族等，以长篇英雄史诗见长，南方傣族、彝族、苗族、壮族等民族的史诗多为中小型的古歌。关于这些史诗的源流、各种传播形态、文本类型，它们的艺术特点、文化根基、对后世文学的影响等，都有学者在研究。中国大多数史诗是在 20 世纪 50 年代后才被陆续发现的；而史诗的搜集、记录、翻译、整理、出版，还是近 30 年的事情。我国史诗研究起步更晚一些，较为系统的研究开始于 80 年代中期。中国学术界把史诗认定为民间文艺样式，这还是 1949 年以后的事情。这主要是受到马克思主义美学和文艺学观念的影响的结果。20 世纪 80 年代后，学术界开始把史诗作为民俗学的一种样式来研究，其中受人类学派的影响最大。20 世纪 90 年代中期以后，学者们开始树立"活形态"的史诗观，认为中国少数民族史诗属于口头传统的范畴。

结　语

从现代学术史的角度来看，近 200 年来民俗学的发展推动了史诗研究，民族学、人类学、语言学等众多现代学科的建立，也为史诗的发现、发掘和研究不断开辟了新的道路。近半个世纪以来，人们在当代世界的形形色色的社会中又发现了大量的活形态的口传史诗，正所谓言史诗不必称希腊和罗马。中国现代学术史上对国外史诗的介绍和研究已经有百年的历史，但是，我国学术界对少数民族史诗的研究只有半个多世纪的历史，对于史诗的学理探讨至今还相当薄弱。近 20 年来，尤其是进入 21 世纪以后，随着发展中国家进入快速的现代化建设，一些有识之士感到传统文化的脆弱性和它的珍贵价值。口传史诗作为特定族群或集团的文化表达样式，和其他民间文化样式一样，被纳入传统文化的抢救与保护范围，引起越来越多的关注。

主题研究和母题研究的结合*

—— 对斯钦巴图《蒙古史诗：从程式到隐喻》研究方法的思考

乌日古木勒**

摘　要：《蒙古史诗：从程式到隐喻》的主要学术价值体现在以下两个方面：作者较为准确地梳理和评述了与本论题相关的学术史，为本论题的研究思路和方法铺垫了很好的理论基础，并引出较为清晰的研究思路和学术连贯性；作者批评地借鉴、取长补短地运用前人的研究方法和理论，体现了作者善于独立思考的学术能力和探索精神。

关键词：主题研究；母题研究；程式

斯钦巴图的著作《蒙古史诗：从程式到隐喻》于 2006 年 11 月由民族出版社出版，该书批评地借鉴和运用了在蒙古史诗研究史上曾经做出过重要贡献的史诗研究理论，即海希西的蒙古史诗母题结构类型研究成果和帕里－洛德的口头程式理论，对流传于国内外卫拉特蒙古地区的史诗《那仁汗可布恩》的 6 个文本进行分析，探讨蒙古史诗文本结构的主题和词语程式。《蒙古史诗：从程式到隐喻》由绪论、七章正文和附录组成。笔者通过精读《蒙古史诗：从程式到隐喻》，发现该著作的主要学术价值体现在以下两个方面：首先，作者斯钦巴图对与本论题相关的学术史较为准确的梳理和评述，为本论题的研究思路和方法铺垫了很好的理论基础，并引出较为清晰的研究思路和学术连贯性；其次，他批评地借鉴、取长补短地运

---

　*　原文发表于《民族文学研究》2008 年第 4 期。

　**　乌日古木勒，蒙古族，中国社会科学院文学研究所研究员，主要研究领域：柳田国男民间文学思想、蒙古史诗。

用前人的研究方法和理论，体现了其善于独立思考的学术能力和探索精神。

斯钦巴图准确地评述了曾经在蒙古史诗研究学术史上做出重要贡献的几部专著。他高度评价了苏联蒙古学家符拉基米尔佐夫的《蒙古卫拉特英雄史诗》的长篇序言，认为它是卫拉特史诗乃至整个蒙古史诗研究史上一个重要的里程碑。他认为，该序言最精彩的部分是讨论西蒙古史诗的结构模式、卫拉特艺人的学艺过程和卫拉特史诗的传统结构及其特点。符拉基米尔佐夫在扎实的田野调查资料的基础上，结合对歌手学艺过程的观察和分析，准确地总结了蒙古史诗的结构法则，即提出了蒙古卫拉特史诗按照一定的结构模式，运用大量重复的公共段落和程式化的修饰语进行创作、建构的问题。符拉基米尔佐夫提出的"公共段落"如关于英雄、马匹、战斗、英雄出生地等，与口头程式理论的基本概念——作为口头史诗创作单元的主题概念相似，更与海希西提出的蒙古史诗母题概念相似。他提出的大量重复出现的程式化修饰语与后来的口头程式理论的基本概念——作为结构诗句的程式概念相同。事实上，符拉基米尔佐夫的研究成果证明，在对卫拉特史诗艺人的敏锐的参与观察和深入访谈等扎实的田野调查资料的基础上，他通过对卫拉特史诗文本如何被创作、建构等问题精密而深刻地分析，超前提出了后来史诗研究的重要理论方法，即母题研究方法和口头程式理论等史诗理论方法的基本概念。

德国著名蒙古学家海希西在《关于蒙古史诗中母题结构类型的一些看法》中，总结了蒙古史诗母题结构类型，他还制作了相当全面、详细的蒙古史诗母题结构类型表，斯钦巴图在书中对此做了详细评述。仁钦道尔吉在海希西的蒙古史诗母题结构类型研究成果的基础上，在《〈江格尔〉论》、《蒙古英雄史诗源流》和《蒙古英雄史诗情节结构的发展》等著作和论文中，提出蒙古英雄史诗存在三种结构类型的看法：由单一母题系列构成的单篇史诗；由两种母题系列复合所构成的串联复合型史诗；还有一种叫作并列复合型史诗，史诗《江格尔》就属于并列复合型史诗。他还提出了比母题大的单元——"史诗母题系列"的概念，在此基础上指出所有结构类型的蒙古史诗都由"婚姻母题系列"和"战争母题系列"所构成。

朝戈金的《口传史诗诗学：冉皮勒〈江格尔〉程式句法研究》运用口

头程式理论分析了冉皮勒演唱的《江格尔》文本的程式句法、史诗文本中的词语程式和程式化传统句法。斯钦巴图认为，运用口头程式理论分析蒙古史诗文本的该著作，对纠正以往口头文学搜集、记录中普遍存在的错误认识具有实际的理论指导意义，并提供了运用口头程式理论分析蒙古史诗文本的样例。

斯钦巴图较为详细、准确地评述了日本蒙古学学者藤井麻湖的两部专著《传承的丧失与结构分析方法——蒙古英雄叙事诗被隐藏的主人公》和《蒙古英雄叙事诗结构研究》，藤井麻湖根据罗兰·巴特提出的结构主义理论，对以往蒙古史诗和西方史诗研究理论中存在的缺陷和不足提出了批评，并提出了修正意见。在分析、比较罗兰·巴特的"功能"概念和普罗普的"功能"概念之后，她发现两者有区别。她认为，罗兰·巴特提出的"功能"并不等于普罗普作为"关系"的功能，而是作为"实体"的"功能体"，从而克服了普罗普"功能"概念中混淆关系概念和实体概念的缺陷。斯钦巴图充分肯定和评价了藤井麻湖对于理论方法的周密思考和批评态度。"根据故事结构分析理论，藤井麻湖对以往蒙古史诗的概括与描述法，主要是对 W. 海希西的蒙古史诗母题类型表和 N. 泊佩的蒙古史诗母题分类法进行了批判。"① 她指出，海希西和泊佩等的母题结构类型表无法清楚描述蒙古史诗中的重要人物——"第二英雄"②。海希西的母题索引坚持的是"主人公中心主义"，从主人公的立场出发，给主人公以外的所有人物定位。她还指出，故事结构理论区别功能层和行为层，海希西的母题索引将功能层和行为层不加区分地混合在一起。该母题索引最大的缺点是缺乏"故事结构分析理论"的概括和描写的层次性。

藤井麻湖指出，洛德的程式概念关于"自由"和"固定"之间的阐释自相矛盾。她对现行程式理论进行了修正。修正后的程式理论与以往程式理论的对应关系是：用"程式"代替原来的"程式模型"概念，用"程式表述"代替原来的"程式"概念。在这里，"程式"是口头诗歌创作的方法，而"程式表述"则是用"程式"的方法创作出来的具体诗句。这样

① 斯钦巴图：《蒙古史诗：从程式到隐喻》，民族出版社，2006，第29页。
② 斯钦巴图：《蒙古史诗：从程式到隐喻》，民族出版社，2006，第30页。

就区分了"抽象的方法和具体的实体"。① 学术史的梳理和评述是学术研究发展的前提。任何研究课题都是在相对客观、准确地评价前人研究成果和缺陷的前提下，在前人研究的基础上把学术研究往前推进一步的，一个学者做到这一点难能可贵。

任何一种理论和研究方法都不是绝对真理，也不可能是完美无缺的。斯钦巴图精读和分析了洛德的《故事的歌手》中关于主题的定义、主题的划分和大小主题划分标准等基本理论问题，并对它们进行了评述和思考，指出了洛德的主题划分中存在的缺点。作者在第三章"《那仁汗克布恩》史诗主题比较"中指出："用什么标准划定一个主题，根据什么来命名一个主题，具体的一部英雄史诗中主题与主题之间怎样划分界定，这些在洛德的《故事的歌手》中均没有答案。"②

斯钦巴图认同海希西对科契可夫的主题结构划分方法的批评："科契可夫的主题结构划分同洛德那样还停留在大的主题层次上，没有更进一步细化而形成能够反映蒙古卫拉特史诗各个主题及主题内部更细小的构成单位的结构图式。"③ 斯钦巴图认同藤井麻湖对海希西的蒙古史诗母题结构类型表的批评，指出海希西的蒙古史诗母题结构类型表没有交代关于母题构成单位或标准的规定。

斯钦巴图通过对蒙古史诗研究理论和前辈学者们的研究成果进行评价，以及对蒙古史诗研究方法、理论进行探索和周密思考，敏锐地发现洛德的主题划分方法和海希西的蒙古史诗母题结构分类法之间存在着互补性，即两者有取长补短的关系。因此，斯钦巴图在其著作中灵活地采用了洛德的第二种主题划分法，以反映不同异文故事情节的自然顺序和基本内容，再在每个主题内部按海希西的母题分类法进行细化，以比较艺人们构筑同一个主题时在每个细节上的异同。海希西制作的蒙古史诗母题结构类型表相当详细、完整。海希西在《关于蒙古史诗中母题结构类型的一些看法》中提出蒙古史诗母题类型共有14大类，他将这14大类称作一级母题。一级母题下共有二级母题类型93个，二级母题内又分230个三级母题类

---

① 斯钦巴图：《蒙古史诗：从程式到隐喻》，民族出版社，2006，第32页。
② 斯钦巴图：《蒙古史诗：从程式到隐喻》，民族出版社，2006，第133页。
③ 斯钦巴图：《蒙古史诗：从程式到隐喻》，民族出版社，2006，第140页。

型，三级母题内还分出若干个更小的母题，蒙古史诗的四级母题类型总计275个。斯钦巴图把小母题称为母题素。他指出，海希西的蒙古史诗母题结构类型分类虽然相当完整、细致，但还存在以下缺陷。首先，没有关于母题构成单位和标准的规定。其次，母题结构类型表中没有区分情节结构单元和描述性表现单位。在具体史诗的整体比较中，14个一级母题及其命名方式相当抽象，像洛德的第一种主题命名方式一样，与主题在具体文本中的形态有较远的距离。把它们用于史诗故事情节的自然顺序中，并试图清楚地反映出故事情节的基本轮廓，是相当困难的。由于海希西的蒙古史诗母题结构类型表的一级母题相当抽象，不能反映出史诗故事情节发展的自然顺序，因此，斯钦巴图没有采用海希西母题类型表中的一级母题14大类，而是采用洛德的第二种主题划分法，按照史诗故事发展的自然顺序，把《那仁汗克布恩》史诗6个文本的情节结构划分为12个主题。斯钦巴图在其著作中用洛德的第二种主题划分法代替和补充了海希西蒙古史诗母题结构类型表中存在的缺陷。洛德的第二种主题划分法虽然清晰地反映出史诗故事情节发展的自然顺序，但在反映主题内部更加细微的差异和区别方面存在缺陷。作者敏锐地发现了海希西的蒙古史诗母题结构类型表和洛德的第二种主题划分法之间存在的互补性，并在具体研究中将主题和母题研究方法进行了灵活运用。

母题是国内外众多学者关注的有很强争论性的概念，最近以吕微的论文《母题：他者的言说方式——〈神话何为〉的自我批评》作为引子，很多学者就母题的概念问题展开了热烈讨论和重新思考，为母题概念的发展做出了重要学术贡献[①]。笔者在拙著《蒙古突厥史诗人生仪礼原型》中，把母题的概念作为最小的情节单元来理解[②]。笔者把母题的概念仅仅限制在"蒙古突厥史诗人生仪礼原型"的研究范围内理解，没有对母题概念进行具体讨论。经过对海希西蒙古史诗母题结构类型表的再次精读和思考，笔者认识到海希西的一级母题14大类的划分相当概括和抽象，因此认为母题是最小的情节单元的理解并不妥当，也不能将母题理解为比主题小的概念。

---

① 吕微、高丙中、朝戈金、户晓辉：《母题和功能：学科经典概念与新的理论可能性》，《民间文化论坛》2007年第1期。

② 乌日古木勒：《蒙古突厥史诗人生仪礼原型》，民族出版社，2007，第27～30页。

斯钦巴图指出："洛德给我们提供了一位或多位歌手演唱的很好的范本，但是没有更加细化。我认为，洛德的主题划分法和海希西的母题结构类型表之间有一种互补关系。在同一部史诗的多种异文或多个文本间的比较中，按史诗故事情节的自然顺序来划分主题，并清楚地反映出其故事情节基本轮廓方面，洛德的方法有其合理性。而把一个大的主题按其更细的构成因素进一步划分，从而揭示每位艺人在表述主题的不同方面，海希西的母题结构类型表更胜一筹。我们在这里准备采用洛德的第二种主题划分法，以反映不同异文故事情节的自然顺序和基本内容，再在每个主题内部按海希西教授的母题分类进行细化，以比较艺人们构筑同一个主题时在每个细节上的异同。"①

斯钦巴图没有采用海希西的一级母题，而是采用洛德的第二种主题划分法，将《那仁汗克布恩》史诗按故事情节发展的自然顺序划分为以下 12 个主题。其中，额仁策演唱文本和科舍演唱文本有一段与史诗内容无关的开场主题，编号为 0。具体如下：

0. 开场主题

1. 那仁汗（英雄）

2. 收养弃婴

3. 集会

4. 敌人

5. 战斗：那仁汗与敌人的战斗

6. 增援：伊尔盖生擒恶魔

7. 决裂：那仁汗与伊尔盖之间的内讧

8. 书信：伊尔盖发现书信

9. 邂逅：伊尔盖与未婚妻邂逅

10. 结义：伊尔盖与胡德尔阿尔斯兰策吉/胡吉孟根杜拉胡结拜兄弟

11. 婚姻：伊尔盖的婚姻

---

① 斯钦巴图：《蒙古史诗：从程式到隐喻》，民族出版社，2006，第 142 页。

12. 伊尔盖回归故里①

斯钦巴图通过图表形式比较了《那仁汗克布恩》史诗 6 个文本的 12 个主题的主要内容，证明了《那仁汗克布恩》史诗的 6 个文本在主题层面上和主要的故事框架上的高度一致性。在此基础上，作者采用海希西的蒙古史诗母题结构类型表，对《那仁汗克布恩》6 个文本的 12 个主题内部结构的母题之间进行比较，发现构成主题内部结构的母题并不一致，最明显的是母题数量和类型的差异。海希西制作的蒙古史诗母题结构类型表中关于英雄列出了 3 个大类的 68 种小母题，斯钦巴图运用海希西的蒙古史诗母题结构类型表，制作了《那仁汗克布恩》史诗 6 个文本的构成英雄主题内部结构的母题比较表：

乔伊苏伦演唱文本：时间母题；牲畜及种类母题；赞美家乡母题；英雄的马母题；英雄的夫人母题。

额仁策演唱文本：赞美家乡母题；英雄的形象母题；英雄的兄弟母题；英雄的马母题；宫殿母题；英雄的夫人母题。

科舍演唱文本：赞美家乡母题；宫殿母题；英雄的形象母题；英雄的马母题；英雄的兄弟母题；英雄的夫人母题。

额仁策/道尔加拉混编本：赞美家乡母题；英雄的形象母题；宫殿母题；英雄的夫人母题；英雄的马母题；马鞍母题；英雄的武器母题。

劳瑞演唱文本：赞美家乡母题；宫殿母题；英雄的夫人母题；英雄的武器母题。

巴登加甫演唱文本：时间母题；英雄的形象母题；英雄的夫人母题。

通过分析《那仁汗克布恩》史诗 6 个文本的构成英雄主题内部结构的母题比较表，斯钦巴图发现 6 个文本中重复率最高的是赞美家乡、宫殿、英雄的形象、英雄的马、英雄的夫人 5 个母题，证明了 6 个文本中构成主

---

① 斯钦巴图：《蒙古史诗：从程式到隐喻》，民族出版社，2006，第 143 页。

题内部结构的母题基本相似，但是母题数量、母题类型和母题顺序排列存在差异。在此基础上，他进一步分析得出了那些使用频率很高的母题在每个艺人的演唱中表现形式不同的结论。如蒙古史诗中的时间母题，乔伊苏伦演唱的文本采用了通常的表现形式：

> 很久很久以前
>
> 茫茫大海只是一滩泥淖的时候
>
> 高耸的如意宝树只是一棵幼苗的时候
>
> 浩瀚的乳海只是一个泥潭的时候
>
> 高峻的须弥山只是一座小山丘的时候
>
> 碗口大的太阳刚刚升起的时候①

这是蒙古史诗表示时间母题比较固定的程式化段落。而巴登加甫的演唱文本中采用了民间故事基本固定的代表性开篇方式"在很久很久以前"。另外，乔伊苏伦演唱的文本对那仁汗克布恩的 5 种牲畜母题用了 110 个诗行来描述，其他 5 个文本中没有这一母题。

---

① 斯钦巴图:《蒙古史诗：从程式到隐喻》，民族出版社，2006，第 151～152 页。

田野工作与非物质文化遗产保护[*]

——三十年史诗田野工作回顾与思索

郎　樱^{**}

　　摘　要：口传史诗是人类宝贵的精神财富，也是亟待抢救与保护的非物质文化遗产。史诗的活态传承、演述语境、演述习俗、口传传统等吸引众多史诗研究者走向田野，深入民族地区进行调查。史诗田野工作要求研究者深入民族地区，亲身体验，参与观察，不能怕吃苦，下田野前的学术准备、理论预设与案头准备充分与否则决定着调查工作的成功与否，调查时力求做到点面结合，特别是追踪，事后还要撰写调查报告，提升理论。由于研究者的努力，史诗研究逐渐深入，史诗田野工作及学术研究也逐渐规范化，但史诗传承困境又对史诗田野工作及史诗研究提出了新的要求。

　　关键词：非物质文化遗产保护；口传史诗；田野工作；现代化与口传史诗

　　少数民族文学是一门新兴的学科。其中，民族民间口头文学，在少数民族文学学科中是重中之重。口头传统研究与作家文学研究有很大差异，民族民间口头文学研究，其内容涉及的不仅是民族民间文学，还涉及民俗学、民族语言学、民族历史学、民族文化及民族宗教等诸多学科，需要跨学科、多视角对其进行考察。

　　由于民族民间口头文学的学科特点，田野作业成为其学科建设的重要内容。民族民间口头文学研究注重实证，注重深入民族地区实地调查。通

---

　　*　原文发表于《江西社会科学》2008 年第 9 期。

　　**　郎樱，中国社会科学院民族文学研究所研究员，主要研究领域：柯尔克孜民族史诗《玛纳斯》等。

过亲身体验、参与观察，探索研究，提升理论，已成为民族民间口头文学知识体系的基本构成部分，也是其学术创新的基石。

从事少数民族文学研究的前辈们，都拥有辉煌的田野工作经历，如马学良先生对彝族文学与文化的调查，凌纯声先生对赫哲族文学与文化的调查，凌纯声与芮逸夫先生对苗族文学与文化的调查等。他们在田野调查中所取得的卓著学术成就，成为遗留给后人的经典，也是我们学习的楷模。

田野定位，是田野工作的理论支撑。以往有些学人往往狭义地理解田野作业，认为深入田野仅仅是获取第一手资料的方法而已，是为撰写调查报告，或是为撰写论文、论著做资料性的准备。这种理解是狭隘、片面的。实际上，田野作业远不只是一种方法，也不仅仅是现场的调查研究，它要求田野工作者具有丰富的专业知识，田野作业的理论培训，下田野前的学术准备、理论预设。然而，又忌讳以理论预设指导田野作业，也不可在田野中依赖理论预设，因为一切都要立足于田野调查所获得的资料。在田野实践中，要不断充实、校正下田野前预设的理论。如果有新的发现、新的认识，预设的理论也极有可能被推翻，需要重新进行理论思考。此外，还要从实践与理论的视角，解释田野中获得的资料，得出研究结论。因此，田野作业是一个不断探索、创新的研究过程。

一

口传史诗是我国非物质文化遗产中的瑰宝。我国的史诗主要分布于少数民族地区，蕴藏量极为丰富。我国拥有享誉世界的三大英雄史诗：藏族、蒙古族史诗《格萨（斯）尔》，蒙古族史诗《江格尔》，柯尔克孜族史诗《玛纳斯》。三大英雄史诗气势磅礴，篇幅浩瀚，每部都在几十万行以上。此外，我国还存在着蒙古族史诗群、突厥语民族史诗群、南方民族史诗群，加起来有几百部之多。史诗类型也相当丰富，有古老的创世史诗、狩猎史诗，具有浓郁神话色彩的英雄史诗等。其中，绝大多数史诗为口头传承，已口耳相传几百年，甚至上千年。这批具有重大学术价值的史诗群，堪称中华民族的文化瑰宝，人类宝贵的精神财富，更是亟待抢救与保护的非物质文化遗产。

史诗是一种特殊的文类，是一种宏大、神圣的叙事，内容古老，文化底蕴丰厚。史诗在继承族群口头传统的基础上，历经漫长的口头传承过程，融入大量神话、英雄传说、民间故事、民间歌谣及谚语等。史诗是民间文学的宝库，是展示民族精神的博物馆，是认识一个民族的百科全书，是凝聚民众的文化纽带，是支撑一个民族奋进的精神支柱，对于民族文化传统的形成与发展有着巨大而深远的影响。史诗的神圣性与史诗的神力崇拜，史诗传承人的梦授说，歌手兼祭司、巫师的特殊身份，使史诗的演述活动与仪式、禁忌相关联，又使之具有神秘色彩。

我国口头传承的史诗，是活态史诗。史诗演述活动是鲜活的，富有生命力的。史诗的口头传承、叙事传统、民族记忆，史诗的神圣性与神秘性，吸引着众多史诗研究者走向田野，对口传史诗的本质特点，史诗的传播、传承及演变进行深入的探索与研究。

史诗的记录文本，尤其是公开出版的史诗文本出版物，学者比较容易得到。然而，存在于史诗文本背后的活态传承、史诗演述语境、鲜活的演述习俗、歌手与听众的互动、现代化与口传史诗传统，以及对歌手的采访等一系列问题，坐在书斋中或在图书馆翻阅书本，都是难以求得答案的。只有深入少数民族地区，进行田野调查，亲自参与体验，才有可能获得民间的知识与智慧。田野作业已成为我国史诗学者的治学传统，史诗知识体系的重要构成部分，也成为推进中国史诗学创建的重要基础。

史诗田野工作一直受到国家的关注与重视。20 世纪 60 年代，国家与各级政府拨专款，组织学者深入少数民族地区进行大规模的史诗普查工作。在极其艰苦的条件下，他们深入少数民族牧区与村寨，发现了一大批史诗说唱艺人，其中，演唱三大英雄史诗的演唱大师，基本上都是在那次民间文学普查中发现的。当时，许多史诗歌手的演唱被记录下来，成为弥足珍贵的非物质文化遗产。

20 世纪 80 年代，史诗的口头传承依然处于活跃时期。20 世纪 80 年代也是中国社会科学院少数民族文学研究所（现更名为民族文学研究所）创建之时。少数民族文学研究所自成立始，对史诗田野工作就很重视。史诗研究者坚持赴少数民族地区进行田野调查，对史诗的分布、史诗说唱艺人、史诗口头传承特点，进行了较为深入的考察。近些年来，民族文学研究所创建了各民族的口传史诗田野研究基地，探索田野工作的相关理论。史诗的田野工作，逐渐走向学术规范化之路。

笔者作为一名史诗研究者，第一次接触柯尔克孜族史诗，首次下田野，是在 1965 年大学毕业之后。大学毕业后，笔者被中国民间文艺研究会派往新疆克孜勒苏柯尔克孜自治州阿图什，参加《玛纳斯》工作组，从事这部史诗的翻译工作。在工作组里，笔者有幸与享有"当代荷马"之称的《玛纳斯》演唱大师居素普·玛玛依朝夕相处，聆听他的演唱，并有机会参加《玛纳斯》演唱会，对史诗歌手做过一些初步的采访。在柯尔克孜族地区生活的 9 个月，使笔者对柯尔克孜民族、柯尔克孜人的生活、柯尔克孜族史诗，开始有所接触和了解，增加了许多感性知识。青年时代的经历，尤其是与史诗演唱大师居素普·玛玛依的相识，促使笔者走上柯尔克孜族史诗的研究之路。

由于承担国家社科基金项目"中国少数民族史诗研究·《玛纳斯》"，笔者在 20 世纪 80 年代多次深入柯尔克孜族地区做田野调查。自 2003 年承担中国社会科学院院级项目"柯尔克孜史诗传承调查研究"课题之后，笔者与柯尔克孜族学者同行，于 2003 年、2004 年、2005 年、2007 年，深入新疆柯尔克孜族地区进行田野调查，几乎走遍了新疆南部与北部的柯尔克孜族地区；深入天山南北 13 个柯尔克孜族乡，先后采访了 70 多人，为 40 多位史诗歌手建立了档案，并对他们的演唱进行了录像、录音和拍照，还对其中多位歌手，进行了多年的追踪调查。

对于非物质文化遗产的抢救与保护来说，传承人的保护是关键。非物质文化遗产与物质文化遗产不同，后者依托自然景观存在，而非物质文化遗产保护则首先要保护传承人。非物质文化遗产的传承人，是族群文化的创作者、承载者、传承者、保存者。传承人消逝，非物质文化遗产也必然会失传。口传史诗作为典型的非物质文化遗产，保护史诗歌手，抢救他们演唱的史诗，是最迫切的任务。

许多事实证明，史诗歌手保护好的地方，口传史诗传承一定有成就。比较典型的例子是柯尔克孜族史诗《玛纳斯》演唱大师居素普·玛玛依，他是目前世界上唯一一位能够完整演唱 8 部《玛纳斯》（23 万行）的史诗歌手，被国内外誉为"活着的荷马"。国家民委、中国文联，尤其是新疆维吾尔自治区对他予以特别关照，授予他许多荣誉。他曾任中国文联副主席、新疆维吾尔自治区文联副主席，还被自治区人事厅评为研究员，享受公务员待遇，工资与医疗终生有保证。新疆文联在文联的高级知识分子住宅区分给他一套三室一厅的住房。他要返回家乡阿合奇县，自治区文联便派专车接送。几年前，居素普·玛玛依离开乌鲁木齐，返回故乡阿合奇县，回到柯尔克孜族民众中。阿合奇县以居素普·玛玛依为荣，特为他立了铜像。每逢他的生日，阿合奇县都要举行盛大的祝寿会。2007年4月，克孜勒苏柯尔克孜自治州与阿合奇县为居素普·玛玛依90岁寿辰举行了极为隆重的祝寿大会，百人合唱《玛纳斯》，激动人心的庄严场面揭开了祝寿盛会的序幕，盛况空前的《玛纳斯》演唱比赛中，来自克孜勒苏柯尔克孜自治州各县的史诗歌手从四面八方赶来参赛，史诗歌手以演唱史诗的方式来向他们敬重的《玛纳斯》演唱大师居素普·玛玛依祝寿。祝寿活动进行了整整两天。

在居素普·玛玛依老人的带动下，柯尔克孜人聚集的阿合奇县，现在已拥有一支由老、中、青、少四代史诗歌手组成的实力强大的史诗歌手队伍，而且新的歌手层出不穷。在那里，以会演唱史诗《玛纳斯》为荣。90岁高龄的居素普·玛玛依不仅培养家族成员学唱《玛纳斯》，还收了10个徒弟，举行了隆重的拜师仪式。在他的徒弟中，年纪最大的60多岁，最小的徒弟才13岁。居素普·玛玛依的例子充分说明，尊重、重视史诗传承人，树立有威望、有影响的史诗传承人，会培养、带动一批史诗歌手队伍的形成，使口传史诗得以很好的传承。

再如，藏族大师级史诗艺人桑珠能完整演唱45部《格萨尔》，他年迈体弱多病。为了保存下他说唱的史诗，中国社会科学院民族文学研究所与西藏社会科学院合作，倾尽全力，日夜兼程，将他演唱的40多部史诗《格萨尔》基本录音，并记录出版了26部。之所以能取得如此巨大的成绩，就在于西藏自治区政府、西藏社会科学院对史诗传承人桑珠的高度重视，努力解决了桑珠的生活困难、医疗补贴等问题，他才可能集中精力演唱。

蒙古族的金巴扎木苏是锡林郭勒草原的游吟歌手，被民族文学研究所的蒙古族学者在田野工作中发现，现已是一位大师级的史诗歌手，他演唱的 96000 多行的史诗《圣主格斯尔可汗》已经录音、记录并刊布出版。73
岁的金巴扎木苏还会演唱多部史诗，由于演唱能获得较高的资料费与稿费
收入，他的生活得到改善，社会地位也得到提高，他仍在继续演唱着其他
史诗。

歌手与听众，是史诗传承的主体。保护歌手，要特别重视保护史诗歌
手的演唱语境。歌手与听众的互动，是史诗传承生命力之所在。史诗歌手
的演唱，离不开听众。据说，吉尔吉斯斯坦 20 世纪 40 年代的功勋史诗演
唱大师卡拉拉耶夫曾被邀请到电台演唱《玛纳斯》，他对着麦克风不知所
措，怎么也演唱不出来。后电台请来了听众，面对听众，他才开口演唱
起来。

为了尽量保持史诗的演述生态，田野工作的原则是深入牧区，深入牧
村。对史诗歌手的采访，无论路途多么遥远，交通如何不便，甚至要翻山
越岭，笔者始终坚持深入到史诗歌手所在的阿依勒（牧村），或直接到史
诗歌手家里，对歌手进行采访，倾听他的演唱。有牧村的听众聆听，歌手
在他熟悉的生活氛围中演唱，心态放松，演唱会比较精彩，采访内容也更
加丰富与翔实。

时常住在牧村，住在牧民家里，亲身体验，参与观察，有利于研究者
对史诗歌手生存人文环境的了解，有利于对柯尔克孜族牧村生产与生活方
式、民风民俗的了解。这种田野调查，可以获得大量感性的、珍贵的民间
知识与民间智慧，加深研究者对于史诗的演述与传承的理解。

深入民族地区，做史诗田野调查会遇到各种困难。2004 年，笔者与两
位新疆柯尔克孜族年轻学者沿着帕米尔山区做史诗传承的田野调查。柯尔
克孜族是山地游牧民族，一般都居住在边远的山区，许多地方不通车，经
常要搭乘便车，我们搭乘过运草的车、修路的车，还搭过摩托车，或租借
柯尔克孜人的私车。有时在几百公里的戈壁滩上奔驰，在路上颠簸六七个
小时进入山区。我们经常在牧民家里住宿，每户牧民家只有一间客房，因
此，田野调查中，多名男女同住一室，已司空见惯。

从事藏族史诗《格萨尔》研究的学者，常年在西藏、青海做田野调
查。青藏地区空气稀薄，高原反应强烈，交通不便，在那里从事田野工
作，条件十分艰苦。南方少数民族多在山区和偏僻的农村，研究者往往要

跋山涉水，危险而且辛苦。

田野工作者不能怕吃苦，也不能走"捷径"。有的学者把史诗歌手请进城市，甚至让他们进录音棚演唱，进行录音录像；有的虽然到了民族地区，却满足于在县城开座谈会，或将歌手集中到县城招待所，让他们在陌生的语境中演唱。这些做法都是田野工作的大忌。

田野工作是一项科学、严谨的工作，下田野前学术准备充分与否，直接关系着田野工作的成功与否。首先要明确下田野的目的，下田野要解决的问题是什么，树立问题意识，明确下田野的目标，田野工作的理论预设特别重要，这是学术思考的过程，也是提高学术自觉性的过程。

田野工作是研究过程，需要扎实的学术知识、学术积累和广阔的学术视野。但是，下田野前的案头准备工作，是田野工作必不可少的重要环节。下田野前，要认真地阅读史诗的相关文本及研究成果，大量阅读相关的民族历史与志书等资料。前期学术思考与案头准备得充分，田野工作就会进行得比较顺利，收获也会更大一些。

对于田野工作地点与路线，要做到心中有数。田野作业中力求做到"点与面"结合，既要做到有一定的广度，又要做到有一定的深度。追踪调查也特别重要。例如，笔者田野调查的"点"定在新疆阿合奇县，该县柯尔克孜人占全县人口的75%以上，有悠久的史诗传统，是出史诗演唱大师的地方，歌手数量众多，传统与现代相结合，在那里形成了独具特色的柯尔克孜族史诗传统。笔者曾先后5次赴阿合奇县的阿合奇乡与哈拉布拉克乡进行田野调查，并对其中许多歌手做过多年的追踪调查。

对于田野工作中所获资料的分析研究和调研报告的撰写，是深入研究的过程，也是提升理论的过程。

二

我国在口传史诗的歌手保护与史诗抢救方面的成就，是卓著的、显而易见的。但是，我们在田野调查中，也会遇到不少令人痛心的现象，例如，我们今年访问的歌手，来年就去世了。1998年9月，我们在阿合奇县访问了著名女歌手玛尔杰克，她是《玛纳斯》演唱大师居素普·阿洪的侄女。当时由于发洪水，屋内也进了水，但她还是热情地接受了我们的采访。我们给她拍了些照片，准备第二年听她演唱，然而，她却不幸去世了。2005 年 8 月下旬，我们在伊犁特克斯县的一个牧村，访问了新疆北部著名的史诗歌手萨特瓦勒地，他不仅会演唱英雄玛纳斯前 8 代祖先的事迹，还会演唱 5 部《玛纳斯》，他是一位会演唱英雄玛纳斯家族 13 代英雄事迹的史诗演唱大师。可惜我们只记录了他演唱的玛纳斯 8 代祖先的英雄事迹，而最重要的 5 部《玛纳斯》还没来得及演唱，他就病倒了。而我们的采访记录、影像资料，也成为最珍贵的资料，因为来年 10 月，他不幸去世了。5 部极为珍贵的《玛纳斯》随着他的去世，也从世间消失。这使笔者深切地感受到"人亡歌息"的残酷现实。

这种遗憾之事，时时都在我们身边发生。藏族的"荷马"，被誉为"雪域国宝"的扎巴老人，能从英雄格萨尔的诞生、赛马称王，演唱格萨尔一生的英雄事迹，包括格萨尔下地狱救母救妃、返回天界，他是一位能演唱 34 部完整史诗《格萨尔》的出类拔萃的史诗演唱大师。在他一生最辉煌的时期——生活得到改善，被选为西藏政协委员，受到人们的尊敬，获得各种表彰——他满怀激情地演唱史诗，非常遗憾的是只录音了 24 部，他就去世了。剩下的 10 部重要的史诗，由于大师的离去，永远从人间消失了。

口头传承的史诗，是相当脆弱的。随着现代化进程的加快，西部大开发，信息媒体空前发达，人们的生活与观念也在发生着变化，这对于口传史诗的冲击是很大的。新疆阿克陶县的深山里有三个柯尔克孜族乡，由于地处偏僻，20 纪 60~80 年代调查时，这里曾有许多史诗歌手，史诗演唱活动也较活跃。穆什塔格雪山脚下的苏塔什村（海拔 4000 米）是个有 1900 人的大牧村，由于附近的高原湖泊作为旅游区开放，加之村民为中外攀登穆什塔格峰的运动员做向导、补充给养等，这个过去封闭的山村，现在迅速地富裕起来，家家有彩电、摩托，有的还买了汽车（二手车）。史诗歌手陆续去世，口传史诗在这里已经消失了。在另一个牧村，一位年过七旬的史诗歌手对我们说，他在 20 世纪 80 年代还曾经是个名闻四方的史诗歌手，但因为 20 年来没有演唱史诗的机会，现在已经忘记了。听众的流失是口传史诗衰落的最主要的原因，歌手演唱没有人听了，他就不再唱了。演唱的语境没有了，口传史诗自然而然地就消失了。有的歌手无奈地说，自己在家里演唱，连自己的孩子们都不听了，他们去看电视、去唱卡拉 OK 了。

在有些地方，现在一些歌手还会演唱史诗，但尚未带徒弟。那么，十年八年之后，现有的歌手去世了，那里的口传史诗是否也会消失呢？

目前，以柯尔克孜族为例，进入 21 世纪，其口传史诗的传承情况大致可分为三类。第一类，传承好，后继有人。这类情况集中于克孜勒苏柯尔克孜自治州的两个县——阿合奇县与乌恰县。这两个县不仅柯尔克孜族人口占绝大多数，而且自古有演唱史诗的传统，现在也是歌手多，史诗演唱活动多。第二类，在有些较为边远的柯尔克孜族乡（如帕米尔高原的塔什库尔干县柯尔克孜族乡、阿图什市的柯尔克孜族乡、和田的柯尔克孜族乡、新疆北部伊犁哈萨克自治州境内的柯尔克孜族乡），也有史诗歌手会演唱史诗。第三类，属"人亡歌息"类，口传史诗已消亡。

上述情况应引起高度关注。以科学的方法、现代化的手段，保护史诗传承人，抢救口传史诗，通过教育等途径，培养史诗传承人，培育听众，迫在眉睫。作为史诗研究者，参与保护与抢救，也是义不容辞的责任。

值得欣慰与庆幸的是，中国社会科学院民族文学研究所现已拥有一支中青年史诗学者队伍，他们既有较高理论修养，又重视深入民族地区的田野工作。彝族年轻学者巴莫曲布嫫，蒙古族学者斯钦孟和、斯钦巴图、丹布尔加甫，柯尔克孜族学者阿地里·居玛吐尔地，藏族学者诺布旺丹，苗族学者吴晓东等各民族中青年学者，他们坚持田野工作传统，并在田野调查的基础上，写出了一批有分量的著述。他们现已成为研究所的学术骨干。

民族文学研究所的领导对于史诗田野工作高度重视，为使田野工作常规化、深入化、科学化，创建了各民族的"口传传统田野研究基地"。已经建立的有：内蒙古扎鲁特《乌力格尔》研究基地、青海果洛《格萨尔》研究基地、四川德格《格萨尔》研究基地、新疆阿合奇《玛纳斯》研究基地、广西田阳《布洛陀》研究基地、四川美姑口头论辩研究基地、贵州黎平侗族大歌研究基地。田野研究基地的建设，极大地推动了史诗田野工作，并使史诗田野工作逐渐走向学术规范化之路。

少数民族文学资料研究库在民族文学研究所的创建，是少数民族文学学科的基础性工程，也是少数民族文学学科发展的重要标志。资料库中，有口传史诗的音像资料，史诗歌手档案，田野调查报告、史诗文本、史诗研究著述，国内外与史诗相关的译著，史诗文本与著作论文索引及相关的实物等，资料相当丰富。我们相信，随着口传史诗田野工作普遍性与深入性的发展，少数民族文学资料研究库中的"口传史诗资料库"的库藏必将更加丰富，它将成为国内一流的史诗资料研究中心，成为非物质文化遗产——口传史诗保护、抢救与研究的基地。

"少数民族史诗研究"多次被列入国家社科基金项目，并被纳入中国社会科学院重点学科重点目标管理项目。近30年来，经过民族文学研究所老、中、青三代史诗学者的共同努力，目前，研究所的史诗研究已处于国内领先地位，国际影响力也在日益增强。三大英雄史诗被列入国务院公布的第一批国家级非物质文化遗产保护名录，一批史诗歌手被文化部命名为"优秀传承人"。研究所的史诗学者，被文化部聘为国家非物质文化遗产保护专家组成员，参与文化部非物质文化遗产保护文件的起草工作，参加国内外举办的国际非物质文化遗产保护研讨会。研究所的史诗研究学者在文化部、国家民委、中国非物质文化遗产保护中心等组织的各项学术活动中，发挥着越来越大的作用。2007年，民族文学研究所被文化部评为"非物质文化遗产保护工作先进单位"，所内的两位史诗学者被文化部授予"非物质文化遗产保护工作先进个人"称号。

回顾民族文学研究所30年来的史诗研究，取得的成就是巨大的。史诗的田野工作促进了史诗研究的深入发展，一批建立在扎实田野工作基础上的史诗研究专著、史诗研究丛书已陆续出版。但是，问题也是存在的，尤其是对口传史诗受到现代化冲击所面临的危境，要有足够的认识，采取必要的措施。重视田野实践，重视史诗理论探讨，重视史诗研究方法创新，推进中国史诗学的创建，是我们今后努力的方向。

巴·布林贝赫蒙古史诗诗学的宇宙模式论[*]

阿拉德尔吐[**]

摘　要：本文主要以《蒙古英雄史诗的诗学》（以下简称《史诗诗学》）的第二章为中心，对巴·布林贝赫所提出的以宇宙模式论为主线的诗学问题做学术史梳理和理论分析。即从核心问题和观念史的联结点出发，把《史诗诗学》的宇宙模式论置于蒙古史诗学的学术史语境中，通过具体的诗学考察和理论分析，得出如下结论：西方哲学的宇宙体系论和本土文化的知识体系的结合视角不仅是《史诗诗学》的宇宙模式论的观念基石，而且是它的本土化诗论的主要突破口。《史诗诗学》的宇宙模式论、诗性地理学和方位问题研究，作为当今蒙古史诗诗学相关核心课题之鲜明对照，主要从艺术哲学和本体诗学的结合视角开辟了《史诗诗学》所自有的宇宙或生命诗学的理论领地和方法论通道。时间、空间和数是宇宙模式的三大概念基础，它们之间的相互关系奠定了史诗宇宙诗学的基本框架。

关键词：蒙古史诗；观念史；本土化；模式论

　　巴·布林贝赫关于宇宙结构的相关论述，始见于其 1996 年发表的《蒙古英雄史诗的宇宙模式》[①] 一文中，它仅早于《史诗诗学》一年。《史诗诗学》宇宙模式论的观念基础主要来自西方哲学的宇宙体系论和本土文化的知识体系，是两大传统的有机结合，尤其与卡西尔的神话—

---

　*　原文发表于《民族文学研究》2013 年第 4 期。

　**　阿拉德尔吐（图），蒙古族，河北大学哲学与社会学学院副研究员，主要研究领域：亚洲社会比较研究、社会人类学等。

　①　巴·布林贝赫：《蒙古英雄史诗的宇宙模式》，《内蒙古社会科学》（蒙文版）1996 年第 6 期。

宇宙论和维柯关于诗性"地理"的艺术哲学观有着内在的联系，它们在本土化诗学的理论构建中得到了最佳统一和定位。即卡西尔的神话—宇宙论和维柯关于诗性"地理"的艺术哲学观为《史诗诗学》的宇宙模式论提供了理论依据，而本土化的诗学视角则为其供给了方法论的本体维度。卡西尔认为，神话作为最原初的思维形式，它既是直觉的形式，又是生命的形式。时间、空间和数三个概念不仅是神话思维形式的基石，最终还将成为情感因素和生命形式的最主要内容。这与《史诗诗学》一直把神话看作史诗的源头的观点有着内在联系。以下为维柯、卡西尔、梅列金斯基和巴·布林贝赫四位学者对神话—宗教宇宙体系所持观点及关于它的比较（见表1）。

表1　维柯、卡西尔、梅列金斯基、巴·布林赫对神话—宗教宇宙体系所持观点比较

学者名称	坐标分类		量化分类	
维柯	垂直向的宇宙模式		大宇宙的世界（神的宇宙）	
	诗性宇宙的三界观念 上（天界，山顶） 中（农神界） 下（水界、阴间、平原、山谷）		天上约夫的王国 地上农神的王国 阴间的阎王国	
卡西尔	水平向的两种模式		宏观的模式	微观的模式
	三对立一个中心 世界中心 东　北 南　西	东与南、西、北 东　北 南　西	微观（人体）与宏观（宇宙）的统一 肚脐、头、脚、耳朵 人类群体 精灵、眼睛、呼吸	月、日、风 胳臂、膝盖 天、地、四方
梅列金斯基	垂直向的模式	水平向的模式	宏观的模式	微观的模式
	三分制体制 上（1、3、7） 中（0） 下（2、3、7）	四方或八方、一巨柱 神树或柱 东　北 南　西	基本沿用了卡西尔的观点： 1. 人体结构与宇宙结构的对应 2. 微观宇宙与宏观宇宙的统一	
巴·布林贝赫	垂直向的模式	水平向的模式	宏观的模式	微观的模式
	二界或三界的观点 上（天族们） 中（人的世界） 下（阴间、地狱、龙宫）	人世间的居住方向 东（白）　北（黑） 南（白）　西（黑）	二界或三界具有宏观结构的特征	人界具有微观结构的特征

从以上的比较表来看，维柯所谓的最初宇宙就是诸神所身处的生存空间，它主要由上、中、下三个王国或区域组成：天上约夫的王国、地上农神的王国和阴间的阎王国；其依据是神学诗人的宇宙观念。因此，垂直向的空间模式作为诗性宇宙的重大发现，是与维柯的宇宙哲学研究分不开的。卡西尔的宇宙体系论基于以西方为中心的观念模式，注重考察单一化层面的宇宙结构及它的构成特征。即把神话或文化看作"对生命的充实或生命的具体性的展开"[1]，提出了宇宙结构在生命形式中的三种情感基础：空间直观、时间直观和数直观。空间直观是神话思维—宇宙形式的一个基本要素，因此，神话思维的宇宙空间极具结构性，其全部关系基础是原初的同一性[2]。这与情感的统一性、生活的普遍性和根本性的同一性[3]有着内在的逻辑联结。统一性和同一性是以对立的特性为前提或结果的，即所有空间感的发展均发端于日与夜、光明与黑暗的对立。时间直观是神话思维—宇宙形式的根本性因素，是最古老的形式。即空间形式只作为形象化的外在特征之补充，而不是神话形式的决定性因素。时间形式具备形成、发展的过程意义，使其形象的生命在时间中创造出来。从这个意义上讲，时间直观是神话思维—宇宙形式的决定性要素。换言之，时间源于秩序的观念，当它具有命运秩序之意义时，才能成为一种真正的宇宙力量。数是决定神话世界结构的第三大形式主题。数量关系的表征和标志主要来源于具体直观的情感基础：空间直观、时间直观和"人身"直观。数作为精神或意识结构的本质力量，通过感觉、直觉和情感统一体的内在协助，为宇宙模式提供了量化的或神圣化的概念基础。[4] 梅列金斯基立足于结合东西方模式的宇宙体系论，发展了卡西尔的神话宇宙模式论，同时又提出了垂直向和水平向两种宇宙模式的观念存在。从人本主义的本体论意义上讲，空间的关系体系在很大程度上起因于有关本体的人之直觉，时间间隙的直觉则源于诸如此类生命过程意义的相互交叉线。因此，宇宙时间萌生伊

---

① 恩斯特·卡西尔：《符号、神话、文化》，李小兵译，东方出版社，1988，第2页。
② 恩斯特·卡西尔：《神话思维》，黄龙保等译，中国社会科学出版社，1992，第100～106页。
③ 恩斯特·卡西尔：《国家的神话》，范进等译，华夏出版社，2003，第45页。
④ 恩斯特·卡西尔：《神话思维》，黄龙保等译，中国社会科学出版社，1992，第108～169页。

始，就与生命过程连在一起，给宇宙形式赋予了结构化的本质力量。即对梅氏而言，语义对立的形态关系是神话象征分类的原初"部件"，而不是卡西尔所谓的空间感觉的情感基础。这与斯特劳斯所谓的二元对立的逻辑基础和认知模式的说法颇为相似。简言之，宇宙模式是神话世界的核心，它在空间、时间与数三重化系统中构成结构化的力量，铸就了整体观念的根本基础。[1]

《史诗诗学》主要从蒙古族本土文化的宇宙体系论的观点出发，指出了史诗文类所体现的宇宙论模式，并突出强调了它的神话—宗教观念基础和演化特征。即蒙古英雄史诗不乏其关于时、空、数的描述，它的宇宙体系也有其自身的艺术想象、宗教信仰和思维方式之特征。史诗世界所体现的宇宙模式以二界或三界的宇宙结构的层叠模型为观念基石，并从中折射出了蒙古文化思维在不同历史时期的影子：从萨满文化到佛教文化的演化特征及历史过程。《史诗诗学》又指出，最初史诗世界中的天界主要还是按照萨满教观念塑造出来的天族们的生存空间，而作为史诗世界之主人公的勇士们虽然不是天界的神仙，但必有天界血统或天族身份。因而，通行三界的史诗勇士们，时空的意识极其宽泛：一望无际的田野、无边无垠的森林、长年累月的远征、适逢佳节的打猎、漂泊不定的游牧、烽火连年的战争，等等。这些都可谓是将时（间）、空（间）、数（量）三个系统融为一体的诗性化场景，它们同时又构成了一种四维（空间的三维和时间的一维）的时空观念。介于上和下的中界，是人的世界——红尘世界，乃是史诗黑白方勇士们的人生业绩、言行举止、天生命运得以角色化呈现的主要舞台。与上界对应，下界主要有阴间、地狱和龙宫三个领域。一般而言，上界是明亮宽敞、纯洁清幽、幸福安详的象征化区域，而下界则是黑暗模糊、肮脏丑恶、穷凶极恶的象征死亡的低级世界。即史诗的时空观念有三个主要特征：时空维度的复合性、形象性和模糊性。史诗的数量可谓是感知的数量，直觉的度量。它的产生与对时空的形象化和宏观把握有着密不可分的关联。

此外，还有一点值得注意的是，关于"宇宙树"、"生命树"或"神

---

[1] 叶·莫·梅列金斯基：《神话的诗学》，魏庆征译，商务印书馆，1990，第50～259页。

圣树"与"空间界线"之间的关系问题。《史诗诗学》指出，对于蒙古史诗的文化特征而言，天界和地（人）界或下界的关系较为具体，这一具体化了的关系是以神话—宗教化的观念模式为基础的：卡西尔的"宇宙—空间界线"和梅列金斯基的"神圣树"也都包含有过渡仪式的"阈限"意义。换言之，神圣树作为进入另一个世界的手段或通道之象征，它具有仪式意义的阈限功能，其蕴含的是史诗的神话—宗教之观念前提。比如，史诗勇士们，踏檀香树而爬上天界；格斯尔用梯子爬上天界；扎萨·西格尔用铁梯子降临下界；阿拜·格斯尔用金银圈爬上天；等等。以上例子都反映了这一观念的古老基础。在史诗里，三个世界的交界处分别形成三种过渡地带：天界的白色土丘、人界的黄色土丘、魔界（蟒古斯）的黑色土丘，它们都具有从一个状态转入另一个状态的阈限含义。① 在这一点上，梅列金斯基完全接受了托波罗夫的观点：宇宙树是运动过程与恒定性结构的范型，垂直向与水平向的统一或界线。② 米季罗夫也曾研究过这一特殊的情形：比如，卡尔梅克《江格尔》中的"生命树"具有连通三界畛域的神奇功能，还有江格尔的神矛变成马棒、弹毛棒、宝塔、山峰等，其作用类似于神圣的生命树；这些都是同一类世界树的多重化表现及象征手法而已。③ 简言之，《史诗诗学》关于宇宙诗学的洞见，虽然来源于卡西尔艺术哲学的宇宙体系论之理式启发，但其资料学的基础还是来源于本土文化观念的诗学经验。因而，它主要立足于本土传统的二界或三界的宇宙论模型，开辟了蒙古史诗诗学宇宙模式论的新的领地。

诗性"地理"的研究始于维柯的发现，而以空间、时间和数为概念基础的生命本体论的系统研究是由卡西尔来完成的。维柯把诗性地理看作一种艺术哲学原则，目的在于揭开它的诗性历史的神秘面纱。因为这一原则的经验前提主要来源于对熟悉的或近在手边的事物的"类比直觉"。④ 卡西尔从人本发展的情感问题出发，为宇宙形式的三大要素或主题——空间、

---

① 巴·布林贝赫：《蒙古英雄史诗的诗学》（蒙文版），内蒙古教育出版社，1997，第47～56页。

② 叶·莫·梅列金斯基：《神话的诗学》，魏庆征译，商务印书馆，2004，第240页。

③ 涅克留多夫：《蒙古人民的英雄史诗》，徐昌汉等译，内蒙古大学出版社，1991，第104页。

④ 维柯：《新科学》，朱光潜译，商务印书馆，1989，第417页。

时间和数概念赋予了以生命本体论为联结准线的艺术哲学意义。这与伯格森、尼采的生命哲学一脉相承，经过卡西尔的再度升华，延伸到了克罗齐、科林伍德和苏珊·朗格等人的艺术问题研究。关于生命问题的关注除了哲学传统的研究之外，还有一个值得关注的学术范例是，基于人类学、民俗学和文学视角的仪式—叙事序列研究，这也对诗性地理的宇宙（生命）诗学分析有重要的方法论意义。简言之，《史诗诗学》的宇宙论诗学分析不仅与卡西尔的宇宙哲学论和维柯的诗性"地理"概念有着内在的观念联结，而且还与瓦·弗拉基米尔佐夫等俄苏学者的史诗地理称谓研究有着一定的学理关联。

《史诗诗学》指出，"诗性地理"或"史诗地理"是与史诗空间有关的一个重要问题，它主要是指与人类的原始思维息息相关的"直觉的、想象的艺术创作"。所谓的原始思维就是艺术的思维，作为语言艺术的史诗文类也无不遵循了这一思维模式的艺术创作规则。即"大地的结构也按照直觉来被描述或被规定"，一切思想、一切感性直观以及知觉都存在于一种"原始的情感基础"。① 因此，蒙古英雄史诗中的地理，一方面有可能是具体地理的诗性表达，另一方面或许就是艺术想象的诗性地理；它们包括具体地名、艺术创编的或情感的地名、集体记忆的通用地名（一望无际的田野、乌勒·沙漠山、冰河、蓝色的杭盖）、以"神话—宗教"观念为根基的地理名称（阿纳巴德海—欢乐海、须弥尔山、乳海、恒河、宝木巴故乡、相约的宝日土丘），等等。其中，从不同的角度出发，对"相约的宝日土丘"所做的全面而深入的诗学分析，不仅是整个宇宙诗学的重要突破口，而且它以其诗性般的本土化表述充分论证了《史诗诗学》所特有的独到见解和诗学洞见。比如，"相约的宝日土丘"作为诗性地理的特殊例子，其蕴含的信息比我们想象的还要多，它指的是：1. 交战的"场合"；2. 传达信息的驿"站"；3. 遥望远处、观察地势的"站岗处"；4. 传达信息、鼓舞军民的"讲演台"；5. "休息的地方"；6. 赶马或套马的地方；7. 为迎接勇士的"战胜的门槛"；8. 征战

---

① 恩斯特·卡西尔：《神话思维》，黄龙保等译，中国社会科学出版社，1992，第104～108 页。

双方的地域界线或自然屏障；9. 跪拜上天和膜拜神仙的"朝拜的敖包"。简言之，这些地理名称与蒙古英雄史诗的经典形态和"历史虚构"紧密相连，主要突出了诗性地理的艺术化想象。① 此外，史诗地理问题，有时作为蒙古史诗的起源研究和历史化研究的重要依据，它常常也是引起学者们的兴趣和爱好的重要范畴。

史诗的方位问题，实际上是史诗宇宙论的一部分，它与史诗地理和空间观念有着更为直接的内在关联。《史诗诗学》指出，于蒙古英雄史诗里的白方勇士们而言，他们自己的故乡就是世界的中心（轴心），这里是一切事情发生的起点，也是确定其方向的基盘。比如，从卫拉特史诗的特征看，正面的方位、吉利的方位、伙伴和未婚妻所在的方位是与上方、升太阳、出太阳的方向形成正比，反面的方位、非吉利的方位、敌方和黑方野兽及地狱界所在的方位是与下方、夕阳、落日方向形成正比；两者之间则形成了鲜明的反比关系。② 即光明和东方连在一起，是生命的源泉，而位于日落处的地方都充满了"死亡的恐惧"③。这不仅构成了史诗方位问题的分类学基础，同时也反映了史诗植根于二元对立结构的思维模式和观念前提，即把所有的美好、正义、明亮、吉祥的事项同上界、太阳升出方、阳光明媚的方位连在一起，将所有的丑陋、邪恶、黑暗、邋遢的事项和下界、夕阳方、深夜联系起来④；在正反比的对立统一中构成了史诗世界的结构轮廓，确立了诗性宇宙的对立原则。因此，这些方位描述，一方面指的是现实的方向，另一方面指的是象征的方向。正如卡西尔所说的那样，神话空间的每一个位置和方向，实际上都"被赋予某种特征——而这种特征总是可以回溯到基本的神话特征即神圣与世俗之间的分野"⑤。此外，从一种时空转换的视角看，史诗勇士们作为通行三界的主要角色，他们的行

① 巴·布林贝赫：《蒙古英雄史诗的诗学》（蒙文版），内蒙古教育出版社，1997，第61～71页。
② 巴·布林贝赫：《蒙古英雄史诗的诗学》（蒙文版），内蒙古教育出版社，1997，第71～73页。
③ 恩斯特·卡西尔：《神话思维》，黄龙保等译，中国社会科学出版社，1992，第111页。
④ 巴·布林贝赫：《蒙古英雄史诗的诗学》（蒙文版），内蒙古教育出版社，1997，第73～74页。
⑤ 恩斯特·卡西尔：《神话思维》，黄龙保等译，中国社会科学出版社，1992，第96页。

动在某种程度上已经超越了空间、时间和数的物理学界线。即对卡西尔来说，转换的观念是神话思维的重要特征，是一种不断出现的相似转换，即"从感觉到的质向空间形象和空间直观的转换"。① 简言之，从哲学的角度看，与天堂接壤的山顶、与大地中心连接的水源，它们本身就是超越界限的或永恒的象征，是关于宇宙或生命的诗学。除了《史诗诗学》的方位研究之外，还有一点值得注意的是蒙古国学者罗布桑巴拉登的关于史诗方位问题的前瞻性研究。这些研究，共同说明了蒙古史诗研究在宇宙论方面的最基本问题。

史诗的数量问题常常与史诗的象征研究发生联系，从而奠定了史诗宇宙诗学的概念基础和常识范畴。《史诗诗学》指出，作为基本知识和生计方式的数字，是蒙古英雄史诗的宇宙论模式的主要构成部分，它主要反映了海莫斯所说的"神圣数目"的原始含义。即史诗中的数字，并非实际意义上的数。在多种情况下，它是与蒙古民众的审美趣味、宗教信仰、习俗道德息息相关的"神秘数字"或"超数字"。② 正如卡西尔指出的那样，神话形式的全部财富和活力"来自表达在神性概念中存在物的显著发展，来自逐渐扩展到意识的新的领域和内容"③。即，这些数字首先折射出了与人类的原始思维和神话观念相关联的原初含义，其遵循的是"正反面相对立的二元结构模式"。因而，黑白天界、黑白方神灵、黑白方人（格斯尔的三位圣者姐姐所说的话），正反面的形象体系不仅体现出了两者的兼具性（复合性），而且还暗示了两者的以好与坏、美与丑的二元分化为前提的内在分裂。众所周知，关于数字"三""七""十二""十三"的研究较多，比如，蒙古史诗中的数字"三"是被常常维系于礼仪、事务、品行、习俗等事项的数量范畴，多被运用于生活习俗、巫术言行、宗教信仰和具有吉祥意味性的地方。此时，数字"二"显得略少，数字"四"显得略多。因此，在蒙古史诗中，数字"三"和"七"的原本含义基本相似，它们既是吉祥的数字，又是"完满的神圣数"。《史诗诗学》还指出，史诗中的数字，后来受到印度的古代文化和神话的影响，明显加重了它的佛教化

---

① 恩斯特·卡西尔：《神话思维》，黄龙保等译，中国社会科学出版社，1992，第97页。
② 巴·布林贝赫：《蒙古英雄史诗的诗学》（蒙文版），内蒙古教育出版社，1997，第74页。
③ 恩斯特·卡西尔：《神话思维》，黄龙保等译，中国社会科学出版社，1992，第90页。

色彩。与神话思维、习惯风俗、吉祥象征有关的这些数字，在那些潜移默化的过程中不仅作为符号形式，同时也被人们广为欣赏，念念不忘。此外，数字作为艺术夸张手法的例子也较多。① 再有，我们还应该关注的是梅列金斯基和萨嘉斯特的数字象征问题的相关研究。

《史诗诗学》把时间和空间视作一种连续整体，重点指出了史诗宇宙世界所特有的三种特征：时空维度的复合性、形象性和模糊性。这就是史诗的四维时空观的理论前提，同时也是《史诗诗学》的宇宙诗学分析的重要突破口。基于这样的思考，《史诗诗学》认为，蒙古英雄史诗的艺术世界是一种极具模式化特性的宇宙世界。因此，对于这一诗性世界而言，结尾就是开端，开端就是结尾，从而构成了以欢乐为开端、以享乐为结尾的循环模式和叙事结构。② 这就是所谓的"从中间开始的艺术"，与普罗普把事件的中间或结尾部分视作故事开端的观点颇为相似。但对于普罗普而言，时间、空间和数三个概念，有机地维系于叙事的整体结构，它们有另一套体系的观念基础，而不完全属于绝对概念的一套体系。③ 按照卡西尔的看法，整体的结构法则，即宇宙形式以直觉的清晰性和具体性呈现出来。整体的直觉图式——空间、时间的基本形式，最终是数的基本形式，在这种形式中浮现出时空因素的暂时分离，"共存"和"延续"的因素互相渗透。简言之，时间的所有个别的具体规定，都被归于纯数的概念，时间最终似乎要完全化解为数概念。④

总之，《史诗诗学》的宇宙模式论、诗性地理学和方位问题研究，作为当今蒙古史诗诗学的相关核心课题之鲜明对照，主要从艺术哲学和本体诗学的结合角度开辟了《史诗诗学》所自有的宇宙诗学模式论的诗性领地和方法论通道。因而，"心灵""直觉""情感""精神""世界""实在""感性""统一"等一系列概念不仅是从维柯到黑格尔、卡西尔的艺术哲学

---

① 巴·布林贝赫：《蒙古英雄史诗的诗学》（蒙文版），内蒙古教育出版社，1997，第74～78页。
② 巴·布林贝赫：《蒙古英雄史诗的诗学》（蒙文版），内蒙古教育出版社，1997，第56～61页。
③ 普罗普：《故事形态学》，贾放译，中华书局，2006，第192页。
④ 恩斯特·卡西尔：《神话思维》，黄龙保等译，中国社会科学出版社，1992，第90～127页。

的观念基石，它们同时也是开启《史诗诗学》所特有的宇宙或生命诗学的重要工具，其问题的核心则来源于同一命题的观念基础：生命情感的原动力就是"纯直觉"。① 如果我们不了解这些概念术语背后的哲理化的潜在意蕴，那么我们也就无法进入它们的被哲学化的艺术殿堂，也无法了解那些艺术哲学家们所提出的理论思想的演化轨迹和内在联系。所以，弄清这些观念基础和思想脉络很重要，它是了解和通向《史诗诗学》的宇宙诗学或生命诗学的必经之路。时间、空间和数是宇宙模式的三大概念基础，它们之间的相互关系奠定了史诗宇宙诗学的基本框架。

---

① 恩斯特·卡西尔：《神话思维》，黄龙保等译，中国社会科学出版社，1992，第78页。

仁钦道尔吉的蒙古史诗结构研究之思想渊源*

陈岗龙**

　　摘　要：仁钦道尔吉蒙古史诗结构研究之理论具有深远的学术思想渊源，除了德国蒙古学家海西希的影响，还可以追溯到普罗普的结构形态学、日尔蒙斯基的史诗起源理论，乃至维谢洛夫斯基的历史诗学思想。

　　关键词：仁钦道尔吉；学术思想；蒙古史诗结构；故事形态学

　　仁钦道尔吉搜集整理了大量的蒙古英雄史诗，撰写出版了《〈江格尔〉论》《蒙古英雄史诗源流》《蒙古英雄史诗发展史》等一系列重要著作，提出了蒙古史诗历史发展和结构类型方面的重要理论，为蒙古英雄史诗的理论研究做出了突出贡献。仁钦道尔吉把蒙古史诗分为单篇史诗和复合史诗，并提出"史诗母题系列"的理论概念，在蒙古史诗研究领域产生了深远影响。仁钦道尔吉的史诗理论是在认真分析和总结大量蒙古英雄史诗具体文本的基础上，潜心吸收国外学者的史诗研究理论，经过周密的学理性思考之后提出来的，因此考察仁钦道尔吉蒙古史诗研究理论的学术思想来源，对历史地、辩证地认识他为蒙古史诗研究理论发展做出的贡献具有重要的学术史意义。仁钦道尔吉对蒙古英雄史诗结构类型的研究，受到德国蒙古学家瓦尔特·海西希（Walther Heissig）的影响比较明显，在他自己的著作中也经常提及。但是，如果认真考察，仁钦道尔吉的蒙古史诗结构研究理论的形成其实是一个具有深厚学术思想基础的历史发展过程，可以追

---

　　*　原文发表于《民族文学研究》2016 年第 6 期。

　　**　陈岗龙（多兰），蒙古族，北京大学外国语学院教授，主要研究领域：蒙古文学、东方民间文学。

溯到普罗普的结构形态学、日尔蒙斯基的史诗起源理论，甚至是维谢洛夫斯基的历史诗学思想。仁钦道尔吉不仅批判地继承了前人的学术思想和理论遗产，而且还进一步发展了相关学说，提出了自己的新的理论。全面系统地了解仁钦道尔吉的蒙古史诗结构类型研究的思想，我认为需要系统考察尼古拉·鲍培（Nicholas Poppe）的蒙古史诗结构研究理论及其所受到的俄罗斯民间文艺学家普罗普的结构形态学理论的影响，甚至是对普罗普学术思想产生深刻影响的维谢洛夫斯基的历史诗学理论。乍一看，这样的讨论好像有点扯远了，但是这种学术思想渊源的探究，对历史地考察仁钦道尔吉蒙古史诗结构研究理论的思想底蕴具有重要的认识论价值。本文主要讨论仁钦道尔吉蒙古史诗结构研究理论与普罗普故事形态学理论之间潜在的学术联系。

一　尼古拉·鲍培的蒙古史诗结构理论与普罗普的故事形态学

蒙古学家尼古拉·鲍培的《喀尔喀蒙古英雄史诗》[①] 不仅是专门研究喀尔喀蒙古英雄史诗的经典著作，而且也是蒙古史诗理论研究的经典著作，鲍培在这部著作中提出了蒙古史诗研究的重要理论问题，包括蒙古史诗的主题和结构问题。可以说，他是蒙古英雄史诗结构类型研究的奠基者。鲍培在《喀尔喀蒙古英雄史诗》中多次强调："喀尔喀史诗流行于普通民众阶层，不是贵族阶层，演唱史诗的不再是专业史诗艺人，而是一般民众，因此史诗不会出现多样化。"[②] 实际上我们可以这样理解鲍培的观点：贵族阶层流行的职业史诗艺人演唱的史诗都有一些史诗生长的机制，那就是史诗艺人的加工，记录者和抄写者过滤国家意识和宗教意识，最典型的就是《荷马史诗》《罗兰之歌》这一类西方古典史诗。而相比之下，非职业艺人传承的喀尔喀史诗可能更多地保留着史诗最初的特征，那就是婚姻主题和战争主题，即后来仁钦道尔吉所说的婚姻母题系列和战争母题系列。如果说，鲍培是用 14 世纪至 17 世纪的封建战争来阐释喀尔喀史诗，

---

①　Nicholas Poppe, *The Heroic Epic of Khalkha Mongols*, trans. by J. Krueger, D. Montgomery and M. Walter（Bloomington：Indiana University, 1979）.

②　Nicholas Poppe, *The Heroic Epic of Khalkha Mongols*, trans. by J. Krueger, D. Montgomery and M. Walte（Bloomington：Indiana University, 1979）, pp. 80 – 81.

那么仁钦道尔吉是发展地、历史地看待蒙古史诗中的婚姻和战争，进一步将其分成 A1、A2 和 B1、B2 母题系列①，这实际上就是发展了鲍培的观点。

鲍培在《喀尔喀蒙古英雄史诗》中对单篇史诗和复合史诗的论述值得我们注意。他说单篇史诗和其他同样的单篇史诗结合构成复合史诗。不过，鲍培论述的单篇史诗更接近于"回合"。但是鲍培强调了一点，即复合史诗分解后，并不是其中的组成部分都成为完整的单篇史诗。譬如，讲述英雄被蟒古思或敌人杀死的回合绝对不能构成独立的单篇史诗。因为蒙古史诗中都是英雄战胜敌人才是传统模式。因此，这种英雄被杀死的回合之后必须接续其他回合，必须连接主人公复活、继续战斗、战胜敌人的情节。鲍培是把婚姻和战争都看作一个完整的独立的回合，因此英雄被敌人杀死的回合是不完整的史诗，实际上就是不完整的仪式，所以鲍培说的多回合的史诗实际上是用单篇史诗的回合组织一个完整仪式的史诗。

鲍培其实谈到了一个与故事类型相似的问题，那就是情节复杂的故事类型分解以后是不是能够得到两个或两个以上独立的故事类型？同样道理，一个复合史诗分解以后能否得到两个或两个以上独立的单篇史诗？仁钦道尔吉对单篇史诗发展规律的归纳总结实际上丰富了鲍培的观点。其中，史诗母题系列内嵌入母题系列和不同类型的单篇史诗可以互相转化等，我们在下文中要详细谈这一点。

鲍培在《喀尔喀蒙古英雄史诗》中提出了最重要的史诗主题和结构理论，那就是鲍培认为有限主题组成了蒙古史诗。鲍培说："各种史诗大部分虽然相互之间有差异，但各种具体回合实际上就是由相当有限的主题的种种不同结合形成的。而且回合的主题更是少数基本主题的变体。"② 因此鲍培将其限定于 ABCD 四个基本主题：

A. "英雄与蟒古思或敌人战斗并战胜"的基本主题下面就有 A1、A2、A3 等变体，这些被鲍培称之为插话，注意这不是独立的单篇史诗，但是构成史诗的回合。

A1：英雄与蟒古思战斗并被杀死。按照鲍培的观点，这个回合不能构

① 仁钦道尔吉：《蒙古英雄史诗源流》，内蒙古大学出版社，2001，第 50 页。
② Nicholas Poppe, *The Heroic Epic of Khalkha Mongols*, trans. by J. Krueger, D. Montgomery and M. Walter (Bloomington: Indiana University, 1979), pp. 80-81.

成独立的史诗，后面必须接续其他回合，直到英雄胜利。

A2：英雄与蟒古思战斗，但因为牧马人等其他人物的阴谋，英雄失败。

A3：可汗招待英雄，毒死英雄。

B. "英雄通过三个回合获得胜利的婚姻"基本主题。

B1：英雄获得男儿三项比赛胜利，但是必须捉来猛兽。实际上这也是一个未完成的回合。

B2：英雄求婚、结婚后去取来大鹏金翅鸟的羽毛，但被姐夫们陷害。

C. "天上的美人复活英雄"的基本主题。

D. 主人公与儿子一起战胜敌人。

在鲍培看来，ABCD 四个主题就是固定不变的有限的基本主题，而这些基本主题可以有多个变体，这就很像普罗普所说的行为和功能。

普罗普的《故事形态学》[①] 是 1928 年出版的，鲍培的《喀尔喀蒙古英雄史诗》是 1937 年出版的，但是鲍培并没有提及普罗普的理论，不过这并不说明鲍培完全没有受到普罗普的影响。因为两者在基本研究方法上是很相似的。

普罗普是从对"沙皇赠给好汉一只鹰，鹰将好汉送到另一个王国"等具体行为的高度概括中抽象出魔法故事中角色的行为功能的。在普罗普那里，前者和后者是可变因素和不变因素。而鲍培的基本主题也是从喀尔喀史诗的多种变体中归纳出来的，鲍培的"有限的基本主题"和基本主题的多种变体其实对应于普罗普的不变因素和可变因素。鲍培认为蒙古史诗是有限的基本主题的不同组合的观点，也和普罗普对魔法故事的论述很相似。而且鲍培归纳出的 ABCD 四个基本主题的不同变体在普罗普的故事形态学中都被具体讨论过。

因此，我认为鲍培的喀尔喀蒙古史诗结构类型的研究很有可能间接或直接地受到了普罗普故事形态学的影响。进而我们认为蒙古史诗的情节结构类型研究从鲍培开始就受到了结构主义理论（不是形式主义）的影响。

而明确借鉴普罗普的故事形态学理论分析蒙古史诗结构的是卡尔梅克学者 T. G. 博尔贾诺娃。她把蒙古史诗分为八个要素，开场：故乡、牲畜、

---

① 普罗普：《故事形态学》，贾放译，中华书局，2006。

自然景象和宫殿的描述；不幸、伤害、损失：寻找未婚妻；启程远征；途中经历：与其他英雄相遇（助手）、同蟒古思斗争；斗争和胜利；消除不幸和灾难：与未婚妻团员；返回家乡；英雄的婚礼。

博尔贾诺娃认同"史诗是在勇士故事和魔法故事的基础上产生"，相信通过史诗与故事情节的比较研究会发现其中存在共同的母题。博尔贾诺娃认为，"进行史诗与故事中类似的单个情节的比较研究，有利于搞清各种体裁的民间文学的共同起源"①。这种研究的学术思想可以追溯到维谢洛夫斯基。

海西希认为，普罗普的故事形态学理论研究童话十分贴切，但研究蒙古史诗就不够实用，因此博尔贾诺娃的研究不够理想。海西希批评博尔贾诺娃把史诗简单分为开场、不幸、威胁并不符合蒙古史诗的本土题材，他认为蒙古史诗中的各种题材是在本土的文化传统中形成的，因此更倾向于对史诗中的题材和萨满教相同题材之间进行比较研究，以此来阐释史诗题材或母题的本土文化来源。这就有点像汤普森母题索引中所提倡的思路，纠正阿尔奈故事类型研究的一元论观点，从更广泛意义上讨论相同母题之间的文化联系。海西希特别提出"从题材类型和类型模式中产生的可能性"②，他指出史诗中的一些母题同样存在于民间宗教的材料中。具体如海西希研究过的英雄从岩石中诞生的母题的来源。

总而言之，鲍培所开创的蒙古史诗主题与结构分析的模式影响了包括海西希和仁钦道尔吉在内的很多学者对蒙古史诗情节结构的研究。与西方史诗相比，蒙古史诗历史性弱而故事性强，婚姻和战争是两个核心主题，并且它们都在英雄的前半生完成。这在某种程度上使蒙古史诗带有一种人生仪礼模式的性质，与其说蒙古史诗是文学样式不如说是民俗模式。而这种民俗模式是普罗普研究的俄罗斯童话即魔法故事所普遍具有的。普罗普认为所有魔法故事归根结底都是一个故事，那么蒙古史诗其实也是作战和

---

① T. G. 博尔贾诺娃：《论史诗〈江格尔〉与勇士故事的相互联系》，载中国社会科学院少数民族文学研究所编《民族文学译丛》第二集史诗专辑（二），内部资料，1984，第102页。

② 瓦尔特·海西希：《关于蒙古史诗中母题结构类型的一些看法》，载中国社会科学院少数民族文学研究所编《民族文学译丛》第一集史诗专辑（一），内部资料，1983，第353页。

婚姻两个故事。

二 日尔蒙斯基和普罗普"国家前"史诗起源的学说

实际上，日尔蒙斯基等俄罗斯学者通过斯拉夫诸民族与非斯拉夫民族史诗的比较研究提出的史诗起源的理论深刻影响了蒙古史诗和突厥史诗的研究，但在这一史诗起源的研究中地理起源学说的影响大于文化起源学说。仁钦道尔吉对蒙古史诗七个分布中心的论述中就强调过斯拉夫诸民族史诗共通性研究对蒙古各部族史诗研究的理论启示。而从史诗结构的角度来讲，日尔蒙斯基等俄罗斯学者的史诗起源研究具有更重要的理论价值。[①]

日尔蒙斯基和普罗普都是用历史类型比较的研究方法来诠释史诗起源。他们通过比较斯拉夫民族与外族在生活发展各个阶段的创作来探寻史诗起源的规律。实际上这是他们的老师维谢洛夫斯基开创的历史诗学的研究传统。日尔蒙斯基在比较西伯利亚和中亚突厥 - 蒙古史诗基础上复原了《阿勒帕米斯》和《玛纳斯》的发展史。日尔蒙斯基更多地遵循了维谢洛夫斯基的历史诗学。普罗普比较了俄罗斯壮士歌和西伯利亚非斯拉夫民族史诗，复原了俄罗斯壮士歌的前史。普罗普更侧重于起源研究。日尔蒙斯基和普罗普均认为西伯利亚各民族的英雄诗歌是最古老的史诗形式之最直接继承者。

不过，两位学者在具体研究对象的选择上有所不同。日尔蒙斯基比较了史诗和民间故事，认为一些史诗就是由英雄故事转化而来的，而且认为一些神话内容是通过英雄故事渗透到史诗中的，因此英雄故事是连接神话与英雄史诗的重要纽带。而普罗普则比较了神话和史诗。普罗普认为，国家出现前的英雄史诗几乎没有什么历史内容，这一时期史诗的典型情节就是英雄与恶魔的斗争和英雄求婚。普罗普的研究依然采用研究魔法故事历史起源的思路。普罗普认为史诗中英雄所战胜的恶魔就是被颠覆的神话主人公。普罗普认为，史诗中英雄的婚姻是为了整个氏族的发展，而不是为

[①] 参见梅列金斯基《英雄史诗的起源》第一章"当代关于史诗起源的理论"，王亚民、张淑明、刘玉琴译，商务印书馆，2007。

了建立个人的家庭。仁钦道尔吉也认为婚姻就是氏族联盟和部落联盟的纽带。这超越了个人的婚姻。俄罗斯神话学家和史诗学家梅列金斯基评论道，普罗普和日尔蒙斯基共同的贡献是把古代英雄史诗的情节，主要是英雄求婚、英雄斗争妖魔和英雄种种传奇经历的情节展示给了我们。梅列金斯基认为，史诗的情节、思想以及使之独具魅力的和谐性，均与原始公社时期广泛流传的民间故事有关。而相同的学术思想也见于涅克留多夫对早期蒙古史诗的论述。

涅克留多夫在其著名的《蒙古人民的英雄史诗》中提出的"蒙古史诗共同体"概念值得我们关注。[①] 涅克留多夫根据史诗中反映的狩猎和畜牧生活，把蒙古史诗分为森林狩猎民（布里亚特）史诗和草原游牧民（蒙古人、卡尔梅克人）史诗两个基本类型。匈牙利蒙古学家劳仁兹（László Lörincz）指出，中亚和南西伯利亚的勇士故事（英雄歌）中英雄的历险故事只具有个人意义。实际上这正是普罗普研究过的魔法故事或英雄故事的主题，即个人的成人仪式。而英国蒙古学家鲍登（Charles Bawden）也在1980年指出，蒙古史诗中的英雄生来就具有取得胜利的一切必需的自然品质，并拥有超自然力量的帮助，等同于神话中的英雄，这实际上更像魔法故事中的主人公。根据劳仁兹、鲍登和日尔蒙斯基等人的观点，以及普罗普本人对史诗"国家前"主题的讨论，早期的蒙古史诗和中亚史诗具有一定的英雄故事或以英雄个人历险为主题的魔法故事性质，因此可以在某种程度上用普罗普故事形态学分析其行为和功能。

三 瓦尔特·海西希的蒙古史诗结构类型理论

对蒙古英雄史诗情节结构的研究做出重要理论贡献的是德国蒙古学家海西希。研究蒙古史诗的主题和题材类型是海西希引用蒙古史诗进行史诗理论研究的第一项任务。海西希明确提出他的研究涉及类型学结构分析。显然，海西希的讨论既涉及阿尔奈的故事类型学，又关系到普罗普的结构

---

① 参见谢·尤·涅克留多夫《蒙古人民的英雄史诗》相关章节，徐昌汉、高文凤、张积智译，内蒙古大学出版社，1991。

形态学。①

海西希考察《汗哈冉惠传》和《阿尔泰海勒赫》等蒙古史诗之后指出："这些史诗总是按照一定的结构模式，围绕着经常重新命名甚或在现今生活中存在的英雄形象不断产生出来。"② 海西希在这里特别指出蒙古史诗稳定的结构模式。海西希对蒙古史诗主题和结构划分提出了三个层面的分类意见：要了解每一部史诗的基本结构；要研究每一部史诗的表达方式；史诗各种不同主题的形成。

海西希蒙古史诗情节结构分类的目的是为了解决史诗相互依赖、相互影响、相互联系及史诗题材使用不断重复的格式问题。只有按照这一格式来整理所有史诗，才有可能画出各个史诗群的内部相互关系的发展线索。海西希说："因为我不相信有相互联系的诞生历史和阶段的存在，也认为不可能存在。"③ 实际上，海西希更倾向于根据现存资料提炼出史诗情节母题，而不像维谢洛夫斯基和普罗普、日尔蒙斯基他们那样去建构各民族历史上相同阶段形成的文学史模式。

海西希的十四大类及其进一步的细化母题主要是根据蒙古史诗材料本身的特征总结归纳出来的，与普罗普的行为和功能不同。在普罗普那里，不变因素和可变因素的关系中可变因素可以互换。但海西希的大类下面的各个层次的母题之间并不是并列的、可以替换的关系。这更像是按照蒙古史诗线性叙事顺序进行分类。

这里需要提一下鲍培后来进一步对蒙古史诗母题进行研究的一些观点。鲍培翻译蒙古史诗也是支持海西希的计划，主要用于蒙古史诗与其他民族史诗的比较研究。如果说俄罗斯学者是按照维谢洛夫斯基的历史诗学的传统，通过比较各民族不同阶段的史诗作品来探讨史诗、民间故事的起

---

① 瓦尔特·海西希：《关于蒙古史诗中母题结构类型的一些看法》，载中国社会科学院少数民族文学研究所编《民族文学译丛》第一集史诗专辑（一），内部资料，1983，第352页。

② 瓦尔特·海西希：《关于蒙古史诗中母题结构类型的一些看法》，载中国社会科学院少数民族文学研究所编《民族文学译丛》第一集史诗专辑（一），内部资料，1983，第352页。

③ 瓦尔特·海西希：《关于蒙古史诗中母题结构类型的一些看法》，载中国社会科学院少数民族文学研究所编《民族文学译丛》第一集史诗专辑（一），内部资料，1983，第352页。

源问题的，那么海西希、鲍培等学者则是更多地参考 AT 分类法，把蒙古史诗、突厥史诗甚至世界史诗放在历史地理学派研究的体系中，探讨他们相互之间的联系的。鲍培特别注意不同史诗中同一母题细节上的微小差异，这种差别可能关系到确定史诗变体之间的关系。例如，布里亚特史诗中勇敢的姐姐的母题：

A.《阿拉木吉－莫日根》：英雄被叔叔杀死，姐姐带来公主复活弟弟，自己变成小鹿消失在森林中；

B.《艾都来－莫日根》：英雄被残忍的女人杀死，姐姐变成蚊子飞走；

C.《双胡代－莫日根》：英雄被 108 头蟒古思杀死，公主赶来之前，姐姐变成了一只鸟；

D.《汗色克赛－莫日根》：英雄被继母杀害，姐姐接来国王的两个女儿复活弟弟，自己回到森林里；

E.《查嘎代－莫日根和诺噶代－彻辰》：因为梦，英雄被父母杀死，姐姐接二连三复活弟弟。

不过，鲍培的蒙古史诗母题研究中一直伴随着普罗普形态学理论的影响。鲍培明确指出："对（蒙古史诗）母题进行分类编排将使蒙古史诗与其他民族史诗的比较研究变得容易得多。另一方面对母题分类编排也将大大促进史诗的结构和韵文成分的研究。……任何一首史诗的结构都可以是公式。"[①]

四 仁钦道尔吉对蒙古史诗结构类型理论的发展

海西希的蒙古史诗母题分类法提出之后，在蒙古英雄史诗研究领域产生了重要影响。而仁钦道尔吉虽然接受海西希的母题理论来指导自己对蒙古史诗情节结构的分析，但是并没有直接套用海西希的理论，而是经过探索后提出了"史诗母题系列"的情节单元概念。仁钦道尔吉通过对国内外大量蒙古史诗文本的比较分析后发现，除了作为蒙古史诗最小情节单元的

---

① 尼古拉·鲍培：《对蒙古史诗母题的研究》，载中国社会科学院少数民族文学研究所编《民族文学译丛》第一集史诗专辑（一），内部资料，1983，第382页。

母题之外，还普遍存在一种比母题大的周期性的情节单元。仁钦道尔吉把这种情节单元叫作史诗母题系列，并根据其内容把蒙古史诗的母题系列分为婚姻型母题系列和征战型母题系列两种。仁钦道尔吉提出，婚姻和战争两种母题系列各有自己的结构模式，都有一批固定的基本母题，而且系列内部的母题都有联系和固定的排列顺序。实际上，仁钦道尔吉看出了海西希概括的蒙古史诗十四大类几百个母题都是以婚姻和战争两种母题系列有机地编织在一起，以不同数量、不同组合方式反复出现在各个具体史诗当中的。蒙古史诗的基本情节都是由婚姻型母题系列和征战型母题系列所组成的，但由于这种母题系列的内容、数量和组合方式的不同，蒙古史诗分为三大类型：单篇型史诗、串联复合型史诗和并列复合型史诗。①

仁钦道尔吉的史诗母题系列，实际上就是早期英雄史诗的情节框架。而且，这种母题系列就是战争和婚姻两种。普罗普认为，"国家出现前"的英雄史诗中几乎没有什么历史内容，对于这一时期的史诗来讲典型的就是那些勇斗妖魔和英雄娶亲的情节。仁钦道尔吉也认可这一观点。可见对于早期英雄史诗的情节框架中的战争、婚姻这两个基本情节或主题之观点，仁钦道尔吉和普罗普之间虽然没有直接关系，但也是有一定学术联系的。仁钦道尔吉的研究中心是蒙古史诗在最初的史诗框架即古老传统的基础上，其情节结构的向前发展，即新因素的增加和旧因素的退出。因此，可以说，如果普罗普、日尔蒙斯基等俄罗斯学者的研究重点是讨论包括蒙古史诗在内的英雄史诗的国家前形态的起源及其与其他民间文学体裁主要是英雄故事、神话等的关系，那么仁钦道尔吉则是更多地关注蒙古史诗在早期史诗传统基础上其情节结构的向前发展。

仁钦道尔吉讨论突厥－蒙古史诗起源时，从抢婚和勇士与恶魔斗争传说谈了早期史诗两个核心母题系列的发生学。他认为英雄史诗的进一步发展都是以这两种史诗母题系列为框架、模式与单元的。因此，他认为，这两种史诗母题系列是发现英雄史诗发展规律的两把钥匙。仁钦道尔吉提出，抢婚型史诗的情节框架或母题系列是婚姻型史诗发展的基础和最初的形式。氏族复仇型史诗的情节框架或母题系列是征战型史诗发展的基础或

---

① 仁钦道尔吉：《〈江格尔〉论》，内蒙古大学出版社，1999。

第一类型。史诗的进一步发展，都是以这两种史诗母题系列为框架，以它们为模式，以它们为单元的。仁钦道尔吉认为，随着社会发展，在抢婚型史诗（A1）情节框架基础上形成了考验型史诗（A2）。考验婚的文化内涵，他认为可能有两种来源，一是服役婚遗俗，二是英雄的成人仪式。同时，他也指出，婚姻实际上已成为建立氏族联盟或部落联盟的纽带。他一直关注英雄史诗的起源、形成和发展。其实史诗母题系列的观点正是从情节结构的角度体现了他的这种思考。

仁钦道尔吉对蒙古英雄史诗情节结构发展的理论分析之成就，与蒙古各部族史诗资料的全面搜集分不开。这一点和世界民间故事分类体系的丰富是同样的道理。仁钦道尔吉把蒙古史诗的分布点扩展成七个分布点，几乎涵盖了蒙古各部族史诗的所有资料。因此，他对蒙古史诗情节结构的描写和分类就更准确，后来四卷本《蒙古英雄史诗大系》正好证明了这一点。

（一）1923年符拉基米尔佐夫写《卫拉特—蒙古英雄史诗》时实际上只知道布里亚特史诗、卡尔梅克史诗和蒙古史诗，他还不能对整体蒙古史诗下一个全面的定论。

（二）1937年鲍培写《喀尔喀蒙古史诗》时主要是自己搜集了喀尔喀史诗文本，虽然第四章讨论了喀尔喀史诗与其他蒙古史诗的关系，但情节、主题的讨论还是根据喀尔喀史诗归纳出来的。

（三）日尔蒙斯基、普罗普等虽然在讨论史诗起源问题时涉及突厥－蒙古史诗，但主要还是西伯利亚和中亚——布里亚特和卡尔梅克史诗，还没有掌握蒙古史诗的全部资料，特别是仁钦道尔吉所说的蒙古史诗具备了各发展阶段的所有特征。

（四）从海西希开始，对蒙古史诗文本的研究更注意各部族史诗的全面性，这种全面性更趋向于故事分类学的布局，他根据各地蒙古史诗的资料归纳出蒙古史诗的十四大类。

（五）涅克留多夫、海西希等对蒙古史诗的把握基本上达到了涵盖各部族的程度。但仁钦道尔吉的《蒙古英雄史诗源流》和海西希的《蒙古英雄史诗叙事资料》一样，对蒙古史诗情节结构做了详细描写，其中海西希更多关注蒙古史诗各作品之间的联系（类似汤普森母题索引），而仁钦道尔吉则把母题系列观念贯穿于全书。

1981 年仁钦道尔吉在《论巴尔虎英雄史诗的产生、发展和演变》一文中按照故事情节,将巴尔虎史诗归纳为四大类。第一类,英雄到远方娶妻的史诗。英雄娶妻是史诗主线,英雄在途中与敌人交锋是附带性情节。[①]第二类,描写英雄战胜掠夺者的一次英雄事迹的史诗。第三类,描写英雄人物到远方娶妻及回家后消灭乘虚入侵之敌的史诗(失而复得史诗)。第四类,描写英雄前后战胜两个不同掠夺者的史诗。仁钦道尔吉指出四类英雄史诗之间有密切联系,即有继承和发展关系。第一类和第二类史诗的情节产生最早,可能产生于阶级社会以前的阶段。第三类史诗的情节是在前两类基础上产生的,但不是简单的拼凑。第四类史诗的两个情节,是由第二类史诗和第三类史诗的后半部分组成的。

涅克留多夫指出,史诗的细节化是构造"大型"史诗的基本机制之一[②]。正是史诗的展开程度说明了作品篇幅会出现如此巨大差异的原因,因为史诗艺术的鲜明特征是"起伏变化的情节融汇于壮阔的描写中"[③]。这正是海西希所指出的"每部史诗中许许多多典型的细节"[④]。题材的重复能使故事复杂化,变得更长。实际上这种主题的再次加工决定了复杂的多结构的史诗的出现,甚至决定了"小"史诗这种"亚体裁"内部篇幅较大作品的出现。史诗形式,向"大"演化,首先是一个组合过程。实际上涅克留多夫也看出了母题的重复、单一情节史诗内部各种母题的增加和单篇史诗组合成复合史诗的问题。而仁钦道尔吉则在学理性上更准确地做了分类。仁钦道尔吉总结了单篇史诗发展的几条规律:第一,通过同一部史诗多种异文的比较,发现了史诗母题系列内部各种母题之间嵌入新母题来发展单篇史诗的规律。嵌入的母题数量越多,史诗的内容便会更加充实和复杂,史诗的体积也更加庞大。第二,在史诗母题系列的前后增加新母题,

---

① 仁钦道尔吉已指出史诗的主线和附带性情节的问题。但是笔者认为英雄娶妻之前完成镇压敌人的情节是为了获得婚姻资格,不是附带情节。

② 谢·尤·涅克留多夫:《蒙古人民的英雄史诗》,徐昌汉、高文风、张积智译,内蒙古大学出版社,1991,第 92 页。

③ 谢·尤·涅克留多夫:《蒙古人民的英雄史诗》,徐昌汉、高文风、张积智译,内蒙古大学出版社,1991,第 92 页。

④ 瓦尔特·海西希:《关于蒙古史诗中母题结构类型的一些看法》,载中国社会科学院少数民族文学研究所编《民族文学译丛》第一集史诗专辑(一),内部资料,1983,第352 页。

形成各种不同的序诗和结尾。第三，一个史诗母题系列内不但可以嵌入个别母题，而且同样可以嵌入其他史诗母题系列和母题群。史诗的派生情节和插曲就是以这种方式出现的。第四，母题内部展开、扩充以及母题内部引入新母题，从而使各个母题发展和变化。也就是每个母题由粗到细、由简到繁、由小到大，有时从一个母题内派生出其他母题来。第五，不同类型的单篇史诗可以互相转化，有时，从一种类型的史诗中脱胎出其他类型的史诗。这就是单篇史诗内部母题系列的增长和发展的规律。而复合史诗由两个或者两个以上单篇史诗组合而成。因此，说明了单篇型史诗构成、发展的规律也就说明了串联复合型史诗和并列复合型史诗的构成和发展的规律。

总而言之，仁钦道尔吉对蒙古英雄史诗情节结构类型的理论研究，是有深远的学术思想渊源的。他并不是简单地演绎海西希蒙古史诗母题分类法，而是在充分吸收自维谢洛夫斯基以来的普罗普、日尔蒙斯基等俄罗斯学者关于史诗起源和发展的理论的基础上，结合社会发展阶段和对史诗形态发展的分析，提出了蒙古史诗结构发展的理论学说。

百年"格萨尔学"的发展历程[*]

李连荣^{**}

摘　要：本文按时间线索对中外《格萨尔》史诗的研究历程进行概观性讨论。从蒙古语文本的发现到后来的翻译和评介，俄国及其他地区的学者围绕《格萨尔》史诗开展了早期研究；1900 年前后，在印度周边地区和我国藏族地区陆续发现的藏语文本引起了相关学者的高度关注；20 世纪 40 年代以来，随着西方学界的持续性研究，一门具有现代学术理念的专门学科——"格萨尔学"应运而生；20 世纪 50 年代末期，两部具有代表性的研究著作相继面世，进一步奠定了"格萨尔学"在国际人文学科中的学术地位。国内的格萨尔研究始于 20 世纪 30 年代，至 1950 年，这门学问也开始引起新中国政府与学者的高度关注。可以认为，20 世纪 80 年代以来，"格萨尔学"中心已从西方学界逐步转移到了中国，并发扬光大。

关键词：《格萨尔》；史诗传统；格萨尔学；学术史

2009 年，"《格萨（斯）尔》史诗传统"被联合国教科文组织列入《人类非物质文化遗产代表作名录》，其文化价值与艺术成就在世界范围内得到了前所未有的关注。而作为一门国际性的显学，百年来的《格萨（斯）尔》史诗研究也在中外学人的不懈努力下得以推进，在藏学、蒙古学和口头传统研究诸多领域中皆占有相应的学术地位。今天，我们有充足

---

　*　原文发表于《西北民族研究》2017 年第 3 期。

　**　李连荣（宗哲迦措），藏族，中国社会科学院民族文学研究所研究员，主要研究领域：《格萨尔》与藏族民间文学。

的理由认为，这一发轫于西方的专门化学术研究事业——"格萨尔学"——已经在我国生根、发芽、开花、结果，并有了长足的发展。本文基于相关文献资料的梳理和归纳，对"格萨尔学"百年来的学术史做一简要回顾。限于篇幅，难免挂一漏万。

一 域外研究：一门学问的兴起

我们必须承认，现代意义上的《格萨尔》史诗学术研究是从西方学界兴起的。《格萨尔》史诗最早形成于藏族社会与文化中，后经"北传"路线，进入以土族、裕固族和蒙古族为主的东北方广阔地域，直至西伯利亚地区；又经"南传"线路，传入纳西族、白族乃至喜马拉雅南麓的各民族地区。因此，现今我们从中亚到东北亚都能看到其可爱的身影。

就其研究来说，对这部史诗的考察最早从藏族学者开始。9~13世纪，以"赞颂歌"形式讨论《格萨尔》史诗的典型代表如二世噶玛巴的《献给雄狮圣贤东珠的煨桑歌》》①。从18世纪起，尤其是从第六世班禅向松巴堪布"讨教"有关格萨尔王的身世开始，关于《格萨尔》史诗的内部研究，在藏族学者中完全公开，并成为一门学问。但究其根底，这类纯粹的"考察研究"，还不能算作具有现代科学理念的学术研究。这是学术界的共识，不仅《格萨尔》史诗的研究情况如此，这种现象还普遍存在于我国其他人文和社会科学领域中。那么，具有现代科学理念的《格萨尔》史诗研究是如何兴起的呢？

（一）史诗资料的发掘、翻译与史诗藏文本的发现

1772年，德国博物学家帕拉斯（P. S. Pallas, 1741 - 1811）在西伯利亚的买卖城（mai-mai tch'eng，现属俄罗斯布里亚特共和国的恰克亭斯基地区，Kyakhtinsky District）见到了一座格斯尔庙。他在介绍这个情况的游记

---

① Karmapakshi. seng chen skyes bu don grub la gsang（bsang）mchod 'bul tshul lags so（ge sar zhib 'jug, 2015），pp. 29 - 36.

中，还提及蒙古地区有一部关于格斯尔的巨著，但没有引用原文资料。①
自此，欧洲学者开始搜集与关注《格萨尔》史诗。但是，最初搜集、研究
的资料均来自俄国的蒙古人以及中国的蒙古地区传承的《格斯尔》史诗。
特别是俄国学者雅科夫·施密德（I. J. Schmidt）刊印了蒙文《格斯尔》北
京木刻本，译为德文于 1839 年在彼得堡出版，并作了序文，讨论了这部史
诗的起源、语言特色等问题。这可算是《格萨尔》研究这门学问最初的起
源。接下来，学界开始将搜寻的目光集中到这部史诗的"原初"样子，即
它的藏语文母本的情况。

1885 年，俄国学者波塔宁（G. N. Potanin，1835 - 1920）在现在的青
海省民和县三川地区的寺院中发现了五个故事（部）②的藏文《格萨尔》
抄本③。1900 年，德国传教士兼学者弗兰克（A. H. Francke，1870 - 1930）
首次在拉达克记录了五个故事（部）的口传藏语本《格萨尔》④。19 世纪
20 年代，达卫 - 尼尔（Alexandra David-néel，1868 - 1969）和庸登喇嘛
（Lama Yongden，1899 - 1955）在今天的青海省玉树藏族自治州结古镇搜
集到了《格萨尔》的口传本和手抄本，并将二者汇编成十个故事（部）的
《岭超人格萨尔王传》⑤。在为此书所作的序言中，印裔法国学者列维
（Sylvain Lévy，1863 - 1935）称《格萨尔》史诗是"中亚的《伊利亚
特》"，从此这个称号得到了许多学者的赞同，一直沿用至今。1942 年，俄
国学者罗列赫（G. N. Roerich）总结过去搜集的资料，提出了"原始《格

---

① 石泰安：《西藏史诗与说唱艺人的研究》，耿昇译，西藏人民出版社，1994，第 28 页；霍
　莫诺夫：《布里亚特英雄史诗〈格斯尔〉》，陈渊宇译，内蒙古自治区社会科学院文学研
　究所、内蒙古自治区《格斯尔》工作办公室编印，1986，第 2 页。

② 在中国《格萨尔》研究界，用"部"一词来指《格萨尔》史诗的一个长篇完整的故事。
　自从王沂暖提出了《格萨尔》存在"分章本"与"分部本"的差异后，学界基本认为，
　"章"与"部"的差别仅在于故事的长短。蒙古族传承的《格斯尔》一般多为"分章
　本"，藏族传承的《格萨尔》一般多为"分部本"。

③ Ts. Damdinsuren ed. , Corpus Scriptorum Mongolorum Instituti Linguae et Litterarum Comiteti Sci-
　en - tiarum et Educationis Altae Reipubligae Populi Mongoli, Tomus Ⅷ, Fasci ulus 3, *Tibetan
　Version of Gesar Saga*, Chapter Ⅰ - Ⅲ（Ulan Bator：Mongolian Academy of Sciences，1961），
　p. 14. 笔者在此将这个抄本称为"民和三川本"。

④ Francke，A. H. , *A Lower Ladakhi Version of The Kesar Saga*（Calgutta：The Royal Asiatic Soci-
　ety of Bengal. 1905 - 1919），p. xxviii.

⑤ 大卫 - 尼尔：《岭超人格萨尔王传》，陈宗祥译，西南民族学院民族研究所，1984，第
　27 ~ 39 页。

萨尔》史诗"是源于佛教传入之前的唐古特（蒙古人对安多藏族的称呼）和西藏东北部族的英雄史诗，以及"格萨尔"一词可能来自西藏和唐古特东北部族从突厥人那里借用的罗马恺撒（Gaius Julius Caesar）称号等观点①。

（二）"格萨尔学"的奠基：两本总结性的著作

1957年，蒙古人民共和国学者策·达木丁苏伦（Ts. Damdinsuren）的副博士学位论文《"格斯尔"的历史源流》出版。这是研究《格萨尔》起源、归属问题和主题特征的重要论著，主要观点是：（1）关于格萨尔的身份与历史问题，论文把藏文戈斯拉斯（go-sras）等同于唃厮罗，认为格萨尔就是宋代在青塘地区（现青海省西宁市）创建政权的唃厮罗（汉文献有相关记载），"把史诗、中国编年史和上述藏文著作做过比较之后，我们可以得出唃厮罗和格萨尔汗是同一历史人物的结论"②，力图澄清克拉普劳特的关帝说。论文不同意欧洲东方学者的恺撒说法，对科津将格萨尔与成吉思汗混为一谈进行了批驳。（2）关于《格萨尔》的民族属性，他认为《格萨尔》是藏族、蒙古族和布里亚特蒙古族的独特作品。"大家知道，中亚各族人民，蒙古族、藏族和突厥民族的各阶层的集团在漫长的历史发展过程中不但在经济联系方面互相合作，而且在文化方面也有最亲密无间的交际往来。所以这种状况不能不反映到上述各民族的史诗作品的性质上。"③ 此外，他还认为《格萨尔》具有人民性，而非封建统治者的作品，进而提出："显而易见，这里有关于圣徒巴达玛萨姆巴（莲花生）出生传奇故事的影响。"④

1959年，法国学者石泰安（R. A. Stein）的博士学位论文《西藏史诗与说唱艺人的研究》出版，此书以其精深详细的资料工作和文献考证总结

---

① 罗列赫：《岭格萨尔王史诗》，载杨元芳《格萨尔王传译文集》，杨元芳译，西南民族学院民族研究所，1984，第4～54页。

② 罗列赫：《岭格萨尔王史诗》，载杨元芳《格萨尔王传译文集》，杨元芳译，西南民族学院民族研究所，1984，第4～54页。

③ 策·达木丁苏伦：《〈格萨尔传〉的历史根源》，北京俄语学院译，青海省民间文学研究会，1960，第167、168、202页。

④ 策·达木丁苏伦：《〈格萨尔传〉的历史根源》，北京俄语学院译，青海省民间文学研究会，1960，第167、168、202页。

了国外的《格萨尔》研究,其出发点在某种程度上类似于策·达木丁苏伦,但作者更关心这部史诗的形成过程。此书的主要观点是:(1)史诗《格萨尔》至晚形成于 14 世纪;(2)史诗是以印度四天子传说为基础的;(3)格萨尔名字最早来自恺撒大帝,后经中亚伊斯兰教地区和于阗传入西藏;(4)史诗由两大文化仓库组成:外来文化和西藏本土文化;(5)说唱艺人兼有宗教职事者和诗人的双重角色;(6)史诗起源于民间节日;(7)史诗受到了宗教界的影响;(8)英雄格萨尔具有双重角色特征:国王与小丑;(9)史诗可能是一些佛教"疯子"与流浪艺人合作编辑的结果;等等。[①] 此书更加细致地分析了在他之前国外学者提出的主要问题,并在此基础上完成了史诗的起源研究。

(三)20 世纪 60 年代以来的研究

1965 年,自西藏安多地区搜集《格萨尔》史诗返回德国的学者赫尔曼斯(M. Hermanns)出版了《西藏的民族史诗〈岭格萨尔王〉》,特别对《霍岭大战》进行了探讨。依据西藏与突厥之间的战争历史,得出了史诗可能产生于公元前 5 世纪至公元 3 世纪等观点。[②] 20 世纪 70 年代,法国学者艾尔费(M. Helffer)依据本国研究《格萨尔》史诗的传统,对《格萨尔》史诗中的《赛马称王》的音乐旋律进行了研究,进而讨论了史诗反映的文化内涵[③]。此外,德国学者胡默尔(S. Hummel)、苏联学者卡舍夫斯基(R. Kaschewsky)和白玛次仁(Pema Tsering)等人对史诗《格萨尔》进行了类型和母题研究,取得了积极的成绩[④]。90 年代,英国学者萨缪尔(G. Samuel)[⑤]、美国学者科

① 石泰安:《西藏史诗与说唱艺人的研究》,耿昇译,西藏人民出版社,1994,第 819、844 页。

② Hummel, Siegbert., *Eurasian Mythology in the Tibetan Epic of Gesar*, Trans. by Guido Vogliotti (New Delhi: The Library of Tibetan Works and Archives, 1998), pp. 82 – 85.

③ 艾尔费:《藏族〈格萨尔·赛马篇〉歌曲研究》,陈宗祥、王建民、方浚川译,四川民族出版社,2004,第 553、568 页。

④ 卢道夫·卡舍夫斯基、白玛次仁:《西藏史诗〈格萨尔传〉的各种母题和内容索引初探》,史秀英译,载中国社会科学院少数民族文学研究所《民族文学译丛(第一集)》,中国社会科学院少数民族文学研究所,1983,第 29 ~ 42 页。

⑤ Samuel, G., "Gesar of Ling: Shamanic Power and Popular Religion," in G. Samuel, H. Gregor & E. Stutch – bury eds., *Tantra and Popular Religion in Tibet* (New Delhi: Aditya Prakashan, 1994), pp. 53 – 78.

恩曼（R. Kornman）、德国学者赫尔曼（S. Herrmann）等也从宗教信仰等方面研究了《格萨尔》史诗。特别是赫尔曼女士，她在弗兰克之后又以录音方式记录了拉达克地区的《格萨尔》史诗，从而保存了重要资料。[①]

此外，印度、不丹等国自20世纪60年代以来搜集并出版了不少《格萨尔》手抄本，比如不丹出版了33部，印度出版了45部，为研究工作提供了很好的基础资料。

总之，自18世纪《格萨尔》在欧洲引起关注，到今天发展成为一门国际性学科，二百多年来，国外学者一直没有停止过对这部史诗的搜集和研究，取得了重要成绩，形成了鲜明的研究特点。特别是1960年以前国外对这部史诗的调查、搜集和理论探讨，在《格萨尔》史诗学的建设上具有重要意义，对中国开掘《格萨尔》史诗产生了深远的影响。

二 国内研究：从初创到勃兴

1916年，晚清举人徐珂编辑的百科全书式野史巨著《清稗类钞》出版，其中收录了一篇称作"西藏神话《蛮三旺》"的短小故事。这个故事估计是现代中国文献中最早载录的《格萨尔》史诗故事，当为《北方降魔》与《霍岭大战》的混合片段。[②]

（一）四川地区的搜集与研究

1928年，任乃强参加了民国政府组织的西康考察计划，初次了解到《格萨尔》史诗的抄本，见到了有关史诗的唐卡画，欣赏了说唱史诗的热烈场面[③]。不久，在其藏族妻子的协助下，他发表了《格萨尔》史诗《北

---

① Samuel, Geoffrey, Silke Herrmann's Kesar-Versionen aus Ladakh, Asian Folklore Studies, 1995, Vol. 54, No. 1, pp. 159 – 160.

② 陈岗龙：《〈蛮三旺〉与格萨尔史诗》，《西北民族大学学报》2012年第6期，第1～4、34页。在文章中作者认为，这是《北方降魔》的故事情节。事实上，其中也含有《霍岭大战》中的因素，比如霍岭战争结束后格萨尔惩罚珠牡的内容片段等。这就是有清一代《格萨尔》与《三国演义》在中国人中纠葛不清的真实反映。

③ 任乃强：《关于〈蛮三国〉的初步介绍》，载赵秉理编《格萨尔学集成（第二卷）》，甘肃民族出版社，1990，第667页。

方降魔》片段的译文①。

19世纪40年代,任乃强先后发表了多篇文章,分别探讨《格萨尔》史诗在藏区的流传情况、其部数以及说唱特点等问题②。韩儒林介绍和总结了西方学者研究这部史诗的功绩与动因,同时提供了不少有关《格萨尔》的中外文献资料和同时代人的调查研究报告,揭示了史诗的传承情况和与之相关的民俗和信仰等③。此外,四川华西协和大学的谢国安、刘立千、陈宗祥、彭公侯、李安宅等也做了翻译、搜集、初步的介绍性研究工作。同时,他们也为石泰安提供了搜集资料与翻译方面的帮助。④

总之,这个时期《格萨尔》史诗的搜集、研究以四川地区的学者为主,他们的成绩有以下几点:(1)探知了史诗"十八大宗"的目录,认为《格萨尔》史诗总计有18部、19部和25部三说;(2)认为《霍岭大战》为史诗的中心章节,指出史诗被汉人称作"蛮三国"的原因也来自于此;(3)辨别了格萨尔信仰与关羽信仰的区别;(4)认为西方学者研究这部史诗的目的在于寻找西方文化在东方传播的特点。

(二)青海地区的搜集、翻译、整理与研究

1. 华甲、王沂暖与"贵德分章本"

1953年3月,贵德县《格萨尔》艺人华甲在青海省组织的全省文艺汇演中被发现。1957年,青海省文学艺术界联合会(以下简称"青海文

---

① 任新建:《介绍一篇最早的汉译〈格萨尔〉》,载四川《格萨尔》工作领导小组办公室《〈格萨尔史诗〉资料小辑(第十辑)》,四川《格萨尔》工作领导小组办公室,1991,第54页。

② 任乃强:《关于〈蛮三国〉》,载赵秉理编《格萨尔学集成(第二卷)》,甘肃民族出版社,1990,第673~674页;任乃强:《关于格萨到中国的事》,载赵秉理编《格萨尔学集成(第二卷)》,甘肃民族出版社,1990,第674~675页。

③ 韩儒林:《关羽在西藏》,载四川民族研究所编《民族论丛(第14辑)》,四川民族研究所四川民族研究学会,1995,第133~137页。

④ 古正熙:《为〈格萨尔史诗〉做出贡献的人们(一)》,载四川省《格萨尔》工作领导小组办公室编《〈格萨尔史诗〉资料小辑(第八辑)》,四川《格萨尔》工作领导小组办公室,1988,第47~49页;李安宅:《介绍两位藏学专家》,载四川省《格萨尔》工作领导小组办公室编《〈格萨尔史诗〉资料小辑(第十辑)》,四川《格萨尔》工作领导小组办公室,1991,第60~64页。

联"）响应中央"继承发扬优秀民族文化遗产"的号召，敦请艺人华甲和王沂暖翻译、整理了华甲搜集于贵德县的一个抄本（"文革"后以"贵德分章本"之名公开出版)①，后来在《青海湖》（1957 年 7 月号至 1960 年 6 月号）杂志上连续发表了部分内容，当时引起了不小的反响。

2. 徐国琼及青海文联的搜集

1958 年 1 月，热爱史诗的徐国琼从中国文联调往青海文联，直到 1966 年为止。其间，他曾与艺人华甲赴青海省贵德县、化隆县、黄南州，后来他独自前往甘肃省的甘南州、四川省的甘孜州和西藏自治区的昌都地区，搜集了《格萨尔》史诗，获得了大量资料。1958 年 12 月，中共中央宣传部向各级宣传部批转了中国民间文艺研究会为国庆十周年献礼拟订的"中国歌谣"丛书和"中国故事"丛书编选计划，其中指定藏族的《格萨尔》由青海负责定稿和写序工作。1959 年 2 月，青海文联成立"《格萨尔》工作组"，继续进行搜集与翻译工作。1960 年 4 月，青海文联召开民间文学代表大会，青海民间文学研究会正式成立。此后，组建 200 多人的"青海民间文学调查团"，展开了对全省 39 个县、135 个公社、588 个生产队的民间文学调查工作。从此，有计划、有组织、大规模的《格萨尔》史诗的调查搜集和以翻译为主的资料学工作开展起来。到 1966 年 7 月青海文联撤销前，它总共搜集到 150 多部《格萨尔》手抄本与木刻本（含同一种部本的异文本)。②

3. 青海文联的翻译、整理与研究

1959 年 4 月，青海文联编印了华甲、王沂暖翻译为汉文的《格萨尔王传》（草本一、二、三、四），从此拉开了青海省翻译、整理和研究《格萨尔》史诗工作的序幕。其中参加翻译工作的人员还有欧旺群丕、吉合老、杨质夫、吴均、纳朝玺、钟秀生、祁万秀、苟国明、马世林等人。由于种种原因，这些学者没有得到在译稿上署名的机会。到 1966 年为止，《格萨

---

① 徐国琼：《〈格萨尔史诗〉谈薮》，云南民族出版社，2010，第 25、48 页。
② 徐国琼：《〈格萨尔史诗〉谈薮》，云南民族出版社，2010，第 24、51 页；黄金花、李连荣：《青海早期〈格萨尔〉史诗资料学建设研究》，《青海师范大学学报》2015 年第 4 期，第 68 页。

尔》史诗"翻译编印成书的资料本多达 74 本，计 1800 多万字"。[①] 同时，以王沂暖、徐国琼、王歌行、左可国为主开始了《格萨尔》汉文本的整理工作。这种带有一定导向的汉文本整理工作的特点[②]，反映在当时唯一公开出版的《格萨尔4·霍岭大战上部》中，甚至还影响到了 20 世纪 80 年代以来《格萨尔》史诗的汉文翻译风格，比如王沂暖等人的汉译本。

1959 年 4 月，青海文联编印内部资料《搜集、研究青海藏族文学的参考材料》第一期和第二期。此后，从第三期开始，此刊更名为《青海民族民间文学资料》，到 1961 年为止，总共出版了八集辑录《格萨尔》史诗的国内外研究资料。第一、二期登载了杨质夫和吴均的观点，批评了《格萨尔》是"蛮三国"之说；他们在沿用任乃强此论点时，提出了自己的根据。关于格萨尔为唃厮啰说，杨、吴之间则有差别，杨对任乃强的这个见解提出了质疑，而吴却用更多的资料证明和发展了这个见解（20 世纪 80 年代，吴又否定了此说）。

1959 年 12 月，徐国琼在当时的权威学术杂志《文学评论》（中国科学院文学所主办）上发表了《藏族史诗〈格萨尔王传〉》[③]，这是新中国成立后中国学者公开发表的第一篇有关藏族《格萨尔》史诗的学术论文。这篇论文的观点如下：（1）"藏族民间英雄史诗《格萨尔王传》，是一部珍贵的富有高度人民性和艺术性的民间文学作品，广泛流传于我国广大藏族民间。"（2）在作者问题上，该文认为"很有可能在诗人还没有用文字记述以前，民间就流传着格萨尔的故事，或至少流传着能够用来作为充实诗人记述不足的，有关对格萨尔祝福的颂词了"。（3）在史诗的产生年代上，该文赞同当时国内外学者们的共识："那末，最初的格萨尔故事，产生于十一世纪末是有可能的。""至于全部史诗，则可能自十一世纪以后，在几百年间逐步创作发展而成的。"

1962 年 5 月，黄静涛的《格萨尔4·霍岭大战上部·序言》是该史诗被列入中国社会主义新文化的一个明显标志：（1）史诗主人公或许有这个

---

① 徐国琼：《〈格萨尔史诗〉谈薮》，云南民族出版社，2010，第 25、48 页。
② 比如删除宗教内容、歌头、"啰唆重复"，简化诗行，补充或修改情节。因为是民间文学，文词须通俗化、大众化等。
③ 徐国琼：《藏族史诗〈格萨尔王传〉》，《文学评论》1959 年第 6 期，第 45～54 页。

历史人物，但关键在于以他作为了"模特儿"；同时或许有这样一些历史事件，拿来作为史诗的内容，经过演绎，就形成了史诗。（2）指出挖掘、整理《格萨尔》史诗的巨大现实意义在于，它具有艺术价值、认识价值、社会文化的传统价值、创造新文化的价值以及百科全书的价值等。（3）在史诗产生年代的问题上，指出这个问题的彻底解决需要历史学家、语言学家、民族学家、地理学家、佛学家及文学家们的通力合作，从各方面了解它的产生和形成，从历史的整个发展过程去把握。①

（三）以北京为中心的调查搜集、翻译及出版

1978 年 11 月，青海省举办了为《格萨尔》史诗平反②的大会。1979年 5 月 28 日，《人民日报》转载了《民间文学》1979 年第 2 期的《为藏族史诗〈格萨尔〉平反》一文。这些举动在社会上引起了积极的反响。③1979 年 8 月，中国社会科学院少数民族文学研究所筹备组和中国民间文艺研究会联合向中国社会科学院、国家民族事务委员会及中央宣传部提交了《关于抢救藏族史诗〈格萨尔〉的报告》④。该报告奠定了新时期⑤《格萨尔》史诗抢救搜集的基调和风格。

1979 年，由四部门（中国社会科学院、国家民族事务委员会、文化部、中国文联）成立了全国统一的领导组织机构——"全国《格萨（斯）尔》工作领导小组"⑥，并设立了办公室。相应地，史诗流传地西藏、青海、四

---

① 青海省民间文学研究会翻译整理《格萨尔 4·霍岭大战上部》，上海文艺出版社，1962，第 1、29 页。

② "平反"是"文革"以后经常使用的词，大意是指通过上级行政机关，撤销"文革"期间对某人的政治身份、工作生活方面的错误"判定"，恢复原来的正确身份与工作职位。

③ 徐国琼：《〈格萨尔〉史诗求索》，云南民族出版社，2007，第 15、16、18 页。

④ 中国社会科学院少数民族文学所（王克勤、何淙编辑）《中国社会科学院少数民族文学所〈格萨（斯）尔〉案卷目录索引（1979～1991）·专 36 号第 1 条"关于抢救藏族史诗〈格萨尔〉的报告"》，1991。

⑤ 这是中国文学界的一种划分文学阶段的概念，指的是"文革"以后的时期。

⑥ 最初称作"《格萨尔》翻译整理协调小组"，成立于 1979 年 10 月，由中宣部领导，国家民委、中国文联、中国社科院组成。1984 年 2 月更名为"全国《格萨尔》工作领导小组"，自此文化部加入了进来。1990 年 11 月开始使用"全国《格萨（斯）尔》工作领导小组"的名称。自 2002 年开始，广电总局也加入了进来。这样总共由五部门组成。办公室设在中国社会科学院民族文学研究所藏族文学研究室内。

川、甘肃、云南、内蒙古、新疆七省份也成立了《格萨（斯）尔》工作领导小组及其办公室。各地方《格萨（斯）尔》工作领导小组办公室，依据地方特色设在地方文联、民委、地方大学等机构内，这样就形成了全国统一的抢救和搜集机构。①

1983 年，《格萨尔》史诗的搜集与抢救项目被列入国家哲学社会科学"六五"（1980～1985 年）、"七五"（1986～1990 年）规划，自此开始了全国范围的十年（1980～1990 年）搜集抢救工作。其间，召开了四次全国《格萨尔》史诗工作会议（1980、1981、1982、1984 年），一次全国《格萨尔》艺人演唱会（1984 年），三次全国《格萨尔》工作表彰大会（1986、1992、1997 年）。此外，该工作领导小组还组织召开了国内《格萨尔》史诗研讨会（1983、1985 年）、国际《格萨尔》学术研讨会（1989、1991、1993、1996、2002、2006 年）。这些活动在《格萨尔》史诗的抢救搜集和宣传方面产生了不小的影响。

总之，有计划、有组织、大规模的搜集工作到 1991 年为止基本结束了，但各地方组织的艺人说唱录音工作或调查艺人、抄本和文物遗迹的工作，仍在持续进行着。到 2000 年，调查到藏文《格萨尔》史诗目录 227 部，搜集到 120 部（其中包括手抄本、木刻本、艺人说唱录音记录本和艺人说唱录音等内容上不相同的《格萨尔》文本），录制艺人说唱磁带 5000 多小时，获得不少《格萨尔》民俗文物，这些资料保存于各地方《格萨尔》办公室。出版藏文《格萨尔》105 部，发现了 120 多位说唱艺人，获得"杰出艺人称号"的 2 位，获得"优秀艺人称号"的 22 位。②

三 "格萨尔学"的长足发展：新时期以来的研究

1979 年至 1987 年，"用马克思主义的史诗理论，描述《格萨尔》的主

---

① 各地建立机构的时间有先有后，最早的地方于 1980 年左右成立机构，比如西藏。到 1984 年，各地的机构基本上都建立了起来。

② 全国《格萨（斯）尔》工作领导小组：《关于授予二十四位藏蒙艺人〈格萨（斯）尔〉说唱家称号的报告》，载赵秉理编《格萨尔学集成（第四卷）》，甘肃民族出版社，1994，第 2339～2340 页。

题思想、人物塑造、情节结构和语言艺术"①，认为史诗反映了为民除害、保护人民，反对侵略、保卫祖国的思想②。这种讨论占据着主流，事实上承袭了苏联 20 世纪五六十年代的史诗研究理论与问题意识。

1987 年至 2000 年，学者们热衷于探讨《格萨尔》史诗所反映的社会历史文化，尤其集中探讨古代藏族宗教信仰文化与传统社会制度，例如，古代藏族氏族社会中错综复杂的姻亲关系和血缘关系等③。这些制度依然深刻影响着现今的藏区生活，因而史诗是藏族古代社会的一面镜子。这种研究糅合了马克思主义的史诗观与流行的西方文化人类学的观点。

1984 年以来，吴均、毛儿盖·三木丹、洛哲嘉措等学者研究格萨尔的历史真实性问题，开启了史诗研究的"历史学派"。后期更多藏族学者延续了这种研究，并继承传统藏族学者的观点，推进了这方面的研究，最终达成共识，认为格萨尔是 11 世纪的历史人物，史诗是其传记。王沂暖集中探讨了史诗的部数、行数、分类法以及藏蒙《格萨（斯）尔》的关系等问题，提出《格萨尔》存在分章本与分部本的差异。与此同时，他认为：通过逐行计算，《格萨尔》史诗堪称"世界上最长的史诗"；蒙古族《岭格斯尔》源自藏族《格萨尔》，但又有自己的特点。④

杨恩洪先后调查了西藏那曲地区、昌都地区，四川甘孜州，青海果洛州、玉树州的艺人情况，对艺人的类别与说唱特点等问题进行了研究。她认为艺人从传承方式上可划分为五类，即神授艺人、闻知艺人、掘藏艺人、吟诵艺人和圆光艺人。⑤ 此外、东嘎·洛桑成列、角巴东主、恰噶·多杰才让等也进行了相关研究。尤其是巴仲（后期归为多巴念夏，即民间

---

① 张晓明：《关于〈格萨尔〉研究的思考》，《西藏民族学院学报》1986 年第 4 期，第 29 页。

② 佟锦华：《英雄史诗〈格萨尔传〉》，载降边嘉措等编《〈格萨尔王传〉研究文集》，四川民族出版社，1986，第 56～58 页。

③ 尊胜：《格萨尔史诗的源头及其历史内涵》，《西藏研究》2001 年第 2 期，第 27～40 页；孙林、保罗：《"玛桑格萨尔王"及其相关氏族考——〈格萨尔〉古氏族研究之一》，《中国藏学》1996 年第 4 期，第 54～67 页。

④ 王沂暖：《蒙文〈岭格斯尔〉的翻译与藏文原本》，《西藏研究》1987 年第 2 期，第 26～29 页；王沂暖：《关于藏文〈格萨尔王传〉的分章本》，《西北民族研究》1988 年第 1 期，第 225～232 页；王沂暖：《藏族史诗〈格萨尔〉的部数与行数》，《中国藏学》1990 年第 2 期，第 107～126 页。

⑤ 杨恩洪：《民间诗神——格萨尔艺人研究》，中国藏学出版社，1995，第 72、83 页。

术士的一种类别）艺人的神奇创作天赋，引起了大家的关注。①

降边嘉措、王兴先等学者对《格萨尔》史诗研究的学科建设问题更为关注。作为中国社会科学院研究生院和西北民族大学《格萨尔》研究院的研究生导师，他们从学术传统的代际传承出发，着眼于研究梯队的建设，从人才培养方面开启了"格萨尔学"的新起点。此后，从"《格萨（斯）尔》史诗"这一研究方向毕业的硕士研究生与博士研究生逐渐增多。

20世纪90年代以来，《格萨尔》史诗的搜集、整理及研究得到了各级政府的大力支持，西北民族大学的"文库本"（1992～）②、中国社会科学院的"精选本"（1996～2013）、西藏社会科学院的"桑珠本"（2000～）、青海文联《格萨尔》研究所的"优秀艺人本"（2008～）等大型项目得以开展。以"精选本"为例，该项目1996年立项，计划精选40部已搜集的《格萨尔》抄本，进行异文本之间的校勘后出版。但是，首批出版的前4部（2001年）受到了如下诟病：或未经任何选择，将所有异文本汇编为一册，比如《天界篇》，或将各种异文本"根据自己喜好"进行"剪贴式"处理，比如《霍岭大战》。此后，经编委会讨论决定，只做"精选"与文字校正工作，并将范围扩大到艺人说唱本，至2013年底终于完成了全部编纂出版工作。

2000年以来，中国相继开展了民族民间文化抢救工程和非物质文化遗产保护工作，在《格萨（斯）尔》工作领导小组的协调下，藏区各地开始重视史诗传统的传承与保护，在研究方面则呈现两个特征：一部分学者开始深入研究艺人问题，取得了一定的成绩。比如白玛龙·仁增、金果次平，他们或修正前人的研究成果，比如白玛龙·仁增提出了多巴念夏艺人类别③；或对某个艺人进行专题研究，比如金果次平研究桑珠艺人。另一部分学者开始认真整理抄本文献，比如曼秀·仁钦道吉详细分析了十八大

① Dung dkar blo bzang 'phrin las kyis, 'dzam gling thok dkon pa'I babs sgrung mkhas can rnams kyingo mtsar che ba'I khyad chos la dpyad pa. bkra shis thse ring gis bsgrigs, ge sar rigs pa'I skor gyi dpyad rtsom gces bsgrigs（Beijing：krung go'I bod kyi shes rig dpe skrun khang, 1996），pp. 24 – 32.

② 王兴先：《格萨尔文库·前言》，载甘肃省《格萨尔》工作领导小组办公室、西北民族学院《格萨尔》研究所编《格萨尔文库（第一卷）》，甘肃民族出版社，1996，第1～5页。

③ Padma lung rig 'dzin. gling sgrung gi dpyad gtam dpyid kyi pho nya' dbyans rta（lhasa：bod ljongsbod yig dpe rnying dpe sgrun khang, 2005），pp. 111, 125.

宗各个抄本的产生、涉及的地理、文体风格特点等，为进一步研究史诗的形成等问题提供了新视角。

四　小结

总之，"格萨尔学"的研究工作正在我国如火如荼地继续着，特别是近年自这部史诗列入联合国非遗名录以来，相关的保护工作得到了加强，全国范围内兴起了新一轮热潮。我们期望，不久的将来，随着保护、搜集、研究工作的进展，配合"一带一路"倡议，拓展与周边国家和地区间的合作交流，会将"格萨尔学"的研究推上更高的台阶。

论当代《格萨尔》研究的局限与超越[*]

意　娜[**]

摘　要： 本文对二十多年来国家社科基金和教育部立项课题，以及学术期刊发表的《格萨尔》研究论文的主题进行了检索及关键词分析，发现我国《格萨尔》研究的总体脉络相对固化，主题相对单一，话语体系及方法论、研究路径陈陈相因，国内国际联通交流缺乏，特别是缺乏明确的问题意识和革故鼎新的进取精神。作者认为，《格萨尔》研究需要探索其本体的、社会文化的和文本的研究路径，借鉴口头诗学、演述理论等理论和方法论，推动《格萨尔》研究的范式转换和学理性思考的超越。

关键词：《格萨尔》；问题意识；口头诗学；多元文本；数据分析

经过学者们几十年的辛勤努力，作为我国三大史诗之一的藏族伟大史诗《格萨尔》取得了一批重要研究成果，世所瞩目。《格萨尔》研究也成为各方关注的显学，近年来尤是如此。党的十九大即将召开，在创新成为我国未来发展核心要素的形势下，我国《格萨尔》研究界，特别是新一代学者，如何在新的历史条件下，继往开来，有所创新，突破单一、固化、重复的研究模式，实现《格萨尔》研究的范式转换，是时代赋予我们的历史使命，是国内外高速发展变化的社会现实向我们提出的重大课题，也是党和国家关于学术研究继承、发展、开拓、创新的必然要求。

当今学术研究环境已经与过去大不相同，仅就信息技术发展而言，

---

　*　原文发表于《西北民族研究》2017 年第 3 期。

　**　意娜，藏族，中国社会科学院民族文学研究所副研究员，主要研究领域：文艺理论与文化研究。

"关于最古老的人类语言艺术与最先进的信息技术的奇妙结合，为未来的文学阅读、文学经验的总结和学术研究，带来充满挑战的新的可能性"①。学科自身的发展、社会经济的发展、非物质文化遗产保护工作的展开，都为学者提供了越来越多的研究空间。但我们的研究对象不是一成不变的，自印刷术发明以来，媒介的进步带来信息传播能力的跳跃式发展，文学信息的形制、规格和信息容量也随之发展变化。随着媒介范式的不断突破与革新，围绕《格萨尔》展开的问题研究也会相应发生变化。与其他文学理论和文学批评一样，《格萨尔》研究要保持生命力，必须不断反思传统研究，展开新的理论探索。

一 当下《格萨尔》史诗研究的问题域及其形成

《格萨尔》史诗研究的问题域指的是《格萨尔》研究的主要问题、问题之间的关系及问题的走向。借助于当下数据库建设，我们从问题域追索，可以通观学术研究的趋势与流程。学术史数据显示，我国《格萨尔》史诗研究种类众多，长期坚持，研究成果相当显著，特别是近年来的非遗保护与传播研究，展示了研究的新主题。但从几十年研究的总体脉络来说，也形成了相对固化和较低水平重复的研究模式，主题相对单一，路径多年不变，国内国际联通交流缺乏，跨学科跨界研究稀少，特别是缺乏明确的问题意识：经过多年的"抢救"研究，我们面对的是新阶段《格萨尔》研究如何推进、升级和创新，如何研判学术发展新趋势，如何选择学术突破的新目标，设定研究的新问题域。

我国《格萨尔》史诗研究自20世纪50年代开始，其问题域的发展主要受到两个因素的影响：一个是《格萨尔》史诗自身在社会文化领域的身份变化，尤其是列入"人类非物质文化遗产代表作名录"，对其跨学科研究起到了决定性的推动作用；另一个是国内文学研究领域的影响，文学研究的理论创新拓宽了《格萨尔》研究者的视野，提供了新的研究视角和理论范式。

---

① 朝戈金：《信息技术给民族文学研究带来新的可能性》，《人民政协报》2017年2月27日，第9版。

其实，有关《格萨尔》的讨论，开始时间要早得多。赵秉礼主编的《格萨尔学集成》提到，在甘肃拉卜楞寺所藏的松巴全集中，松巴·益喜班觉（1704～1788）与六世班禅白丹依喜（1737～1780）在1779年就以书信方式讨论了有关《格萨尔》的问题（见于《关于格萨尔问答》）。在1930年的《四川日报》副刊上，也刊发过任乃强先生介绍《格萨尔》的文章《藏三国》与《藏三国举例》。①

很长一段时期内，国内外《格萨尔》研究都是围绕着几个基本问题展开的。杨恩洪和降边嘉措早在1984年就分别总结了以前几十年间国内外《格萨尔》研究的主要论题。国外学者集中讨论的主要话题有：（1）史诗的人民性；（2）史诗的起源，其中主要有几种争论：基于一定的历史事实，神话人物，来源于印度、伊朗等以前史诗的改造等；（3）史诗主人公格萨尔是否历史人物，包括关公说、恺撒说、成吉思汗说和唃厮罗说等；（4）蒙古族、藏族《格萨尔》的关系，包括蒙古族《格斯尔》是藏译，还是蒙古族人民独创等；（5）史诗与宗教的关系，主要包括格萨尔故事反贵族反喇嘛教、来源于苯教、来源于萨满、不能摆脱喇嘛教等；（6）史诗的比较研究，较多讨论《格萨尔》与印度史诗《罗摩衍那》的关系②。而国内学者则主要关注以下问题：（1）对《格萨尔》的总体评价，阐述它在藏族文学史中的地位；（2）主题思想和社会意义；（3）产生年代；（4）史诗主人公格萨尔与历史人物的关系；（5）民族风格和艺术特色③。

令人吃惊的是，在开展了《格萨尔》研究半个多世纪后，甚至在杨、降两位所总结的研究范畴过去33年之后，上述问题依然是《格萨尔》研究的主要话题。我从课题立项、公开出版物（汉语）和公开检索论文（汉语）三个方面对1984年以来《格萨尔》的研究话题进行了分类统计，由于篇幅所限，本文仅对课题立项及公开检索论文（汉语）两项展开分析（关于《格萨尔》研究相关图书的统计分析因篇幅太大，另文专述）。

---

① 朝戈金：《国际史诗学术史谫论》，《世界文学》2008年第5期，第285～299页。
② 杨恩洪：《国外〈格萨尔〉研究综述》，载四川省《格萨尔》工作领导小组办公室编《〈格萨尔史诗〉论著文摘》（内部资料），1989，第26～29页。
③ 降边嘉措：《国内〈格萨尔〉研究概况》，载四川省《格萨尔》工作领导小组办公室编《〈格萨尔史诗〉论著文摘》（内部资料），1989，第29～31页。

在对与《格萨尔》主题直接相关的课题立项的搜索中，我注意到，1984 年以来，在网站公开的信息中，国家社科基金共立项《格萨尔》各类研究项目 38 项，教育部人文社会科学课题立项共 24 项①。按照研究主题分类，这 62 个项目大致可分为如下几个问题。

1. 史诗的基础研究及资料整理。侧重点是基于人类学或民族志研究方法，普查各类田野研究中《格萨尔》的艺人、版本问题，进行文库建设并在后期扩展为数据库建设。这一类研究成为《格萨尔》研究的主体，其中国家社科基金项目 19 项（见表 1），教育部项目 9 项（见表 2），占到了项目总数的近一半。由于信息技术的发展，数据库建设成为各种传统学科转型的新热门，然而深究之，仍属于基础性的资料研究范畴，故均列入此类别下。

表 1   "《格萨尔》史诗的基础研究及资料整理"类国家社科基金项目

项目编号	类别	研究课题	时间	负责人	所属单位
14BMZ032	一般项目	藏文化视角下的《格萨尔》史诗母体新考	2014	其米多吉	西藏大学
14XZW037	西部项目	玉树地区格萨尔文化普查与考证	2014	娘吾才让	青海民族大学
13AZW011	重点项目	藏文《格萨尔》流传版本普查与研究	2013	角巴东主	青海民族大学
13XZW026	西部项目	《格萨尔》史诗典型人物超同研究	2013	拉布结巴桑	甘肃民族师范学院
13XMZ054	西部项目	《格萨尔》口头叙事表演的民族志研究	2013	曹娅丽	青海民族大学
13XZW032	西部项目	《格萨尔》史诗的历史人类学研究	2013	马都尕吉	青海师范大学
13CZW095	青年项目	西藏口传史诗《格萨尔》说唱艺人的传承与保护研究	2013	王金芳（措吉）	西藏大学
12XZW030	西部项目	藏族历代《格萨尔》考述文献收集、整理与研究	2012	旦正	青海民族大学藏学院
10BZW111	一般项目	《格萨尔》各类版本综合研究	2010	仁青道吉	西北民族大学《格萨尔》研究院
09AZW002	重点项目	藏区《格萨尔》说唱艺人普查与研究	2009	角巴东主	青海民族学院《格萨尔》研究所

① 搜索自国家社科基金及教育部网站，截至 2017 年 2 月 10 日。

项目编号	类别	研究课题	时间	负责人	所属单位
09CZW067	青年项目	《格萨尔》文学人类学研究	2009	韩伟	西北师范大学文史学院
07AZW003	重点项目	《格萨尔》手抄本、木刻本版本研究	2007	黄智	青海民族学院《格萨尔》研究所
06XZW011	西部项目	藏区《格萨尔》遗迹遗物普查与考证	2006	角巴东主	青海民族学院
05BZW064	一般项目	藏族史诗《格萨尔王传》说唱艺人调查研究	2005	杨恩洪	中国社会科学院民文所
03AZW001	重点项目	大型格萨尔文化数字资源库建设及其应用研究	2003	兰却加	西北民族学院《格萨尔》研究所
93AZW001	重点项目	《格萨尔王传》优秀艺人口头说唱科学版本	1993	降边嘉措	中国社会科学院少数民族研究所
93BZW009	一般项目	《格萨尔》新探	1993	角巴东主	青海省文联《格萨尔》研究所
12XZW030	西部项目	藏族历代《格萨尔》考述文献收集、整理与研究	2012	旦正	青海民族大学藏学院
13AZW011	重点项目	藏文《格萨尔》流传版本普查与研究	2013	角巴东主	青海民族大学

资料来源：国家社科基金网站。

表2 "《格萨尔》史诗的基础研究及资料整理"类教育部项目

年份	研究课题	所属单位	负责人
2009	江河源格萨尔文化普查与考证	青海民族大学	角巴东主
2007	藏区《格萨尔》遗迹遗物普查与考证	青海民族学院	角巴东主
2007	《格萨尔》手抄本、本刻本版本研究	青海民族学院	索南卓玛
2006	《格萨尔王传》8部翻译整理著作	青海民族学院	角巴东主
2004	《格萨尔》大型文化库	西北民族大学	兰却加
2003	藏汉合璧《格萨尔》藏式地图及其图解说明	西北民族学院	仁青道吉
2003	大型格萨尔文化数字资源建设及其应用研究	西北民族学院	兰却加
1999	《格萨尔》文库第二卷	西北民族学院	玛乌尼乌兰
1995	《格萨尔》文库	西北民族学院	王兴先

资料来源：教育部网站。

2. 史诗比较研究，尤其是经久不息的蒙藏《格萨尔》比较研究及传统的中印、中欧史诗比较研究。近年来国内还由西北民族大学领衔开展了土族、裕固族等《格萨尔》史诗的比较研究。这一主题在立项课题中热潮暂退，只检索到国家社科基金项目3项（见表3），教育部项目3项（见表4），全部由西北民族大学学者主持。

表3 "《格萨尔》史诗比较研究"类国家社科基金项目

项目编号	类别	研究课题	时间	负责人	所属单位
12XMZ061	西部项目	蒙古族史诗《江格尔》与藏族史诗《格萨尔》比较研究	2012	齐玉花	西北民族大学
11XWW004	西部项目	《格萨尔》与《伊利亚特》叙事比较研究	2011	罗文敏	西北民族大学文学院
10BZW115	一般项目	藏文《格萨尔》流传版本普查与研究	2010	王国明	西北民族大学《格萨尔》研究院

资料来源：国家社科基金网站。

表4 "《格萨尔》史诗比较研究"类教育部项目

年份	研究课题	所属单位	负责人
2012	东部裕固族《格萨尔》故事收集、整理研究	西北民族大学	安玉红
2005	新发掘的土、裕固族《格萨尔》与藏、蒙《格萨（斯）尔》比较研究	西北民族大学	王兴先
2005	土族《格萨尔》的抢救与保护面临的问题及其对策研究	西北民族大学	王国明

资料来源：教育部网站。

3. 史诗与宗教的关系研究。这一类选题要求学者在《格萨尔》和宗教研究领域都有相当程度的涉猎，故立项课题不多，只有5项国家社科基金项目（见表5），其中3项为普查类项目，研究项目只有2项。

表5 "《格萨尔》史诗与宗教的关系研究"类国家社科基金项目

项目编号	类别	研究课题	时间	负责人	所属单位
16XZJ001	西部项目	《格萨尔》史诗中的原始宗教文化研究	2016	才让东智	青海民族大学
14XZJ001	西部项目	中国藏区民间格萨尔信仰的田野考察	2014	索加本	青海民族大学
12XZJ006	西部项目	藏传佛教宁玛派供修仪轨中的格萨尔信仰文献收集整理与研究	2012	兰却加	西北民族大学
11XZW002	西部项目	宗教型《格萨尔王传》的文本普查与研究	2011	索加本	青海民族大学《格萨尔》史诗研究所
06BZW069	一般项目	《格萨尔》史诗的宗教文化研究	2006	平措	西藏大学

资料来源：国家社科基金网站。

4. 史诗文学特色及细部研究。这一类选题回到《格萨尔》的民间文学定位，从各种文学研究视角切入，在国家社科基金与教育部各有 5 个项目立项（见表 6、表 7）。值得注意的是，此类研究已与 30 年前针对《格萨尔》艺术特色的研究有了较明显的差别，进入多种范式并存时代，除了政治－意识形态批评和社会历史审美批评，女性主义、新历史主义文化诗学、文化研究等多种话语都被运用到《格萨尔》史诗的文学研究中。

表 6　"《格萨尔》史诗文学特色及细部研究"类国家社科基金项目

项目编号	类别	研究课题	时间	负责人	所属单位
12XZW029	西部项目	藏族《格萨尔》女性文学研究	2012	伦珠旺姆	西北民族大学
12XZW043	西部项目	史诗《格萨尔》"口述"中的体育文化普查与研究	2012	巷欠才让	青海民族大学《格萨尔》史诗研究所
10XZW036	西部项目	语料库的《格萨尔》史诗语言研究——以《霍岭》为例	2010	多拉	西北民族大学中国民族信息技术研究院
08CYY029	青年项目	川西贵琼藏族《格萨尔》的抢救整理与贵琼语的深入研究	2008	宋伶俐	西南交通大学
06XZW010	西部项目	《格萨尔》文学翻译论	2006	扎西东珠	西北民族大学《格萨尔》研究院

资料来源：国家社科基金网站。

表 7　"《格萨尔》史诗文学特色及细部研究"类教育部项目

年份	研究课题	所属单位	负责人
2012	《格萨尔》史诗叙事传统研究——以青海果洛甘德县德尔文部落为个案	西藏大学	王金芳（措吉）
2011	《格萨尔》史诗一体多元结构文化现象研究	西北民族大学	夏雄杨本加
2007	比较视阈下《格萨尔王传》的"史诗文体学"意义	西北民族大学	罗文敏
2004	《格萨尔》与藏族民间文化研究	西北民族大学	坚赞才让
2004	《格萨尔》与民间文化研究	西北民族大学	杨本加

资料来源：教育部网站。

5. 史诗的非遗保护、传播与创新研究。这是当下《格萨尔》研究对过去的最大突破，与《格萨尔》史诗的独特文化身份有关，成为新时期研究的热点：国家社科基金项目 6 项（见表 8），教育部项目 7 项（见表 9），占到项目总数的五分之一。

表8 "《格萨尔》史诗的非遗保护、传播与创新研究"类国家社科基金项目

项目编号	类别	研究课题	时间	负责人	所属单位
16BZW174	一般项目	英语世界里的《格萨尔》研究	2016	吴结评	西华大学
15ZDB111	重大项目	《格萨尔》说唱语音的自动识别与格萨尔学的创新发展	2015	陈建龙	北京大学
15XZW041	西部项目	史诗《格萨尔》视觉文化的数字化保护与研究	2015	巷欠才让	青海民族大学
12XZW031	西部项目	《格萨尔》史诗中的生态文化与三江源生态环境可持续发展关系研究	2012	南拉加	青海师范大学民族师范学院
12CZW090	青年项目	《格萨尔》史诗的国外传播研究	2012	于 静	鲁东大学
08XZW025	西部项目	三江源地区《格萨尔》文化的保护研究	2008	索南卓玛	青海民族学院

资料来源：国家社科基金网站。

表9 "《格萨尔》史诗的非遗保护、传播与创新研究"类教育部项目

年份	研究课题	所属单位	负责人
2012	活形态民族史诗《格萨尔》翻译与传播研究	天津工业大学	王治国
2010	21世纪《格萨尔》史诗传承能力及发展活力调查与研究	西北民族大学	伦珠旺姆
2010	玉树灾区"格萨尔"音乐遗产的传承与保护	青海民族大学	郭晓虹
2009	《格萨尔》史诗的当代传播研究	鲁东大学	王景迁
2007	《格萨尔》史诗的传播研究	鲁东大学	王景迁
2006	格萨尔王与数字艺术传媒工程	西南民族大学	刘葵
2005	格萨尔风物遗迹与西部旅游开发	西北民族大学	杨本加

资料来源：教育部网站。

在对与《格萨尔》主题直接相关的论文检索（中国知网）中，1984年1月1日以来共有各类汉语文章2478篇①。论文考察我采用"关键词检索"的方式，因为"一套关键词不仅是文献检索的根词，也不仅是当下互联网超文本链接的漂移的能指，而且是内在地揭示着一种话语体系的构

---

① 搜索自中国知网，截至2017年3月3日。

架、趋向与适用域"①。我以课题研究中最常出现的十个词作为关键词，用主题检索的方式进行了全面考察，试图从中得到这些论文研究的主要问题分布情况。检索结果如图 1 所示。

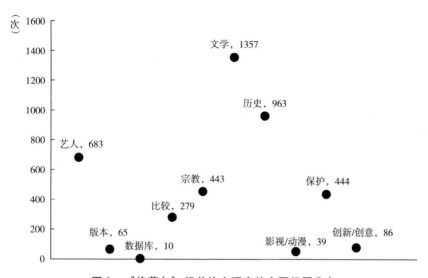

图 1　《格萨尔》相关论文研究的主要问题分布

注：部分文章同时涉猎数个关键词，这一现象对观点不造成关键性影响，故不专门区分。

从论文主题关键词检索结果，我们可以得出如下结论。

第一，文学仍然是《格萨尔》研究最重要的主题。在这些论文中，还存在大量重复性、概括介绍类的文章。直到前几年，仍有论文专门论述《格萨尔》的文学意义，而近年发表的综述类论文中，大部分还是对《格萨尔》早期研究情况和资料的总结和记录。非常遗憾的是，对于海外《格萨尔》的研究情况，在杨恩洪、李连荣等人之后②，就不再有专门的文章就 20 世纪 80 年代以来的国际《格萨尔》研究进行介绍，《格萨尔》的文学研究在一定程度上成为国内学者自娱自乐、内部交流的学术话题。而实

---

① 金元浦：《革新一种思路——当代文艺学的问题域》，《中国中外文艺理论学会年刊（2008年卷）——理论创新时代：中国当代文论与审美文化的转型》，会议论文集，2008 年 7 月 16 日，第 43 ~ 58 页。

② 除了前述杨恩洪 1984 年的文章外，李连荣 2003 年也发表过《国外学者对〈格萨尔〉的搜集与研究》（《西藏研究》2003 年第 3 期，第 87 ~ 92 页），但文中对于国外研究的介绍没有超过 20 世纪 80 年代。2006 年，索南卓玛发表的《国内外研究〈格萨尔〉状况概述》（《西藏研究》2006 年第 3 期，第 85 ~ 90 页）也是如此。

际上，国外《格萨尔》研究虽非热门话题，却间或有国外学者撰写的英文、法文论文发表，国外也召开过"国际《格萨尔》学术会议"①，但在国内鲜为人知，国内学者的参与度也相当低。

有 276 篇论文从神话或传说角度对《格萨尔》部分素材的来源进行讨论，延续了前辈学者对于起源问题的研究。仍然有为数可观的论文对《格萨尔》人物与事件的历史真实性进行专门的讨论（963 篇，其中明确以"真实"为主题的论文有 480 余篇）。也就是说，将近五分之一的论文仍集中在学者们 20 世纪对《格萨尔》刚展开研究时的"格萨尔是不是真实的历史人物"等相关的话题上。

第二，文学角度的研究仍以文本研究及作者研究为主，在舆论领域频繁出现的"田野""版本""数据库"等研究中的高频词并没有成为多数论文的主题。以"田野"和"版本"为研究主题的论文加起来也不过 130 余篇，而讨论《格萨尔》数据库的文章只有 10 篇，其中真正意义上的论文只有一两篇，更为传统的文学研究主题还是主流。

在《格萨尔》的文本研究中，文学叙事和审美研究表现突出，有 99 篇论文主要从文学叙事角度研究《格萨尔》史诗，113 篇论文从审美或美学角度展开研究。而文学细部研究则从人物分析、景物描写、语言学、文学人类学、文学生态等多种角度切入，呈现丰富的面向，反映了《格萨

---

① 如 2014 年 10 月 27～28 日，由法国高级研究实践学院与法兰西公学院、亚洲东方文明研究中心在法国巴黎召开了"岭格萨尔的多种面孔——纪念鲁勒夫·A. 石泰安（Rolf Alfred Stein, 1911 - 1999）《格萨尔》学术会议"。几乎国外最主要的《格萨尔》专家悉数到齐，如：主持者马修·凯普斯坦（Matthew Kapstein）是法国高级研究实践学院宗教研究部主任，兼任亚洲东方文明研究中心藏学研究项目主任；主持者、前国际藏学会主席（2006～2013）查理斯·瑞博（Charles Ramble），曾任牛津大学西藏与喜马拉雅研究讲师（2000～2010），现任法国高级研究实践学院历史与哲学部主任；老一辈藏学家安尼 - 玛丽·布隆多（Anne - Marie Blondeau）女士；著名《格萨尔》音乐研究专家、曾任法国科学研究中心首席研究员、87 岁高龄的玛尔利·艾尔费（Marelli Helffer）女士；曾任国际藏学会主席（1995～2000）的藏族苯教研究专家卡尔梅·桑木旦（Karme Samten）；曾在英国卡第夫大学领导身体、健康与宗教研究团队，两次参加我国举办的国际《格萨尔》学术会议，在研究藏族社会人类学与宗教、历史及文明进程方面卓有成就的藏学家杰费尔·塞缪（Geoffrey Samuel）；还有曾长期在石泰安教授身边工作的汉学家郭丽英女士等。来自法国、英国、芬兰、奥地利、加拿大、澳大利亚、印度、美国、荷兰、中国等十余个国家的学者参加。我国学者、中国社会科学院民族文学研究所诺布旺丹、杨恩洪，青海省文联《格萨尔》研究所角巴东主，西北民族大学《格萨尔》研究院王国明参加了此次会议。

尔》史诗研究在文学学科内部研究的多路径趋势。

艺人研究是《格萨尔》史诗研究的重要主题。说唱艺人是《格萨尔》史诗传承的最主要角色，国家、省（自治区）、自治州、市、县都有自己的代表性说唱艺人，以全国《格萨（斯）尔》工作领导小组办公室（以下简称"全国格办"）为代表的研究管理机构也多次组织了不同层级的艺人认定、宣传活动，客观上助推了艺人研究①。不过在艺人研究的众多成果中，八股文特征极为突出，有相当数量的论文都套用了三段式的写作方式：艺人生平介绍、特色唱词节选、艺术特色总结。运用合适的方法对艺人及其演唱的《格萨尔》史诗进行整理研究是一种进步，但缺乏深入探索的艺人研究类论文，容易流于肤浅的套路，没有真正彰显其学术意义。

第三，与社会现实有关的话题成为当下的研究热点，这当然与人类非遗代表作名录的申报和获批以及国家非遗倡议与政策相关。与保护相关的文献就多达444篇，与遗产相关的文献更多达535篇。在从具体行业出发讨论《格萨尔》的文章中，较成气候的旅游业占到272篇，而人们关注较多的影视、动漫、创新、创意等主题均各不超过50篇。这些相关的文献属于更大范畴的文化研究或者文化产业、文化政策研究，具有更明显的短板，与本文主题较远，不拟在此赘述。

值得专门列出的是，2015年9月10~13日，在四川成都召开了第七届"国际《格萨尔》学术研讨会"②（以下简称"2015年研讨会"），共发表《格萨（斯）尔》论文56篇，其中《格萨尔》相关论文53篇。此次论坛的突出特点是为十位青年学者专列一场，他们的身份涵盖艺人、艺人与学者的后代、研究生（文学、语言学、音乐学、社会学、自然科学），论题代表新一代学者的研究问题域，体现出青年学者的部分特征：勇于批评现有研究的不足；大胆采用多种学科的研究方法；关注比狭义文学理论更广阔的文化环

---

① 比如全国格办会同青海格办聘请相关专家于2014年7月10~14日对青海省果洛州境内的32名《格萨尔》传承艺人进行了总体考察与分类鉴定。2012年12月，全国格办在北京举办了"圆光中的史诗格萨尔王——学术研讨会暨唐卡展"等。

② 近年来，全国格办每年都会联合各个省区政府及学术机构主办2~3次《格萨尔》学术会议。2015年研讨会是其中涉及国内研究学者面最广、主题最具代表性的一次，并且创造性地在论坛中设立"青年专场"，集中展示了青年学者的研究兴趣，故以该论坛为例进行分析。

境、自然生态与社会生态。但他们研究的基本问题仍囿于师长的视野①。

二 《格萨尔》研究的创新意识与发展趋向

我们今天研究《格萨尔》史诗，已经不同于历史上任何时代对《格萨尔》乃至藏族文化的研究，新的语境、新的问题意识、新的学术伦理原则和立场以及新的认识论、方法论的移入，都令今天的学术工作呈现某些新的态势。过去年代的人们带着西方文化中心论和中原文化中心论的立场，往往以俯视姿态看待藏文化，对西藏全民宗教文化的特性缺少认识，对包括《格萨尔》在内的藏族文化和艺术所具有的珍贵非物质文化遗产的典范意义缺乏了解和到位的评价。几个世纪以来，由于藏民族在建构自己的艺术本体观念方面缺环较多，很长时间都没有发掘、提炼《格萨尔》对于藏民族极具特色的艺术精神和艺术形式的集大成功能和意义。于是，《格萨尔》研究就先天地缺乏一种宏阔的对历史维度的洞察和领悟以及精深的对艺术演进规律的深刻把握。

从前文所综述的《格萨尔》研究的问题域历史与现状不难看出，几十年来大部分的研究并不是为了提出和解决问题，而是因循着固有的思路，围绕《格萨尔》进行较为粗放的资料积累工作，如前述 62 项研究课题中，关于田野、资料的调查、普查类课题就有 28 项。资料工作当然非常重要，但这几十年间累积起来的巨量资料，并没有成为学术境界升华的资源。这些资料提出了什么问题，能够回答什么问题，发挥什么样的作用，是至今

---

① 与前辈相比，青年学者多数具备了藏汉双语甚至藏汉英三语研究能力，他们的关注点集中在三方面：其一，《格萨尔》史诗本体的保护与传承。其中知名艺人斯塔多吉、艺人格日尖参的女儿杨青拉毛、玉树《格萨尔》抄本世家后代央吉卓玛已经不同于前辈，分别接受了系统的藏族文学、人类学、民俗学、民族学的研究生教育，带着新的学术背景回到《格萨尔》的本体研究，包括地名、史诗历史与现实的考证以及翻译问题。除了艺人研究，青年学者也关注到了在藏区自然生态和社会生态变化中看待《格萨尔》本体的方式，以及保护与传承方式的变化。拉玛扎西勇敢地指出了当下《格萨尔》本体研究中语法研究的不足。其二，对《格萨尔》史诗表现力扩张的思考。高莉运用了西方视觉文化转向的理论，实际上是回到了藏族文化本身视觉文化的本质，而其媒介和表现形式的多元重构既是现在发生的现实，也是未来的发展方向。其三，《格萨尔》研究的跨学科思考。从社会学、音乐学、文化研究甚至自然科学的角度理解《格萨尔》史诗传统。

都没有被很好思考的问题，离做出出色回答，距离还要更远一些。

《格萨尔》史诗的"唯一性"判断渐渐失效。一些媒体和部分学人多年来都很爱说《格萨尔》是"唯一活着的史诗"。近年来，随着史诗学学科的发展，以及传媒对传统文化的更多介绍，人们对包括《格萨尔》史诗在内的各种口头和书面史诗有了更全面的了解。《格萨尔》研究话语系统中很多所谓的"唯一"的桂冠，不少都失效了：以活态史诗的认定为例，今天大家都知道，在中国和世界的其他地方，仍有大量口传史诗以活形态传承着，《格萨尔》当然不能以此专美。

史诗不仅是"一个内部包含极多异质因素的庞大的谱系"①，其构成要素也很难再以单一概念进行定义和区分。过去，有学者把艺人分为神授、闻知、掘藏、圆光及吟诵五个类型②；近年来，有人总结为神授型、掘藏型、圆光型、顿悟型、智态化型、闻知型和吟诵型等七个类型③。从田野工作的成果来看，多数艺人不仅从职业化转向半职业化，身份也更复杂了。比如青海玉树著名艺人达哇扎巴，他从小在家放牧，据说15岁那年"经过一场神秘般的梦境之后，开始说唱《格萨尔》的故事"，具有顿悟型艺人的典型特征。可是，他在说唱过程中不仅滔滔不绝、吐字清晰、结构严谨、表情丰富，还陷入迷狂状态而失去自控力，具有鲜明的神授艺人的特征。学者们还了解到，他成为半职业化《格萨尔》艺人之后，不仅整理自己所讲述的史诗，还勤于学习别的艺人的《格萨尔》史诗演唱和文本，也会学习各种学术研究著述，以期多方面提高自己的说唱能力，这也使他超越神授和顿悟艺人的套路。

在更为广阔的国际史诗学术格局中反观我们的研究，一些长期困扰我们的问题就会逐步清晰起来，即便有些问题不能一次性解决，也至少具有了解决问题的恰当思路。比如，长期占据我们观念的所谓史诗是关于历史的诗歌，所以一定要有历史人物、事件和场所的设定的观念就相当幼稚。蒙古族学者就蒙古

① 朝戈金：《国际史诗学若干热点问题评析》，《民族艺术》2013年第1期，第75~82页。
② 杨恩洪：《〈格萨尔〉艺人论析》，载赵秉理编《格萨尔学集成（1~5卷）》，甘肃人民出版社，1990，第1867~1872页。
③ 诺布旺丹：《艺人、文本和语境——文化批评视野下的格萨尔史诗传统》，青海人民出版社，2014，第3~4、30~37页。

史诗的所谓历史真实性质询说："今天我们所见的蒙古史诗中，有哪位历史上真实人物的影子？从成吉思汗到忽必烈，从拔都汗到蒙哥汗，哪位骁勇善战的历史人物在史诗中得到了描述？哪个真实城堡的攻克、哪个曾有国度的征服、哪次伟大的胜利或悲壮的失败，在蒙古史诗中得到过叙述？完全看不到踪迹。……事实上，在有经验的听众那里，从史诗故事所发生的主要场所'宝木巴'国度到具体的其他地点，都应当合乎惯例地按照史诗的'语域'来理解……英雄主义气概得到充分的、概括化的彰显，而不必拘泥于具体的人物和事件。"① 也就是说，即便不具有历史真实因素，也不会折损史诗的艺术魅力和文化价值的见地，已经影响到《格萨尔》研究专题的转向。

纵观文学史和文学理论发展史，创新始终是文学生存发展的核心动力。文学看似千年不变，但并不具有唯一不变的本体，我们所见到的文学现象、文学理论体系和框架都不是生来如此，而是在一个漫长的历史过程中逐步建构起来的。正如我们现在看到的《格萨尔》说唱，也是经过数百年时间，在藏族传统语言特征、地域文化、知识体系和传承习惯中选择、阐释和发展的结果。党的十八大以来，以习近平同志为核心的党中央高度重视中华优秀传统文化的传承发展。习近平同志在2014年10月15日文艺工作座谈会上的讲话中，专门提到了《格萨尔》史诗②；他在很多场合都谈到过传统文化的与时俱进、推陈出新，推动中华文明创造性转化、创新性发展。在2016年5月17日哲学社会科学工作会议和2016年11月30日中国文联十大、中国作协九大开幕式上，习近平同志都指出："中华文明延续着我们国家和民族的精神血脉，既需要薪火相传、代代守护，也需要与时俱进、推陈出新"，"要推动中华文明创造性转化、创新性发展，激活其生命力"③。

通过对《格萨尔》学术研究的反观可见，更新《格萨尔》研究的问题意识已经成为该学科未来发展的基本前提。

第一，《格萨尔》文学文本研究需要充分追踪中国史诗研究的前沿成果，

---

① 朝戈金：《国际史诗学若干热点问题评析》，《民族艺术》2013年第1期，第75～82页。
② 习近平：《在文艺座谈会上的讲话》，《人民日报》2014年10月15日。
③ 习近平：《在哲学社会科学工作座谈会上的讲话（2016年5月17日）》，《人民日报》2016年5月19日；习近平：《在中国文联十大、中国作协九大开幕式上的讲话（2016年11月30日）》，《人民日报》2016年12月1日。

抛弃在黑格尔"绝对知识"终极性主张建构下删略前提、删略语境、删略条件的从属论、工具论文学观,接受多种范式话语对史诗文本的研究,对《格萨尔》文本进行"重新提问"。这种"重新提问"看似是对研究主题的扩充,实际上体现出当下整个《格萨尔》研究群体看问题方式的变化,是一种与过去不同的区别真问题和假问题的标准,是一种新的回答问题的方式。十年前,朝戈金发表了《从荷马到冉皮勒:反思国际史诗学术的范式转换》,已经发出了中国史诗学研究范式转换的呼吁。这一阶段的理论建构,抓住程式、典型场景和故事范型三大核心术语,将传统意义上的史诗文本细分为手抄本、木刻本、石印本、现代印刷本、改编本、勘校本、口述记录本、录音整理本、视频和音频文本,并基于"创编—演述—流布"的互动层面,将其来源认定为"口头文本"(oral text)、"来源于口头传统的文本"(oral-derived text)和"以传统为取向的文本"(tradition-oriented text)三个层面。① 口头程式理论可以充分运用于《格萨尔》的文本研究当中,尤其是其中以语词、词组和句子为单位的诗法句法分析可以成为《格萨尔》文本研究的重要面向。

第二,《格萨尔》研究需要充分总结传统研究和田野、资料研究的现有成果,对几十年来讨论的主要问题做出回答。这涉及我们对文学研究的另一种误解:文学研究是依靠一代代研究者不断积累文学事实、田野调查和考据结果,逐步接近文学本质的过程。资料可以迭代累积,但文学理论是从量变到质变的范式变革的飞跃过程,这种飞跃指的正是我们总体的看问题的方式的变革。这也就是本篇的主题"在问题意识导引下,寻找和确定新的问题域"。没有亘古不变的统一批评范式,它不符合马克思主义的辩证法。某一种范式在一定时期可以是研究的主流和常态,甚至可能成为学科的规范和常识,但它也是会发生变化的。时代已经发生变化,甚至研究对象本身已经发生变化,其他类似的对象通过当今的现代传播方式进入人们的视野,过去学者眼中唯一的研究对象已经失去了其唯一性。面对种种新形势,仍然沿用过去的研究视角,会越来越牵强,新的批评范式势必登堂入室,取代旧的范式。更替的过程中是有阵痛的,对新范式的包容和

---

① 朝戈金:《从荷马到冉皮勒:反思国际史诗学术的范式转换》,《学术动态》2007 年第21 期,第 8~11 页。

接受是学科发展必然的选择。

以艺人研究为例，前述诺布旺丹已经在其著作《艺人、文本和语境——文化批评视野下的格萨尔史诗传统》中将艺人类型重新认定为神授型、掘藏型、圆光型、顿悟型、智态化型、闻知型和吟诵型等七个类型，并进行了定义和区分，这是在大量田野基础上的突破性一步①，但仍需进一步对各种类型现象的发生予以解释，才能在此基础上将对艺人的传记式研究建构为一套包括艺人产生、认定的长期跟踪研究在内的完整理论结构。

再如对于格萨尔与历史人物、历史事件之间真假关系的讨论，除了历史学、考古学意义上的研究之外，从文学角度对此进行的探讨都属于过去19世纪对文学本质的认识论、反映论的理解，是传统社会—历史批评的核心问题。在早期的研究中这是正常的，但是在文本主义批评等话语体系已经融入中国文学研究三十余年之后仍然坚持提出这些问题，仍然是两个世纪以前的学术视野和思维范式的原地踏步，则是学科停滞、故步自封的表现。

第三，《格萨尔》研究需要始终保持对本体发展变化的开放性，超越书面文学研究范式，承认当代文化对《格萨尔》本身的解构与重建，建立符合口传文化特点的理论模型，勇于建构多元立体理论模型。

在全球化背景下，我们对于民族文化保护的意识进一步加强，越来越强调非物质文化遗产，维护文化表现形式的多样性，强调对于《格萨尔》史诗的抢救、保护和传承。在《格萨尔》史诗的研究视野中，地方性知识、文化多样性的观念指导我们研究《格萨尔》的个性和丰富性，强调了民族语言中那些不可翻译但是极具文化特质的地域性的知识，极大地彰显了藏族文化自身的特色。这种研究，的确对于传统的一元化的知识观和科学观具有潜在的解构和颠覆作用，格萨尔文化、格萨尔艺术的蕴含空前地丰富了、多样化了、世俗化了，也更人类化并人性化了。《格萨尔》研究的进一步跨学科综合研究，要突破目前文学、民族学（人类学）的研究模式，进入文化学（文化研究）、哲学、美学、艺术学、戏剧学、影视学、传播学、解释学、经济学等学科综合研究的新领域。

---

① 诺布旺丹：《艺人、文本和语境——文化批评视野下的格萨尔史诗传统》，青海人民出版社，2014，第3～4、30～37页。

　　《格萨尔》史诗已从神圣性、历史性、故事性、知识性的文化传承对象转变成为一种蕴含民族的并具有人类文化内涵的独特的艺术形式、一种艺术类别。当下《格萨尔》史诗的受众、介质、艺人生活都发生了变化。过去史诗的受众只是本民族的百姓，史诗在民间流传，当今史诗已经成为全球的艺术观赏者都能进行艺术与文化心理鉴赏的对象，并且得到官方、宗教人士、学者、艺术家、商界和民众的全面接触、扶持，它的知识和文化传承意义被娱乐、文化身份等其他作用冲淡。过去史诗仅在现场对至多上百人说唱，艺人的临场表现、现场观众的反应对于史诗说唱的结果具有决定性影响；当今史诗已经通过现场演述、文字整理、音频、视频等多种方式传播，还通过通俗读物、电视剧、电影、动漫、游戏、流行歌曲等其他介质流传，受众无以计数。藏族谚语说，《格萨尔》艺人的数量就像杂色马的毛一样多。过去史诗说唱艺人大多流浪，走到哪儿说到哪儿，挣的是类似内地街头卖艺人"平地抠饼，对面拿贼"的供养或者布施；当今说唱艺人已经随着牧民的定居而定居，相当比例的艺人已经获得了国家固定的月薪或补贴，有的艺人已经成为事业单位或者行政机关的工作人员，《格萨尔》说唱从艺人谋生的技能转向了艺人自己的事业或者艺术特长。

　　我认为，《格萨尔》史诗的未来研究，要勇于突破作者（艺人）中心主义和文本中心主义的桎梏，勇于建构开放的、立体的、多元-多维的理论架构（见图2）。

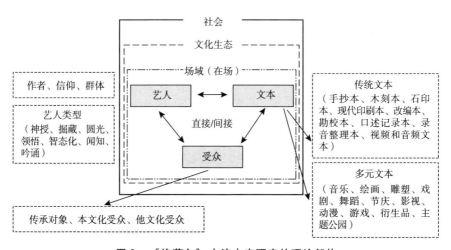

图2　《格萨尔》史诗未来研究的理论架构

第四，《格萨尔》研究需要参与到国际史诗研究阵营中，基于中国材料，做出理论贡献。从宏观角度说，《格萨尔》研究要为"向世界讲好中国故事"，向世界展示中国文化、藏族文化做出贡献。不仅要将国际《格萨尔》和史诗研究的最新理论、方法、成果拿回来，进行比较研究，更要把最新的《格萨尔》研究新成果、《格萨尔》创意新故事、《格萨尔》创意新产品以国际表达方式推向世界。而从学科角度来说，基于丰富多样的文本和现实存在的多样化的艺术实践，国内《格萨尔》研究要为国际史诗理论的发展创新与开拓，提出中国总结与中国方案。

从诗歌美学到史诗诗学

——巴·布林贝赫对蒙古史诗研究的理论贡献[*]

斯钦巴图[**]

摘　要：文章在梳理巴·布林贝赫基于美学视角的史诗诗学框架体系基础上，归纳了他的两个突出理论贡献。一是他将蒙古史诗范式化特征归纳为形象体系的类型化、场景描绘的模式化、故事情节的程式化三个层面，其中把形象体系的类型化作为蒙古史诗程式化特征的重要方面提出，对史诗形象之程式化塑造的口头程式理论具有重要的借鉴意义。二是他提出将"母题"与"意象"相结合研究蒙古史诗的观点，对于史诗研究具有普遍的方法论意义。

关键词：巴·布林贝赫；蒙古史诗；诗歌美学；史诗美学

回顾 20 世纪 90 年代之前的国际蒙古史诗研究史，不难发现，形式与结构研究异常发达。从波佩、海希西到仁钦道尔吉等，运用历史－地理学派的理论和方法研究蒙古英雄史诗，总结出蒙古英雄史诗各种故事的类型化结构形式。与之相比，在蒙古英雄史诗美学方面的研究则成果其少。有人注意到蒙古英雄史诗中存在二元对立结构，例如，M. I. 多洛霍诺夫和 D. D. 贡波音于 1995 年在乌兰－乌德出版的布里亚特《阿拜格斯尔博格达汗·导论》中写道："故事的开头，叙述世界上生命刚刚诞生和二元对立（包括太阳—月亮，大地—上苍，光明—黑暗，左—右）开始形成的

────────────

 * 原文发表于《民族文学研究》2018 年第 4 期。

 ** 斯钦巴图，蒙古族，中国社会科学院民族文学研究所研究员，主要研究领域：蒙古族文学。

过程。"① 但他们并未就此展开讨论。

在国内，从美学角度研究蒙古史诗的尝试，直到 20 世纪 80 年代初才开始。随着改革开放，哲学社会科学领域的一大批世界名著译成汉语，民间文学研究亦逐步摆脱僵化的理论思维和研究范式。在国内刊物上陆续刊出运用美学理论研究蒙古英雄史诗的论著。运用新的理论和方法需要理解、消化的过程，加之学者在从事蒙古族文学研究的学术积累和必要的理论素养方面存在差距，很多论文仅触及蒙古英雄史诗某些方面的美学特征，没有抓住其美学的本质特征，更没有形成运用美学理论研究蒙古英雄史诗的框架体系。

巴·布林贝赫《蒙古英雄史诗的诗学》的出版，奠定了蒙古英雄史诗艺术美学的诗学框架。这是一部基于马克思主义对立统一思想，汲取意大利哲学家维科的历史哲学思想和德国哲学家黑格尔的美学思想，吸纳蒙古英雄史诗类型学研究成果，牢牢抓住蒙古英雄史诗美学本质，以艺术美学的普遍原理指导诗学，以诗学的分析丰富和发展艺术美学的著作，在蒙古英雄史诗艺术美学和诗学研究史上具有重要地位。

一 巴·布林贝赫蒙古英雄史诗研究的两个阶段

巴·布林贝赫的蒙古英雄史诗研究，分为两个阶段。前期阶段从他对蒙古诗歌美学发展史进行宏观研究开始，到 1991 年出版《蒙古诗歌美学论纲》为止。该书根据不同时代蒙古族诗歌艺术所表现出的审美倾向，将蒙古诗歌美学发展分为英雄主义诗歌、悲观主义诗歌、民主主义诗歌和社会主义诗歌四个阶段，把蒙古英雄史诗划归英雄主义诗歌阶段，并从"古代蒙古语言艺术的经典形式""黑白形象体系""崇高风格"三方面探讨其美学特征。在"古代蒙古语言艺术的经典形式"部分，他认为，英雄史诗作为蒙古民族语言艺术是"具有划时代意义的经典形式"，凝固了古代蒙古人的审美意识、情感，并在其艺术原型中保留了三个基本特征——社

---

① M. I. 多洛霍诺夫、D. D. 贡波音：《阿拜格斯尔博格达汗·导论》，载斯钦孟和主编《格斯尔全书》卷五，内蒙古人民出版社，2008，第 468 页。

会与自然的依存、婚姻与战争的结合、现实与幻想的统一；在"黑白形象体系"部分，他根据史诗中正面人物形象总是与白色、反面人物形象总是与黑色发生关联的规律，以及这一规律在蒙古诗歌史上反复出现的现象，把史诗形象体系划分为白方和黑方，分析了史诗英雄所具有的人性与神性、共性与个性、高贵性与幼稚性相统一的双重属性和性格；在"崇高风格"部分，他着重分析了蒙古英雄史诗所表现出的力量美、度量美、色彩美。① 后期阶段从1991年开始，止于1997年，这一时期他发表了一系列论文。《蒙古英雄史诗的诗学》是他研究蒙古英雄史诗诗学的代表性成果。从撰写有关蒙古诗歌美学，对蒙古英雄史诗诗歌进行诗学研究起，到完成《蒙古英雄史诗的诗学》，他对蒙古英雄史诗的研究一直持续了十余年。

前后两个阶段的研究之间有着连续性。前一阶段为后一阶段的研究奠定了基础，后一阶段则是对前一阶段研究的继续深入和完善。例如，《蒙古英雄史诗的诗学》对《蒙古诗歌美学论纲》提出的"黑白形象体系"加以完善，分白方和黑方形象体系，以三个独立章节的规模深入阐释。在写作《蒙古诗歌美学论纲》之时，巴·布林贝赫就发表了《〈江格尔〉中的自然》一文，在《蒙古诗歌美学论纲》出版时作为附录收其精简版。在《蒙古英雄史诗的诗学》相关章节中收录这篇论文时，对之加以修改，进一步完善。他在《蒙古诗歌美学论纲》中把史诗英雄性格归纳为"人性与神性，共性与个性，高贵性与幼稚性"，而《蒙古英雄史诗的诗学》在上述三组双重性格基础上又增加了"直率善良与野蛮凶残"双重性格特征，从而完整地归纳了蒙古英雄史诗中英雄人物性格的美学特征。

二 蒙古英雄史诗的发展论和美学本质特征论

在《蒙古英雄史诗的诗学》的"导论"中，巴·布林贝赫简要阐述了蒙古英雄史诗发展论和本质特征，提出了基于美学视角的蒙古英雄史诗诗学的总体框架体系。

他首先指出"蒙古英雄史诗是属于特定历史范畴的文学现象"的本

---

① 巴·布林贝赫：《蒙古诗歌美学论纲》，内蒙古教育出版社，1991，第18~102页。

质，运用马克思主义社会发展阶段论、维科的历史哲学、黑格尔的美学哲学和蒙古史诗类型学研究理论成果，并结合社会制度、生产方式、宗教信仰的发展变化和人类史诗艺术发展的普遍规律，勾勒出蒙古英雄史诗产生、发展、传播、变异的轨迹：历时的纵轴上经历了原始史诗、成熟史诗、变异史诗三个阶段；共时的横轴上形成卫拉特－卡尔梅克史诗、巴尔虎－布里亚特史诗、喀尔喀－科尔沁史诗等①。原始史诗分别独立表现了婚姻和征战两种基本母题，保留了狩猎－游牧文化影响和原始信仰（萨满教、自然崇拜），同时反映了氏族（部落）制度的特征和国家的初始形态；黑白阵营的二元对立结构已经产生，其中的正面人物保留神性和文化英雄形象，作为社会进步势力和社会共同意志的代表出现，而黑方人物保留兽性，作为黑恶势力和自然灾害的代表出现。成熟史诗中婚姻和征战两种基本母题进一步扩展，结构上形成交叉、串联、枝节性故事，同时增加了新的母题；文化方面主要表现游牧文化、萨满文化和佛教文化；社会制度方面主要表现阶级社会以及国家制度；形象方面白方阵营中出现可汗、勇士、贤者等形象类型，出场的其他人物反映了多种不同的社会分工，与此相对应，黑方阵营中也出现不同的社会等级、代表社会邪恶势力的人性形象。变异史诗（专指科尔沁史诗）一方面继承婚姻与征战两种基本母题、黑白形象体系以及对力量和超自然的信仰，另一方面在文化背景上表现了农耕文化特征，并通过本子故事受汉族古典小说及其所宣扬的思想道德影响。② 至此，他提出了完整的基于美学视角的蒙古英雄史诗发展论。

他将蒙古英雄史诗的本质特征概括为三个方面。

其一是神圣性，即传统整体上的神圣性。他认为蒙古英雄史诗的神圣性体现于史诗故事的神圣性（具体表现为不可更改史诗情节的禁忌、艺人学艺的神话传说、关于史诗英雄的神话等）和史诗演唱的仪式性（对于伴奏乐器的崇尚、有关演唱史诗的各种信仰民俗等）。③ 他所论述的"英雄史诗"，实际上就是今天学术界普遍采用的"史诗传统"概念。

其二是原始性，即史诗故事和创编心理及思维上的原始性。它主要体

---

① 巴·布林贝赫：《蒙古英雄史诗的诗学》，内蒙古教育出版社，1997，第3～6页。
② 巴·布林贝赫：《蒙古英雄史诗的诗学》，内蒙古教育出版社，1997，第205～240页。
③ 巴·布林贝赫：《蒙古英雄史诗的诗学》，内蒙古教育出版社，1997，第7～16页。

现在婚姻与征战的基本母题，黑白形象体系的塑造，史诗包含的原始信仰观念、原始思维等。①

其三是范式性，即蒙古史诗创编上的范式化。他认为，蒙古英雄史诗美学的范式性体系，体现于二元对立结构中人物形象的类型化、艺术描绘的模式化、故事情节的程式化。他详细论述了人物形象的类型化，即黑白形象体系及其相关项（如宇宙三界、方位、坐骑等），这一问题下文将专门讨论。他在艺术描绘的模式化方面着墨不多，主要提到静态描绘的英雄的家乡、环境、牧场、畜群、属民、宫殿与动态描绘的英雄出征、披甲、备马、上马、征途等，这些都有较为固定的描绘段落。② 有学者认为，艺术描绘的模式化类似于帕里－洛德口头程式理论中的"主题"或"典型场景"③，从相似性角度说的确如此。但笔者认为，"艺术描绘的模式化"这一提法可能受学界对东蒙古说唱艺术中固定描绘段落的强调和符拉基米尔佐夫所提出的蒙古英雄史诗之"公共段落"④ 概念的影响。在故事情节的程式化特征方面，他也从简处理，简要提出了蒙古英雄史诗的故事情节按传统的发展阶段（英雄诞生、英雄的斗争即婚姻和征战、英雄受难/死亡、英雄的胜利/复活）、基本母题、叙述序列展开的观点，他认为海希西所提出的蒙古史诗母题结构类型勾勒出了蒙古英雄史诗开篇、发展、高潮、结尾的基本结构序列。⑤

巴·布林贝赫关于蒙古英雄史诗本质特征论有两个重要创新：一是虽然以往研究中有很多人论述过蒙古史诗的神圣性特征，也有很多人注意到蒙古史诗的原始性，亦有很多人研究了蒙古史诗的类型化，但把三者结合起来作为蒙古英雄史诗的本质特征提出，是巴·布林贝赫的创新。二是他把蒙古英雄史诗的范式化特征，不仅作为民族文化心理的表征，更作为史诗程式化创编的方法论提出。他认为："艺术中的一切程式化不仅表现民

① 巴·布林贝赫：《蒙古英雄史诗的诗学》，内蒙古教育出版社，1997，第16～28页。
② 巴·布林贝赫：《蒙古英雄史诗的诗学》，内蒙古教育出版社，1997，第34～42页。
③ 阿拉德尔吐：《诗学视域与类型学方法——20世纪蒙古史诗学的两种途径》，博士学位论文，中国社会科学院研究生院，2013。
④ 符拉基米尔佐夫：《卫拉特蒙古英雄史诗》，载罗布桑旺丹主编、乌·扎格德苏荣整理《蒙古英雄史诗原理》，科学院出版社，1966，第56页。
⑤ 巴·布林贝赫：《蒙古英雄史诗的诗学》，内蒙古教育出版社，1997，第32～34页。

族文化心理结构，而且加强这种结构。作为民族文化心理结构的表征，它对于新史诗的创编具有范式的作用，因而近代史诗艺人们在他们的演唱中有意无意间实践着这些范式。"① 他还多次提到黑白形象体系塑造用的是程式化方法②。

巴·布林贝赫提的"范式化"，与当下学术界普遍采用的"程式化"概念类似，其有三个层次：形象体系塑造的类型化（程式化）、故事情节的程式化、场景描绘的模型化（程式化）。这与帕里－洛德的口头程式理论相似。口头程式理论也把史诗分为三个结构单元："口头程式理论的精髓，是三个结构性单元的概念，它们构成了帕里－洛德学说体系的基本骨架。它们是程式（formula）、主题或典型场景（theme or typical scene），以及故事型式或故事类型（story-pattern or tale-type）"③。其中"场景描绘的模型化"，更多与口头程式理论中的程式相似。他用很多例子证明，蒙古英雄史诗描绘相同类型的不同人物和事物的时候，重复使用一些相对固定模式的诗句，而且用扩展、递加、重复相同意象的诗句的方式，使那些相对固定模式的诗句发生变化④。"场景描绘的模型化"还部分包含口头程式理论中主题或典型场景概念，例如，作者把描绘英雄武装和备马的段落作为例子的时就是如此⑤。《蒙古英雄史诗的诗学》提出的"故事情节的程式化"，所依据的是海希西的蒙古史诗母题划分。母题概念与典型场景或主题概念相类似，而且因海希西划分的蒙古史诗14个母题"基本上勾勒出了蒙古英雄史诗开篇、发展、高潮、结尾的结构序列"，并包含蒙古史诗婚姻、征战两种故事的所有母题，因而"故事情节的程式化"实际包含了口头程式理论的主题（典型场景）以及故事型式。

口头程式理论不包含形象体系塑造的程式化，因为形象塑造一般只适用于书面文学。如果说有，也只限于探讨有关人物的"特性形容词"。但在巴·布林贝赫的论述中能清楚看到，关乎人物形象的不仅只有"特性形

---

① 巴·布林贝赫：《蒙古英雄史诗的诗学》，内蒙古教育出版社，1997，第34页。
② 巴·布林贝赫：《蒙古英雄史诗的诗学》，内蒙古教育出版社，1997，第83页。
③ 朝戈金：《译者导言》，载约翰·迈尔斯·弗里《口头诗学：帕里－洛德理论》，朝戈金译，社会科学文献出版社，2000，第15页。
④ 巴·布林贝赫：《蒙古英雄史诗的诗学》，内蒙古教育出版社，1997，第95～99页。
⑤ 巴·布林贝赫：《蒙古英雄史诗的诗学》，内蒙古教育出版社，1997，第36～40、268～273页。

容词"，而且还有更多的搭配要素和程式化描绘。在巴·布林贝赫看来，虽然"不能用现在的典型形象理论来分析史诗英雄形象"①，但蒙古史诗的黑白阵营形象体系，确实是用一系列程式化的手段和要素创造出来的。

三　黑白形象体系论

巴·布林贝赫在撰写《蒙古诗歌美学论纲》时就关注了蒙古英雄史诗美学的二元对立结构，其核心是英雄和他们的对手，或称正反两个阵营之间的对立。两个阵营以黑白两种颜色为象征，形成黑白两个阵营，黑方白方英雄的坐骑也分属于这两个阵营。与之相对应，他们的活动时空也形成上与下、左与右、白天与黑夜、日出方与日落方等二元对立结构。史诗中"按照蒙古人的文化心理结构塑造的、被审美意识普照的'第二自然'"也因黑白阵营而得到美学上截然不同的描绘。而作为蒙古史诗诗歌艺术的重要创编单元的意象，也对塑造黑白形象体系有重要意义。

当展开蒙古英雄史诗美丽的画卷时，他敏锐地发现了有关正反面人物的所有事物，如住所、领地、方位、神灵、山水、坐骑等，都分别以黑白两种颜色进行描绘。其中"既有直观的具体事物，也有抽象的道德象征"，在后一种情况下，"黑与白两种颜色已经失去自然的（感官的）物理属性，变成了社会道德的象征"，即美学的"善与恶、美与丑、正与反、生与死、吉与凶、正义与邪恶的象征"。② 这来源于蒙古民族审美意识、文化心理和民俗传统深处，内嵌于蒙古史诗艺术中，并在其中反复出现。因而把蒙古英雄史诗中的人物分成黑白两个阵营，符合蒙古族文化传统。

在具体分析黑白两个阵营人物形象体系时，他又归纳出他们各自所具有的若干二元对立的性格特征。白方阵营的英雄人物，集人性与神性、共性与个性、高贵性与幼稚性、直率善良与野蛮凶残等特征于一身，他们是"高贵""强大""福佑"的化身。英雄既有人的欲望、性格、思想和外表，又有超自然的上天入地、变幻等能力，而他们的神性来源于史诗源头

---

① 巴·布林贝赫：《蒙古英雄史诗的诗学》，内蒙古教育出版社，1997，第94页。
② 巴·布林贝赫：《蒙古英雄史诗的诗学》，内蒙古教育出版社，1997，第83～86页。

的神话形象，尤其是神话中的文化英雄。离史诗的发生时代越近，英雄的神性越强，越到后来，其人性越得到加强。在分析史诗英雄的"共性与个性"时，巴·布林贝赫指出，蒙古史诗的英雄形象，不宜用典型形象理论去分析，因为他们身上个性特征并不明显，而更多具有类型化的共性特征。他用大量实例证明，用相同或相似的固定诗段描绘同一类人物，正是这种共性特征在史诗文本中的具体表现。①

巴·布林贝赫把黑方形象体系的美学诗学分析称为"恶的诗学"。这里的"恶"包括黑方阵营行为、内心的"恶"及外表上的"丑"。"恶的诗学"包括蟒古思形象的美学本质特征及其产生、发展、变化过程，黑方英雄形象的基本类型，塑造黑方英雄形象的历史根源与文化心理基础以及对黑方阵营的程式化描绘等。与白方阵营相对立，黑方阵营（包括他们的坐骑、住所、灵魂、神灵等）具有"美学逆向价值"。而黑方阵营最具代表性的是蟒古思形象，有兽性（自然性）形象、人性与兽性双重性形象、人性（社会性）形象三种基本类型，巴·布林贝赫认为这三种基本类型代表的是黑方英雄形象发生发展的三个阶段。他们是"低贱""强大""祸害"的代名词。② 而"低贱、强大、祸害"和"高贵、强大、福佑"又形成黑白两个阵营新的二元对立结构。由此可见，巴·布林贝赫考察黑白形象体系时总是把形象的本质论同形象的发展论紧密结合。

从先后次序看，巴·布林贝赫首先讨论了蒙古英雄史诗中的宇宙结构。这里包含着哲学上的思考。因为在哲学上"时、空、数是一切知识的基本概念"，因而需要首先说明史诗故事赖以展开的宇宙时空，它包括宇宙三界、时空、方位和数量。其中宇宙三界和方位，以原始思维和民族神话观念为基础，同黑白阵营、善与恶、美与丑联系在一起，也就是说，这里所讨论的问题，在深层上与黑白形象体系相联系。而时空、方位和数量，是用不同的维度描绘宇宙三界。

宇宙三界（上界、中界、下界）是空间概念，在初民神话观念中与

---

① 巴·布林贝赫：《蒙古英雄史诗的诗学》，内蒙古教育出版社，1997，第83～116、147～172页。

② 巴·布林贝赫：《蒙古英雄史诗的诗学》，内蒙古教育出版社，1997，第121～142、173～178页。

神、人、魔的活动空间对应。其中存在上与下、神与魔、人与神、人与魔、人与人、善与恶的二元对立观念。上界基本与白方阵营、下界基本与黑方阵营发生关联，而中界按左右、南北、日出与日落等方位分属于黑白两个阵营。① 在不同章节、不同问题的分析和论述过程中，这一联系被反复强调。在他看来，宇宙三界观念随着人类思维的发展、社会历史的变迁和各种文化的相互影响而发展变化。蒙古史诗中的宇宙自然原本是按蒙古萨满教神话观念创造出来的，其中很多描绘本身来源于萨满教神歌。然而，随着蒙古人皈依佛教，佛教神话宇宙观念极大影响了蒙古史诗，逐渐改变了蒙古史诗中描绘的宇宙结构，引入了以须弥山为中心的佛教神话宇宙结构，增加了大梵天所统辖的色界、三十三天居住的欲界、地狱、天龙八部等。

撇开黑白形象的发展论观点，从以上内容中可以看到，在黑白形象体系的类型化（程式化）塑造方面，巴·布林贝赫给出了若干要素：出身上，白方英雄有高贵的出身，而黑方英雄则是低贱的出身；与神灵的联系上，白方英雄与善神发生关联，他们的灵魂寄托在美好的事物中，而黑方英雄与恶神发生关联，他们的灵魂寄托在形形色色的丑恶事物中；生活时空和方位上，白方阵营与上界和中界、右方、白天、日出方等发生关联，其居住的地方山水秀丽、富饶祥和，而黑方英雄则与中界和下界、左方、黑夜、日落方等发生关联（特殊例子除外），他们居住的地方狰狞恐怖；颜色上，正方英雄与白色，反方英雄与黑色发生关联（住所、自然、财产等）；力量上，黑白英雄均较强大；行为结果上，白方英雄为人们带来福佑，而黑方英雄为人们带来祸害；属性上，白方英雄属神性与人性，黑方英雄属魔性与兽性等；意象上，搭配高大、幽默、神秘、象征四种意象。

在这里，我们可以发现巴·布林贝赫注重这些要素、程式化描绘与形象之间的搭配问题。有什么样的形象，就要考虑用哪些要素和表现那些要素的程式化诗句。这符合艺人创编形象和程式化诗句的实际。笔者曾访谈过内蒙古科右中旗的说书艺人甘珠尔，当他谈到年轻艺人说书时举了下面的例子。他说，年轻艺人没有经验，凡是出来一个英雄，就搬出来"孙布

---

① 巴·布林贝赫：《蒙古英雄史诗的诗学》，内蒙古教育出版社，1997，第47~78页。

尔山，犹如震动一样，孙达来海，犹如海啸一样"这类诗句，表现他们的力量和气势，却忘了英雄与英雄之间量级上的差别，并在描绘上体现出这种差别。但是有经验的艺人，根据那些英雄的量级，会选择不同的诗句。比如说，表现一般英雄的气势，可说"山丘震动，河流起浪"，更厉害的英雄出场，可以说"高耸的大山震动一样，翻滚的江河决堤一般"，最重要的英雄出场时才说"宇宙之巅须弥山震塌一样，浩瀚的大海海啸一般"。① 这说明，艺人演唱的时候，确实是考虑人物形象与程式化描绘之间的搭配问题。

有关黑白双方形象塑造的诸要素及其程式化叙述，就史诗而言是贯穿首尾的。这说明，蒙古英雄史诗不仅有诗行创编的程式化（程式），故事叙述的程式化（主题或典型场景），更有形象塑造的程式化和手段。如果说"歌手是在主题的灵活多变的排列组合这个意义上来想歌的"②，那么他也是在形象诸要素的灵活搭配这个角度去想形象的。也就是说，歌手一方面通过主题与主题之间的连接来创编故事，另一方面通过诸多搭配项与形象的关联去塑造程式化、类型化的形象。史诗叙述的中心是人物，很难想象艺人演唱史诗时只考虑情节而不考虑人物形象。如果说史诗的故事是用程式化的方法叙述的，那么其形象也是用程式化的方法塑造出来的。因此，当我们讨论史诗的程式化特征时避开人物形象的程式化塑造这一层面，是有严重缺陷的。当然，巴·布林贝赫关于形象体系的程式化问题的探讨还有待继续深入研究与完善。

四　母题与意象结合论及其后续影响

巴·布林贝赫对于蒙古史诗诗学的另一重要贡献，就是提出了应把作为叙事文学最小叙事单位的"母题"和作为抒情文学最小抒情单位的"意象"结合起来研究蒙古史诗的观点，这对于史诗研究具有普遍的方法论意义。他的意象论观点在后来的蒙古史诗研究中既被肯定和发展，也被其他

---

① 2004 年 11 月 2 日访谈甘珠尔胡尔奇所得。

② 阿尔伯特·贝茨·洛德：《故事的歌手》，尹虎彬译，中华书局，2004，第 142 页。

相关研究所证实。

《蒙古英雄史诗的诗学》第八章探讨了蒙古史诗意象、韵律、风格问题。"如果说母题是叙事文学最小的叙事单位，那么，意象应被认为是抒情文学的最小单位——抒情意象。由于蒙古英雄史诗中既有叙事又有抒情，因此，对于了解其艺术整一性特征来说，把母题和意象结合起来进行分析是不可或缺的途径。"① 蒙古史诗研究向来注重故事情节、母题的类型学研究，在巴·布林贝赫之前还没有人提出过史诗的意象概念。他不仅提出了作为蒙古史诗研究重要概念和方法的"意象"，而且进一步把它分为高大意象、幽默意象、神秘意象和象征意象四类，并用很多例子说明这些意象及其程式化表述，是塑造黑白形象体系的重要环节。

巴·布林贝赫提出的史诗意象概念与研究方法，在后来的蒙古史诗研究中被进一步发展。陈岗龙的《意象与蒙古史诗研究——以巴·布林贝赫教授〈蒙古英雄史诗诗学〉所提理论观点为基础》一文，充分肯定了巴·布林贝赫所提出的将"母题"和"意象"相结合推进蒙古史诗研究的理论观点，认为过去的蒙古史诗研究聚焦于史诗的叙事性，主要从叙事母题入手进行广泛研究，却忽视了史诗的抒情性，巴·布林贝赫特别提出意象概念，填补了蒙古史诗研究的一项概念空白，弥补了研究方法上的片面性，今后的蒙古史诗研究中应继承和发展巴·布林贝赫提出的意象论。以此为出发点，陈岗龙认为，巴·布林贝赫是从蒙古史诗风格出发把史诗意象分为四个类型的，如果从蒙古史诗的结构和类型学研究的角度出发，可将其再分为单一意象和复合意象两大类。单一意象是由单一诗行构成的意象，而复合意象是围绕某一事物串联使用诸多单一意象而形成的一定程度上模式化的意象，这种复合意象同时也构成叙事母题，复合意象/叙事母题的再组合，形成母题系列，母题系列构成单篇史诗，单篇史诗的再组合，就发展成复合史诗。②

说到巴·布林贝赫之后蒙古史诗的意象研究，还应提到乌·纳钦的《论口头史诗中的多级程式意象——以〈格斯尔〉文本为例》一文。此文

① 巴·布林贝赫：《蒙古英雄史诗的诗学》，内蒙古教育出版社，1997，第 245~246 页。
② 陈岗龙：《意象与蒙古史诗研究——以巴·布林贝赫教授〈蒙古英雄史诗诗学〉所提理论观点为基础》，《金钥匙》2003 年第 4 期。

虽未提及巴·布林贝赫有关意象的理论，但以诸多实例证实了蒙古史诗中意象的存在，并称之为"程式意象"。这一概念同时表明了意象的程式化特征。乌·纳钦"通过分析一位歌手同类内容的两次演唱文本揭示出程式的内部有着分解转化的弹性，程式的分解转化又造成富含声学魅力和审美快感的多级程式意象即多级程式意象平行式。多级程式意象平行式又在诗行末端达成内在原型的统一，显示出其独特的核心美学功能。同类程式意象在同一位歌手不同史诗诗章中又产生变异，即被简化或潜伏，构成多级程式意象的逆向再创造"①。如果说陈岗龙的论文依叙事唱词/诗行—母题/意象—母题系列—单篇史诗—复合史诗的顺序自下而上地梳理了意象和母题的聚合过程，那么，乌·纳钦的论文则以典型场景为起点，自上而下地揭示了程式意象的逐级分解过程及在这个过程中一组组程式化段落的创编过程。

综上所述，巴·布林贝赫建立了美学视角下蒙古英雄史诗诗学框架体系。这一框架体系是以潜藏在史诗传统中的蒙古民族审美观念和文化心理为神经枢纽，以贯穿始终的二元对立结构为主线，以史诗中的事物与黑白阵营的关联性为核心建立起来的。他有两个突出的理论贡献。一是他认为形象体系的类型化、场景描绘的模式化、故事情节的程式化是蒙古史诗范式化（程式化）的三个层面，将形象体系的类型化纳入蒙古史诗程式化特征的重要方面，这对忽视史诗形象之程式化塑造的口头程式理论具有重要的借鉴意义。二是他提出应把作为叙事文学最小叙事单位的"母题"和作为抒情文学最小抒情单位的"意象"结合起来研究蒙古史诗的观点，对于史诗研究具有普遍的方法论意义。

---

① 乌·纳钦：《论口头史诗中的多级程式意象——以〈格斯尔〉文本为例》，《民族文学研究》2016年第3期。

"一带一路"与《玛纳斯》：史诗的传播路径与研究

阿地里·居玛吐尔地[*]

2019 年 6 月，习近平主席在访问吉尔吉斯斯坦并参加上合组织成员国元首理事会第十九次会议前夕，在该国《言论报》及"卡巴尔"国家通讯社发表题为《愿中吉友谊之树枝繁叶茂、四季常青》的署名文章并在文中提到"应热恩别科夫总统邀请，中国中央歌剧院将赴吉尔吉斯斯坦演出中文歌剧《玛纳斯》。这一两国人民共同拥有的文化瑰宝再次大放异彩，奏响中吉传统友谊的时代强音"[①]。随后，中国中央歌剧院在吉尔吉斯斯坦的演出大获成功，并在该国观众中引起不小的轰动。这再一次证明了《玛纳斯》史诗不仅是中吉两国人民共同享有的珍贵文化遗产，而且是促进中吉两国人民友谊的重要桥梁和纽带，今后也必将成为两国文化交流的重要媒介。

"一带一路"倡议已经成为丝绸之路沿线和欧亚国家的广泛共识。古代丝绸之路上的中亚国家作为今天"一带一路"经济带的核心地区，也越来越深刻地认识到自身在其中的重要性及惠及相关国家的这一倡议对推进国家未来经济发展的重要性。当然，这种互惠互利的命运共同体不仅是经济方面的，还会关涉更加广泛的文化等领域。

柯尔克孜族自古以来就活跃于从叶尼塞河上游到天山南北、从伊塞克湖周边到帕米尔高原的欧亚大陆中心地带，从民国开始，分居在中吉两国

---

* 阿地里·居玛吐尔地，柯尔克孜族，中国社会科学院民族文学研究所研究员，主要研究领域：英雄史诗《玛纳斯》、柯尔克孜族民间文化、突厥语民族口头传统、中亚文学等。

① 《习近平在吉尔吉斯斯坦媒体发表署名文章　愿中吉友谊之树枝繁叶茂、四季常青》，《经济日报》2019 年 6 月 12 日，第 1 版。

的同一民族分别被称作"柯尔克孜"和"吉尔吉斯"①。作为中亚地区重要的跨国民族之一，柯尔克孜族不仅是中国新疆维吾尔自治区的第四大少数民族，也是"一带一路"在中亚地区的核心地带吉尔吉斯斯坦的主体民族。文化作为精神的纽带，在跨界而居的柯尔克孜族（吉尔吉斯）交流互动中起着不可替代的作用，而被称为民族魂的《玛纳斯》在其中所扮演的角色至关重要，毫无疑问会为"团结互信、平等互利、包容互鉴、合作共赢"的丝路精神注入强大的活力，并在中吉两国的互动交流中发挥引领和推动作用。

别林斯基指出，"史诗是在民族意识刚刚觉醒时，诗领域的第一颗成熟的果实"。柯尔克孜族（吉尔吉斯）堪称是一个英雄史诗的民族。以《玛纳斯》为代表的具有高度艺术性的数以十计的口头史诗是他们最引以为豪的文化遗产，而《玛纳斯》是其中的代表性杰作，堪称经典。它与藏族的《格萨尔》、蒙古族的《江格尔》一起被称为我国三大史诗，被习近平主席评价为震撼人心的伟大史诗。

作为我国北方的一个古老民族，柯尔克孜族以"鬲昆"之名在司马迁的《史记》中第一次出现，其历史发展的脉络绵延2000多年。在这漫长的历史进程中，他们不断迁徙，几经生死存亡的考验，却凭着坚强不屈、百折不挠、豪放乐观的英雄主义精神，不断复兴、繁衍和发展到了今天。产生于公元10世纪的《玛纳斯》史诗是柯尔克孜族人民精神文化的巅峰，被称为柯尔克孜族的民族魂。它不仅是柯尔克孜（吉尔吉斯）民族口头传统独一无二的纪念碑，也是千百年来集体智慧和文化表达的结晶。千百年来，柯尔克孜族民众始终将《玛纳斯》史诗这一文化创举与民族历史记忆密切联系在一起，而一代一代的口头文学天才"玛纳斯奇"则在传承这部史诗的过程中，使这部史诗不断得到提炼、加工、丰富，不断吸纳民族优秀的思想智慧，日臻完美，逐步走向民间口头艺术的高峰，成为今天这样一部篇幅宏大、内容深刻、博大精深的艺术精品。《玛纳斯》史诗于2006年入选我国第一批国家级非物质文化遗产名录，并于2009年经由我国申报被列入联合国教科文组织人类非物质文化遗产代表作名录，成为全人类的共同文化遗产，从民间走上了人类文化艺术的殿堂。这不仅是我国20多万柯尔克孜族人民的荣耀，也成

---

① 清朝时期被称为布鲁特，之前从《汉书》《史记》开始依次称作鬲昆、坚昆、黠戛斯、吉利吉思等，均为汉文在不同时期对"柯尔克孜"的音译。

为中华民族文化事业中的一件幸事。2015 年年末，《玛纳斯》史诗汉译文版入选国家新闻出版广电总局发布的第一批中华优秀传统文化普及读物名单。

《玛纳斯》被国内外学界称为"柯尔克孜族古代生活的百科全书"，蕴含着柯尔克孜族特有的精神智慧、思维方式及艺术想象力，用口头艺术的方式体现着柯尔克孜族的历史发展脉络、文化传统、生活经验和审美趣味，彰显着柯尔克孜族精神文化的生命力和创造力。它除了在我国天山南北、帕米尔高原流传外，在中亚的吉尔吉斯斯坦、哈萨克斯坦、阿富汗等国也有流传。尤其在吉尔吉斯斯坦，史诗作为国家主体民族的文化而得到推崇，保护力度逐年加大。2013 年，该国也成功将其境内流传的《玛纳斯》史诗三部曲，即《玛纳斯》《赛麦台》《赛依铁克》申报为联合国教科文组织人类非物质文化遗产，体现了对《玛纳斯》史诗的重视程度。我国的柯尔克孜族与中亚的吉尔吉斯是同源的跨界民族，在历史文化上一脉相承，但思想意识有一定差异。

《玛纳斯》史诗在吉尔吉斯斯坦、中国、阿富汗和哈萨克斯坦四个国家的传播以及对其所展开的科学研究工作和相关学术成果早已成为世界《玛纳斯》学重要的学术资源，我们将在下文中分别对其进行详细介绍。《玛纳斯》史诗是否在乌兹别克斯坦和塔吉克斯坦的吉尔吉斯人中流传，由于目前我们还没有掌握相关田野调查资料，所以还不得而知。

纵观《玛纳斯》史诗学术史，史诗从 19 世纪中期开始引起学术界的关注，并不断得到搜集、记录和研究，到 20 世纪已经发展成一个国际性的学科——《玛纳斯》学。而从目前所取得的成果看，《玛纳斯》学大致包括三个方面的内容：第一是对史诗各种口传文本以及各种手抄文本等资料的调查、记录和搜集。第二是对各种史诗文本异文的编辑、校勘和出版，其中包括各种文字的翻译。第三是对史诗相关问题的综合研究，涉及文本比较分析，以及对史诗内容、艺术形式、文本结构和主题、口头诗学、语言、历史、哲学、美学、军事、医学及其思想史和文化价值等的研究。中国、吉尔吉斯斯坦、哈萨克斯坦、俄罗斯、英国、土耳其、德国、美国、法国等多国学者经过一个多世纪的努力，在上述研究领域均取得了很大的成绩。19 世纪50 年代至今，相关学者不仅在多次田野调查的基础上，搜集刊布了百余种《玛纳斯》史诗变体异文，编辑或翻译出版了多种语言文字的多种版本，也出版了多种语言的大量研究著述，使今天的"《玛纳斯》学"已经成为国际人文学术领域的一门显学，引起了世界范围人文领域的广泛关注。

一　19 世纪的民族志调查实践与成果

史籍中有关《玛纳斯》史诗的记载，出现在 15～16 世纪生活在中亚地区的吉尔吉斯学者塞伊夫丁·依本·大毛拉·夏赫·阿帕孜·阿克色肯特（Saif ad-din ibndamylla Shah Abbas Aksikent）与其子努尔穆哈买特（Nurmuhammed）一同用波斯文撰写的《史集》（Majmu Atut-Tabarih）一书中①。该书简短而片段式地记载了玛纳斯及其盟友抗击卡勒马克入侵者的事迹。尽管其中所载内容非常简略，也没有显示出《玛纳斯》史诗宏大的气势和感人的艺术特色，但就从这些简短的信息中也能梳理出《史集》中的资料与史诗传统文本之间的渊源关系②。当然，《史集》为数不多的于稿资料和抄写木在被发现之前一直在民间雪藏，并没有得到广泛传播。《玛纳斯》史诗真正从民间走向学术史殿堂是从 19 世纪中叶开始的。哈萨克裔俄国民族志学家乔坎·瓦利哈诺夫（Chokan Chingisovich Valikhanov）和德裔俄国语言学家、民族志学家瓦西里·瓦西里耶维奇·拉德洛夫（Vasily Vasilievich Radlov）开展了卓有成效的民族志调查实践，并将他们搜集到的《玛纳斯》史诗文本和译本刊布于世，才使得这部传唱千年的口头史诗经典开始为世人所知晓，并引起各国学术界的关注。

上述两位民族志学家的若干次民族志调查正是在吉尔吉斯斯坦和中国的喀什、伊犁、特克斯等地区开展的。作为《玛纳斯》史诗早期的探索者，他们的田野调查及对史诗的初步研究成果都在世界《玛纳斯》学术史上留下了浓墨重彩，拉开了世界《玛纳斯》学的序幕。英国伦敦大学古典系教授亚瑟·哈图于 1977 年和 1990 年先后将瓦利哈诺夫和拉德洛夫搜集的文本翻译成英文出版，并着手对《玛纳斯》史诗进行了长期的研究③。他对于

---

① 塞伊夫丁·依本·大毛拉·夏赫·阿帕孜·阿克色肯特、努尔穆哈买特：《史集》，莫勒多·马马萨热·多斯波夫、奥莫尔·索略诺夫译，比什凯克，1996。

② 阿地里·居玛吐尔地：《16 世纪波斯文〈史集〉及其与〈玛纳斯〉史诗的关系》，《民族文学研究》2002 年第 3 期。

③ A. T. Hatto ed., trans., and comm., *The Memorial Feast for Kökötöy-Khan: A Kirghiz Epic Poem*, London Oriental Series（Book 33）（Oxford: Oxford University Press, 1977）; *The Manas of Wilhelm Radloff*, re-edited, newly translated and with a commentary by A. T. Hatto, Asiatische Forschungen 110（Wiesbaden: Otto Harrassowitz, 1990）.

《玛纳斯》史诗的翻译和研究堪称 20 世纪西方《玛纳斯》史诗研究的标志性成果①。

哈萨克裔俄国军官、民族志学家乔坎·瓦利哈诺夫（1835~1865）于 1856~1857 年在吉尔吉斯斯坦伊塞克湖边记录下的《玛纳斯》史诗传统章节之一"阔阔托依的祭典"（Kökötöydün ashi）无疑是该部史诗目前已知最早的记录文本，共计 3251 行②。乔坎·瓦利哈诺夫不仅是第一位搜集《玛纳斯》史诗的人，而且是第一位对其进行综合评价的人。"《玛纳斯》史诗是将吉尔吉斯（柯尔克孜）所有神话、故事、传说融于一体，集中体现在一个人，即英雄玛纳斯身上的一部百科全书式的集成。它恰似一部草原上的《伊利亚特》。吉尔吉斯（柯尔克孜）的生活形式、民间习俗、道德规范、地理、宗教和医学知识、他们与各民族之间的关系都在这部宏大的作品中得到了反映。"③ 显而易见，乔坎·瓦利哈诺夫是受过系统现代教育，谙熟西方文学经典的学者，因此他对于《玛纳斯》史诗的评价也成为后世学者反复引用的典范。他所搜集的包括柯尔克孜族的史诗、神话、歌谣、民间部落谱系等材料的人类学、民族学、民俗学资料先后被编入其《柯尔克孜族（吉尔吉斯）、哈萨克族神话传说》《吉尔吉斯（柯尔克孜）部落谱系》《伊塞克湖日志》《准噶尔游记》等著作中出版。在这些资料中，《玛纳斯》史诗传统章节"阔阔托依的祭典"最引人关注，也曾在世界范围内得到传播和研究。④

瓦西里·瓦西里耶维奇·拉德洛夫（1837~1918），德裔俄国民族志学家，德文姓名为弗里德里希·威廉·拉德洛夫（Friedrich Wilhelm Rad-

---

① 阿地里·居玛吐尔地：《亚瑟·哈图》，《民间文化论坛》2017 年第 3 期。
② 阿里凯·马尔古兰：《古代歌谣与传说》，作家出版社，1985，第 236 页；阿地里·居玛吐尔地：《乔坎·瓦利哈诺夫及其记录的〈玛纳斯〉史诗文本》，《民族文学研究》2007 年第 4 期。
③ 《乔坎·瓦利哈诺夫文集》（第三卷），阿拉木图，1985，第 353 页。
④ 参见阿地里·居玛吐尔地：《乔坎·瓦利哈诺夫及其记录的〈玛纳斯〉史诗文本》，《民族文学研究》2007 年第 4 期；阿地里·居玛吐尔地：《亚瑟·哈图》，《民间文化论坛》2017 年第 3 期；阿里凯·马尔古兰：《古代歌谣与传说》，作家出版社，1985，第 236 页；托汗·依萨克：《〈玛纳斯〉史诗五个唱本中"阔阔托依的祭典"一章的比较研究》，阿地里·居玛吐尔地译，《民族文学研究》2003 年第 3 期；A. T. Hatto ed., trans., and comm., *The Memorial Feast for Kökötöy-Khan*：*A Kirghiz Epic Poem*, London Oriental Series (Book 33)（Oxford：Oxford University Press，1977）.

loff）。他曾于 1862 年和 1869 年在中亚地区进行了卓有成效的人类学田野调查，在中国新疆北部特克斯地区和吉尔吉斯斯坦的伊塞克湖西部及楚河地区记录了《玛纳斯》史诗第一部比较完整的文本以及这部史诗第二部和第三部的部分章节共计 12454 行。这一资料经过整理翻译被编为他的系列丛书"北方诸突厥语民族民间文化典范"第五卷《卡拉－柯尔克孜（吉尔吉斯）方言》（Der Dialect Der Kara-Kirgisen）于 1885 年在圣彼得堡出版。他在此卷前言中对于玛纳斯奇的演唱以及表演史诗现场的描写评述，对于玛纳斯奇用现成的"公用段落"即兴创编史诗的讨论以及将吉尔吉斯（柯尔克孜族）史诗歌手的演唱与荷马的比较研究，引起了西方古典学家以及"荷马问题"专家的极大兴趣和关注，甚至对 20 世纪中期由美国学者帕里（Milman Parry）和洛德（Albert B. Lord）所创立，对国际民俗学和口头诗学产生巨大影响并引领口头诗学研究方向的"口头程式理论（帕里－洛德理论）"的雄起产生了重要的启发作用①。

拉德洛夫无疑是 19 世纪世界《玛纳斯》学的奠基者。他在 1866～1904 年搜集编纂并由俄国科学院在圣彼得堡出版的十卷本"北方诸突厥语民族民间文化典范"（Specimens of Turkic Literature）丛书堪称是 19 世纪突厥语民族民间文学的集大成之作，至今都是各国学者广为参证和引用的弥足珍贵的语言学、民间文学资料②。此外，该书还收有另两部柯尔克孜（吉尔吉斯）传统史诗《交牢依汗》和《艾尔托什图

---

① 阿地里·居玛吐尔地：《威．瓦．拉德洛夫在国际〈玛纳斯〉学及口头诗学中的地位和影响》，《民间文化论坛》2016 年第 5 期；约翰·迈尔斯·弗里：《口头诗学：帕里－洛德理论》，朝戈金译，社会科学文献出版社，2000，第 21、27 页；斯蒂芬·米切尔、格雷戈里·纳吉：《再版序言》，载阿尔伯特·贝茨·洛德《故事的歌手》，尹虎彬译，中华书局，2004，第 3 页。

② 丛书前七卷为拉德洛夫亲自编纂，分别为：第一卷《阿尔泰诸民族的方言》，1866 年；第二卷《阿巴坎（哈卡斯）方言》，1868 年；第三卷《哈萨克方言》，1870 年；第四卷《巴垃宾、鞑靼（塔塔尔）、塔布勒和土满塔塔尔方言》，1872 年；第五卷《卡拉－柯尔克孜（吉尔吉斯）方言》，1885 年；第六卷《塔兰齐（维吾尔族）方言》，1886 年；第七卷《克里米亚突厥民族的方言》，1896 年。其余三卷则由其弟子们编纂，具体为：第八卷《奥斯曼突厥语民族卷》，由库诺斯（I. Kunos）搜集并翻译成德文，1899 年；第九卷《乌粱海、阿巴坎鞑靼（塔塔尔）等南西伯利亚民族卷》，由卡塔诺夫（N. F. Katanov）搜集并翻译成俄文，1907 年；第十卷《噶高斯卷》，由莫什考夫（V. Moshkov）搜集并翻译成俄文，1904 年。

克》的部分片段。①

拉德洛夫所刊布的资料以其系统性和完整性，从刊布之日起就成为西方学者了解和研究《玛纳斯》最重要的第一手资料。英国剑桥大学教授诺拉·察德维克（Nora K. Chadwick）、英国伦敦大学教授亚瑟·哈图（Arthur. T. Hatto）、苏联文艺理论家维克多·日尔蒙斯基（Victor M. Zhirmunsky）、德国波恩大学教授卡尔·赖希尔（Karl Reichl）等一大批西方史诗学知名学者都曾对这一文本进行过系统研究②。

二　中国《玛纳斯》学的崛起与发展

20 世纪，中国新疆境内出现了若干位大师级玛纳斯奇，他们分别是阿合奇县的居素普阿昆·阿帕依（Jusupakun Apay,？- 1920）和伊布拉音·阿昆别克（1882 ~ 1959），乌恰县的艾什玛特·满别特居素普（Eshmat Manbetjusup，1880 - 1963）等。而出生于阿合奇县的居素普·玛玛依则是 20 ~ 21 世纪跨世纪的大师级玛纳斯奇。其中，居素普阿昆·阿帕依和伊布拉音·阿昆别克的唱本由跨世纪的《玛纳斯》演唱大师居素普·玛玛依的哥哥巴勒瓦依在 20 世纪二三十年代进行记录并将所有资料留给居素普·玛玛依，使其成为日后居素普·玛玛依《玛纳斯》史诗八部唱本的主要源头和基础，然后由他在演唱过程中进行融会贯通，加以完善，最终成为属于

---

① 《〈玛纳斯〉大百科全书》（第二卷），吉尔吉斯文，吉尔吉斯斯坦大百科全书出版社，1995，第 160 页。

② 参见 Nora K. Chadwick and Victor Zhirmunsky, *Oral Epic of Central Asia*（London：Cambridge University Press, 1969）；A. T. Hatto, "Plot and Character in Mid-Nineteenth Century Kirghiz Epic," in W. Heissig ed., Die mongolischen Epen. Bezüge, Sinndeutung und Uerlieferung（Wiesbaden, 1979）, pp. 95 - 112；"The Marriage, Death and Return to Life of Manas：A Kirghiz Epic Poem of the Mid-Nineteenth Century," *Turcica*, 12（1980）：66 - 94 and 14（1982）：7 - 38；"Epithets in Kirghiz Epic Poetry 1856 - 1869," in J. B. Hainsworth and A. T. Hatto eds., *Traditions of Heroic and Epic Poetry*, Volume 2：Characteristics and Techniques（London：Modern Humanities Research Association, 1980 - 1989）, pp. 71 - 93；*The Manas of Wilhelm Radloff*, re-edited, newly translated and with a commentary by A. T. Hatto, Asiatische Forschungen 110（Wiesbaden：Otto Harrassowitz, 1990）；Victor M. Zhirmunsky, Tjurkskij Geroiteskij Epos［*The Turkic Heroic Epic*］（Leningrad：Nauka, 1974）；卡尔·赖希尔：《突厥语民族口头史诗：传统、形式和诗歌结构》，阿地里·居玛吐尔地译，中国社会科学出版社，2011。

他的独特的经典唱本。

中国的《玛纳斯》学肇始于 20 世纪 50 年代末 60 年代初，也以全国开展的各民族语言及民族志田野调查为契机展开。语言学家胡振华先生和翻译家刘发俊先生是最早介入中国《玛纳斯》史诗调查的两位学者。随后，民俗学家陶阳先生、史诗专家郎樱先生以及胡振华先生所带领的中央民族学院柯尔克孜语专业的学生如尚锡静、张彦平、赵潜德、候尔瑞、张永海以及玉赛音阿吉、萨坎·奥木尔、阿布的卡德尔·托合托诺夫、帕孜力·阿布凯耶夫等一大批柯尔克孜族本土学者参与其中，先后在南北疆开展了对《玛纳斯》史诗的若干次大规模普查和搜集。对《玛纳斯》史诗的调查活动一直延续至 20 世纪末 21 世纪初，各种规模的文本搜集采录工作从未间断，搜集采录的资料也越来越丰富。到目前为止，中国境内共发现玛纳斯奇 100 多位，搜集记录演唱资料超过 100 万行。这些成果为中国《玛纳斯》学的产生、发展和深入积累了丰富的第一手资料，为之后的学术研究打下了坚实的基础。在这些资料中，居素普·玛玛依《玛纳斯》完整八部内容的唱本弥足珍贵。其柯尔克孜文版于 20 世纪八九十年代一经刊布就在国际上引起轰动，引起了各国学者的强烈关注。该唱本由八部组成：第一部《玛纳斯》、第二部《赛麦台》、第三部《赛依铁克》、第四部《凯耐尼木》、第五部《赛依特》、第六部《阿斯勒巴恰与别克巴恰》、第七部《索木碧莱克》、第八部《奇格台》。全部史诗共 23 万余行，分 18 册出版，是目前世界上结构最完整、内容最丰富的唱本之一。

除此之外，乌恰县的艾什玛特·玛买特居素普和特克斯县的萨特瓦勒德·阿勒的唱本也各具特点，是中国《玛纳斯》研究工作中不可多得的极为珍贵的资料。艾什玛特·玛买特居素普的唱本具有独特的民间口头传统特色，萨特瓦勒德·阿勒的变体是唯一的描述英雄玛纳斯 7 代祖先业绩的唱本。目前，上述三位玛纳斯奇的唱本均已完整地或部分地出版发行。《玛纳斯》演唱大师居素普·玛玛依的演唱汉文译本前三部已经翻译出版，第一部的第一、第二卷的英文和第一卷的德文译本也由德国学者卡尔·赖希尔翻译出版。此外，史诗的很多片段和章节被翻译成汉文、维吾尔文、哈萨克文、蒙古文等，不仅在国内广泛传播，亦被译成英文、日文、土耳其文等在国外刊发，其吉尔吉斯文版也已在吉尔吉斯斯坦出版发行。中国曾先后于 1986 年 11 月、1990 年 12 月、1994 年 9 月，2008 年 8 月、2012 年 10 月召开了国内或国际学术研讨会，1995 年还曾成立中国《玛纳斯》研究会。这些活动无论是从文本资料的搜集还是从研究机构的建立方面，都为《玛纳斯》学的进一步发展打下了坚实基础。

随着对《玛纳斯》史诗文本出版和研究的不断深入，中国《玛纳斯》学在世界研究领域的影响和作用越来越显著，甚至在某些方面占据了学术制高点。中国学者发表和出版的学术论文和专著，已经开始在世界《玛纳斯》学领域不断发挥引领作用。尤其是郎樱、张彦平、马克来克·玉买尔拜对史诗文本内容的综合性分析和研究，胡振华、张永海等对《玛纳斯》史诗历史价值层面的挖掘，阿地里·居玛吐尔地、托汗·依萨克等对史诗的口头传承、口头诗学的研究以及对史诗歌手的研究，梁真惠对史诗域外传播的研究，托合提汗·司马义等对史诗哲学内涵的挖掘等，都具有各自不同的开拓性，从不同的研究视角拓宽了中国《玛纳斯》学的发展方向。中国的《玛纳斯》学经过若干年的发展不仅异军突起，而且在理论层面有很大拓展并逐渐开始引领世界《玛纳斯》学的发展方向。有些研究成果不仅在国内产生广泛的影响，甚至在世界范围内引起关注。比如《〈玛纳斯〉演唱大师——居素普·玛玛依评传》今天已经出版了汉文版、日文版、吉尔吉斯文版等多种版本，英文版也即将在美国出版。我国学者的论文也从国内学术平台走向国际，在《美国民俗学》（美国）、《史诗研究》（俄罗斯）、《玛纳斯的世界》（吉尔吉斯斯坦）等国际顶尖刊物上不断得到发表，国际学术影响力不断得到提升。

20 世纪 90 年代以来的研究成果中，较有代表性的当推郎樱的《中国少数民族英雄史诗〈玛纳斯〉》《〈玛纳斯〉论》等专著和数十篇专题论文。除此之外，阿地里·居玛吐尔地的《〈玛纳斯〉史诗歌手研究》、阿地力·朱玛吐尔地与托汗·依莎克的《〈玛纳斯〉演唱大师——居素普·玛玛依评传》、陶阳的《英雄史诗〈玛纳斯〉调查采录集》、马克来克的《玛纳斯之光——〈玛纳斯〉智慧》、托汗·依萨克的《中国柯尔克孜族〈赛麦台〉史诗的内容及结构特征》、梁真惠的《〈玛纳斯〉翻译传播研究》等，都是中国《玛纳斯》研究的标志性成果。张彦平、张永海、白多明、贺继宏、荣四华、依斯哈克别克·别先别克、撒依普别克、曼别特阿沙、古丽多来特·库尔曼、巴合多来提·木那孜力等人的研究，以及近几年出版的由托汗·依萨克等合编的《中国〈玛纳斯〉学辞典》和阿地里·居玛吐尔地主编的《世界〈玛纳斯〉学读本》《中国〈玛纳斯〉学读本》等，更是得到相关领域专家们的高度评价，开创了我国《玛纳斯》研究的新时代。

三　吉尔吉斯斯坦的《玛纳斯》研究主要成果

吉尔吉斯斯坦的《玛纳斯》研究学者无论是在数量上还是在研究成果的发布方面均是世界《玛纳斯》学的中坚力量。限于篇幅，我们在这里选取其中较有影响的代表人物进行介绍。柯·热赫玛杜林是吉尔吉斯斯坦最早从事《玛纳斯》研究的本土学者之一。他从1927年开始从事《玛纳斯》史诗研究工作，在当时的各类报纸杂志上发表了大量有关《玛纳斯》史诗、玛纳斯奇、吉尔吉斯文学及作家文学方面的文章，并著有《玛纳斯奇》《伟大的爱国者，神奇的玛纳斯》等著作。文学博士波·尤努萨里耶夫是一位著名的语言学家和《玛纳斯》学家，曾当选吉尔吉斯斯坦科学院院士。他于1958年主编了吉尔吉斯斯坦《玛纳斯》史诗综合整理本四卷，并撰写了长篇导言。在这篇导言中，他运用了历史语言学的理论，提出《玛纳斯》史诗产生于黑契丹、契丹等侵犯奴役柯尔克孜族的9～11世纪。他撰写的长篇论文《〈玛纳斯〉史诗综合整理本的编选经验》一文被编入1961年在莫斯科出版的俄文版《吉尔吉斯（柯尔克孜）英雄史诗〈玛纳斯〉》论文集中。他的另一篇综合研究《玛纳斯》史诗的长篇论文《柯尔克孜英雄史诗〈玛纳斯〉》于1968年被编入在伏龙芝出版的《〈玛纳斯〉——吉尔吉斯（柯尔克孜）的英雄史诗》论文集中。他在这篇文章中把《玛纳斯》史诗放在吉尔吉斯（柯尔克孜）广阔的历史文化背景中，对吉尔吉斯（柯尔克孜）民间文学传统对史诗产生的影响和作用，史诗产生、发展、传播的文化背景和历史轨迹等做了深入细致的分析。波·尤努萨里耶夫的上述论文在苏联及吉尔吉斯斯坦学者中产生过广泛影响。《玛纳斯》研究专家、文学博士艾·阿布德勒达耶夫从1960年开始从事《玛纳斯》史诗的搜集、研究工作，出版了《〈玛纳斯〉与阿尔泰史诗的叙事共性》《〈玛纳斯〉史诗形成发展的基本层次》《〈玛纳斯〉史诗的历史发展层次》《〈玛纳斯〉史诗的叙事模式》等专著。除此之外，他还发表了大量研究文章，搜集了数万行玛纳斯奇麻木别特·乔科莫尔唱本的变体资料，参与了在莫斯科出版的《玛纳斯》俄文卷本的整理工作和萨雅克拜·卡拉拉耶夫唱本第二卷《赛麦台》、萨恩拜·奥诺孜巴克夫唱本第一卷《玛纳斯》的编辑工作。曾任吉尔吉斯斯坦科学院语言文学研究所《玛纳斯》研究室主任的《玛纳斯》研究专家萨·穆萨耶夫，1978 年至 1991 年主持整理、出版了萨恩拜·奥诺孜巴克夫唱本史诗第一部《玛纳斯》4 卷本及萨雅克拜·卡拉拉耶夫唱本 5 卷本。他的专著《史诗〈玛纳斯〉》于1984 年用俄、德、英三种文字在伏龙芝出版。他所编写的史诗第一部故事梗概于 1986 年出版。此外，他还撰有《卡妮凯的形象——论〈玛纳斯〉的人民性》《论〈玛纳斯〉文本的整理出版问题》等论文，并在《吉尔吉斯民间艺人的创作史》《吉尔吉斯民间文学史》等书中撰写了有关《玛纳斯》史诗的章节。从 1995 年开始，他负责主持《玛纳斯》萨恩拜·奥诺孜巴克夫唱本的科学版本的编辑整理工作。语文学副博士扎伊尔·麻穆特别考夫与艾·阿布德勒达耶夫合著的两卷本《〈玛纳斯〉史诗研究的若干问题》对十月革命前的《玛纳斯》学术史进行了比较系统的梳理，其中对16 世纪的波斯文《史集》、19 世纪中期乔坎·瓦利哈诺夫和拉德洛夫对《玛纳斯》史诗的搜集研究、20 世纪初俄国学者第一次对玛纳斯奇坎杰·卡拉用留声机录音记录的史诗演唱文本以及匈牙利学者阿里玛什·高尔格对匈牙利堪布史诗片段的讨论等都有细致的介绍和讨论。他的论著被认为是最早的也是到目前为止比较完整的《玛纳斯》学术史著作。文学博士、吉尔吉斯文学理论家穆合塔尔·玻尔布谷洛夫发表的学术成果中，与《玛纳斯》史诗相关的有《〈玛纳斯〉史诗的渊源》《从〈玛纳斯〉到托尔斯泰》《文学理论》等。他对《玛纳斯》史诗的性质特征、《玛纳斯》史诗与远古神话的关联等的研究具有一定的深度，对史诗文本的理解和研究有很强的启发性。吉尔吉斯斯坦科学院通讯院士、《玛纳斯》研究专家、语言学博士热·克德尔巴耶夫娃，早年毕业于莫斯科高尔基文学院研究生院，她先后用俄文、吉尔吉斯文发表了有关吉尔吉斯民间文学、作家文学的论文 100 余篇，并出版了《〈玛纳斯〉的传统与个性问题》《〈玛纳斯〉

的各种变体》《玛纳斯奇的说唱艺术》《史诗〈萨仁基波凯〉的思想艺术特色》《史诗〈江额勒姆尔扎〉的诗歌传统》等专著。她曾多次参加各类国内国际学术研讨会，并作报告，现为吉尔吉斯斯坦《玛纳斯》研究中心学术委员会主任。《玛纳斯》研究专家热·萨热普别考夫从1966年开始从事《玛纳斯》史诗的搜集、整理和研究工作，著有《阿勒曼别特形象的演变》《〈玛纳斯〉史诗英雄母题的发展》等专著，并为吉尔吉斯斯坦出版的《诗歌史》等大型图书撰写了有关《玛纳斯》史诗的若干章节。此外，他还发表了30余篇关于《玛纳斯》史诗的论文。《玛纳斯》研究专家、文学副博士凯·柯尔巴谢夫从1967年开始从事《玛纳斯》史诗的研究工作，撰写发表了大量论文并出版了专著《〈玛纳斯〉史诗的艺术特色》等。他为吉尔吉斯斯坦出版的《诗歌史》撰写了有关章节，共发表60余篇有关《玛纳斯》的论文，并参与了萨恩拜·奥诺孜巴克夫和萨雅克拜·卡拉拉耶夫唱本的编辑整理工作。最值得一提的是，他对我国杰出玛纳斯奇居素普·玛玛依的《玛纳斯》唱本倾注了极大的热情，不仅把我国出版的居素普·玛玛依的《赛麦台》三卷唱本译成吉尔吉斯文出版，而且还撰写了论文《〈玛纳斯〉——英雄史诗的经典》和对居素普·玛玛依与吉尔吉斯斯坦玛纳斯奇唱本进行比较研究的专著，发表了《中国新疆克孜勒苏柯尔克孜的〈玛纳斯〉》《玛纳斯奇居素普·玛玛依》《论居素普·玛玛依演唱的史诗〈托勒托依〉》《居素普·玛玛依与萨雅克拜·卡拉拉耶夫》等极有价值的论文。

除此之外，吉尔吉斯斯坦曾是苏联《玛纳斯》研究的中心，吉尔吉斯斯坦科学院设有"《玛纳斯》学及民族文化研究中心"。这个中心从设立到现在历经半个世纪的发展，不仅培养了一大批《玛纳斯》研究的专家，而且在史诗搜集、整理、出版方面也做了大量工作，上述几位学者可以说是这个中心的骨干力量。其余研究人员以及一些大学中也有很多很有成就的研究学者。其中，值得一提的学者及其成果有：布比·凯热目加诺娃（Bubu Kerimjanova）的《〈赛麦台〉与〈赛依铁克〉》（1961年）、孟杜克·麻木热夫（Muñduk Mamirov）的《〈赛麦台〉——〈玛纳斯〉史诗的第二部》（1963年）和《萨雅克拜·卡拉拉耶夫〈玛纳斯〉变体的思想艺术特色》（1962年）、萨帕尔·别格里耶夫（Sapar Begaliev）的《论〈玛纳斯〉史诗的诗歌艺术》（1968 年）、阿依耐克·贾伊纳克瓦（Aynek Jaynakova）的《〈赛麦台〉的历史基础》（1982 年）、阿斯勒别克·迷迭特别克夫（Asilbek Medetbekov）的《美学问题》（1971 年）、依灭勒·毛勒达巴耶夫的（Imel Moldobaev）的《〈玛纳斯〉史诗是吉尔吉斯文化财富的源泉》（1989 年）、奥莫尔·索热诺夫（Omor Soronov）的《〈玛纳斯〉史诗情结叙事特征》（1981 年）、图尔迪拜·阿布德热库诺夫（Turdubay Abdir-akunov）的《祖辈留下的遗产》（1980 年）、阿克巴热勒·斯蒂考夫（Ak-barali Sidikov）的《〈玛纳斯〉史诗中的英雄母题》（1982 年）、卡德尔库勒·阿依达尔库洛夫（Kadirkul Aydarkulov）的《世纪的回音》（1989 年）、萨维特别克·巴依哈子耶夫（Savetbek Bayhaziev）的《〈玛纳斯〉史诗的精神、哲学、爱国等思想及其教育意义》（2014 年）、库尔曼别克·阿巴科诺夫（Kurmanbek Abakirov）的《〈玛纳斯〉学的产生及发展》（2016 年）、吉丽德兹·奥诺兹别考夫（Jildiz Orozbekov）的《〈玛纳斯〉史诗中的骏马的艺术形象及描述技巧》（1996 年）等。这些著作为世界《玛纳斯》学的发展注入了强大的发展动力，也成为世界"《玛纳斯》学"不可或缺的组成部分。截至目前，吉尔吉斯斯坦已有 20 多人以自己的《玛纳斯》研究论文而获得了博士或副博士学位。目前，吉尔吉斯斯坦科学院已成为具有世界影响的《玛纳斯》学中心。1995 年 8 月，吉尔吉斯斯坦召开了隆重纪念《玛纳斯》史诗一千周年国际学术研讨会，来自 80 多个国家和地区的 200 多名学者参加了会议。同年，吉尔吉斯斯坦还推出了两卷本大型辞书《〈玛纳斯〉百科全书》。这部百科全书由吉尔吉斯斯坦百余位专家经过多年的倾力合作编撰而成，共收入 3000 多个词条，囊括了史诗方方面面的内容和与其相关的各种研究成果、资料和信息，堪称是世界《玛纳斯》学的标志性成果。

四　哈萨克斯坦的《玛纳斯》学

20 世纪以来，哈萨克斯坦在世界《玛纳斯》学领域始终占据重要位置。穆合塔尔·阿乌艾佐夫（Muhtar Avaezov）、阿里凯·马尔古兰（Alikey Margulan）是哈萨克斯坦该领域最有影响、卓有成果的两位学者。

20 世纪后半期和 21 世纪，又有一批学者在此领域继续耕耘并取得了不俗的成绩。20 世纪哈萨克斯坦最著名的作家穆合塔尔·阿乌艾佐夫曾以一部四卷本长篇小说《阿拜之路》蜚声苏联文坛，并于 1949 年、1959 年先后获得苏联国家奖和列宁文学奖，成为苏联少数民族作家中为数不多的具有国际影响力的著名作家，《阿拜之路》也不容置疑地成为 20 世纪哈萨克文学的巅峰。这部长篇小说以 19 世纪哈萨克草原著名诗人、哲学家、音乐家阿拜的身世为题材，属于历史性、传记性长篇小说，被翻译成世界上 70 多种语言，是哈萨克斯坦世界传记小说的经典之作①。在创作小说之余，他还开了哈萨克现代戏剧的先河，又以自己对《玛纳斯》等口头史诗的影响卓著的学术研究成果而成为中亚民间文学研究的代表人物之一，曾当选哈萨克斯坦科学院院士。20 世纪哈萨克斯坦《玛纳斯》学的开拓者穆合塔尔·阿乌艾佐夫从 20 世纪 30 年代开始关注和研究《玛纳斯》史诗，对《玛纳斯》的文本内容、历史背景、人物以及史诗的人民性问题提出了极有价值的观点，用高质量的研究成果成为苏联《玛纳斯》学的重要人物，尤其是他对《玛纳斯》史诗人民性的讨论在当时的学术界产生了重大影响。他关于《玛纳斯》史诗的学术观点基本集中在其论文《吉尔吉斯民间英雄诗篇〈玛纳斯〉》中。该论文是 1937 年第一次用哈萨克文发表，之后经过不断修改补充完善先后于 1959 年、1961 年刊发，1969 年最终定稿完成，用俄文在莫斯科刊发的经典之作②。这篇最终修订完成并刊发的论文内容丰富，深入讨论了《玛纳斯》史诗演唱者的特殊身份、学艺过程和途径，史诗的多种异文，史诗内容与结构的基本特征，史诗的主题及情节，史诗的产生年代，史诗的英雄人物形象，史诗语言的艺术性，史诗与东方民族史诗遗产的关系等一系列重大学术论题。论文通过对萨恩拜·奥诺孜巴克夫、凯乐迪别克、巴雷科、特尼别克等吉尔吉斯斯坦 19～20 世纪若干位著名玛纳斯奇身世的分析讨论，明确了真正的史诗歌手与一般的民歌手之间的区别。论文还借用 19 世纪拉德洛夫的观点对口头史诗演唱与语境的

---

① 阿地里·居玛吐尔地：《中亚民间文学》，宁夏人民出版社，2008，第 12～13 页。
② 参见《人类的〈玛纳斯〉》，阿拉木图"Rayan"出版社，1995，第 6～100 页；汉译文见 M. 阿乌艾佐夫《吉尔吉斯民间英雄诗篇〈玛纳斯〉》，马昌仪译，《中国史诗研究》编委会编《中国史诗研究》（1），新疆人民出版社，1991，第 203～279 页。

关联，歌手凭借固定程式化诗句创编史诗的过程，史诗歌手在何种程度上对传统进行继承和创新，史诗歌手如何配着音乐、附加手势动作和面部表情进行演唱，史诗歌手对传统史诗内容在何种程度上进行加工和再创作，史诗产生以及史诗所反映的历史背景等提出了有价值的观点。

阿里凯·马尔古兰博士是哈萨克斯坦另一位对《玛纳斯》史诗做出卓越贡献的学者，他也曾因历史学、考古学、民族学及文化人类学、文学等方面的学术成果而当选哈萨克斯坦科学院院士。他在《玛纳斯》学方面的主要功绩在于汇编了乔坎·瓦利哈诺夫的 6 卷本文集，其中就包含对《玛纳斯》史诗搜集的资料编纂和研究。他于 1971 年在阿拉木图出版的专著《乔坎与〈玛纳斯〉》以及 1973 年刊布的尘封了一百多年的被认为已经失传的乔坎·瓦利哈诺夫所记录的《玛纳斯》传统片段"阔阔托依的祭奠"，都在学界引起了很大反响。其学术著作对乔坎·瓦利哈诺夫调查、记录、研究《玛纳斯》的过程进行了全面细致的介绍和研究。此外，他于 1985 年出版的论文集《古代歌谣与传说》中也收入了《〈玛纳斯〉史诗的搜集记录史》《〈玛纳斯〉史诗中阔阔托依汗王的传说》《论史诗的内容与情节结构》《史诗中的英雄传统、人名、氏族名及其历史根源》《论〈玛纳斯〉史诗的产生年代》等系列论文，从多个侧面对《玛纳斯》史诗进行了深入研究。他指出，《玛纳斯》史诗是一部经过长期积淀，吸收容纳不同历史事件和历史人物的事迹，在漫长的社会历史背景下逐步完善的英雄史诗，它折射出柯尔克孜族原始神话、历史传说、古代柯尔克孜族丧葬等古老习俗中的送葬歌、哭丧歌等古代民歌以及鄂尔浑－叶尼塞古代碑铭之间相辅相成的很多关联性。①

除上述两位学者的开拓性研究之外，哈萨克斯坦学者的研究成果中，在《玛纳斯》史诗研究方面卓有建树的还有赫·阿依达尔奥瓦在阿拉木图出版的专著《乔坎·瓦利哈诺夫》（1945 年），K. 朱马里耶夫的论文《〈玛纳斯〉与玛纳斯奇》（1964 年）、《论〈玛纳斯〉史诗的风格及艺术特征》（1966 年），K. 库达伊别尔干诺夫在伏龙芝发表的《乔坎、穆合塔尔与〈玛纳斯〉》（1967 年），A. 姆斯诺夫的《哈萨克－吉尔吉斯文学典

---

① 参见阿里凯·马尔古兰《古代歌谣与传说》，作家出版社，1985，第 191～279 页。

范中民族主题的艺术展现》（1971 年），别迪拜·热合曼库勒的《〈玛纳斯〉与哈萨克史诗传统》（1985 年）、《〈玛纳斯〉史诗中对哈萨克的描述》（1985 年）、《乔坎与吉尔吉斯口头文学》（1985 年），E. 迪尔必赛林的《乔坎论〈玛纳斯〉》（1985 年），N. 木汗买提哈努力的《穆合塔尔·阿乌艾佐夫论〈玛纳斯〉》（1985 年）。除以上学者外，J. 达达巴耶夫、A. C. 布里达巴耶夫等研究者也曾对《玛纳斯》史诗进行过或多或少的研究。毫无疑问，随着新生代学者的崛起，哈萨克斯坦的《玛纳斯》学一定会有更多的优秀成果出现。

五　《玛纳斯》在阿富汗的发现

首次对阿富汗帕米尔地区《玛纳斯》史诗传统开展调查和研究的是法国巴黎大学的雷米·道尔（Rémi Dore）教授。1972 年和 1973 年，这位法国教授在阿富汗北部的帕米尔柯尔克孜地区开展了若干次深入的田野调查，并从当地的柯尔克孜史诗歌手阿什木·阿菲兹（Eshim Apiz）口中记录下 616 行《玛纳斯》片段。不久之后，他便根据自己的第一手田野资料，以《帕米尔地区流传的玛纳斯史诗片段》为题发表了第一篇相关论文①。后来，雷米·道尔教授还先后出版了几部关于阿富汗柯尔克孜人生活习俗的学术著作，如：《阿富汗帕米尔地区的柯尔克孜人》（1975 年）、《阿富汗帕米尔柯尔克孜人的方言》（1981 年）、《阿富汗帕米尔地区柯尔克孜人的谚语》（1982 年）、《阿富汗帕米尔地区柯尔克孜人的谜语》（1982 年）等。此外，他还与胡振华教授合作发表过《新疆柯尔克孜族的〈玛纳斯〉》等论文。

雷米·道尔教授搜集刊布的文本总长 616 行，具有几个明显的特点：第一，整个文本从头至尾都以韵文形式呈现，这与从中国境内的帕米尔地区采录的韵散结合的史诗文本形态有明显的区别；第二，史诗在很多情况下都是以独白的形式呈现故事情节；第三，史诗中有很多情节断片，并没

---

① Dor, R., "Un FrangmentPamirien de Manas", in *Central Asiatic Jurnal*, 1982, pp. 1－55. 参见阿地里·居玛吐尔地《口头传统与英雄史诗》，中央民族大学出版社，2009，第 22～23 页。

有构成完整的故事内容。很显然，前两者与史诗歌手的演唱传统相关联，属于形式上的特点，而第三点则很可能与史诗歌手演唱的语境相关联。

根据雷米·道尔教授的采访录，那位名叫阿什木·阿菲兹的1922年出生的牧人、史诗歌手在雷米·道尔见到他时已有51岁。由于身为牧主手下的牧人，阿什木当时正准备赶着自己牧放的羊群迁往山里的草场，他心情急躁，并不愿意浪费很长时间耐心地配合雷米·道尔教授的采访，只想匆匆完成演唱使命去赶路。在这种情况下，可以肯定，他所演唱的内容并没有充分展开，只是删繁就简地演唱了最简略的文本形态。根据雷米·道尔的说法，阿什木是帕米尔东部佐如湖畔的草原上的奥苏曼阿吉的牧工。小时候跟当地的玛纳斯奇奥木尔拜学习演唱《玛纳斯》。阿什木属于阿富汗柯尔克孜人的凯塞克部落，阿富汗的大多数柯尔克孜人都属于这个部落。阿什木一生都没有走出过帕米尔，他不识字，但会演唱两个史诗——《玛纳斯》和《阔尔吾勒》。①

雷米·道尔教授对这个文本进行了多方面的深入分析。首先，他将这一文本同吉尔吉斯斯坦出版的萨恩拜·奥诺孜巴克夫、萨雅克拜·卡拉拉耶夫以及拉德洛夫搜集的文本进行比较之后指出：这个文本缺乏系统性和完整的情节，英雄玛纳斯的形象并没有按照传统以理想化英雄人物的方式加以全面细致的描述。唱本中，玛纳斯很容易就被西列普汗（Shilepkan）、塔拉斯（Talas）等敌人打败，没有出现其他唱本中出现的那种勇敢顽强、战无不胜的英雄主义气概。他的坐骑也不是传统的、能帮助他战胜困难的神奇骏马，而是一匹很普通的劣马。玛纳斯率领的四十个勇士也并非勇敢无畏的战士，而只是平民百姓组成的乌合之众。②

整个文本由四个部分组成，首先描述英雄玛纳斯来到自己的故乡并进入自己长期以来倾心爱慕的一位姑娘的闺房。他很鲁莽地对姑娘动手动脚而被姑娘用匕首刺伤。他只好灰溜溜地逃出姑娘的闺房，把自己手下的四十名勇士分别派往喀什噶尔、叶尔羌等地去买药。然后，玛纳斯率领四十勇士去征

① 雷米·道尔：《〈玛纳斯〉的帕米尔流传的变体》，载《柯尔克孜人》（丛书）第一集，吉尔吉斯斯坦出版社，1993，第467页。
② 康艾西·居苏波夫主编《吉尔吉斯柯尔克孜人论集》（第一卷），吉尔吉斯斯坦出版社，1991，第476页。

讨宿敌塔拉斯却被对手砍成重伤惨败。玛纳斯伤愈之后，与美女娜克拉伊（Nakilay）成婚。故事还交代了玛纳斯神奇的出生过程。他因为阔交科德尔圣人（Kojokidir）向天神祈祷而出生，是一名悲情歌手。他还有一个哥哥名叫阿克库尔特卡（Akkurtka）。他暗恋的姑娘名叫希列维罕，但由于自己的鲁莽只好另娶了娜克拉伊。娜克拉伊是一位公主，她把自己身边的四十个侍女许配给玛纳斯的四十勇士为妻。玛纳斯只有一匹劣马，而其宿敌塔拉斯则拥有一匹名扬天下的、长有四十个翅膀的骏马卡拉伊波兹（Karayboz）。最后，玛纳斯与妻子娜克拉伊发生冲突，他一气之下又娶了夏帖米尔（Xatemir）汗王之女为妾。显而易见，这个文本无论在情节上还是在人物及母题安排方面都与居素普·玛玛依唱本的传统内容存在很大差异。

除此之外，阿什木唱本的一个突出特点是对白和对话成为整个文本主要的艺术表现形式。比如，玛纳斯走进毡房时，姑娘希列维罕问道："父亲不把皮鞭挂在树上，是谁把皮鞭挂在了那里？我的父亲不把弯弓挂在树上，是谁把弯弓挂在了那里？在我父亲六十栅栏的白毡房，把门毡帘掀开又放下，是谁问候着走了进来？……我丰腴的躯体，有谁可以相比？我石榴般白皙的肌肤，有谁可以相比？我石榴般绯红的脸颊，有谁可以相比？我山楂般乌黑的眼睛，有谁可以相比？"① 很长一段文本都是希列维罕询问，玛纳斯应答，直至两人开始争吵，玛纳斯胳膊受伤逃出毡房。演唱者后来又把希列维罕叫成那克莱，实际上希列维罕是姑娘那克莱的嫂子。雷米·道尔认为，阿希木演唱时可能把人名搞混了，所以把那克莱叫成希列维罕。

玛纳斯偷袭塔拉斯的马群并趁两个牧马人睡觉时割下了他们的耳朵，他们醒来后开始叫嚷："哎哟！这里的苍蝇咋这么多？"玛纳斯又剪掉塔拉斯坐骑的长鬃和尾巴并要那两个被剪掉耳朵的牧工骑上那匹马回去向主子报告。两个牧工回来后向塔拉斯抱怨说："塔拉斯，你这样喝酒，不如喝你父亲的血。塔拉斯，你曾说自己是勇士，原来有你这般勇士。塔拉斯，你一见英雄就低头，你吓得尿湿了裤子。"②

---

① 康艾西·居苏波夫主编《吉尔吉斯柯尔克孜人论集》（第一卷），吉尔吉斯斯坦出版社，1991，第447页。
② 康艾西·居苏波夫主编《吉尔吉斯柯尔克孜人论集》（第一卷），吉尔吉斯斯坦出版社，1991，第490页。

按照雷米·道尔的说法，《玛纳斯》这一片段的展示音律精练、准确，叙述故事时基本采用一种固定的旋律和节律。从叙述转向抒情的自由诗时音律才会有所变化，雷米·道尔指出这是柯尔克孜史诗演唱者最常见的表现手法。①

总之，毫无疑问，雷米·道尔所采录的文本属于《玛纳斯》史诗最南部的文本变体。这个变体虽然不算很完整，但是从其已有的情节、母题、人物以及艺术表现手法方面看，它与其他地区搜集的异文之间存在明显差异。在这方面，对阿富汗以及我国帕米尔地区的《玛纳斯》史诗进行研究的吉尔吉斯斯坦民俗学家苏莱曼·卡伊波夫，中国学者郎樱、托汗·依萨克等都有相关成果发表，由于篇幅有限，本文不再赘述。

六 结论

显而易见，《玛纳斯》史诗自古以来就在"一带一路"沿线国家传播，并且在中国与吉尔吉斯斯坦、吉尔吉斯斯坦与哈萨克斯坦等国之间的文化交流中凸显出其重要的桥梁纽带作用和学术文化价值。尤其是在中国和吉尔吉斯斯坦之间，《玛纳斯》史诗的民间交流由来已久，两国玛纳斯奇之间的交流更为普遍。19世纪以来的田野调查资料显示，习惯于游走民间的史诗歌手玛纳斯奇们，跨越边界进行学习，频繁互动、交流和切磋，在民众中演唱和传播《玛纳斯》史诗曾一度成为常态。中国20世纪上半叶最著名的两位玛纳斯奇，即阿合奇县的居素普阿昆·阿帕依和乌恰县的艾什玛特·满别特居素普都曾先后跨越天山前往吉尔吉斯斯坦的纳伦及伊塞克湖地区，寻访当时大名鼎鼎的《玛纳斯》演唱大师特尼别克·贾皮（Tinibek Japey）② 学习和

---

① 康艾西·居苏波夫主编《吉尔吉斯柯尔克孜人论集》（第一卷），吉尔吉斯斯坦出版社，1991，第467页。
② 特尼别克·贾皮之子阿克坦·特尼别克（Aktan Tinibek）是20世纪上半叶吉尔吉斯斯坦著名的史诗歌手。他不仅继承父亲的遗愿，学会了演唱《玛纳斯》史诗第一、第二部的一些重要传统章节，而且还是一位著名的民间音乐家、即兴诗人，能够演唱《艾尔塔布勒德》等其他一些柯尔克孜族民间史诗。

切磋史诗演唱技艺①。在20世纪初的战乱中，吉尔吉斯斯坦著名玛纳斯奇萨恩拜·奥诺孜巴克夫于1916年跟随大量流民逃亡到中国的阿合奇县，并于次年在当地名贵们的组织下与我国大玛纳斯奇居素普阿昆·阿帕依举行过一次《玛纳斯》史诗演唱竞赛。这一活动成为中吉两国玛纳斯奇间切磋交流的一段佳话，在民间传颂至今②。我国北疆特克斯的著名玛纳斯奇萨特瓦勒德·阿勒（Satibaldi Ali，1933－2007）③曾受到另一位名叫阿克勒别克（Akilbek）的玛纳斯奇的影响④。据有关资料，阿克勒别克也曾于1916年中亚战乱时随逃亡民众来到我国伊犁地区特克斯县阔克铁力克乡，在那里一直待到1922年才返回吉尔吉斯斯坦。他在民众中间演唱《玛纳斯》史诗的情景至今还被人津津乐道。

纵观历史，从20世纪初一直到21世纪，中吉两国民间史诗歌手之间以及学者之间的互动交往早已在两国人民之间架起了友谊的桥梁，对两国的《玛纳斯》学的发展产生了巨大的促进作用，而且这种互动和交往不仅体现在个体层面，也在政府引导层面不断得到推进。2015年11月27～28日，由中吉两国举办的"首届《玛纳斯》国际演唱会暨保护论坛"在乌鲁木齐召开，为两国年轻史诗歌手之间的对话和交流提供了绝好的平台。在这次《玛纳斯》史诗演唱竞赛活动中，两国最具实力的新一代玛纳斯奇同台竞艺，充分展示了进入21世纪的《玛纳斯》口头传统的鲜活魅力，也昭示了中吉两国在《玛纳斯》史诗活形态传承方面的巨大动力。进入21世纪，随着中吉两国文化交流交往的不断深入，《玛纳斯》史诗的交流更加凸显其重要的文化价值。我国《玛纳斯》演唱大师居素普·玛玛依的唱本不仅多次在吉尔吉斯斯坦出版发行并极受欢迎，对他及其唱本的研究也受到吉尔吉斯斯坦学者的高度关注，举办了多次国际学术研讨会，他本人

---

① 参见郎樱《〈玛纳斯〉论》，内蒙古大学出版社，1999；阿地力·朱玛吐尔地、托汗·依莎克《〈玛纳斯〉演唱大师——居素普·玛玛依评传》，内蒙古大学出版社，2002。

② 有关这次演唱竞赛活动，参见居素普·玛玛依《我是怎样开始演唱〈玛纳斯〉史诗的》，载《玛纳斯论文集》（1），柯尔克孜文，新疆人民出版社，1991，第39页。

③ 萨特瓦勒德·阿勒是我国新疆北部特克斯县的著名玛纳斯奇，他的演唱内容主要包括英雄玛纳斯七代祖先的故事，其唱本于2010年由新疆人民出版社出版。

④ 依斯哈克别克·别先别克：《玛纳斯奇萨特巴勒德·阿勒及其演唱的史诗》，《民族文学研究》2007年第1期。

也曾被授予各种荣誉和奖项。尤其值得一提的是，中国和吉尔吉斯斯坦两国首脑在互访中都将《玛纳斯》作为两国文化交流中不可或缺的重要内容，并对此给予高度评价，这都充分说明了《玛纳斯》史诗在"一带一路"文化交流对话中所具有的举足轻重的地位，此后它也必将成为相关国家民间文化、口头传统研究的学科增长点。

2009 年和 2013 年，中国申报的《玛纳斯》和吉尔吉斯斯坦申报的"吉尔吉斯史诗三部曲《玛纳斯》《赛麦台》《赛依台克》"先后被列入联合国教科文组织人类非物质文化遗产代表作名录，为两国保护这一人类珍贵文化提供了良好的契机和平台。在我国"一带一路"倡议不断推进的大格局下，《玛纳斯》史诗必将以其深厚的民众文化根基和底蕴，在"一带一路"倡议中继续发挥特殊的文化交流作用。

"满族说部"概念之反思[*]

高荷红^{**}

摘　要：作为新兴文类，满族说部为学术界及民众所知不足40年，其概念所指不一。2018年8月，三批满族说部已全部出版，在整理出版过程中，满族说部出现名实不一致、文本被质疑等问题，如何正确理解、判断满族说部，需要我们对其概念、分类、文本及范畴等问题进行反思。

关键词：满族说部；概念；学术史

若从满族说部有组织地出版算起，三批^①满族说部文本历经17年^②于2018年底全部出版，总计54部^③。满族说部及其相关概念，虽经学者反复讨论，至今尚未达成共识。

一　多维度解读满族说部概念

1981年，金启孮到黑龙江省富裕县三家子地区调研，记录了大量当代满族长篇叙事传统，该文本与乌勒本或满族说部别无二致，但并未被冠以相应称呼。1986年，富育光先生正式提出满族说部这一概念。这一

---

*　原文发表于《民族文学研究》2019年第4期。

**　高荷红，中国社会科学院民族文学研究所研究员，主要研究领域：满族说部、史诗研究。

①　如就出版的年份而言，2007年出版第一批，2009年出版第二批，2017年出版11本，2018年出版18本，吉林省满族说部集成委员会将2017、2018年出版的文本都称为第三批，笔者有时按年份分为四批。

②　另一种算法是从2007年出版第一批满族说部文本算起，直到2018年应为11年。

③　应该为55部，但第一批出版的《尼山萨满传》（上、下）因故未算在其中。

看似新兴的文类，经学者论证最早在金元时期即已产生。① 之后，富育光发表多篇论文论述满族说部的概念问题，其他传承人、学者也曾提出过不同观点。

（一） 满族长篇叙事传统的记录者——金启孮

金启孮发现三家子存在两类满族长篇叙事传统。一类相对世俗，满族民众喜欢《三国演义》里的英雄人物，经常有教满文的先生在老百姓家的炕头上讲述该长篇故事。另一类比较神圣，为总穆昆达（穆昆即氏族，满语是 mukun，穆昆达是氏族领头人）冬至在"祠"中祭祀祖先时讲述的家族历史，即于特定时间特定场所"考其渊源""追维先烈"。对满文《三国演义》的喜爱在新疆察布查尔锡伯自治县锡伯族民众中很好地保留下来，并发展出韵文体的《三国之歌》。第二类神圣叙事传统延续至今，细究起来等同于"满朱衣德布达林""乌勒本"的长篇说唱。

（二） 概念的多重界定

1986 年，富育光提出满族说部的概念，之后 30 年他不断调整、阐释这一概念。1986 年，富育光参加在广西南宁召开的"中芬两国民间文学搜集保管学术研讨会"时，向与会学者展示了满族传统说部发掘整理的成就。同一年，他在与王宏刚合作的《论满族民间文学的传承方式》② 一文中将"乌勒本"与满族说部并提，"乌勒本"最初被用来指称"满族说部"，后因受汉文化影响，被改称"满洲书""满洲说部""满族说部"等，并因"满族说部"使用率最高得以沿用③。相关概念还有"满族长篇口头说部"，其文本有散文体的《萨大人传》《萨布素将军传》《女真谱评》《东海沉冤录》《两世罕王传》《西林大萨满》（《西林安班玛发》——笔者按）等，韵文体的《安木西奔妈妈》（《乌布西奔妈妈》——笔者

---

① 高荷红：《满族说部》，《民间文化论坛》2017 年第 2 期。
② 富育光、王宏刚：《论满族民间文学的传承方式》，《民族文学研究》1986 年第 5 期。
③ 富育光：《一段难忘的回忆》，载周维杰主编、荆文礼副主编《抢救满族说部纪实》，吉林人民出版社，2009，第 6 页。

按）、《德不得利》①。多年后，这些文本先后被纳入"满族说部"丛书中出版，其中《乌布西奔妈妈》以韵文体为主，文本中保留19段散体叙事；《西林安班玛发》以韵文体出版；《德不得利》并未出版。

1999年，在《满族传统说部艺术——"乌勒本"研考》②一文中，富育光在既有的"乌勒本""满族说部"等概念的基础上，提出"民间说部"，并将"民间说部"改称"满族说部""家传""英雄传"，他特别强调"乌勒本"仅保存在一些姓氏谱牒和萨满神谕中。另一广义的通称"满族说部艺术"，在该文中被认为是满族传统的民间口碑文化遗产两大宗内容中较为重要的一宗，即"具有独立情节、自成完整结构体系、内容浑宏的长篇说部艺术"。值得关注的是，这三点成为之后不断被强调的满族说部的核心特质。2005年，富育光将"满族说部"改称"满族传统说部"，加入"传统"貌似规避了当代的满族说部。2007年，富育光提出"乌勒本"的变迁主要有两个时期，清到民国时期与20世纪30年代。第一个时期是"乌勒本"改称"说古""满洲书""英雄传""说部"等的重要阶段，其仅在谱牒和萨满神谕中出现，无其他佐证资料。第二个时期旨在区别"朱伦"、"朱奔"（活泼短小的歌谣、俚语）、古趣儿等相关概念，瑷珲等地满族民众更多用"说部"一词代指"乌勒本"，以表示"祖先留下的一部部供放在神龛上炫耀氏族生存历史、记载家族非凡伟业的泱泱巨篇"。20世纪30年代，这一称呼变得更为广泛。笔者曾提出"说部"一词借用汉族笔记小说之称，富育光虽同意说部借自汉语，但强调该词及该传统并非源出汉语，而是由满语"满朱衣德布达林"③转译而来，即满洲人较长的说唱文学④。

2007年之后，富育光鲜少发表相关论文，总的来看，他先后提出了"满族说部""乌勒本""满族长篇口头说部""满族传统说部艺术""满族传统说部""满朱衣德布达林"等概念。其中，既有汉语的称谓，也有满

---

① 富育光、王宏刚：《论满族民间文学的传承方式》，《民族文学研究》1986年第5期。

② 富育光：《满族传统说部艺术——"乌勒本"研考》，《民族文学研究》1999年第3期。

③ 据富育光说：这个词的原创地是黑河市孙吴县的大五家子，但是笔者问过多位大五家子当地人，也许因调查对象不同，没有找到该词的出处。

④ 富育光：《满族说部的传承与保护》，《社会科学战线》2007年第5期。

语的称谓:"乌勒本""满朱衣德布达林"为满语称谓;汉语称谓围绕核心词"满族说部",加入"长篇""传统""艺术"等限定词,"长篇"重在说明其文本长度,"传统"强调其文本的传承性,"艺术"似标明其文类所属。

2007 年,笔者提出"说部"一词应源于汉语,满语并没有与之相对应的词汇,"德布达林"及"乌勒本"皆非此词对应的满语。"满族说部"这一概念应为"乌勒本"在当代的一个定义。笔者结合满族说部的多种特质,重新界定了这一概念:"满族说部沿袭了满族'讲祖'习俗,是'乌勒本'在现代社会的发展,它既保留了'乌勒本'的核心内容,又有现代的变异。最初在氏族内部以血缘传承为主,后渐渐地以一个地域为核心加以传承。涉及内容广泛,包括满族各氏族祖先的历史、著名英雄人物的业绩、氏族的兴亡发轫及萨满教仪式、婚丧礼仪、天祭海祭等;篇幅简繁不等,少则几千字,多则几十万字。原为满族民众用满语说唱,现多用汉语以说为主;以神话、传说、民间故事、史诗、长篇叙事诗等方式被民众保留下来,散韵结合的综合性口头艺术。"①

(三) 满语、汉语交错使用的概念

满族说部的概念有满汉两种,满语概念有"乌勒本"(ulabun,传记)、"德布达林"(debtelin,说唱故事)、"满朱衣德布达林"(manju i debtelin,满族的说唱故事)。"乌勒本"及"满朱衣德布达林"由富育光提出,他最初将"乌勒本"视为"说部"的对译,后改为"满朱衣德布达林"。季永海、宋和平、赵志忠提出满族曾存在过"德布达林"②。赵志忠在黑龙江沿岸听过《莉坤珠逃婚记》;宋和平认为"乌勒本"和"德布达林"的区别在于,"德布达林"是说唱,"乌勒本"属于非韵的文类③。

---

① 高荷红:《满族说部传承研究》,中国社会科学出版社,2011,第 11 页。

② 2007 年,赵志忠跟笔者说过较少听到"说部"一词,仅听过"德布达林"。《莉坤珠逃婚记》在黑龙江沿岸还在传唱,能够留到现在的非常少,而且"德布达林"不能完全代表"说部"的全貌。季永海虽没有专门去做相应的研究,但在笔者请教他时,他认为满族说部可能指"德布达林",不仅包括满族口传文学,还包括说书艺人所讲的汉族小说。笔者认为他的观点恰恰回应了金启孮的说法。

③ 在后文中提到的满族说部四分法中,富育光特意加入"给孙乌春乌勒本",恰恰是考虑到说唱的因素。

另一位国家级传承人赵东升认为"乌勒本"为"家传""家史""讲古""英雄传"之意，又被称为"讲根子"，而满族说部的核心即在于此。

大多数学者将"乌勒本"视为满族说部的对译，"满朱衣德布达林"看似是"满族说部"一词满语的一一对译，但大家仍习惯于用"乌勒本"，甚至提出用"乌勒本"代替满族说部。与满族说部相关的汉语称谓不一，有说部、民间说部、满族传统说部艺术、满族长篇口头说部、满族传统说部等，另有评书、传说、史诗等提法。20 世纪 80 年代，在满族说部、"乌勒本"尚未进入学术视野时，学者曾搜集、记录、整理过关世英以评书的形式讲述的长篇历史故事①，在宁安、海林一带，《红罗女》分南派、北派，北派是类评书式的讲述。

作为文类，满族说部意指不甚鲜明，"乌勒本""德布达林""满朱衣德布达林"分别为"传记""说唱故事""满族的说唱故事"。富育光将满族说部分为四类，是以"乌勒本"为标准划分的，其中"包衣乌勒本""巴图鲁乌勒本"的确是传记，而"给孙乌春乌勒本""窝车库乌勒本"却是说唱文学。2007 年，富育光选择将"德布达林"而非"乌勒本"作为满族说部的对应词，仅加入"满族的"作为限制，这与满族说部四个分类皆用"某某乌勒本"并不相符。

（四）官方话语体系中的满族说部

在官方话语中，满族说部先后被表述如下：

2002 年 6 月，"吉林市中国满族传统说部艺术集成委员会"成立；

2003 年 8 月，"满族传统说部艺术集成"被批准为全国艺术科学"十五"规划国家课题；

2004 年 4 月，"满族说部"被文化部列为中国民族民间文化保护工程试点项目；

2006 年，"满族说部"被列入中国国家级非物质文化遗产名录；

2007 年、2009 年、2017 年、2018 年出版"满族口头遗产传统说

---

① 孟慧英曾提出关世英讲述风格就是评书式的。满族说部与评书的关系，将是另一个研究话题。

部丛书"。

由此可见，官方话语体系中有三种提法，即满族说部、满族传统说部艺术、满族口头遗产传统说部，前两者为富育光提出，后者针对满族说部的出版，加入"口头遗产""传统"，概念的叠加投射出满族说部的特质是口头的、传统的，强调了编委会选择文本及编辑的原则。

（五）"满族说部"与"乌勒本"

对于出现频率最高的两个词"满族说部"与"乌勒本"，我们需要甄别两者之间的关系。富育光认为满族说部由满语"乌勒本"汉译而来，是在满族氏族的祭礼、寿诞、年节等重大场合由特定的传承人讲唱、具有独立情节、自成完整结构体系、内容浑宏的长篇口传叙事作品。笔者认为满族说部借用了汉语说部，沿袭了满族"讲祖"习俗，是"乌勒本"在现代社会的发展，它既保留了"乌勒本"的核心内容，又有现代的变异。赵东升强调满族说部是"乌勒本"的传承与发展，而不是"乌勒本"的变异，"乌勒本"经过传承人的不断加工、规范，升华为说部。满族说部既保留了"乌勒本"的内容和特点，又充实了某些情节，使之成为日臻完善的大型说唱艺术。由此可见，三位学者均认为"乌勒本"与满族说部间有传承关系，但对内容是否有变异则观点不一。从文本体量来看，"乌勒本"与满族说部并不对等。满族说部文本短则几万字，长则几十万字，而"乌勒本"一般为几个到几十个手抄本统一放在神匣之中，其字数必有所限。满族说部增加的大量内容需一一对应分析。

（六）概念的接受

在满族说部的诸多概念中，民众及学者多倾向于接受"乌勒本"。若在"中国知网"搜索与满族说部有关的关键词或以此为主题的论文，可以发现：以"乌勒本"为关键词的论文有11篇，以研究"窝车库乌勒本"为主。以"说部"为关键词的论文有598篇，但论文里的说部多指古典文学说部，并不仅指满族说部；以"满族说部"为关键词的150篇；以"传统说部"为关键词的9篇；以"民间说部"为关键词的仅1篇。从数据来看，学者们更认同"满族说部"的提法，这可能是因为官方和现在出版多用"满族说部"，概念使用频率更高一些。

表1　满族说部概念接受情况①

概念	提出者	使用者	引用率
乌勒本	富育光	富育光、王卓、刘红彬、汪淑双	4
德布达林	赵志忠、季永海	富育光、高荷红、王卓、邵丽坤	4
满朱衣德布达林	富育光	富育光	1
说部		周惠泉、高菲（记者）、谷颖	3
民间说部	富育光	富育光	1
满族说部（国家名录）	富育光	谷颖、吕萍	101
满族传统说部	富育光	富育光、刘魁立、郭淑云、谷颖、荆文礼	9
满族传统说部艺术	富育光	富育光	1
满族传统说唱艺术说部	高荷红	高荷红	1

从表1看，满族说部的相关概念中有六个为富育光提出，且使用频率较高。其他概念的提出者为季永海、赵志忠、高荷红，但使用频率并不高。随着满族说部知名度的不断提升，近十年来，"满族说部"成为大家普遍认同的概念并深入人心，也明显区别于汉族的说部。

（七）满族说部是否为传统

关于满族说部，富育光用力最多，也得到大多数学者的认同，他曾指出满族说部的分布情况，东北三省、河北、北京为其主要分布地。但在北京长大的舒乙却提到，"我不喜欢'说部'这个词，令人费解，耳生。叫'满族口传史'更通俗更准确，又区别于'口述史'"②。笔者推测，或许北京满族较少使用该词，而说部本就指汉族长篇笔记小说。

富育光则多次提及满族说部并不陌生：

> 满族"乌勒本"，即满族说部，说来并不陌生。早先年，清光绪

---

① 截止到2018年6月。
② 舒乙：《说部是绝唱，是最后一息》，载周维杰主编、荆文礼副主编《抢救满族说部纪实》，吉林人民出版社，2009，第327页。

朝官场上多习用"满洲书"的称呼，多系笼统指旗人用满语讲唱之书目而言。其实追溯起来，清初就很盛行，可分两类，一类是远从明嘉靖、万历年以来，用满文大量翻译的各种手抄汉文学读本，在关外满洲大大小小拖克索到处可见。记得爱辉地区土改时还见过线订的这类手抄书；另一类就是用满文或满汉文合璧、也有大量汉文抄写的属于"族史""家传"类满洲书书稿，系满洲人家家藏神品，倍受尊敬。我们现在致力挖掘征集的，就是指后一类在满族内传承的说部。[1]

富育光还曾提及在北京城和东北满族一些望族人家，逢年过节或祠堂祭礼后，常有不可少的讲述"满洲书"的节目，满语叫"满朱衣毕特曷"[2]。这里又出现一个概念"满洲书"，因较少使用，此处不做为重点概念加以论述。

舒乙与富育光年纪相仿，一位打小生活在北京，一位自幼生活在吉林、黑龙江；一位觉得说部耳生，一位主动为"乌勒本"赋予多个同类词，述及"乌勒本"的历史与说部息息相关。富育光指出，再述"乌勒本"存在于满族古老习俗和满语保留得比较淳厚的黑龙江省爱辉、孙吴、逊克一带的村落里，并被较少的满族老人沿用至今。现在自然是"满洲书""家传""英雄传""满族说部"等名称更为常见。[3] 我们希望能找到更多的论述或者依据，来佐证满族说部或乌勒本在满族民众中的流传状况，可惜目前无法得出确切的结论。

二 满族说部文本的类属

关于满族说部的分类，20 世纪 80 年代学者提出满族说部有广义和狭义之分；21 世纪前后，学者提出三分法、四分法、二分法。

---

① 富育光：《栉风沐雨二十年》，载周维杰主编、荆文礼副主编《抢救满族说部纪实》，吉林人民出版社，2009，第 127 页。
② 富育光：《栉风沐雨二十年》，载周维杰主编、荆文礼副主编《抢救满族说部纪实》，吉林人民出版社，2009，第 127 页。
③ 富育光：《栉风沐雨二十年》，载周维杰主编、荆文礼副主编《抢救满族说部纪实》，吉林人民出版社，2009，第 127 页。

（一）广义和狭义的满族说部

广义的满族说部可分为以下三部分：第一，以满语形式在满族民众中讲述过的《三国演义》《封神演义》《西游记》等长篇白话小说，应在达海创制满文之后就开始有意识地翻译了。第二，《英和太子走国》《花木兰扫北》等满族及北方少数民族的"德布达林"。第三，由满族氏族世代传承的氏族神话、家族史、萨满故事等"乌勒本"。目前已出版的满族说部文本多为第二、第三部分，学者们普遍接受"德布达林""乌勒本"的狭义概念，笔者也持狭义满族说部的观点。

（二）分类法之别

1999 年，富育光按照叙事内容的类型提出三分法，即"窝车库乌勒本""包衣乌勒本""巴图鲁乌勒本"。"窝车库乌勒本"指神龛上的本子，按文类来说一般是神话传说，或为史诗；"包衣乌勒本"是家族的"家传"或"家史"；"巴图鲁乌勒本"是英雄传记。2005 年，富育光在《栉风沐雨二十年》一文中提出四分法，在前三类基础上加入"给孙乌春乌勒本"。"给孙乌春乌勒本"，满语为 gisun uchun ulabun，指说唱传记。笔者认为其分类逻辑不一致，三分法以叙事内容进行分类，四分法则以讲述方式进行分类。

2014 年，基于三分法和四分法，王卓提出二分法。她认为三分法和四分法的分类逻辑不对，笔者深以为然。但简单划分为两类，标准又过于模糊，不足以体现满族说部区别于其他文类的特性。二分法将满族说部分为说唱形式和非说唱形式两类，"窝车库乌勒本""给孙乌春乌勒本"应为说唱一类，"包衣乌勒本""巴图鲁乌勒本"为非说唱一类。在说唱类的"给孙乌春乌勒本"和"窝车库乌勒本"中，"给孙乌春乌勒本"的文本属性模糊，有的文本并非韵文体却被列入其中，而"窝车库乌勒本"多为韵文体。《尼山萨满》作为"窝车库乌勒本"，20 世纪初曾被德国学者马丁·吉姆称为"东方的《奥德赛》"，彼时应为韵体。目前，《尼山萨满》在东北各少数民族中都有流传，以讲述为主。而从韵体转为散体讲述，其原因主要为：讲述者已不懂满语；讲述者年龄越大越难以唱好。因此，以讲唱与否来分类意义并不大。

表2　富育光三分法、四分法之下的文本①

窝车库乌勒本	包衣乌勒本	巴图鲁乌勒本	给孙乌春乌勒本
《天宫大战》	《忠烈罕王传》	《金世宗走国》	《绿罗秀演义》
《乌布西奔妈妈》	《东海窝集传》	《元妃佟春秀传奇》	《苏木妈妈》
《音姜萨满》/《尼山萨满》	《东海沉冤录》	木兰围场传奇	《图们玛发》（2005）
《西林大萨满》/《安班玛发》	《顺康秘录》	《飞啸三巧传奇》	《莉坤珠逃婚记》（2005）
《恩切布库》（2005）	《成都满蒙八旗史传》	《两世罕王传》	《关玛发传奇》（2005）
《奥克敦妈妈》②	《萨布素外传》	《金太祖传》	《巴拉铁头传》（2005）
	《乌拉秘史》	《金兀术传》	《白花公主传》（2005）
	《爱新觉罗的故事》	《黑水英雄传》/《黑水英豪传》	《依尔哈木克》（2005）
	《恰卡拉人的故事》	《双钩记》	《得布得力》（2005）
	《寿山将军家传》	《松水凤楼传》	
	《秋亭大人归葬记》（2005）	《碧血龙江传》	
	《女真谱评》（2005）	《平民三皇姑》	
	《扈伦传奇》（2005）	《萨哈连老船王》	
	《三姓志传》（2005）	《阿骨打传奇》（2005）	
	《海宁南迁记》（2005）	《雪妃娘娘和包鲁嘎汗》（2005）	
		《鳌拜巴图鲁》（2005）	

类属不清晰的文本③			
《萨布素将军传》	《姻缘传》④	《姻缘传》（2005）	
《萨大人传》	《红罗女三打契丹》	《红罗女三打契丹》（2005）	
《忠烈罕王传》	《比剑联姻》	《比剑联姻》（2005）	
	《萨布素将军传》（2005）		
	《萨大人传》（2005）		
	《忠烈罕王遗事》（2005）		

① 表中括号内的2005表示年份，意指该文本在2005年被重新归类。2005年，富育光将满族说部从三分法改为四分法，因此一些文本的归属出现问题。有两种情况，一种是已归类文本所属类别发生变化，一种是新增加的文本。表中"/"前后的文本名称为不同翻译。

② 《奥克敦妈妈》文本于2017年出版，富育光一直并未明确该文本归属于四类中的某一类。在"传承概述"中前后矛盾。笔者为此专门请教过富育光，他后来同意《奥克敦妈妈》应属"窝车库乌勒本"，因此本表直将其归入"窝车库乌勒本"。

③ 在富育光将满族说部从三分法改为四分法的过程中，有的文本所属类别发生了变化。

④ 《姻缘传》又名《莉坤珠逃婚记》。

表2是富育光先后发表的论文中提到的满族说部文本的分类情况。其中最稳定的是"窝车库乌勒本"，仅增加2部文本；变化最多的是"给孙乌春乌勒本"，新增10部，其中3部本归属于"巴图鲁乌勒本"。除窝车库乌勒本外，其他三类中，模糊不清、前后不一者有6部，即《姻缘传》《红罗女三打契丹》《比剑联姻》《萨布素将军传》《萨大人传》《忠烈罕王传》，前3部最初被归为"巴图鲁乌勒本"，2005年被归入"给孙乌春乌勒本"；后3部原为"包衣乌勒本"，2005年被归为"巴图鲁乌勒本"。与英雄红罗女有关的2部说部毫无疑义应归为"巴图鲁乌勒本"，出版的文本并无说唱部分，因此四分法的文本归属值得质疑。而在《萨布素将军传》和《萨大人传》的"传承情况"介绍中，讲述者傅英仁、富育光都坦陈萨布素为其家族祖先，其文本应归为"包衣乌勒本"。由此看来，四分法的确存在欠妥之处，不似三分法分类标准一致。

2005年8月，吉林省文化厅也依据四分法对满族说部文本进行了分类（见表3）。

表3　吉林省文化厅提出的文本分类

窝车库乌勒本	包衣乌勒本	巴图鲁乌勒本	给孙乌春乌勒本
《天宫大战》	《女真谱评》	《两世罕王传》	《白花公主传》
《乌布西奔妈妈》	《东海窝集传》	《飞啸三巧传奇》	《苏木妈妈》
《音姜萨满》	《顺康秘录》	《雪妃娘娘和包鲁嘎汗》	《姻缘传》
	《扈伦传奇》	《关玛法传奇》	《比剑联姻》
		《忠烈罕王遗事》	《红罗女》
		《老将军八十一件事》	
		《萨大人传》	

表3仅提到19部文本，而满族说部已出版54部，有大量说部文本并未纳入该分类表。与表2对比来看，表3主要依照富育光2005年的分类标准。

2007年，在《满族口头遗产传统说部丛书·总序》中，谷长春的分类与富育光、吉林省文化厅略有不同（见表4）。

表4　《满族口头遗产传统说部丛书·总序》的文本分类

窝车库乌勒本	包衣乌勒本	巴图鲁乌勒本	给孙乌春乌勒本
《天宫大战》	《东海沉冤录》	《两世罕王传》	《比剑联姻》
《乌布西奔妈妈》	《女真谱评》	《金兀术传》	《红罗女》
《音姜萨满》	《东海窝集传》	《乌拉国俟史》	《姻缘传》
《西林大萨满》	《顺康秘录》	《飞啸三巧传奇》	《白花公主传》
	《扈伦传奇》	《雪妃娘娘和包鲁嘎汗》	《依尔哈木克》
	《萨布素将军传》	《佟春秀传奇》	
	《萨大人传》		
	《忠烈罕王遗事》		

表4中《萨布素将军传》《萨大人传》《忠烈罕王遗事》被归入"包衣乌勒本",与富育光1999年提出的看法相同。还有其他学者的不同分类标准,但主要都是以表2、表3、表4为基准,此处不再赘述。

(三) 其他文本

表2至表4中,未纳入已出版的《八旗子弟传闻录》《伊通州传奇》《瑞白传》《满族神话》《女真神话故事》,也未列入仅存名而无具体文本的满族说部。富育光提过的《秋亭大人归葬记》(《金镛遗闻》)、《鳇贡记》、《北海寻亲记》(《鄂霍茨克海祭》),即属于无具体文本的①。

有些满族说部文本,富育光曾详细地介绍过其传承情况:吉林乌拉街满族镇旧街村满族著名民俗专家赵文金老人因病去世,使吉林乌拉街打牲衙门传承二百余载的满族说部《鳇鱼贡》未能抢救下来②;永吉县小学校长胡达千多年来收集了《韩登举小传》《傅殿臣外传》《关东贡虎记》等长篇满族说部和汉族话本,可惜仅留下《傅殿臣外传》;黑龙江省爱辉中学教师徐昶兴家传《秋亭大人归葬记》未能传下来。其他诸如《清图们江出海纪实》、《北海地舆记》(《鄂霍茨克海祭》)、《女真谱评》等重要说

---

① 富育光:《满族传统说部艺术——"乌勒本"研考》,《民族文学研究》1999年第3期。
② 富育光1978年于吉林乌拉街镇韩屯村结识了傅吉祥老人,老人将他们世代传承的故事讲述给富育光。多年后,富育光结合调查资料及其家族传承,汇成此部,2008年正式出版为《鳇鱼贡》。

部，只留下了部分内容或仅存书名，内容却无从稽考。① 后《鳇鱼贡》《女真谱评》经多方努力已出版。

在 2005 年富育光对满族说部进行分类时提及的文本中，目前未见到的有 7 部，即《秋亭大人归葬记》《三姓志传》《海宁南迁记》《关玛发传奇》《巴拉铁头传》《依尔哈木克》《得布得力》。

从这几类文本来看，"窝车库乌勒本"主要为史诗或者神话，讲述萨满祖师们的非凡神迹，讲述者最初一定是氏族萨满，而且是在氏族内部传承的。"巴图鲁乌勒本"分为真人真事的讲述和历史传说人物的讲述。"包衣乌勒本"是在氏族内流传的本氏族英雄人物的传说故事。"给孙乌春乌勒本"重点强调文本为韵体，但《比剑联姻》《红罗女三打契丹》《绿罗秀演义》并非韵体，反而是散体的故事，若称其为说唱的确勉强。

与绝大多数学者不同的是，戴宏森曾依据满族说部题材将其概括为讲史题材、侠义题材（如《飞啸三巧传奇》）、世情题材（如讲述满汉青年为争取满汉通婚抗争故事的《姻缘传》）、神怪题材（如《天宫大战》《女真谱评》中的九仙女），可惜他并没有深入论述。

三 被质疑的满族说部

在已出版的三批满族说部中，第一批文本颇受好评，吉林省满族说部集成编委会最为重视该批文本。出版前，集成编委会请专家评审相关说部。2005 年 7 月召开"满族传统说部阶段性成果鉴定暨研讨会"，专家们对先期成果《萨大人传》《飞啸三巧传奇》《比剑联姻》《扈伦传奇》《雪妃娘娘和包鲁嘎汗》《东海窝集传》《金世宗走国》等作品逐篇进行了审查和讨论。

而第二批、第三批某些文本则受到了多方质疑，主要集中在以下问题：某些文本是否属于满族说部？文本经过整理，整理者是否严格遵照了搜集整理的原则？文本内容必须为满族的故事吗？讲述者或传承人必须为满族吗？

---

① 富育光：《再论满族传统说部艺术"乌勒本"》，《东北史地》2005 年第 1 期。

对此，我们首先须厘清满族说部的标准，即其文本需具备何种要素。富育光对此着力较多。1999 年，他提出长篇说部艺术的特点有三，即"具有独立情节、自成完整结构体系、内容浑宏"。2005 年，他又进一步阐述其特点：

> 一，说部是对本部族一定时期所发生过的重大历史事件的记录和评说，具有极严格的历史史实约束性，不允许掩饰，均有详实的阐述。
>
> ......
>
> 三，说部由一个主要故事主线为轴，辅以数个或数十个枝节故事为纬线，环环紧扣成错综交糅的洋洋巨篇。每一部说部，可以说是一个波澜壮阔的世界。满族说部艺术，其内容包罗古代氏族部落聚散、征战、兴亡发轫、英雄颂歌、蛮荒古祭、祖先人物史传等等。①

总之，满族说部应与重大历史事件有关，有故事主线，具有宏大叙事特征，历史悠久，内容丰富。我们可据此来分析被质疑的说部文本。

《爱新觉罗的故事》类属于"包衣乌勒本"，讲述了 87 则清朝皇室爱新觉罗家族的故事，从努尔哈赤开始，一个故事接着一个故事，故事之间有主线有轴心。《八旗子弟传闻录》搜罗了散落在各地的民间故事，之间没有必然的联系，不是围绕一个人或围绕一个地域，虽有"独立情节"，但并未"自成完整结构体系"，从文本内在的逻辑来看，《八旗子弟传闻录》不应被纳入满族说部。《伊通州传奇》与《八旗子弟传闻录》一样，虽讲述流传在伊通满族自治县的故事，但没有"自成完整结构体系"，按此逻辑，该文本也应被排除于满族说部之外。《满族神话》由荆文礼根据傅英仁残本、口述记录重新整理，文本多数在《满族萨满神话》中刊布过，比较起来差别不太大。该说部讲述了归属于不同氏族的神话，并非满族某一氏族或某一地域的，笔者认为不应属于满族说部。《女真萨满神话》和《女真神话故事》略有不同，文本从萨满神下界开始，围绕萨满神接受

---

① 富育光：《栉风沐雨二十年》，载周维杰主编、荆文礼副主编《抢救满族说部纪实》，吉林人民出版社，2009，第 129 页。

天神阿布卡恩都力的嘱托，帮助教授北方各地居住的男女得以阴阳和谐、繁衍后代并定居生活进行讲述。《女真神话故事》则以 67 则女真神话串起完整的故事，以九仙女、萨满神为核心人物，讲述早期人类的生活状态。①因此，《女真神话故事》应可归入满族说部。《恰喀拉人的故事》被纳入"包衣乌勒本"中，为 20 世纪 80 年代孟慧英搜集、穆晔骏讲述的故事，共 19 则，以某一个特定的家族秘传为主，应属于满族说部。

其次，满族说部的整理者应该遵照科学的整理原则，尽可能保留讲述者的个人风格。

吉林省满族说部集成编委会一直坚持整理者要尊重讲述者的版权，且要保留讲述者的讲述风格。若整理者修改之处特别多的话，讲述风格会由讲述者的变成整理者的。如在已出版的文本中，富育光讲述、整理的说部占了一半左右，整理者还有荆文礼、于敏、王慧新、曹保明、王卓等，整理出版的文本最大限度地保留了富育光的个人风格。

再次，我们认为满族说部文本讲述者不一定必须为满族人，满族说部的内容则必须为满族人的故事。

戴宏森认为《比剑联姻》《红罗女三打契丹》是说唱唐时建立"渤海国"的粟末靺鞨女英雄红罗女的故事，当属中古英雄史诗。辽灭渤海国后，大部分粟末靺鞨人被迁到辽阳以南，后逐渐南移，与汉人融合。因此，这两部书不可能为"乌勒本"。《双钩记》说唱河北草莽英雄窦尔登（窦尔敦，《阅微草堂笔记》作窦尔东，原型实有其人）被清廷流放黑龙江与当地满族交往的传奇故事，也不可能是"乌勒本"的。②

满族说部主要讲述满族民众及其先人的历史文化，靺鞨英雄故事应归入其中，而讲述汉族故事的《瑞白传》应不能算作满族说部。那么，满族说部集成编委会是从何种意义上认同《瑞白传》的呢？其他民族的讲述者，讲述满族的民间叙事传统，是否算是满族说部传承人？

富育光先后收徒多位。2017 年在黑龙江省黑河市四嘉子举行了拜师仪式的共四位，其中三位都是满族，还有一位汉族传承人安紫波。安紫波曾

---

① 参见高荷红《马亚川讲述的女真萨满神话》，《满语研究》2018 年第 2 期。
② 戴宏森：《满族说部艺术管窥》，载周维杰主编、荆文礼副主编《抢救满族说部纪实》，吉林人民出版社，2009，第 321 页。

拜单田芳为师学习评书艺术，目前在跟富育光学习讲唱《乌布西奔妈妈》，并整理《群芳谱》。他得到了富育光的认可，但有学者因其汉族的身份质疑他是否可以传承满族说部。

笔者认为满族说部在讲述传播过程中，有其他民族的参与、聆听及传播，而其他民族的叙事传统也以满族说部的形式在满族民众中传承，这也是民族间文化的融合。那么，满族人讲述的汉族故事可以被称为满族说部，汉族人讲述满族说部也是可以接受的。

四　满族说部概念范畴

2005 年，《满族说部国家级非物质文化遗产代表作申报书》中提到，"满族说部之所以能够世代传承诵颂，因为它具有独立情节，自成完整结构体系，人物描写栩栩如生、有血有肉，故事曲折扣人心弦，语言朴素、生动，具有感人至深的艺术魅力"[1]。刘魁立认为满族说部是北方民族的百科全书，但我们目前掌握的理论无法概括其本质。就表现形式而言，满族说部中有传说、故事，有若干史诗的影子，总体来看是口传心授，又是家族的历史，在这里整个民族历史的记忆保存得相当丰满[2]。刘锡诚肯定满族说部由民众传承下来，可长可短，以说唱的叙事方式传承部族（部落）的历史，记载民族英雄的功业，因而早期的"说部"并非纯记事性或纯娱乐性的作品，而具有某种神圣性和庄严性，讲述者大多是本氏族中的德高望重的成员，在讲述前还要净手、漱口、焚香叩拜。在其发展的晚期，"说部"逐渐更新换代了早期以传承部落历史、记述英雄功业为唯一旨归的职能，而逐渐世俗化、文学化了。[3]

综上所述，我们认为判断满族说部的最低标准应有如下七条。

（一）从文本的长度来看，满族说部可长可短，绝大多数是长篇的，

---

[1]　《满族说部国家级非物质文化遗产代表作申报书》，载周维杰主编、荆文礼副主编《抢救满族说部纪实》，吉林人民出版社，2009，第 142 页。

[2]　刘魁立：《满族说部是北方民族的百科全书》，载周维杰主编、荆文礼副主编《抢救满族说部纪实》，吉林人民出版社，2009，第 312 页。

[3]　刘锡诚：《满族先民社会生活的历史画卷》，载周维杰主编、荆文礼副主编《抢救满族说部纪实》，吉林人民出版社，2009，第 316 页。

从十几万字到五六十万字不等，隶属于"窝车库乌勒本"的六部文本相较其他类别来说篇幅较短。最短的是在多个民族中传承的《尼山萨满》，仅几千字。韵体的五部"窝车库乌勒本"中，《奥克敦妈妈》最短，只有三千多行，《乌布西奔妈妈》最长，达六七千行。

（二）就文本类型而言，满族说部文本有多种形式，如口述记录本、录音整理本、手抄本、异文综合本等。满族说部文本应以口头传承为主，或在搜集整理之后以书写的形式传承下来。

（三）满族说部文本与满族祖先或英雄有关，讲述语言不限于满语，可为汉语或者满汉兼行。已出版的"窝车库乌勒本"大量保留了满语内容，尤其是《天宫大战》《乌布西奔妈妈》都有不同形式的记录本。《天宫大战》为汉字记录满音的典范文本，可惜不全；《乌布西奔妈妈》既有汉字记录满音本，也有满语记录本。大部头的"巴图鲁乌勒本""包衣乌勒本"多为汉语文本。直至今日，富育光的徒弟宋熙东还尝试用满语讲述《萨大人传》，北京社会科学院的戴光宇可以用满语讲述《乌布西奔妈妈》片段，而黑龙江省四季屯的何世环可用满语流利讲述《尼山萨满》（老人强调应为《阴间萨满》或《音姜萨满》）。

（四）满族说部文本内容应以讲述某一家族或某一地域的系列故事为主，且这一类故事在该地广为流传，如关于萨布素将军的满族说部就有三种，分别为富育光讲述的《萨大人传》、傅英仁讲述的《萨布素将军传》及关墨卿讲述的《萨布素外传》。红罗女作为渤海国时期的女英雄，在宁安地区有《比剑联姻》《红罗女三打契丹》两种文本。而富育光、傅英仁、关墨卿、马亚川、赵东升等人各自传承了其家族内及家族外的满族说部文本，满族说部传承圈就是依托传承人的世代传承才逐渐形成的。

（五）满族说部的讲述颇具神圣性，绝大多数文本在重大场合讲述，与世俗化的"朱伦""朱奔"不同。因此，在世俗化场合、以娱乐为目的讲述的《三国演义》《封神演义》不应归为满族说部。

（六）在流传过程中，满族说部受到汉族、达斡尔族等的青睐，听讲说部、传承说部也成为他们业余生活的主要娱乐方式，在东北少数民族中广为流传的《尼山萨满》更是有着无以计数的异文。因此，满族说部的讲述者、传承者超越了家庭血缘的传承，不限于家庭内部的传承，传承者族属不限于满族。

（七）满族说部最重要的要素为每一部都应有一位或几位核心主人公。如《萨哈连船王》《萨布素将军传》《萨大人传》《两世罕王传·努尔哈赤罕王传》《两世罕王传·王皋罕王传》《西林安班玛发》《乌布西奔妈妈》《恩切布库》《奥克敦妈妈》《雪妃娘娘和包鲁嘎汗》等，都是以主人公的名字来命名的。有的文本讲述多则故事，若故事间没有关联，也不应称之为满族说部。

若从 1981 年金启琮在三家子村调查算起，满族说部相关概念的正式提出已有 38 年的历史，目前因概念与文本之间的关系还未达成学界共识，笔者所做的反思仅为第一步。满族说部与其他民族相关文类特别是满族说部与汉族说书之间关系的比较研究，其文本研究、传承人研究都需学者给予足够的关注。

史诗研究中国学派构建的
现状、理据及路径[*]

冯文开^{**}

摘　要： 构建史诗研究中国学派，不仅是一种观念存在，而且与中国史诗学科发展方向相关，亦体现了中国学人的学术自觉和学术自信。自 20 世纪初王国维、鲁迅、胡适、陆侃如等对汉语"史诗问题"的讨论起，到任乃强对《格萨尔》的初步介绍和研究，再到 20 世纪中叶史诗的陆续发现和学科的建立，后至 21 世纪初史诗研究观念和范式的转换，中国史诗研究已经积累了丰富的学术实践资源和理论资源，在学术传承谱系、学术传统、原创性的核心理论、学术话语体系等诸方面为史诗研究中国学派的构建提供了可能性与必然性。

关键词： 史诗学；中国学派；传承谱系；学术话语

构建史诗研究中国学派，是 21 世纪初中国史诗学界呼吁和努力的方向之一。从钟敬文最初提倡建立"具有中国特色的史诗学理论"[1] 到朝戈金使用"中国学派"[2] 的措辞来表述这种研究方向，中国学派已然成为中国

　＊　原文发表于《民族文学研究》2019 年第 5 期。

＊＊　冯文开，内蒙古大学文学与新闻传播学院教授，主要研究领域：中国少数民族文学与民间文学。

① 钟敬文：《序》，载朝戈金《口传史诗诗学：冉皮勒〈江格尔〉程式句法研究》，广西人民出版社，2000，第 16 页。

② 参见朝戈金《创立口头传统研究"中国学派"》，《人民政协报》2011 年 1 月 24 日；朝戈金、明江《史诗与口头传统的当代困境与机遇——访中国社科院民族文学研究所所长朝戈金》，《文艺报》2012 年 3 月 2 日。

史诗研究中较为常见的表述，体现了学人对中国史诗研究的学术自觉和学术自信。21世纪以来，中国史诗研究发展迅速，取得了多方面的进展与突破，中国史诗研究者有了自己的学科和学派的自觉，史诗研究中国学派不仅成为一种观念存在，而且事关中国史诗学科发展方向，是中国史诗研究与国际学界展开学术对话与交流无法规避、须认真考虑的学术话题。

一

史诗研究中国学派的生成并非一朝一夕的事情，而是一个长期磨砺和持续探索的过程。由此，在讨论史诗研究中国学派的构建时，应该历史性地考察、总结和反思中国史诗研究的演进脉络及其不同时期的研究路径。

19世纪后期，艾约瑟、林乐知、丁韪良、高葆真、谢卫楼、蔡尔康、李思伦等在华传教士将欧洲史诗引入中国，荷马史诗逐渐为中国学人所知晓。20世纪初期，对欧洲史诗引介和讨论的主体由在华传教士转换成中国学人，高歌、徐迟、傅东华、谢六逸等译述过《荷马史诗》，周作人、郑振铎、茅盾等以史和评的形式介绍过荷马史诗和其他欧洲史诗。《罗摩衍那》和《摩诃婆罗多》至少在公元3世纪便传入中国，见于汉译的佛教典籍[1]。20世纪初期，中国学人对《罗摩衍那》和《摩诃婆罗多》的学术热情逐渐升温，苏曼殊和鲁迅对它们在世界文学史上的地位给予了高度的评价[2]，滕若渠、郑振铎、许地山、梁之盘、王焕章专门介绍和评述了《罗摩衍那》《摩诃婆罗多》[3]。不过，国内较早使用"史诗"一词的学人是章太炎，他推论中国文学体裁的起源是口耳相传的史诗，韵文形式的史诗是远古文学的唯一形式[4]。但是在学术实践中，章太炎的"史诗"概念在内涵与外延上要比西方古典诗学中的"史诗"概念宽泛得多，囊括了描述重

---

① 季羡林：《比较文学与民间文学》，北京大学出版社，1991。

② 参见苏曼殊《曼殊大师全集》，上海教育书店，1946，第106～262页；《鲁迅全集》第一卷，人民文学出版社，1973，第56页。

③ 赵国华：《〈罗摩衍那〉和中国之关系的研究综述》，《思想战线》1982年第6期，第38～39页。

④ 《章太炎全集》第三册，上海人民出版社，1984，第226页。

大事件的长篇韵文体叙事诗与描述日常生活的短篇散文体叙事诗①。随着中国学人对作为一种文类的史诗认识的深化，"史诗"一词在国内民间文学和民俗学界逐渐演进为专指那些以韵文体创作的、描绘英雄业绩的长篇叙事诗，这已与西方古典诗学中的史诗概念相一致，而它与中国古典诗学传统中"诗史"概念的异同也得到了正本清源式的辨析②。

20世纪50年代以前，中国学人在对欧洲史诗和印度史诗的介绍和评述过程中，站在本土传统文化的立场，或以史诗重新估价中国传统文化，或借史诗讨论中国文学的演进及其与西方文学演进的差异，或从启蒙工具论角度阐述史诗等。其间，"史诗问题"是中国学界一桩贯穿20世纪，乃至延及当下的学术公案。"史诗问题"一词最早见于闻一多使用这个语词标举中国文学有无史诗的学术问题③，而它的发端则起源于王国维在1906年的《文学小言》第十四则中提出的中国叙事文学不发达，处在幼稚阶段的论断④。这直接引发了胡适、鲁迅、茅盾、郑振铎、钱锺书、陆侃如、冯沅君等许多中国学人加入"史诗问题"讨论的行列，他们在各自的学术实践与学术著作中对它做出各自的解答，洋溢着鲜明的批判精神，呈现诸种解答竞相争鸣的格局。

20世纪50年代以前，对《罗摩衍那》和《摩诃婆罗多》的研究中最有学术影响的，要算鲁迅、胡适、陈寅恪等中国学人围绕孙悟空的"本土说"和"外来说"对《罗摩衍那》与中国文学关系展开的学术讨论。鲁迅认为《西游记》中的孙悟空形象来自无支祁⑤，而胡适在《〈西游记〉考证》中指出孙悟空的源头来自哈奴曼⑥。陈寅恪在《〈西游记〉玄奘弟子故事之演变》中则认为，孙悟空大闹天宫源自顶生王率兵攻打天庭的故事和《罗摩衍那》中巧猴那罗造桥渡海故事的组合⑦。由于陈氏的加入，"外来说"近乎成为定论，20世纪50年代前再无激烈争论。

显然，20世纪50年代以前，中国学人对引入中国的史诗观念显示出

---

① 《章太炎全集》第三册，上海人民出版社，1984，第226页。
② 冯文开：《中国史诗学史论（1840～2010）》，中国社会科学出版社，2016。
③ 《闻一多全集》第十卷，湖北人民出版社，1993，第22～36页。
④ 《王国维论学集》，中国社会科学出版社，1997，第313～314页。
⑤ 《鲁迅全集》第九卷，人民文学出版社，1973，第228页。
⑥ 《胡适文集》第三卷，北京大学出版社，1998，第514页。
⑦ 陈寅恪：《金明馆丛稿二编》，生活·读书·新知三联书店，2001，第219页。

不同的反应和不同的思考层面，其归根到底是"如何接受西方史诗"、"如何对待中国传统文学"和"如何建构中国文学史"的问题。他们没有停留在对《荷马史诗》和其他欧洲史诗的介绍及以只言片语的形式发表一些观点和见解上，而是以它们反观中国文学，回到对本土学术问题的观照，对史诗的认识具有鲜明的本土化意识。

如果再往前追溯，中国较早记录《格斯尔》的版本是康熙五十五年（1716）北京木刻版《格斯尔可汗传》，对《格萨尔》的谈论则始于1779年青海高僧松巴堪布·益喜班觉与六世班禅白丹依喜在通信中讨论格萨尔的有关问题。20世纪30～40年代，韩儒林、任乃强等中国学人对《格萨尔》进行初步的介绍和分析，在《格萨尔》的产生年代、人物原型、史诗部本结构、内容和艺术价值、民间影响和纠正文化交流中的误解等方面做了开拓性的探讨。但是直到20世纪50～70年代，随着新中国的成立与民族识别工作的开展，国内学界才开始对中国史诗展开有组织、有规模、有目的的搜集与研究，《格萨（斯）尔》《玛纳斯》《江格尔》《阿细的先基》《苗族古歌》《创世纪》等许多史诗陆续被发掘出来，以大量的事实无可辩驳地拨正了黑格尔主观臆测的中国没有民族史诗的论断，将中国文学的"史诗问题"转换为汉文学的"史诗问题"。从整个中国史诗学术史来看，20世纪50～70年代主要属于史诗研究的资料学建设时期，学者大多从事中国史诗搜集整理以及解决与之相关的工作性问题，而且具有鲜明的政治倾向，学术性的论文还较少，多是搜集工作者的一些序言或工作感想。遗憾的是，其间的政治运动混淆了学术与政治的界限，将它们一律化，严重挫伤了史诗研究者的积极性与主动性。

20世纪80～90年代，中国史诗的搜集、整理、出版以及研究迎来了蓬勃的生机和难得的机遇，巴·布林贝赫、仁钦道尔吉、郎樱、扎格尔、乌力吉、杨恩洪、刘亚虎等中国学人悉数登场，挑起了20世纪80～90年代中国史诗研究的大梁，对20世纪中国史诗研究产生了较为深远的影响。他们或对中国史诗的人物形象、思想内容、艺术特色和美学特征进行较为系统的研究，或对中国史诗的母题、情节类型的结构特征及其历史文化意蕴等展开深入的阐述，取得了不少可喜的成绩，开创了中国史诗研究的新局面。他们对中国史诗的学术探索奠定了以中国少数民族史诗为研究主体的中国史诗研究格局，使得中国史诗研究具有了它特有的研究对象、基本问题、理论结构、不断演进的方法体系以及其他学科难以取代的功能，打破了20世纪50年代以前中国学人谈史诗时言必称《荷马史诗》和印度史诗的尴尬局面，以欧洲史诗比附中国文学的学术行为也不多见了。

自20世纪90年代中期起，朝戈金、尹虎彬、巴莫曲布嫫等许多中国学人开始对以往中国史诗研究的书面范式及其具体结论的偏颇展开理论反思，有心纠正将中国史诗作为书面文学作品展开的文学和社会历史阐述的学术理路，共谋将米尔曼·帕里（Milman Parry）和阿尔伯特·洛德（Albert B. Lord）创立的口头诗学引入中国学界。他们将米尔曼·帕里、阿尔伯特·洛德、劳里·杭柯（Lauri Honko）、约翰·弗里（John Miles Foley）、格雷戈里·纳吉（Gregory Nagy）、卡尔·赖希尔（Karl Reichl）等国际学人及其代表性成果系统地引介到国内，使中国史诗研究走出原有的书面范式存在的囿限，在立足本土史诗传统的基础上寻找新的自我定位，寻求新的问题意识和学术新高度的突破，进而建立了中国史诗研究的口头范式，消解了中国史诗研究的学科危机。朝戈金《口传史诗诗学：冉皮勒〈江格尔〉程式句法研究》标志着中国史诗研究的书面范式向口头范式转换的成功，为中国史诗研究构建了一个全新的学术关注中心，使得口头范式成为当下中国史诗研究共同关注的话题，尹虎彬、巴莫曲布嫫、陈岗龙、斯钦巴图、阿地里·居玛吐尔地、塔亚等许多学者都参与进来，以民俗学田野个案研究为技术路线，以口头诗学为理论支撑，从演述、创编和流布等诸多方面对中国史诗展开较为系统的研究，"活形态"的史诗观逐渐在中国学界树立起来了。史诗研究者开始自觉地把中国史诗纳入口头传统的范畴，"以传统为本""以式样为本""以文本为本"探讨史诗的内部结构和叙事机制，观照其背后的史诗演述传统，从而形成了某种相对一致性的"学术共同体"。21世纪中国史诗研究呈现新变化，逐渐"从文本走向田野"，"从传统走向传承"，"从集体性走向个人才艺"，"从传承人走向受众"，从"他观"走向"自观"，"从目治之学走向耳治之学"①，而且在问

---

① 朝戈金：《朝向21世纪的中国史诗学》，《国际博物馆》（中文版）2010年第1期，第140页。

题、方法、视角、理念诸方面逐渐展现了中国史诗研究的原创性和主体性，在学术创新中逐渐显现中国史诗研究的特色和优势。

通过对中国史诗研究历史及其不同时期研究路径的梳理，我们可以发现，中国史诗研究作为一门学科已经形成了自己的特色，学术格局的内在理路已经日益清晰起来，正朝着中国特色的史诗研究前行，史诗研究的中国学派正在逐步形成。陈寅恪曾说过："其真能于思想上自成系统，有所创获者，必须一方面吸收输入外来之学说，一方面不忘本来民族之地位。此二种相反而适相成之态度，乃道教之真精神，新儒家之旧途径，而二千年吾民族与他民族思想接触史之所昭示者也。"① 20 世纪初以来，从事中国史诗研究的中国学人都能够立足中国的本土传统，"不忘本来民族之地位"，具有本土学术发展的自觉意识，特别是朝戈金、巴莫曲布嫫等中国学人对口头诗学的吸纳、转化和本土化，创造性地解决了本民族的问题，乃至"中国问题"。这些研究历史和研究路径揭示了中国史诗研究应该立足于本土活形态史诗传统和学术话语传统资源，确立理论自觉意识，借鉴国际诗学理论要结合中国史诗传统的实际语境和学术实践，将它们与中国史诗研究原有的理论与方法创新性地融合运用，以更好地认识中国史诗，更好地解决中国史诗研究中遭遇的学术问题，创造出具有原创性的史诗研究成果，进而总结史诗研究的"中国经验"，建立中国史诗研究话语体系，扩大中国史诗研究在国内外学界的影响力，推动史诗研究中国学派的形成。

二

除了考察中国史诗研究的历史脉络，还需要检视构建史诗研究中国学派的诸多条件，考量它们对史诗研究中国学派生成所产生的内在影响。中国有蕴藏丰富的史诗资源，现有的以活形态形式存在的口头史诗以及已经搜集、记录、整理与出版的史诗数量宏富，这使构建史诗研究中国学派成为可能。除了享誉全球的"中国三大英雄史诗"——《格萨（斯）尔》《江格尔》《玛纳斯》外，还有数以千计的史诗或史诗叙事片段存活于辽阔

---

① 陈寅恪：《金明馆丛稿二编》，生活·读书·新知三联书店，2001，第 284~285 页。

的中国大地上，蒙古族、藏族、柯尔克孜族、哈萨克族、维吾尔族、赫哲族、满族等北方民族，以及彝族、纳西族、哈尼族、苗族、瑶族、壮族、傣族、畲族等南方民族，都有着源远流长的史诗演述传统和篇目繁多的史诗，而且大多至今仍以活形态的演述方式在本土社会的文化空间中传承和传播①。放眼世界，中国史诗这种丰富宏赡的蕴藏量实属罕见，而且它们类型多样。它们既是中国传统文化宝库里的精神财富，也是世界文化长廊里的宝贵财富。

中国学人围绕《格萨（斯）尔》《江格尔》《玛纳斯》等诸多北方英雄史诗和《苗族古歌》《布洛陀》《梅葛》等许多南方史诗展开了较为全面的史诗资料学建设。就《格萨尔》而言，迄今为止，记录且内容互不重叠的藏族《格萨尔》部数约 120 部，如果不将散体叙说部分计算在内，每部以 5000 行计算，那么现在已经记录的《格萨尔》韵文文本的诗行数量已经达到了 60 万行②。如果不将异文变体计算在内，国内对《江格尔》的记录累计有 60～70 个诗章，已经出版了托忒蒙古文、汉文《江格尔》等，计有数十种③。可喜的是，中国学人在国内口头史诗的搜集、记录、整理以及出版等方面取得的成绩也为国内外学界所认可。《格萨尔精选本》由《英雄诞生》《赛马称王》《魔岭大战》《霍岭大战》等 40 卷组成④，对《格萨尔》的传承、保护有着重要的实践意义，对《格萨尔》的研究也有推进作用。仁钦道尔吉、朝戈金、丹布尔加甫、斯钦巴图等主编的《蒙古英雄史诗大系》（四卷）由民族出版社在 2007～2009 年陆续出版，是蒙古英雄史诗研究的宝贵文献，对中国史诗学资料的建设具有重要的学术贡献。还有《格斯尔全书》《苗族古歌》《壮族麽经布洛陀影印译注》等许多学术分量较重的中国史诗整理本相继见于学界。更为可喜的是，中国史诗研究资料的数字化建设在中国社会科学院民族文学研究所得到持续性的

---

① 朝戈金、尹虎彬、巴莫曲布嫫：《中国史诗传统：文化多样性与民族精神的"博物馆"（代序）》，《国际博物馆》（中文版）2010 年第 1 期，第 6 页。

② 朝戈金、尹虎彬、巴莫曲布嫫：《中国史诗传统：文化多样性与民族精神的"博物馆"（代序）》，《国际博物馆》（中文版）2010 年第 1 期，第 8 页。

③ 朝戈金、尹虎彬、巴莫曲布嫫：《中国史诗传统：文化多样性与民族精神的"博物馆"（代序）》，《国际博物馆》（中文版）2010 年第 1 期，第 9 页。

④ 降边嘉措等主持编纂《格萨尔精选本》（藏文版），民族出版社，2000～2013。

推进，并已经取得了丰硕的成果，对推动史诗演述传统的学理性研究具有重要的学术价值①。约翰·弗里对中国史诗资源的丰富赞叹不已，而且有感于此，他对中国史诗研究，乃至口头传统研究的未来提出很高的期许："在东方这一国度中，活形态的口头传统是极为丰富宏赡的宝藏，世代传承在其众多的少数民族中，在此基础上进行的口传研究当能取得领先地位。中国同行们正是处于这样一个有利的位置，他们可以做到在世界上其他地方的人们所无法做到的事情：去体验口头传统，去记录口头传统，去研究口头传统。这些传统在范围上具有难以比量的多样性，因而更值得引起学界的关注。如果在未来的岁月中，口头理论能够在多民族的中国，在她已为世人所知的众多传统中得到广泛检验，那么国际学界也将获益匪浅。"② 由此可见，约翰·弗里期望中国能够成为未来史诗研究乃至口头传统研究的重要学术阵地，能够承担起拓展和推进口头诗学理论的历史使命。

与此相应，中国史诗研究取得了长足的发展，出现了一批具有较高学术水平的史诗研究者，他们推出了一批原创性的论著，这也是构建史诗研究中国学派的重要条件。20 世纪 20～40 年代出生的中国史诗研究者在 20世纪 80～90 年代成为中国史诗研究的主要力量，巴·布林贝赫、仁钦道尔吉、郎樱、杨恩洪、扎格尔、乌力吉等诸多学人成为 20 世纪 80～90 年代中国史诗研究的领军人物，他们既是史诗的搜集者，又是史诗的研究者。他们对中国史诗的总体面貌、艺术性、思想性、形成与发展规律以及结构母题等展开了探讨，为中国史诗的理论建设和学科发展奠定了坚实的基础。

巴·布林贝赫的《蒙古英雄史诗的诗学》③ 从蒙古英雄史诗的自身特质出发，对蒙古英雄史诗的宇宙模式、黑白形象体系、骏马形象、人与自然的深层关系、文化变迁与史诗变异、意象、诗律、风格等方面展开了系统的研究，完成了蒙古英雄史诗诗学体系的构建。在对蒙古族不同氏族部落、不同地域的英雄史诗整体把握的基础上，他科学地归纳出蒙古英雄史

---

① 参见中国民族文学网，http://iel. cass. cn/#story9。

② 约翰·迈尔斯·弗里：《口头诗学：帕里－洛德理论》，朝戈金译，社会科学文献出版社，2000，作者中译本前言，第 11 页。

③ 巴·布林贝赫：《蒙古英雄史诗的诗学》（蒙古文版），内蒙古教育出版社，1997。

诗的神圣性、原始性、规范性三个基本特征，并从不同的方面对它们渐次展开论述，它们成为史诗区别于其他文学样式的重要维度。他对蒙古英雄史诗中较为常见的关于"三界""时空""方位"和"数目"的描述进行了比较和分析，总结了蒙古英雄史诗关于"三界""时空""方位"和"数目"的观念及其重要特征，进而系统地阐述了蒙古英雄史诗的"宇宙结构"，"开辟了史诗诗学所自有的宇宙诗学模式论的诗性领地和方法论通道"①。他从意象、诗律、风格等方面分析了蒙古英雄史诗的基本形态与艺术风格，从美学和宗教的角度阐述了蒙古英雄史诗反映的人与自然的深层关系。他不但研究史诗英雄的具体表现，而且把他们提高到哲学的高度，在美、丑、崇高等审美范畴里分析史诗对英雄人物的创造、发展及其规律。他从诸多的英雄人物形象中抽绎出恒久不变的本质，构建出一个能够容纳和阐释所有英雄人物形象的黑白形象体系。这种分析方法既吸取了原来从思想性和艺术性的角度评价英雄人物的做法，又创造性地从蒙古民族的文化心理、审美情趣、生活习俗和生活理想等各个方面综合考察英雄人物的美学本质。巴·布林贝赫对史诗英雄的论述更是对他们的一种再创造，不但论析得精妙而深刻，而且具有理论化和系统化的高度。在分析骏马形象时，巴·布林贝赫从文化人类学的视角将它与蒙古族人民的生活、命运、思维、心理、审美等多个方面紧密联系起来勾勒出骏马形象的美学历程和归宿②。他将蒙古英雄史诗放在整个蒙古文学流变的过程中进行了动态观照，兼及农业文化和佛教文学对蒙古英雄史诗的影响，得出蒙古英雄史诗的发展经历了"原始史诗"、"发达史诗"和"变异史诗"三个阶段的结论。在对这三个阶段的科学阐述中，他以对"变异史诗"的美学特征和异文化对其影响的阐述尤为独到③。这不仅体现了巴·布林贝赫对蒙古英雄史诗起源、形成和发展规律的探讨具有独特视野、理论思考和原创性，而且对之后蒙古英雄史诗晚期形态与变异状态中的蟒古思故事的研究起到了推动作用。

---

① 阿拉德尔吐：《巴·布林贝赫蒙古史诗诗学的宇宙模式论》，《民族文学研究》2013 年第 4 期，第 45 页。

② 巴·布林贝赫：《蒙古英雄史诗中马文化及马形象的整一性》，乔津译，《民族文学研究》1992 年第 4 期，第 3～9 页。

③ 苏尤格：《著名诗人巴·布林贝赫及他的诗学理论》，《内蒙古民族大学学报》（社会科学版）2008 年第 6 期，第 26 页。

对《江格尔》的形成年代和演进过程，仁钦道尔吉有着独特的见解。他的《〈江格尔〉论》从文化渊源、《江格尔》的社会原型、《江格尔》中使用的词汇和地名、加·巴图那生等人在新疆搜集到的传说、卫拉特人的迁徙史和《江格尔》的流传情况、《江格尔》中的宗教形态等方面论证了《江格尔》形成长篇英雄史诗的时间上限是 15 世纪 30 年代早期四卫拉特联盟建立以后，下限是 17 世纪 20 年代土尔扈特部首领和鄂尔勒克率部众西迁以前[①]。他避免简单比附历史的做法，从《江格尔》所反映的社会形态、战争的性质和目的、宝木巴的性质、社会军事政治体制、社会结构和社会意识等方面入手找出《江格尔》形成时代的基本内容，探究了《江格尔》反映的社会原型。这样的分析使得仁钦道尔吉的论点具有了较为坚实的理论支撑，把这一基本性的重大课题向前推进了一大步，奠定了他在《江格尔》研究领域中的重要学术地位。最具理论创见的是，仁钦道尔吉根据蒙古英雄史诗情节类型的特征创用了"英雄史诗母题系列"的概念。他综合海西希（W. Heissig）和尼·波佩（N. Poppe）的见解，以海西希的母题分类法为指导，以英雄史诗母题系列为单元剖析各种类型蒙古英雄史诗情节结构的组成和发展，探讨了每个母题系列内部的发展变化。他观察到所有蒙古英雄史诗都是在婚姻型母题系列和征战型母题系列的统驭下使用不同数量的母题以不同的组合方式构成的，并根据母题系列的内容、数量和组合方式的不同把蒙古英雄史诗分为单篇型史诗、串联复合型史诗和并列复合型史诗三大类型，由此使蒙古英雄史诗情节结构的发展规律在空间性和时间性上得到了整体性的解释。

郎樱的《〈玛纳斯〉论》运用多学科的理论和方法对《玛纳斯》展开了较为系统而全面的研究，不仅从传统研究的视角对《玛纳斯》的产生年代、主题内容、人物形象、艺术特色、宗教信仰、母题和叙事结构等进行研究，而且将《玛纳斯》作为一种活形态的口头史诗，从歌手和听众的角度分析它的传承发展规律，其中提出的某些学术观点为之后的《玛纳斯》研究提供了重要的参考和启迪。此外，还有《〈格萨尔〉论》《民间诗神——格萨尔艺人研究》《〈江格尔〉研究》《蒙藏〈格萨（斯）尔〉的关

---

① 仁钦道尔吉：《〈江格尔〉论》，内蒙古大学出版社，1999，第 203～214 页。

系研究》等一批研究成果对中国史诗的重要文本及其形态、优秀的史诗歌手以及史诗研究中的一些主要问题进行了较为系统的论述，具有重要的学术价值。

自 20 世纪 90 年代中期起，20 世纪五六十年代出生的中国史诗研究者开始突破将中国史诗当作书面文本进行文学和历史研究的囿限，对 20 世纪 20～40 年代出生的中国史诗研究者的史诗研究展开反思与检讨，运用口头诗学的理论与方法阐述中国史诗传统，解决中国的"学术问题"，提升中国史诗研究经验。朝戈金、尹虎彬、巴莫曲布嫫、阿地里·居玛吐尔地、斯钦巴图等是其中的翘楚，他们功底较为深厚、视野较为开阔，兼具跨语际的研究实力①，不断对中国史诗研究进行反思与自我建构，将口头诗学本土化，进而创造性和开放性地解决"中国问题"，而与之相关联的、经得住时间检验的一批研究成果也相继问世。

朝戈金《口传史诗诗学：冉皮勒〈江格尔〉程式句法研究》选择了冉皮勒演唱的《江格尔》作为具体个案，通过对其中一个给定史诗文本的程式句法的分析与阐释，发掘与总结蒙古族口传史诗的诗学特质。这部著作是运用口头诗学研究本民族文学的一个成功范例，直接奠定了朝戈金在中国学界的学术地位。钟敬文、杨义、郎樱、扎拉嘎等都曾高度评价该著作在中国史诗学上的学术价值，肯定了其史诗句法分析模型的创新性以及对既有文本的田野"再认证"工作模型的建立②。在对《江格尔》史诗文本形态的多样性展开分析的同时，《口传史诗诗学：冉皮勒〈江格尔〉程式句法研究》指出以往学界没有充分重视作为口头文学的史诗具有的特殊属性，认为这直接导致许多学人忽视《江格尔》史诗不同类型文本的差异以及对它们产生了一些模糊的认识，而学人只有在田野作业的实践操作中按照科学的原则才能较为客观和全面地认识史诗文本类型。朝戈金反对使用书面文学理论来界定口头史诗的文本属性，反对简单套用书面文学理论来研究口头史诗的创作、演唱和流布，主张以口头史诗自身内在的基本特征

---

① 朝戈金：《从荷马到冉皮勒：反思国际史诗学术的范式转换》，载《中国社会科学院文学研究所学刊 2008》，中国社会科学出版社，2008，第 30 页。

② 参见朝戈金《口传史诗诗学：冉皮勒〈江格尔〉程式句法研究》，广西人民出版社，2000，第 1～16 页、扉页。

来重新界定口头史诗的文本属性，以口头史诗自身的术语来重新阐述口头史诗的特质。朝戈金对口头史诗文本属性的阐述革新了国内民俗学界以往的文本观念，推动了学界对口头文学本身内在规律认识的深化。他强调要在创编、演述和流布中对口头史诗展开文本阐释，揭示其创作法则和美学特征。口头史诗的演述文本不仅是演唱传统中的文本，也是在特定的演述语境中呈现的文本，朝戈金主张要将口头史诗的文本与语境关联起来进行整体把握，观察与分析口头史诗文本的诗学特质。以冉皮勒演述的《铁臂萨布尔》的现场录音整理本为样例，朝戈金剖析了史诗文本与演述之间的动态关系，对其诗行进行了程式分析，阐述了其程式的类型、系统及功能，对程式的频密度进行了数据统计，对诗行的韵式、步格、平行式进行了细致的解析，按照蒙古史诗押句首韵的基本特点创立了"句首音序排列"的分析模型。这些对蒙古英雄史诗的口头特征和诗学法则的探讨，无疑具有开拓性，对中国史诗研究具有理论启示的意义。进而言之，朝戈金的口传史诗诗学研究在学术方法上为中国史诗研究、民间文学研究、民俗学研究带来一种范式性的变革，直接起到了引领和示范作用。

巴莫曲布嫫提出"民间叙事传统格式化"的概念，以之描述中国学人在口头史诗的搜集、记录、整理、翻译、出版等过程中对口头史诗的增添、删减、移植、拼接等不科学的行为，检讨其给学术研究带来的诸多弊端①。这种"格式化"的现象普遍存在于 20 世纪 90 年代以前的民间文学搜集与整理过程中，因此，巴莫曲布嫫对"民间叙事传统格式化"的探讨和解析超越了个案的意义，是一种具有普遍意义的学理性思考，引起了国内民间文学和民俗学界的关注。在认识和发现以往学术实践中种种弊端的基础上，巴莫曲布嫫提出"五个在场"的田野理念，在研究对象与研究者之间搭建起了一种可资操作的田野工作模型，确立了观察与分析研究者、受众、演述人、传统以及文本等要素之间互动关联的框架。"民间叙事传统格式化""五个在场"对中国史诗学、民间文学的理论建设具有启发意义，推进和深化了中国史诗学、民间文学、民俗学等多学科的学术反思，

---

① 巴莫曲布嫫：《"民间叙事传统格式化"之批评——以彝族史诗〈俄勒特依〉的"文本迻录"为例》（上），《民族艺术》2003 年第 4 期。

引起了许多中国学人对史诗田野研究和史诗演唱的文本化等相关问题的关注和讨论。

朝戈金《口传史诗诗学：冉皮勒〈江格尔〉程式句法研究》、尹虎彬《古代经典与口头传统》、巴莫曲布嫫《史诗传统的田野研究：以诺苏彝族史诗"勒俄"为个案》、陈岗龙《蟒古思故事论》、阿地里·居玛吐尔地《〈玛纳斯〉史诗歌手研究》、斯钦巴图《蒙古史诗：从程式到隐喻》等一批以传统为本，以民俗学个案为技术路线，以口头诗学为解析框架的研究成果表明了中国史诗研究学术转型的实现，呈现了中国学人在口头诗学本土化方面做出的努力与实践，引领了中国史诗研究的学术实践和方法论创新①。它们确立了创建史诗研究中国学派的学术根基，为中国史诗研究学科化的制度建设和理论创新奠定了基础，为中国史诗学科整体的可持续发展提供了重要的学术支撑②，而且已经得到国内外学人的普遍认同和肯定，已经超越了史诗研究的领域，对民间文学、民俗学、中国古典文学、音乐学等诸多相邻学科的理论和方法产生了显著的影响③。

需要指出的是，中国史诗的总数有上千种，囊括了数十个民族的文化传统，而且其大多为活形态的史诗，它们为国际史诗学界当前及以后的史诗研究提供了诸多活形态的史诗样例。根据中国史诗存在的现实状况，中国学人突破了西方古典诗学中"英雄史诗"的范畴和以《荷马史诗》为范例的囿见，提出了"创世史诗"和"迁徙史诗"两种新的史诗类型④，拓宽了国际史诗学界对史诗概念内涵的认识，为国际史诗研究提供了新的范例，充实了国际史诗文库。朝戈金更是指出"《亚鲁王》具有在中国境内流布的创世史诗、迁徙史诗和英雄史诗三个亚类型的特征"，呈现混融性叙事特征，是一种"复合型史诗（跨亚文类）"⑤。中国少数民族史诗不仅

---

① 巴莫曲布嫫：《口头传统专业元数据标准定制：边界作业与数字共同体》，《民间文化论坛》2018年第6期。

② 巴莫曲布嫫：《中国史诗研究的学科化及其实践路径》，《西北民族研究》2017年第4期。

③ 冯文开：《中国史诗学论（1840～2010）》，中国社会科学出版社，2016，第208页；郭翠潇：《口头程式理论在中国的译介与应用——基于中国知网（CNKI）期刊数据库文献的实证研究》，《民族文学研究》2016年第6期。

④ 朝戈金、尹虎彬、巴莫曲布嫫：《中国史诗传统：文化多样性与民族精神的"博物馆"（代序）》，《国际博物馆》（中文版）2010年第1期。

⑤ 朝戈金：《〈亚鲁王〉："复合型史诗"的鲜活案例》，《中国社会科学报》2012年3月23日。

类型和形态多样，而且歌手的类型丰富，就《格萨尔》说唱艺人而言，便有神授艺人、圆光艺人等多种类型，而且不同民族史诗传统中的歌手在史诗的传承、演述等诸方面呈现差异，独具中国特色。随着对史诗歌手的发现以及对其个人才艺的发掘与强调，20世纪80年代以来的史诗歌手研究已经取得了许多学术价值较高的成果，如杨恩洪《民间诗神——格萨尔艺人研究》、郎樱《柯尔克孜史诗传承调查》、巴莫曲布嫫《在口头传统与书写文化之间的史诗演述人——基于个案研究的民族志写作》、朝克图与陈岗龙《琶杰研究》、阿地力·朱玛吐尔地和托汗·依莎克《〈玛纳斯〉演唱大师——居素普·玛玛依评传》等，都对国内史诗研究产生了深刻的学术影响，推动中国学人对史诗歌手的研究由关注集体性转向对个人才艺的关注，并对目标化的史诗歌手展开了有计划、有组织的跟踪调查和研究①。

　　20世纪以来的这些原创性的搜集和研究成果，为构建史诗研究中国学派奠定了坚实的学术基础，丰富了国际史诗研究的图景，表明史诗研究中国学派在中国地域内形成的内部条件较为充分，已有了较为深厚的学术积累。当然，任何学派的形成既需要自身内在的、长期的学术积累，也需要各种外在因素的推动。构建史诗研究中国学派亦是如此，需要天时、地利、人和的多方因素配合，才能最终实现。

三

　　构建史诗研究中国学派是构建新时代中国特色哲学社会科学的迫切要求。当下，中国的综合国力正在稳步提升，在国际舞台上的影响力日益增强，和平崛起已成趋势，中国史诗研究处在中国正需要变革创新和实现中华民族伟大复兴的历史进程中，面临着前所未有的机遇和挑战，中国学人应该有着前人所未有的理论自觉和自信，充分利用发展道路上获得的越来越多的理论资源与实践动力，让中国史诗研究在国际学界拥有自己的话语权与自主性，在国际史诗研究的未来发展过程中发挥引领和示范作用。事

---

① 朝戈金：《从荷马到冉皮勒：反思国际史诗学术的范式转换》，载《中国社会科学院文学研究所学刊 2008》，中国社会科学出版社，2008，第29页。

实上，今日从事史诗研究的中国学人已经在国际学界的不同场合发出了自己的声音，与国际学界展开了较为频繁的学术交流，在学术对话和交往中扮演着重要的研究角色。这无疑是构建史诗研究中国学派的重要外部条件。20世纪80年代，仅有仁钦道尔吉、斯钦孟和等为数不多的中国学人前往德国、蒙古人民共和国等国家进行史诗学术交流和学习。至21世纪，中国史诗研究与国际史诗研究的学术对话由20世纪80年代的被动加入转向了主动参与，乃至对国际史诗研究起到重要的引领和主导作用，朝戈金、尹虎彬、巴莫曲布嫫、陈岗龙、塔亚、阿地里·居玛吐尔地等代表性学者与国际史诗学界进行了广泛的、具有深度的学术交流。除了《格萨（斯）尔》《江格尔》《玛纳斯》等研究学会在国内举办的各种国际性年会和学术讨论会外，许多重要的国际性史诗学术活动以中方举办为主，并对国内外史诗研究发展产生了具有深远意义的影响，以中国社会科学院民族文学研究所尤为突出。2000年以来，中国社会科学院民族文学研究所与哈佛大学希腊研究中心、美国密苏里大学口头传统研究中心、俄罗斯科学院卡尔梅克历史文化研究所、芬兰文学学会民俗档案库、蒙古国科学院语言文学研究所等多个国家的高校和科研院所在史诗研究领域展开多边合作和学术交流，并就定期开展学术交流、资料共享、合作研究等诸多相关事宜正式签署合作协议①。需要着重提及的是，2009～2017年，中国社会科学院民族文学研究所及其口头传统研究中心举办了七期"IEL国际史诗学与口头传统研究讲习班"，旨在推进史诗学学科建设，为口头传统研究培养专门人才，涉及古希腊史诗、印度史诗、塞尔维亚－克罗地亚口头传统、欧洲中世纪英雄史诗、蒙古英雄史诗、柯尔克孜族史诗等，培训课程涵盖口头诗学的理论与方法、史诗学术史、史诗的演述和传播、口头传统的多样性、口头传统与互联网、口头文类与跨文类、图像叙事及演述、不同史诗演述传统的个案研究等诸多史诗研究领域，讲席教员和学员来自世界各地，有六百余人，在国内外学界产生了较大的学术反响，在学术交流与人才培养方面取得了预期的效果。中国社会科学院民族文学研究所分别于2011年、2012年、2014年、2015年举办了主题为"世界濒危语言与口头

---

① 巴莫曲布嫫：《中国史诗研究的学科化及其实践路径》，《西北民族研究》2017年第4期。

传统跨学科研究""史诗研究国际峰会：朝向多样性、创造性及可持续性"
"现代社会中的史诗传统""口头传统数字化"的"中国社会科学论坛
（文学）"，来自三十多个国家和地区的上百名学人对史诗的搜集、建档、
整理和数字化，史诗在当下语境中的生存状况与抢救，史诗传统的多样性
与跨学科研究等展开学术讨论和交流，增进了不同史诗传统之间的对话和
互相理解，为中国史诗研究拓展了国际合作的有效路径。

这些与国际学术的交流与互动促进了中国史诗研究整体素质的有效提
高，凝聚了一批有志于史诗研究的学人，推动了国内史诗研究的深入与发
展，扩大了中国史诗研究的辐射范围，进而推动了中国史诗研究的全球
化，并有效地提升了中国史诗研究在国际学界的地位与影响力，奠定了中
国史诗研究在国内外学界中的学术地位，海西希、弗里、纳吉、卡尔·赖
希尔、马克·本德尔（Mark Bender）等国际知名的史诗研究者在不同场合
的演讲和各自的论著中充分肯定了中国史诗研究取得的学术成果，并对它
们一再引用，专业性和权威性较高的工具书《美国民俗学百科全书》
（*Folklore*：*an encyclopedia of beliefs*，*customs*，*tales*，*music*，*and art*）对它们
也给予了较高的学术评价①。

中国史诗研究者在国际学界的影响逐渐增强。2011 年 10 月 10 日，朝
戈金应邀在美国密苏里大学口头传统研究中心讲学，作了题为 Oral Epic
Traditions in China：Diversity，Dynamics，and Decline of Living Heritage
（《中国口头史诗传统：活态遗产的多样性、动力及衰微》）的英文演讲，
较为系统地介绍了中国口头史诗研究的概貌，涉及中国少数民族史诗搜集
调查及研究成果、中国少数民族史诗的多样性、史诗流传区域和传承情况
等。2012 年 11 月 17～18 日，"2012 年史诗研究国际峰会：朝向多样性、
创造性及可持续性"在京召开，来自三十多个国家和地区的七十余位史诗
研究者围绕史诗传统的多样性、创造性及可持续性，口头史诗建档的方法
论反思，史诗研究者、本土社区和研究机构多方互动与协力合作中所面临
的挑战等话题展开讨论，涉及亚太、西欧、东欧、中亚、非洲和拉丁美洲

---

① Charlie T. McCormick and Kim Kennedy White eds. ，*Folklore*：*an encyclopedia of beliefs*，*customs*，*tales*，*music*，*and art*（California：Santa Barbara，2011），p. 278.

的史诗传统以及中国多民族的史诗传统。他们共同倡议成立"国际史诗研究学会"，并推选朝戈金为"国际史诗研究学会"会长。这是国际史诗学术交流的盛事，也是中国乃至国际史诗学术史上的标志性事件，表明中国已成为国际史诗研究的重镇，中国史诗研究已经得到了国际同行的高度认可和普遍赞誉，在国际学术交流的平台上已经占有一席之地；同时，它寄托了国际史诗研究同行对中国史诗研究未来的期许。

如果说史诗研究中国学派的构建需要一个学术领导人物，那么他应该是朝戈金，他的学术水平和在国内外学界的学术地位已经非常有说服力地表明他是中国史诗研究的学术带头人①，而且他的史诗观念和研究范式深深影响着一批国内学人，马克·本德尔认为他"堪称典范的 21 世纪早期的学者和领导"②，是史诗研究中国学派的学术旗帜。早在 2010 年，他便倡导史诗研究中国学派的创立。2010 年 12 月 3～5 日，哈佛大学"帕里口头文学特藏馆"主办的"21 世纪的歌手和故事：帕里-洛德遗产"国际学术研讨会在该校博伊尔斯顿楼成功举办，朝戈金应邀参加会议，作了题为《创立口头传统研究"中国学派"》的演讲。这一命题的提出不仅反映了朝戈金希冀中国口头传统研究走向国际的学术诉求，也体现了他希冀中国口头传统研究能够得到国际学界认可的主观心态与学术自觉。2012 年，朝戈金提出进一步丰富和发展国际史诗理论，倡导运用中国诗学固有的理论概念和范畴构建史诗学的中国学派③。他的这些倡导与呼吁体现了中国学人的学术自觉和学术自信，是史诗研究中国学派的学术纲领，对史诗研究中国学派的构建有着前瞻性、世界性的愿景及意义。这里提出史诗研究中国学派的构建是对朝戈金这种学术诉求的回应。

如果说 20 世纪 50～60 年代出生的史诗研究者以朝戈金为核心形成了

---

① 马克·本德尔：《中国学派的国际影响：朝戈金对口头传统研究的贡献》，陈婷婷译，载高荷红、罗丹阳主编《哲勒之思：口头诗学的本土化实践》，中央民族大学出版社，2017，第 14 页。

② 马克·本德尔：《中国学派的国际影响：朝戈金对口头传统研究的贡献》，陈婷婷译，载高荷红、罗丹阳主编《哲勒之思：口头诗学的本土化实践》，中央民族大学出版社，2017，第 14 页。

③ 朝戈金、明江：《史诗与口头传统的当代困境与机遇——访中国社科院民族文学研究所所长朝戈金》，《文艺报》2012 年 3 月 2 日。

第三代史诗研究者队伍，那么 20 世纪 20~40 年代出生的巴·布林贝赫、仁钦道尔吉、郎樱、杨恩洪等可以称得上第二代史诗研究者，而 20 世纪 50 年代以前讨论史诗的中国学人可以称得上第一代史诗研究者。三代中国学人的史诗研究路径和侧重点各有异同，但相互之间有着密切的学术传承谱系关系。第一代学者对中国文学"史诗问题"以及孙悟空与哈奴曼关系的讨论在第二、三代史诗研究者中得到继承，并一直延续到当下，而且第二、三代史诗研究者大多直接或间接地受到第一代史诗研究者的影响，第三代史诗研究者中的许多人更是得到了第二代史诗研究者的亲身传授。与第二代史诗研究者相比较，第三代史诗研究者在学术取向、研究路径、问题意识、研究范式上都焕然一新，在对第二代史诗研究者的学术传统继承中有发展和超越，在研究观念、理论和方法上实现了研究范式的转换，由原来的书面研究范式转向了口头研究范式，走向了"音声的口头诗学"，这种学术传承谱系在中国社会科学院民族文学研究所的史诗研究学术传统和代际传承上体现得尤为明显。① 这并非意味着第二代史诗研究者的书面研究范式已经被抛弃，文学、历史、母题、结构和功能等诸多书面研究范式仍然在当下的史诗研究中发挥着口头范式不能替代的作用，有着其特有的学术价值、与口头研究范式不同的学术路径和内在理路，它们与口头研究范式一起构成了中国史诗研究的学术传统，为中国史诗研究进一步发展提供了各种学术可能。中国史诗研究呈现的这种学术传统及其代际传承是中国史诗研究稳步推进和保持活力的保障，是构建史诗研究中国学派的重要条件。

　　构建史诗研究中国学派有着自身的组织基础。在国内高校和科研机构中，专门从事史诗研究的机构和中心数量非常多，但是最具有历史传统的史诗研究机构当推中国社会科学院民族文学研究所，它是中国史诗研究的重镇。自 1980 年成立以来，中国社会科学院民族文学研究所一直致力于中国史诗的搜集整理与研究，探索并建立了自身的学术传统及其代际传承学术机制，开拓性地创建了较为系统的中国史诗研究的学术格局，以中国史诗研究的理论创新和方法论创新为使命，率先完成了中国史诗研究范式的

---

① 巴莫曲布嫫：《中国史诗研究的学科化及其实践路径》，《西北民族研究》2017 年第 4 期。

转换，引领着中国史诗研究的整体发展和未来走向，推进了中国史诗研究学科化和制度化①。这便决定了史诗研究中国学派在中国社会科学院民族文学研究所的孕育和生成。还值得述及的是，中国史诗研究有着定期刊发自身相关学术论文的学术刊物，如《民族文学研究》《西北民族研究》《民族艺术》《民俗研究》《民间文化论坛》等，它们在国内学术界具有重要的影响力。2016 年，中国社会科学院民族文学研究所重点学科"中国史诗学"负责人朝戈金与《西北民族研究》编辑部达成共识，在《西北民族研究》开辟"中国史诗学"研究专栏，希冀对北方少数民族史诗、南方少数民族史诗、史诗学理论和方法、史诗传统与非物质文化遗产保护等话题开展持续性学术讨论，意在推进中国史诗研究和构建学术对话的话语体系。自 2016 年第 4 期起，《西北民族研究》的"中国史诗学"专栏组稿 4次，刊发论文 21 篇。

随着构建中国特色哲学社会科学的学科体系、学术体系、话语体系的提出及其学术讨论的热烈开展，中国史诗研究话语的提炼与本土诗学体系建构的探索成为 21 世纪史诗研究的重要理论话题，巴·布林贝赫的《蒙古英雄史诗诗学》对此具有示范意义。他运用文艺学、社会学、文化人类学、宗教学、民俗学、美学和诗性地理学等多学科的理论方法对蒙古英雄史诗展开了较为系统的诗学构建，创立了一种与众不同的、立足于本土诗学的研究范式。他把诗性、历史性、哲学性和综合性等融于一体，他对蒙古英雄史诗诗学的建构不仅仅在于它具有填补蒙古诗歌诗学研究一大空白的意义，更在于他以积极严肃的开创精神把蒙古诗歌研究推上了一个新的历史哲学的高度，"对推进诗歌研究和诗学建设，具有多方面的参考价值"，"产生了多方面的影响"②。

另外，"学术的最高境界在于对自身文化的准确把握，而不是对国外理论的刻意模仿"③。当下，史诗研究的学术生态呈现多种理论共存的多元

---

① 巴莫曲布嫫：《中国史诗研究的学科化及其实践路径》，《西北民族研究》2017 年第 4 期。

② 参见朝戈金《巴·布林贝赫蒙古史诗诗学思想之论演（代序）》，载巴·布林贝赫《蒙古英雄史诗诗学》，陈岗龙等译，中国社会科学出版社，2018，第 2～13 页。

③ 钟敬文：《二十世纪中国民俗学经典（写在前面）》，载苑利主编《二十世纪中国民俗学经典》，社会科学文献出版社，2002，第 6 页。

格局，面对中国史诗研究呈现的多样性，史诗研究中国学派的理论旗帜和研究范式应该从中国史诗研究的实际出发，坚持以马克思历史唯物主义为指导思想，以口头诗学为理论建构的突破点，从创编、演述、接受、流布等诸多维度对中国史诗展开研究，将"音声的口头诗学"进一步向"全观的口头诗学"拓展①，从认识论和实践论层面将听觉、视觉、触觉、味觉、嗅觉等感知纳入口头史诗的演述和叙事的可分析框架里进行考察，进一步深化中国史诗研究，促进中国史诗研究整体、全面、科学地发展，将中国史诗学学科建设推向一个新的高度，开创中国史诗研究的新的学术空间，构建面向新世纪卓然而立的中国史诗学。

综上所述，史诗研究中国学派的构建既有学术实践资源，也有学术理论资源，在学术传承谱系、学术传统、学术领军人物、原创性学术著作、理论旗帜等诸多方面为史诗研究中国学派的构建提供了可能性与必然性。当然，史诗研究中国学派的构建是一个长期积累的过程，需要中国学人具有构建中国史诗研究中国学派的自觉意识和自主意识，具有突破国际史诗研究范式的理论勇气和实践精神，要有意识地让国际学界关注、认知、理解、认可，乃至推崇中国史诗研究。需要对中国史诗搜集成果与研究成果展开基于学术史视角的系统、全面、深入的整理与研究，多向度的反思与检讨其得失，总结其规律，清晰地展现其整体面貌，考察中国史诗搜集与研究在不同历史时期的发展状况和水平，构建中国史诗研究的传承谱系和学术传统。需要将中国史诗研究者打造成一支在学术上已经成熟、具有可持续发展潜力的学术队伍，将相对分散的学术资源和学术力量适当地集中在一起，通过一定的方式使得有限的学术资源得到合理的优化配置，系统地解决中国史诗研究中的重大问题，增强中国史诗研究的国际影响力，进而从整体上推动中国史诗研究的发展与进步。需要加强中国史诗研究的话语体系建设，通过对概念、术语、研究方法、研究范畴的提炼和提升，形成语言学、民俗学、民间文学、口头诗学、民族学、音乐学等多学科视野中的中国史诗理论建设与批评实践的学术方向，构建中国特色的史诗研究

---

① 朝戈金：《朝向全观的口头诗学："文本对象化"解读和多面相类比》，此文是朝戈金于2017 年 11 月 18 日在"第七届 IEL 国际史诗学与口头传统讲习班：图像、叙事及演述"上的主旨发言。

的学科体系和理论体系。中国学人须立足于中国语境，契合中国实践，将对国际诗学理论与方法的借鉴、吸收、本土化与发现和重估中国本土史诗资源结合起来，在解决中国现实问题中构建中国史诗研究的原创性核心理论，推出具有本土原创性的史诗研究成果，进而增强中国史诗研究在国际学界的话语权。无论如何，史诗研究中国学派的构建是一个庞大的系统工程，需要中国史诗研究者的共同努力和奋斗，毕竟它是中国史诗研究者的共同事业，是中国史诗研究在国内外学术上的声誉形象和一面旗帜。可以相信，在迈向中华民族伟大复兴和构建中国特色哲学社会科学的道路上，中国史诗研究必将建构出中国特色的学科体系和学术话语体系，彰显出中国史诗研究者应有的中国特色的学术风貌、学术风格、学术影响，逐渐走向国际学术舞台的中心，更多地发出"中国声音"。

图书在版编目（CIP）数据

中国史诗研究学术批评：1949－2019／云韬主编
. -- 北京：社会科学文献出版社，2020.6
（内蒙古大学口头传统研究协同创新中心丛书）
ISBN 978－7－5201－6582－2

Ⅰ.①中…　Ⅱ.①云…　Ⅲ.①史诗－诗歌研究－中国
－文集　Ⅳ.①I207.2－53

中国版本图书馆 CIP 数据核字（2020）第 071343 号

·内蒙古大学口头传统研究协同创新中心丛书·

中国史诗研究学术批评（1949~2019）

主　编／云　韬

出 版 人／谢寿光
责任编辑／赵　娜

出　　版／社会科学文献出版社·群学出版分社（010）59366453
　　　　　地址：北京市北三环中路甲 29 号院华龙大厦　邮编：100029
　　　　　网址：www.ssap.com.cn
发　　行／市场营销中心（010）59367081　59367083
印　　装／三河市龙林印务有限公司

规　　格／开　本：787mm×1092mm　1/16
　　　　　印　张：19.75　字　数：314 千字
版　　次／2020 年 6 月第 1 版　2020 年 6 月第 1 次印刷
书　　号／ISBN 978－7－5201－6582－2
定　　价／128.00 元

本书如有印装质量问题，请与读者服务中心（010－59367028）联系

▲ 版权所有 翻印必究